LE CHAMP DE PERSONNE

DU MÊME AUTEUR

La lumière des fous (Le Rocher).
Nec (Gallimard, « Série Noire »).
Les larmes du chef (Gallimard, « Série Noire »).
Cauchemar Pirate (Flammarion, « Père Castor »).

Daniel Picouly

LE CHAMP DE PERSONNE

Flammarion

ISBN 2-08-067127-8
Imprimé en France

« Le règne des cieux est pareil à un trésor caché dans un champ. L'homme qui l'a trouvé le recache et, dans sa joie, il s'en va, vend ce qu'il a et achète le champ. »

Matthieu 13, 44

« Le père de famille est l'aventurier de l'ère moderne. »

André Gide

« Et la mère, alors ! »

Anonyme

A des yeux bleus...

CHAPITRE PREMIER

La griffe du tigre

Il fait nuit et je viens de me réveiller en sursaut quelque part dans la maison. Le grenier est en flammes. La fumée m'asphyxie. J'ai dix ans dans moins d'un mois et je vais déjà mourir. Ça commence bien, la vie !

C'est ma faute. J'ai dû faire « la » très grosse bêtise. Chez nous, chaque fois que quelqu'un fait « la » très grosse bêtise, la maison brûle. Il n'y a pas que dans les rédactions où il faut éviter les répétitions. Pour les incendies aussi.

La première très grosse, c'est mon frère Roland qui l'a faite. On habitait encore à la Grand-Rue, pas très loin d'ici. Il a mis le feu à de vieux chiffons au grenier, pour ne pas retourner au Centre d'apprentissage. Les machines de l'atelier lui faisaient peur.

– Tais-toi ! Si le monsieur de l'assurance t'écoutait, ton frère irait en prison.

J'entends la voix de la m'am au fond de mon oreille. La droite, celle des histoires pour s'endormir. La m'am est toujours à mes côtés. Elle flotte dans les airs, ne dort jamais, vole, apparaît, disparaît, se glisse sous mes paupières, dans la poche de mon short, ou dans mon cartable. J'ai de la chance, j'ai une maman Peter Pan.

– C'est un court-circuit. Tu te souviendras si le monsieur de l'assurance te demande : un court-circuit ! Il est joli ce mot Tu pourrais l'écrire sur ton cahier de collection.

J'ai une manie, je collectionne. Les mots compliqués, les énumérations, les titres étranges des journaux, les étiquettes de camembert et les soldats Mokarex des paquets de café. La famille, elle, collectionnerait plutôt les ennuis.

La maison de la Grand-Rue a brûlé en pleine nuit de l'hiver 1954. Il gèle à moins quinze. Sur le trottoir, la mère vérifie pour savoir si elle a son compte d'enfants... Dix, onze, et douze ! C'est bon, on peut y aller. Cette fois-là, ce qu'on a pu sauver tient dans une charrette à bras.

– On a eu de la chance, comme on avait rien, on a pas perdu grand-chose.

La m'am rigole quand elle raconte comme si rien n'était jamais grave. Pourtant, pas un hôtel, pas un abri pour nous accueillir. Le père avait écouté l'appel de l'abbé Pierre à la radio. On y parlait de charité, de justice et d'amour, mais la tribu gelait sous le bec de gaz du rond-point. Alors, charité bien ordonnée... Le p'pa a donné un grand coup d'épaule dans la porte de la première maison libre... Comme au maquis ! Sauf qu'il n'avait pas son joli 7,65 tout chromé. Cette nuit-là, j'ai appris le mot « réquisition ».

Douze enfants ! Mais monsieur, ça ne tiendra jamais là-dedans !

Celui qui parle, c'est le commissaire de police réveillé en pleine nuit. « Ça », c'est nous et, « là-dedans », c'est la maison que le p'pa a trouvée. D'accord, elle est petite et paraît recroquevillée par le froid, mais elle est à nous. Il faudra attendre qu'il fasse beau pour avoir une idée de sa vraie taille. Le soleil, ça agrandit.

– C'est l'affaire d'une petite semaine, monsieur le commissaire. Le temps d'être relogés.

– C'est vous qui voyez, monsieur, mais ça ne tiendra jamais.

Le commissaire est retourné au chaud à l'arrière de sa 203 pour rédiger le procès-verbal. Du haut du perron, mon père lui décrit ce qu'il trouve à l'intérieur de la maison, et lui, traduit ça dans sa langue.

– Une demeure bourgeoise sise au 93 de l'avenue Meissonnier à Villemomble, département de la Seine, sur jardin clos arboré et comportant : pour principal, une pièce à fonction de salle à manger, deux chambres, une cuisine, des water-closets servis par un tout-à-l'égout, et agrémentée, en dépendance, d'une remise et d'un auvent.

Il n'y a pas que le soleil qui agrandit les maisons, une jolie langue aussi. Malgré les efforts du commissaire, la nôtre est minuscule, mais il y a des lilas, un rosier et un cerisier dans la cour.

– Il n'aura pas le temps de fleurir qu'on sera déjà relogés.

Ça fait maintenant quatre ans que notre arbre fleurit et donne d'étranges cerises d'une espèce inconnue, tellement aigres que la m'am ne peut même pas en faire des clafoutis et doit emprunter des griottes à une voisine. Quatre ans également que le proprio essaie de nous faire expulser à la fin de l'hiver. Le propriétaire est aussi une espèce qui fleurit au printemps.

Pour l'instant, il n'y a rien à craindre. Demain ce sera l'automne. Je n'aime pas l'arrivée de cette saison. C'est la seule chose qui mette un peu de gris dans les yeux de la m'am. Elle pense à Jacqueline, ma grande sœur, qui est morte à sept ans de la typhoïde, une nuit comme celle-là. C'était il y a longtemps, pourtant Jacqueline restera toujours la treizième.

Un jour, j'étais chez Mme Piponiot, une voisine qui élève un mouton et de jolies phrases qui commencent par « Dans la vie... ». Elle mettait des peaux de lapins à sécher et m'a montré le XIII dans son jeu de cartes qui sert à prédire l'avenir : un squelette avec une faux à lame rouge.

– Dans la vie, que ce soit pour un homme ou pour un lapin, cette carte finit toujours par sortir.

Pourtant, le 13 reste le chiffre fétiche de la famille, même si on n'arrive pas toujours à l'atteindre. Sauf moi en dictée, pour les fautes d'orthographe.

Pour me repérer, j'ai besoin de toucher un peu de chaleur. Je me demande à qui est cette petite fesse ronde et chaude que je sens contre mes orteils. Normalement, je n'ai pas le droit d'essayer de le deviner. C'est à cause du jeu que j'ai inventé pour moi : le bathyscaphe.

Une seule règle : quand je me réveille en pleine nuit, comme maintenant, je ne dois ni ouvrir les yeux, ni respirer, ni bouger. Je ne dois rien faire qui me permette de reconnaître où je suis couché. Ni dans quelle pièce, ni avec qui, ni même dans quelle position. Je dois être nulle part. Ne pas exister.

A bien y réfléchir, ça doit être à Maryse ou Martine, cette petite fesse ronde et chaude. Mais, avec l'orteil, je ne sais pas encore bien distinguer mes deux petites sœurs. Il faudra que je m'entraîne.

Cette nuit, je peux être n'importe où. Le dimanche, la partie de tarot se termine toujours tard et on a dû me coucher où il restait de la place. Je m'étais certainement déjà endormi en me racontant les « vingt et une merveilleuses histoires en images des vingt et un atouts ». C'est comme ça que je dis.

J'aime bien regarder mon père, mes frères et les copains de la famille jouer aux cartes, surtout quand il y a André, le curé qui travaille à l'usine.

– On dit un prêtre-ouvrier.

– Je sais, m'am.

Mais moi, je préfère « curé ». Ça me fait penser à une soutane qu'on relève pour une partie de foot au patronage. Le prêtre, on l'appelle pour les morts. Il arrive sur une bicyclette de femme, avec son missel, et repart en faisant « Brrr ! » comme tout le monde, parce qu'il gèle. André, lui, a une canadienne et un demi-course à guidon relevé. Il se lave les mains au gros savon de Marseille et pose sa bible à côté de son assiette, comme le père de la m'am le faisait de son couteau à virole. Je ne sais que ça de mon grand-père. C'est encore mieux qu'une photo dans un cadre.

Côté portrait, André ressemble à une pièce de cent sous. Face, il est doux et généreux. Pile, il est acharné et franchement tricheur au tarot. Je l'ai vu faire.

– Non messieurs, je n'ai pas coupé à cœur. Que le Seigneur me foudroie sur l'heure si je mens !

Il tend les bras vers le lustre. Le Seigneur ne le foudroie pas. Il empoche le pot.

– Pour les pauvres !

André trace toujours une croix sur les cartes du chien avant de les retourner, comme la m'am sur le pain. J'ai essayé son truc avec mon cahier de dictées, mais ça ne marche pas pour l'orthographe. Par contre, pour lui...

– Deux bouts, deux rois au chien ! Bienheureux ceux qui sont plumés car ils se replumeront ! André : 5-3-12.

Ça ressemble plus à l'arrivée du tiercé qu'à une citation de l'Évangile. Moi, j'ai été renvoyé du catéchisme pour moins que ça.

Mais André ne fait pas que tricher au tarot. Il raconte aussi. Parfois le soir, autour de la table, au lieu de jouer au nain jaune, ou de regarder « Les grands interprètes » à la télévision, la famille se tait et écoute les paraboles d'André. Je ne les comprends pas toutes, mais elles ont toujours de jolis noms... La parabole de la graine de moutarde, ou de la semence qui pousse tout seule. Ma préférée est celle « du trésor et de la perle ». Une histoire sans perle, mais avec un champ.

– Tu me la racontes ?

– Pas encore, m'am.

Quand André parle, j'ai l'impression que mes grandes sœurs ne le regardent pas comme un curé d'église, mais plutôt comme Jean Marais, Sidney Poitier, Raf Vallone ou Harry Belafonte dans *Ciné-Revue*. Surtout Josette qui veut être bonne sœur. Je sais que les religieuses se marient avec le bon Dieu et qu'elles portent une alliance. Moi, je veux bien d'André comme beau-frère, comme ça j'aurai le caté à domicile.

Devant André, Josette a le même visage que sur sa photo de communion que j'ai trouvée dans la valise en bois du grenier. Il y a un mystère quelque part sur cette photographie. Je peux la poser n'importe où : sur le buffet, la télévision...

– Non, pas sur le poste ! Le monsieur du magasin a dit qu'il ne fallait rien mettre dessus.

Bon, d'accord, m'am, disons sur la cheminée, ou sur la radio. Rien n'y change. Où que je pose ce portrait, j'ai l'impression que le visage de ma sœur Josette est sous une lueur. Je regarde où elle regarde sans jamais voir ce qui la rend si heureuse et si belle.

– Une si jolie petite chez les curés. Quel gâchis ! Elle qui aurait pu faire sténodactylo avec tous les cours qu'elle suit.

Qu'est-ce qu'il y comprend, à ma grande sœur, le marchand de fromage blanc ? Elle n'est pas pareille aux autres. Quand elle fait son signe de croix, elle ne donne pas l'impression de se débarbouiller, comme une punaise de bénitier.

– Tu as frotté avec le gant et du savon ?

– Oui, m'am !

Ce n'est pas vrai. Je n'aime ni les prières ni le savon. Ça tire la peau. La m'am dit qu'à force de parler comme ça le diable va venir me tirer par les pattes pour m'emmener griller en enfer. Pour l'instant, c'est la maison qui grille à cause de « la » très grosse bêtise que j'ai faite, et dont je n'arrive pas à me souvenir. Il faudrait qu'on puisse enfoncer son doigt quelque part dans la tête pour faire vomir sa mémoire.

Je pourrais aussi essayer d'enquêter comme à la radio... *Dans les mailles de l'inspecteur Vitos !* Le plus important pour résoudre les énigmes, c'est la position du corps. Résumons : après la partie de tarot, on m'a transbahuté pour me coucher. Mais je peux être n'importe où. Il y a des lits partout dans cette maison et de toutes sortes ! Grand lit, armoire-lit, lit pliant, lit-cage ou lit de camp. Mieux que chez M. Ségalot, le roi du meuble. Mais dans quelle position suis-je ? Là, c'est encore plus compliqué. Je peux être : au garde-à-vous avec Gérard, en chien de fusil contre Roland, cul par-dessus tête avec Monique ou Évelyne, en rang d'oignons avec Jacky ou en sandwich au milieu de Maryse et Martine. Ce n'est pas toujours très confortable, mais ça fait apprendre des expressions pour les rédactions. Et la composition de rédaction, c'est demain !

Je renonce à enquêter sur cette famille. C'est trop compliqué. Pourtant, malgré ce méli-mélo, tout est silencieux. Je n'entends aucun bruit, même pas les rats sous le plancher. Je commence à me demander si la maison n'est pas vide... Et si la famille était partie pendant la nuit en m'abandonnant ?... J'y ai déjà pensé et j'ai pris mes précautions. Quand on voit nos départs en vacances, où on oublie toujours quelque chose ou quelqu'un, vaut mieux prévoir.

J'ai donc envisagé plusieurs possibilités pour me faire adopter. Je peux aller chez M. et Mme Kétié, les voisins de l'autre côté de la rue. Ils ont une 4 CV blanche toute neuve et un pavillon en meulière avec un sous-sol où il fait frais.

– Si un jour tes parents ne veulent plus de toi, viens frapper à notre porte.

M. et Mme Kétié sont deux vieux petits amoureux, avec le même sourire en porcelaine, des cheveux blancs et des yeux bleus. On les croirait peints à la main.

– Tu serais comme un coq en pâte avec nous.

Coq en pâte ! J'aurais peur qu'ils ne me posent sur le buffet, et qu'un jour ils m'oublient. Souvent, ça perd la tête, les vieux.

Je me demande où est la mienne. Sous un genou, d'accord, mais celui de qui ? A l'odeur, c'est impossible de deviner. On sent tous pareil, la nuit. Mais j'ai un truc pour savoir si je suis dans la grande pièce. Du nez, je cherche le poêle à charbon. A cette heure le feu est mort, la cendre est légère. Si je respire fort elle va pénétrer jusque dans mes poumons.

– Tu finiras au sana si tu continues à faire ça !

La m'am a toujours peur que je me retrouve au sanatorium du plateau d'Assy comme mon père quand j'étais petit. Mais, en vrai, je m'entraîne en secret pour devenir champion du monde des poids welters. Pour y arriver, je dois apprendre à ne pas respirer par la bouche. Pour ça, il faut que je me fasse un vrai nez de boxeur, comme celui du p'pa qui s'enfonce quand on appuie dessus. La nuit j'écrase le mien avec mon pouce, et le matin je vais voir devant l'armoire à glace de la m'am si mon nez ressemble un peu plus à celui de Battling Siki.

– Le premier Noir à avoir battu Georges Carpentier !

– Tu parles, le Négro lui a fait un croche-pied.

On s'est bagarré avec le grand du certificat d'études. Il n'était pas dans la même catégorie de poids que moi. Cet idiot m'a éclaté le nez, sans réussir à me le casser. Il va falloir que je le fasse moi-même.

– Dis, m'am, c'est vrai que Siki a fait un croche-pied à Carpentier ?

– Tu devrais le savoir, avec tous les journaux que tu découpes.

Un jour le p'pa lira un article sur moi dans *L'Équipe*. Pour mon premier combat, il sera mon prévôt, parce que j'aime bien le mot. Il aura la serviette, l'éponge, la vaseline et le seau pour cracher. Il me donnera ses conseils dans l'oreille. La gauche, sinon je m'endors... « Attention, le gars en face a des directs du droit comme des brancards de pousse-pousse. Boxe-le ! Te bats pas ! N'essaie pas de le descendre. Fais pas comme Dauthuille, au quinzième. Bouge ! »

Ce quinzième round de Dauthuille, c'est pire que la blessure de Jonquet à la trente-cinquième minute contre le Brésil en demi-finale de la Coupe du monde. Le p'pa me l'a raconté cent fois et plus. Oui, je sais. Il reste treize secondes à Dauthuille, et il bat La Motta aux points. Treize secondes et il est champion du monde des moyens. Treize secondes et il a vengé Cerdan. Oui, je sais. Mais le p'pa aime bien raconter comme on donne des directs. A répétition.

Treize secondes ! Une seconde par enfant de la m'am. Moi, je suis la onzième. Celle qui vient juste après le KO. Le moment où il fait noir et froid. Dauthuille a baissé sa garde. Direct au plexus. Il tombe. C'est fini pour le Taureau de Buzenval. Le p'pa a toujours les yeux humides quand il raconte cette histoire. « Dans la vie, c'est comme à la boxe, parfois on ne doit pas se battre pour gagner. » Il faudra que j'y pense dans la cour de récréation.

Je n'ai pas réussi à renifler l'odeur de cendres du poêle à charbon. Je ne suis donc pas dans la grande pièce. Ils m'ont peut-être emmené dans la chambre du garage. Je ne veux pas dormir dans cette chambre ! C'est celle où il y a du givre sur les carreaux et ce chauffage à gaz tout rongé que mon frère Gérard a récupéré.

– Il est comme neuf. Je l'ai dégotté à la décharge.

Comme neuf. Tu parles ! Je me souviens de cette nuit où j'ai failli mourir pour de vrai. Je suis groggy. KO debout dans la cour. Ma onzième seconde est arrivée ! Je reçois des gifles à toute volée. Il fait froid. Je suis pieds nus. Mon corps grelotte. C'est tout blanc partout. Il a neigé, mais je sais que ce n'est pas Noël, je n'ai pas encore eu ma grue jaune en fer. J'entends la voix de la m'am au loin.

– Réveille-toi ! Réveille-toi, ou tu vas mourir !

Se réveiller ou mourir. Il faudrait savoir ! Je refuse d'ouvrir les yeux. C'est un coup à me faire perdre à mon jeu du bathyscaphe. Les autres n'ont rien compris. Je ne suis pas en train de mourir : je joue ! Quelqu'un me met un coup au plexus. Je dégobille. Fin de partie.

– On a eu de la chance. Les pompiers ont dit que ça ne pardonne pas, l'oxyde de carbone. C'est sournois. Heureusement, Michel, que tu es rentré plus tôt. Sinon, ils étaient tous asphyxiés.

– C'était pas vraiment prévu, m'am. Mais Jeanine ne voulait pas faire ça dans la neige. Elle craignait des gerçures aux fesses.

– Ne parle pas comme ça de ta future fiancée !

– D'accord, m'am, la prochaine fois je dirai « gerçures quelque part ». N'empêche que je devenais fils unique, si je n'avais pas oublié de prendre ma couverture algérienne.

Algérienne ! Le mot a failli me faire ouvrir les yeux. Algérie : département français, capitale : Alger. Je me mets à réciter ma composition de géographie. Indochine : Laos, Annam, Cambodge, Tonkin. J'ai aussi les comptoirs de l'Inde à savoir et mon carnet de correspondance à faire signer.

Elle est bizarre ma mémoire. « Comptoir » me fait penser à « ardoise » et « ardoise » à « carnet ». C'est comme des ricochets. Le maître d'école nous a expliqué que, dans le cerveau, chaque événement est découpé en morceaux et rangé dans des cases différentes. Parfois, les copains disent qu'il m'en manque une. C'est pour ça que je perds des bouts de souvenir et que je ricoche.

Par contre, il y a des mots que je n'oublie pas. « Dilettante », par exemple. C'est ce que le maître a écrit un jour sur mon carnet de correspondance. « Celui qui s'adonne à un art par plaisir », dit mon dictionnaire. Ça ne me rassure pas. J'ai l'impression qu'il y a autre chose de caché là-dessous. Méfiance. Les mots ressemblent à des mille-feuilles. Il ne faut pas se contenter du sucre glace. Alors, par précaution, pour le faire signer au p'pa, j'avais posé mon carnet sur la table de la cuisine et j'avais couru m'enfermer dans les cabinets.

– Sors de là !

Sûrement pas. Je joue la montre. « Sors de là ! » Le père donne de la grosse voix, mais je sais qu'il ne peut pas rater le train de 6 h 09 aux Cocquetiers. Même avec ses grandes jambes, ça fait une trotte. Le p'pa secoue la porte. Pourvu que la targette tienne.

– Cette fois je ne signe pas. Et ta mère non plus ! Je vais être en retard. Dilettante, mon fils ! On aura tout vu. Paulette, tu ne lui signes pas son carnet non plus.

Quand le p'pa appelle la m'am « Paulette », ça

annonce un gros orage. Et il connaît le sens caché de « dilettante ». Un père, ça en sait toujours plus que les dictionnaires, et ça distribue des calottes.

L'avantage, quand le p'pa part au travail en colère, c'est que j'entends vibrer la vitre cathédrale de la porte d'entrée, et je sais tout de suite où je suis sans tricher. J'ai un autre truc pour m'aider : le carillon de la grande pièce et son tic-tac qui ne fait pas vraiment tic-tac comme dans les dictées. D'ailleurs, rien ne fait jamais comme dans les dictées, ni le coq, ni la goutte d'eau, ni la voiture, ni même les quarts d'heure, que j'aurais déjà dû entendre sonner depuis que je suis réveillé. Ce n'est pas normal.

– Serge, c'est encore toi qui as arrêté le balancier du Westminster ?

– Tu sais bien, m'am, que je peux pas dormir avec !

– Je t'ai déjà dit que ça l'esquinte !

En fait, la m'am pense que ça porte malheur d'arrêter le balancier des pendules.

Cette fin de nuit est étrange. Pas de bruit, pas d'odeur. Seulement « la » très grosse bêtise qui rôde quelque part au-dessus de moi, et le temps que mon frère a immobilisé avec la main. Arrêter le balancier, c'est comme mourir pendant quelques secondes. Une fois, la m'am a cru que Roland était mort dans un accident de moto.

Depuis ce jour, quand je suis couché dans le lit-cage, avec Roland, je ne dois surtout pas le toucher à cause de la broche dans son bras. Sa chute à moto le fait encore souffrir.

De la 175 Peugeot de Roland, on n'a pu récupérer que le moteur, le phare, la selle et le tan-sad. Ils sont rangés dans le garage. Le reste est écrabouillé sous une bâche dans la cour, près des lilas. On ne le jettera jamais. Le père est capable de redresser n'importe quoi avec sa batte, son postillon, son tas américain et son épinçoir. Une paluche de première, le p'pa. Il serait champion du monde des chaudronniers si ça existait. Après son accident, Roland m'a donné le gros écusson du réservoir. Celui avec une gueule de lion grande ouverte.

– Toi, t'en auras jamais de moto. D'accord ?

– Roland, si j'en ai pas, comment je ferai pour les filles ?

Avant son accident, Roland m'expliquait comment faire pour « chasser », comme il disait.

– Tu verras, les nanas, c'est facile ! La moto, le blouson, le sourire, le cran d'Elvis au Pento. Et emballé c'est pesé !

Pour me montrer, Roland sautait sur le kick de sa 175 et partait en fredonnant avec une voix grave... *Love me tender, love me do...* C'est ce qu'il chante quand il ne voit pas la charrette de foin, en haut de la côte du plateau d'Avron. Depuis, je n'aime pas Elvis Presley. Il sent le camphre de massage de mon frère et à cause de lui, je n'aurai pas droit à ma moto.

– La mère ne vivrait pas si tu en avais une.

La m'am a failli mourir toute droite devant le rosier quand le gendarme lui a donné le constat de l'accident de Roland. Elle s'apprêtait à couper la dernière rose... « Mort dans les trois jours. » C'est la case qu'elle a lue sur la feuille. La croix était au mauvais endroit à cause du double qui avait glissé.

Ce jour-là, la m'am a décidé qu'il resterait toujours une rose au rosier-tout-en-bois. On l'appelle comme ça parce qu'il donne plus de bois que de fleurs.

– Ce sera la rose de Roland.

Le gendarme s'est excusé pour son « erreur ». Il a accepté de boire un verre de vin, d'emporter une boîte de crottes de chocolat et un clafoutis aux cerises. On aurait dit que c'était lui qui avait sauvé mon grand frère. On peut mourir à cause d'une croix au mauvais endroit... Dans la vie, on a intérêt à bien tenir le papier carbone.

Je me demande si je réussirais à imiter la signature de mon père, avec du calque. Serge m'a montré. Mais cette nuit, ma main tremble. Mon front est brûlant. Certainement la fièvre. J'espère que j'ai 40. C'est un chiffre magique qui déclenche un véritable tourbillon chez la m'am. Thermomètre, lait chaud, jus de citron, rhum de la Martinique, lit des parents, oreiller, traversin, mère pour moi tout seul, lecture dans *Le Parisien* de l'épisode du jour du film romanesque « Un homme et son destin ». Télévision scolaire l'après-midi, et, pour le retour en classe, un vrai mot d'excuse signé par le p'pa, en personne. Le directeur de l'école est méfiant. Mais il aura beau regarder la feuille par transparence devant la fenêtre de son bureau, comme un faux billet, il ne trouvera pas de trace. Les lendemains de fièvre, les signatures ont le filigrane paternel, avec ce « P » et ce « y » tarabiscotés inimitables. Certains jours de mauvaises notes, je préférerais un nom de famille plus simple à imiter.

A cause de « la » très grosse bêtise et de l'incendie de la maison, je suis peut-être sans famille. Un comble quand on est quinze. J'ai de plus en plus chaud, la sueur coule sur mes paupières. J'ai soif. Je pourrais boire n'importe quoi pour me rafraîchir. D'ailleurs, c'est ce que je faisais ce jour où la m'am m'a soulevé de terre par le col de la marinière.

– Mais qu'est-ce que tu fabriques ? Tu es devenu fou !

Je buvais de l'eau dans le caniveau avec Capi pour attraper la polio. J'avais lu que Garrincha, l'ailier droit du Brésil, avait eu la poliomyélite. Depuis, il a une jambe plus courte et c'est le meilleur dribbleur du monde. Wilma Rudolph aussi l'a attrapée, et ça ne l'empêche pas d'être la femme la plus rapide sur cent mètres. En plus, elle a dix-huit frères et sœurs ! Tu crois, m'am, que tu peux y arriver avec le p'pa ?

On vient de grogner quelque part dans l'obscurité. Je suis rassuré. Il me reste une famille. Cette nuit, on doit être treize, quatorze ou quinze, dans tous les sens. Et même peut-être plus. Dans cette maison, on ne sait jamais qui est présent, passé, ou va repartir. Ça ne facilite pas le comptage, et moi je mélange les temps dans mes rédactions. Mais le commissaire de police avait tort : ça tient !

Sous le plancher, les rats viennent de se réveiller. Ils habitent dans le vide sanitaire. Pour devenir un vrai Mohican, il faut que je montre mon courage en m'y glissant un jour par le petit soupirail grillagé. J'emmènerai notre chatte Antoinette. Je l'ai appelée comme ça à cause d'un de mes plus beaux soldats Mokarex : Marie-Antoinette (1755-1793).

Antoinette a eu un petit qui s'est fait écraser par le camion à poubelles. Le boueux n'a même pas eu à se baisser. La pelle, le balai en bouleau, et hop ! dans la benne... Pour nous, ce sera pareil, sauf qu'on aura une boîte... Serge dit ça avec un petit sourire en voyant les enterrements.

Ils passent devant chez nous pour aller au cimetière. Les corbillards viennent de Sainte-Maire-de-l'Espérance, l'église près de la voie ferrée et de la décharge. Avec Serge, on doit arrêter notre partie de foot dans la rue. Alors, on regarde passer. Il y a de longs cortèges chic avec des larmes dans les fourrures, des fleurs qui croulent, des chevaux caparaçonnés avec plumets de cirque sur la tête. Et d'autres, des petits de rien, avec juste le croque-mort et quelqu'un qui pleure en reniflant derrière le corbillard. Mais, grands ou petits, les enterrements ne laissent pas plus de crottin sur la route. Après le passage, on reprend notre match... Non ! On en était à 3-1...

Soudain, j'ai une nouvelle frayeur. Comment va-t-on faire pour m'enterrer si je suis enlevé par les Martiens ? Ils en parlent dans le journal, et Serge m'a prévenu qu'ils me guettaient le soir près des tas de charbon.

– Tu prends un seau de boulets et des briquettes. Et pas de poussier avec !

Si la m'am croit que j'ai le temps de penser au poussier, alors que je peux être désintégré à tout moment par le rayon vert des Martiens de *France-Soir* !

Heureusement, j'ai un truc imparable contre les frayeurs, les peurs et les trouilles en tout genre : je fais une bêtise. Une petite ou une grosse, ça dépend de la taille de la peur. Cette fois, la maison brûle, mais je ne retrouve pas « la » très grosse bêtise que j'ai faite. Pourtant je sens que c'est énorme. Dans ma tête, je défile la liste des dernières grosses. Pas trop fort pour que la mère n'entende pas. Je ne trouve rien d'intéressant. Alors, pour m'en tirer, il ne me reste plus qu'une petite prière. Mais quand on a été viré du caté comme moi, c'est moins facile de faire passer un *Notre Père* au bon Dieu, qu'une lettre au Père Noël. Heureusement que, dans la famille, on a notre Sainte Vierge à nous.

Notre Sainte Vierge à nous fait de la lumière. Pas beaucoup. Seulement une petite lueur verdâtre en suspension dans l'obscurité. Un bout de miracle. C'est la statuette de la Vierge que la mère a rapportée de Lourdes avec une bouteille d'eau bénite. Même que la bouteille était consignée.

– Faut pas se moquer. On avait que ça. On allait quand même pas la mettre dans la Thermos.

– Je me moque pas, m'am. Je trouve ça joli, de l'eau bénite dans une bouteille étoilée.

Notre Sainte Vierge lumineuse est posée sur la télévision. Elle, elle a droit ! Elle ne s'éteint jamais, même dans le noir complet. Un mystère. Je la regarde des heures avant de m'endormir pour essayer de comprendre. Je veux savoir si elle s'éteint dès que tout le monde dort. Si elle clignote, change de couleur ou s'élève dans les airs, un peu comme une soucoupe volante.

En me tournant, je pourrais essayer de l'apercevoir. Elle est quelque part là-haut, en équilibre dans l'obscurité, juste au-dessus d'une autre petite tache ronde lumineuse : l'œil de la télévision ! Le soir, je n'arrive pas à m'endormir, tant que je n'ai pas pu répondre à cette question : laquelle des deux lueurs va s'éteindre la première ? Si le poste de télévision l'emporte, je regarde les actualités, si c'est notre Sainte Vierge, ça vaut peut-être le coup de retourner au caté.

Dès les premiers rayons filtrants du jour, notre Sainte Vierge redevient une simple figurine de pierre blanche, tandis que l'œil de la télé réapparaît sur l'écran, avec les cernes d'une nuit blanche. Tant pis : je ne retournerai pas au caté.

– Tu n'as pas honte de parler comme ça !

– De toute façon, m'am, le curé ne m'aurait pas repris.

La nuit se sauve, je le sens derrière mes paupières. Bientôt mon jeu s'arrêtera car la première odeur du matin va arriver : le café ! Là, je saurai où je suis. Hmm ! Ça va bientôt sentir le café du père. Bien noir, sans chicorée, un seul sucre. « Hmm », c'est idiot comme onomatopée, mais ça parfume bien. Cette odeur est un peu la mienne, car dans la famille, c'est moi qui suis chargé de moudre le Mokarex. La m'am achète celui-là, qui est plus cher que le Legal, à cause de ma collection. En échange, je mouds en calant bien le Peugeot entre mes cuisses. Ça fait travailler les adducteurs. Et il en faut de solides pour être champion du monde de foot.

Par contre, la suite du café : échauder la cafetière, doser la poudre dans la chaussette, faire passer l'eau juste frémissante, c'est sacré, mystérieux et réservé aux grandes sœurs et à la mère.

A l'oreille, c'est facile de localiser la cuisine. Si j'entends le père aspirer son café comme s'il se brûlait, c'est qu'il est cinq heures et quart du matin, et que je suis dans la grande pièce, séparé de lui simplement par la cloison. Le p'pa boit toujours son café bouillant dans son grand bol en Pyrex. Ça étonne encore la m'am.

– Comment tu peux le prendre si chaud ?

– C'est ça, une bouche de chaudronnier.

Le p'pa fait un petit clin d'œil coquin à la mère qui baisse les yeux sur son torchon. Quand j'essaie de l'imiter, je dois me mordre la bouche pour ne pas hurler. Mais un jour j'y arriverai. Pourtant, malgré la brûlure du café, les lèvres du p'pa restent douces. Surtout quand il rentre du travail et que sa barbe pique un peu.

– Preums !
– Deuze !
– Troize !
Chaque fois c'est la course avec mes petites sœurs pour savoir qui l'embrassera le premier. Quand je suis à la traîne, ça me rend triste pour toute la soirée.

Pour l'instant je ne sens pas l'odeur de café. Le père n'est pas encore levé. La m'am a déjà dû aller chercher le journal à vélo. Demain l'automne... Pourquoi est-ce que je pense à cette saison qui la rend si triste ? « La » très grosse bêtise doit avoir un rapport avec la m'am. J'aimerais bien qu'elle m'ait déjà lu mon horoscope pour en savoir plus sur ce qui va venir.
– Scorpion comme ton père. Tout ce qui lui arrive t'arrive. Alors écoute... *Travail : de la réussite dans toutes vos entreprises*... Tu vois ! Ton père aura son septième échelon et toi tu réussiras ta composition de géographie.
– J'aurais préféré les sujets, m'am.
Ce serait bien que la mère rapporte plusieurs journaux, le matin. Comme ça, on pourrait arranger sa journée. Des ennuis dans *Le Parisien*, on prend la réussite dans *Le Figaro*. Santé fragile dans *Libération*, on se requinque dans *Combat*. Ça doit être ça, être riche : tu choisis ta vie comme dans un catalogue.
Je ne sais pas encore pourquoi, mais ce jour qui va commencer n'est pas comme les autres. Je le sens. Ce n'est pas une raison pour faire retourner la m'am au kiosque à journaux. Car, même à vélo, ça fait un bout, alors à pied... A pied ! Pourquoi la mère iraitelle à pied au kiosque ?
Une énorme bouffée de chaleur monte dans ma poitrine. Alerte ! « La » très grosse bêtise approche. J'entends son hélice tourner au-dessus de ma tête, comme celle d'un destroyer qui chasse un sous-marin en plongée. Silence radio. Le bruit circulaire se rapproche. Je me rassure. C'est certainement celui de l'hélice en Bakélite du Constellation posé sur le buffet. Le père l'a tourné à l'usine. C'est de la perruque !...

J'imagine mal le père au milieu de ses copains d'atelier, en cote de bleu et perruque blonde. On aurait du mal à ne pas le reconnaître. Il est noir.

– Ne parle pas de ça. Il pourrait avoir des ennuis à son travail.

– Parce qu'il est noir, m'am ?

– Mais non, à cause de la « perruque ».

Faut dire qu'il est beau mon Super-Constellation en Duralumin, avec sa dérive à triple empennage. « Décrivez l'objet le plus étonnant de votre maison. » Grâce à la maquette du Constellation, j'ai eu la meilleure note. Pourtant le maître avait mis du rouge sous une phrase que j'avais écrite... *Sur le socle, la traversée de l'Atlantique mesure quatre centimètres et demi. Et pourtant, Paris-New York sans escale prend dix-huit heures de vol !* Le maître avait dessiné une ligne entière de points d'interrogation. Ça ressemblait à une frise de petits hippocampes rigolards qui font du tandem.

Soudain mes yeux s'ouvrent tout seuls.

Fini le bathyscaphe. Fini le jeu. « La » très grosse bêtise vient de perdre sa perruque. Elle est là. Je la vois ! Je la touche dans l'ordre, et en trois mots : Hippocampe, tandem et... vélo !

– M'am, on m'a volé ton vélo !

Je me dresse sur le lit, en sueur. Je sais où je suis et à qui est la petite fesse ronde et chaude, mais ça n'a plus d'importance. J'ai dû crier, mais personne n'a entendu. Le vélo de la m'am ! Hier soir, je l'ai emprunté pour aller jouer au foot au Champ de Personne. Pas peu fier. Je pouvais tout juste m'asseoir sur la selle. Pour pédaler, je devais me mettre en danseuse, comme Charly Gaul dans le Tourmalet. Les copains étaient baba ! Un vélo parme avec des sacoches de facteur en cuir.

Au Champ de Personne ! J'ai oublié ! Le vélo de ma mère ! J'ai beau le découper, le redécouper et le mettre dans tous les sens, ça ne change rien. J'ai oublié le vélo de ma mère au Champ de Personne !

La maison vient de s'écrouler sur mon crâne. « Quinze morts rue Meissonnier. Une famille nombreuse menacée d'expulsion périt tout entière dans l'effondrement de son logis. » Ce sera le gros titre du *Parisien,* entre la sixième victoire d'Anquetil au Grand Prix des Nations, et une photo du général de Gaulle en train de serrer des mains dans la foule pour le référendum.

Je vais faire comme Roland quand il a mis le feu à la maison de la Grand-Rue.

– Je t'ai déjà dit de ne pas dire ça devant le monsieur de l'assurance !

– Pour moi aussi, m'am, on dira « court-circuit ». Il faut que je brûle la maison ! De toute façon, elle est trop petite, et on va être expulsés au printemps... Dans la vie, les soucis, c'est comme les poupées russes, quand tu en as un petit, cache-le sous un gros... Elle a raison, Mme Piponiot. Il faut que je fasse disparaître le petit vélo de la m'am dans un gros incendie. Et mon carnet de correspondance par la même occasion.

Je me lève. J'étais cul par-dessus tête au milieu de mes petites sœurs. Si j'avais joué au bathyscaphe jusqu'au bout, j'aurais perdu. Je me croyais de l'autre côté du grand lit, dans le sens opposé. C'est une drôle de soupe, la nuit.

Je m'extirpe de la pièce sans réveiller personne. Pour une fois, la grosse boîte d'allumettes est à sa place. De l'essence ? J'en trouverai dans le garage. Attention à la porte d'entrée. Elle grince. Pas de bruit. Il pleut, le perron est mouillé, j'aurais dû mettre mes chaussures. Je vais m'enrhumer. Est-ce que ça ne fera pas louche, si je suis le seul rescapé de la famille ? On y voit rien dans le garage. Je craque une allumette. Les jerricans sont le long de la traction. Ceux du rationnement, de la « crise de Suez », comme titraient les journaux. Et la compo de géo ! Je vais la manquer. Juste la fois où je peux battre ce crâneur de Vinteuil. Il faut que je trouve autre chose qu'un incendie. L'appendicite, la péritonite ! Avec une gousse d'ail dans le derrière, c'est la fièvre de cheval assurée. Gérard m'a dit qu'on fait ça, au service militaire. Ça s'appelle « tirer au cul ». Je me sens tout nu sous la pluie froide et je pense à la fessée que je vais recevoir.

– Qu'est-ce que tu fais là ?

La mère ! Avec lampe torche, regard tempête, robe de chambre, chaussons et fichu sur la tête. Elle fait un peu poupée russe, en moins colorée.

– J'ai oublié ton vélo au Champ de Personne !

C'est sorti comme du puits. De la vérité ruisselante, incontrôlée. Pourtant j'étais préparé à mouliner une histoire, avec du mensonge plus fin que le Mokarex. Mais ça m'est tombé des mains sous la pluie... Dans la vie, la vérité, c'est de la savonnette mouillée, ça sent bon, mais c'est pas facile à attraper... Les jolis mots de Mme Piponiot ne me sauveront pas cette fois.

– Rentre ! Tu es pieds nus par ce temps !

– Mais m'am, faut y aller tout de suite, sinon ils vont le voler !

– C'est sûrement déjà fait. Allez rentre ! Ton père vient de se lever. Tu passes à la cuisine que je te frictionne pendant qu'il est aux cabinets.

Le matin, la mère trace les trajectoires autour du père. Une véritable tour de contrôle. Elle te parque le surplus familial en bout de piste. Autorise le roulement. Couloir libre, portes de chambres verrouillées, la cuisine au point fixe, les fourneaux qui ronflent, gamelle en attente, bol, sucre, tartines en ligne, cafetière en approche terrain. Chasse d'eau, sortie de hangar du père, ceinture bouclée. Le bol au remplissage. Terrain annexe, la gamelle amenée à la passerelle. Du Breguet Deux-Ponts. Le frichti à la soute, et le vinaigré en classe tourisme. Verrouillage, étanchéité. On enfourne dans le ploum avec le morceau de pain frais dans la serviette à carreaux, la demi-chopine de Gévéor et le clafoutis aux cerises maison. Prêt à décoller. Le cache-col noué et la fermeture Éclair du blouson remontée jusqu'au menton. Le père se laisse faire en silence.

Puis la m'am accompagne le p'pa à la porte

d'entrée. Jusqu'à la dernière seconde on pourrait croire qu'ils vont se quitter comme ça. Lui sanglé tout droit, le sac sur l'épaule et le front haut. Elle, en lui faisant juste un geste embarrassé du torchon. Mais tout à coup, avec un synchronisme de pigeon ramier, ils vont l'un vers l'autre et se font un baiser à mi-lèvres sur le seuil de la porte. Pfft ! Un piqué de martin-pêcheur. Ce sera le même baiser ce soir au retour, avec juste en plus ce que la fatigue permet d'abandon. Chaque jour, à mi-lèvres, ils ouvrent et ferment la parenthèse d'une journée passée loin l'un de l'autre.

La m'am n'a pas encore mis de rouge aux lèvres, pour qu'il n'ait pas à l'effacer. Et le p'pa s'en va en emportant cet instant furtif, cette inclinaison des visages, ce retenu des corps, que je mettrai toute une vie à raconter, si je ne meure pas d'un rhume avant. Les souvenirs d'enfance font un mètre vingt de haut. Impossible plus tard de retrouver le même angle. C'est décidé, jamais je n'embrasserai personne comme ça.

– Allez file à la maison !

La mère m'a poussé dans l'entrée, dépiauté de ma culotte et de mon tricot de corps. Déjà elle m'étrille l'anatomie avec la manche de sa robe de chambre. Elle ne perd pas un brin de temps. Une glaneuse avec des bras partout, comme une déesse hindoue dans les blés... Je sais pas comment vous faites avec treize. Moi, déjà avec deux !... Le secret de la m'am : le mouvement !

– Prends mes chaussons !

C'est une véritable ballerine d'intérieur, la mère. Elle règle elle-même la chorégraphie des ustensiles. Les entrechats bien plantés dans le linoléum, le tutu en tablier de ménage et le pas de deux du matin avec le père. Les tâches se dessinent comme à la planche. Une subtile projection dans l'espace dont elle a effacé les traits de construction. Elle seule sait. Ça tombe pile, sans un regard à la pendule... Une invention d'homme pour savoir de combien ils sont en retard !

Dans cette maison, il ne faut surtout pas se lever avant l'heure.

– Tu sais bien que, le matin, la cuisine est trop petite !

Curieuse, cette géométrie de la mère qui fait varier les surfaces en fonction des heures. Les mètres carrés du matin sont plus petits que ceux du soir. Il doit exister des génies invisibles qui réduisent la taille des maisons comme les têtes d'explorateurs. La nôtre a dû bouillir trop longtemps. C'est la plus petite de la rue. On dirait un vilain scalp accroché à une ceinture de pavillons en meulière.

Étrange. Ce matin, le père est en avance. Est-ce qu'il m'a entendu crier tout à l'heure ? Les hommes, ça n'entend jamais rien... Il est là, dans la cuisine, torse nu, penché au-dessus de la pierre à évier, la tête sous le robinet, une serviette sur les épaules. Il fait ses ablutions et se frictionne le visage comme pour s'arracher la peau. Il projette de l'eau jusqu'à la plaque brûlante de la cuisinière, qui fait des petits « tchi » de chat dérangé. Il a fini de se raser. Le miroir est encore accroché à la poignée de la fenêtre.

Soudain, la m'am me voit regarder le père. Elle se fige sur le pas de la porte de la cuisine, comme si elle avait déjà compris ce qui allait se passer. Le p'pa se redresse et fait glisser la serviette de ses épaules. Une énorme cicatrice court dans son dos, tout le long de son omoplate droite. Un trait large et luisant sur sa peau brune. La m'am m'aurait certainement écarté de cette cicatrice, mais mon père s'est retourné. Une liane. Il m'a découvert tout nu et pétrifié. Le regard encore barré par cette marque sur sa peau. Alors, il m'a pris des yeux, comme pour me faire traverser un torrent en équilibre, sur une grosse branche. Je ne crains rien quand il me regarde comme ça.

Il m'a pris des yeux et a souri. Le sourire du p'pa, c'est comme un soleil à la barre fixe. On craint pour lui tant qu'il tourne, mais on ne veut pas qu'il s'arrête, de peur qu'il ne se brise à la sortie. De son pouce, il me montre la cicatrice dans son dos.

– Tu vois ça : c'est une griffe de tigre !

Une griffe de tigre ! J'en étais sûr. Mon père a combattu à mains nues les tigres de Java ! Je n'ai pas le temps de lui demander combien il en a tué, si son cri est comme on le dit paralysant, si c'est vrai qu'il attaque à la gorge, si ses dents en collier protègent des morsures de cobra, si... Déjà la m'am, un instant surprise, a retrouvé une dizaine de bras pour me saisir, m'enlever, m'enfiler dans une chemise de nuit trop grande et me glisser quelque part dans un lit.

Je ne sais pas où je suis et je m'en moque. Ce n'est plus du jeu. Mon père a chassé le tigre du Bengale avec le grand Jim Corbett et le maharadjah du Rājasthān. Et on veut l'obliger à signer un misérable carnet de correspondance. Dilettante ! Voyez ça avec notre ambassadeur à Calcutta ! J'en profite pour réviser mes comptoirs de l'Inde. On verra bien si le directeur continue à faire le Tartarin devant le fils d'un véritable chasseur de tigres mangeurs d'hommes !

Le père est parti au travail son sac sur l'épaule. Je ferme les yeux pour suivre son chemin. Il a déjà traversé la rue des Limites. Il passe devant la boulangerie et respire la bonne odeur de pain chaud qui vient du fournil. C'est le matin. Il fait encore nuit. Où va-t-il vraiment ? A Orly, construire des avions pour Air France, dans le plus grand hangar d'Europe. Ça, c'est ce que la m'am raconte à tout le monde. Mais comment expliquer la griffe du tigre ? Est-ce qu'un simple chaudronnier...

– Je t'ai déjà dit : chaudronnier formeur P3 maxi, tous métaux !

– Je sais, m'am.

C'est ce que j'ai écrit sur la fiche de renseignements à l'école en début d'année. Ça dépassait. La dame des bureaux a tout rayé et laissé seulement « tous métaux ». La mère a mis son chapeau, ses gants, et s'est dérangée. Pour la m'am, « mettre son chapeau et ses gants », c'est comme rabattre la visière de son heaume et saisir une lance. « Se déplacer », c'est foncer tout droit.

– Tous métaux ! C'est un métier ça ? Est-ce que mon mari est « tous métaux » ? Et le vôtre ? Il est en quoi, le vôtre ? Je voudrais bien savoir.

La m'am est chatouilleuse sur la qualification du p'pa. Pour elle, on peut dire « femme au foyer », « sans profession » ou « inactive », elle s'en moque. Moi, j'écris : mère de famille nombreuse de treize enfants. La dame des bureaux n'a rien rayé.

Je connais la profession de la m'am, mais celle du père ? Est-ce qu'un « chaudronnier-formeur-P3-maxi-tous métaux » à Air France peut avoir une griffe de tigre dans le dos de quarante centimètres ? Et tous ses déplacements à Toulouse et Alger ? Pour le travail ! Pas seulement. Et quand on vient le chercher en grosse limousine noire en pleine nuit ? Mon père a une vie secrète. C'est certain. Dire que je ne l'aurais jamais su, si je n'avais pas oublié le vélo de la m'am au Champ de Personne !

Inutile de me demander de dormir. Je ne dormirai plus jamais. Désormais, il faut que je m'occupe des aventures de mon père. Il me faudra au moins trois vies. Une pour les suivre, une pour les raconter et une pour corriger les fautes d'orthographe. J'irai me réfugier dans mon cerisier et j'y resterai, avec ma boîte de soldats Mokarex, mon dictionnaire et mon cahier de collection. J'écrirai : Chapitre 1 : Les mille et une aventures incroyables et fantastiques du chaudronnier P3 maxi. Non, il faut un nom plus court pour le héros. P3... Ça fait cigarette. P3 Maxi... Ce serait bon pour un espion ! Chaudro... On dirait une lessive. Non... Chaudrake ! C'est ça, Chaudrake comme on dit Mandrake ! Je le vois déjà, la nuit, traverser les airs au-dessus du quartier, en bleu de chauffe, sa batte à la ceinture, son tas américain à la main, le cache-col au vent, des lunettes de soudeur et son sourire en soleil à la barre fixe.

Il part.

Maintenant, le jour peut venir. Je sais où je suis.

CHAPITRE II

La voiture rouge

Ce matin, j'ai un secret sur le visage et personne ne s'en aperçoit. Ni les petites sœurs, ni les grandes, ni les frères. J'ai envie de crier dans la grande pièce : Vous savez quoi ? Papa, c'est Chaudrake ! Mais, à cause du vélo perdu de la m'am, j'ai plutôt intérêt à me faire tout petit. Je sens bien les regards autour de la table du petit déjeuner. Ça me fait une couronne d'épines dans les cheveux. Ma parole, ils veulent me renvoyer au caté ! La mère ne dit rien. Elle vaque avec les sourcils juste un peu plus raides que d'habitude. Elle est allée voir au Champ de Personne dès que le père est parti au travail.

– Il n'y était plus...

C'est tout ce qu'elle m'a dit.

– Les boueux n'étaient pas encore passés, je t'ai pris des journaux chez le dentiste.

« Chez le dentiste », ça veut dire dans la poubelle du dentiste. La m'am y récupère des collections bien ficelées de *Match, Elle, Marie-Claire, Ciné-Revue,* triées et rangées par dates. On dirait que le dentiste sait que la m'am passera. Il espère peut-être qu'on viendra chez lui. Mais on a des dents d'Afrique dans la famille.

Pour les magazines, il y a tout un choix de poubelles dans le quartier : « chez le pharmacien », « chez le militaire », « chez l'instituteur ». Celle que je préfère, c'est « chez le coiffeur » à cause de *Miroir des sports*. Les poubelles, ça permet de connaître les gens sans être invité chez eux. L'inconvénient, c'est qu'on sait tout avec une semaine de retard.

Je reste le nez dans mon bol vide. Ce n'est pas encore mon tour pour le café au lait. Comme d'habitude au poste de radio on passe de l'accordéon ou Tino Rossi. Dès que ce sera le « Réveil musculaire », il faudra se presser. Gérard rassure la m'am.

– T'inquiète, on t'en dégottera un autre spad.

– Ce qui m'embête le plus, c'est la plaque de ton père.

Le p'pa avait gravé une plaque en Inox avec le prénom de la m'am, « Paulette », écrit comme un mot d'amour dans l'écorce d'un arbre.

Je propose de récupérer le vélo du facteur, avec rétropédalage et porte-bagages à l'avant. On n'a plus besoin de ce tueur de chiens, vu qu'on a déjà touché les allocations familiales, et que plus rien de bon n'arrivera ce mois-ci par la poste.

– Et les lettres d'Algérie ?

Je pique du nez vers la toile cirée. Une lettre d'Algérie, ça veut dire une lettre de la guerre. Mais il ne faut pas dire le mot. La m'am a toujours un fils là-bas et moi un frère. Un qui y est, un qui en revient ou un qui va partir. Serge ce sera en 62. La m'am y pense déjà. Moi, je suis de la classe 48. J'ai le temps, mais on ne sait jamais, avec les guerres qui n'ont pas de nom. J'irai peut-être à Tlemcen, au 21e RIMA... 243 au jus ! La mère marcottera le calendrier des pompiers comme une taularde...

– Tu ne peux pas parler autrement ?

– C'est une image, m'am.

Chez nous, le calendrier, c'est le massacre des saints. Avec toutes ces dates rayées ou soulignées pour cause d'anniversaires, d'événements, de fêtes ou de congés, on a l'impression que le temps perd ses dents... Rêve de dents. Rêve de mort !

– Il ne faut pas dire ça. J'attends une lettre d'Algérie.

Tout à l'heure, quand le facteur passera, la mère

restera sur le haut du perron, toute droite, les doigts crispés sur son torchon à carreaux, le regard riveté sur la boîte aux lettres rouillée. Elle attendra que le facteur disparaisse avant d'aller chercher le courrier. Et il disparaîtra vite, le facteur. On le comprend. Deux fois par jour, notre chien Capi se glisse sous la palissade et le course jusqu'au coin de la rue, en aboyant et en lui mordant les chevilles, les mollets et même les pneus. Le facteur fait des acrobaties et se défend à coups de talon et de pédales. Sa mission accomplie, Capi revient à la maison, la queue en panache, se faire caresser et retourne à son activité principale : la sieste sous les lilas.

– Vous pourriez le tenir, votre chien ! Sinon, je vais le faire piquer, un jour !

Tenir Capi. Est-ce qu'elle songe à ça, la mère, alors qu'il y a peut-être une lettre d'Algérie au courrier ? Surtout que ça barde là-bas, en ce moment. Elle le sait par la mère d'un copain de Roland, Fausse Timbale. Sa Lucette a cassé leurs fiançailles quand il est parti au service. Encore une qui a le feu où je pense ! Comme disent les commères de la place du marché, celles qui surveillent les filles de ceux qui sont partis. C'est là que j'ai appris l'expression, « avoir le feu où je pense ». Ça doit être quelque part dans la tête. Là où sont les idées.

Quand il n'y a rien au courrier, la m'am est déçue mais soulagée aussi. Pas de lettre, mais pas non plus d'enveloppe bleue à en-tête « République française ». Comme celle qu'a reçue la boulangère de la rue Montgolfier. Son François de la 3e compagnie du 9e RCP. Le djebel Mouadjène. Les fellaghas dans les arbousiers. Ça tire, on ne sait même pas d'où... Et le fournil qui s'éteint à vingt ans... C'est ce que le journal avait écrit. C'est étrange. Il n'y a pas de guerre, mais chaque matin dans *Le Parisien* on voit des soldats et des terroristes tués dans une embuscade ou une « opération de ratissage ».

Au courrier, la moindre enveloppe à en-tête fait sauter le cœur de la m'am. Et la famille en reçoit, des lettres à en-tête ! Préfecture de la Seine. Caisse d'allocations familiales. Direction générale du personnel d'Air France. Je regarde la m'am, quand elle reste devant la boîte aux lettres, le courrier à la main, le visage inquiet. Une respiration profonde, et elle passe les lettres en revue, à toute vitesse, comme un joueur qui classe ses cartes. Elle en tire une et se sauve dans la cuisine. Elle se sert un café dans un verre en Pyrex, s'assoit, s'essuie les mains à son torchon à carreaux et ouvre l'enveloppe avec son doigt. Après, elle ferme la porte.

– Allez, en piste les garçons ! C'est la gymnastique au poste. Vous allez encore manquer le car.

Autour de la table du petit déjeuner, les frères ressemblent à de gros piafs obéissants sur une gouttière. Combien sont-ils ce matin ? Quatre, cinq ou six. Il manque Roland qui est parti plus tôt. C'est le grand jour, pour lui. Il passe son essai chez Air France ! Tout le monde y pense. On va lui donner un morceau de métal, un plan et des outils, et il devra sortir une pièce aux cotes. Si c'est bon, il est embauché. Sinon...

– Je te dis « merde », mon grand !

La m'am ne laisse jamais partir personne pour une épreuve sans le mot magique. Même si elle a déjà lu les horoscopes du *Parisien*. Moi, j'ai eu : *Initiative heureuse qui portera ses fruits assez longtemps.* S'ils veulent faire allusion au vélo perdu de la m'am, je ne trouve pas ça drôle.

Michel a l'air préoccupé. Je l'ai entendu dire à Gérard qu'il saura ce soir pour le résultat des examens de Jeanine, sa presque fiancée. Moi qui croyais que, quand on était grand, on était débarrassé de ces histoires de compositions à réviser et de résultats à attendre...

Comme d'habitude, les grandes sœurs sont invisibles le matin. Elles doivent encore être enfermées dans la cuisine en train de faire leur toilette en chantant comme Suzy Delair, ou en lisant *Nous Deux* en cachette. Il y a Évelyne et Josette, peut-être Monique.

A cause de cette nuit je ne suis pas encore assez bien réveillé pour m'y retrouver. La m'am distribue ses baisers aux garçons sur le pas de la porte. On passe à la pointeuse, comme dit Guy en rigolant. Une dernière vérification de la m'am sur le perron. Nichée de baisers à la volée pour chacun... Et ouste !

– N'oubliez pas vos casse-croûte ! Et pensez à Roland, aujourd'hui.

Chaque jour, la m'am nous fait penser à quelqu'un. Pensez à Jacky qui va parler à son chef. Pensez à Monique, pour son premier jour à la mairie. Faites un nœud à votre mouchoir ! Mais ma tête est trop petite. Alors, pour me souvenir, j'ai trouvé une combine. Un coin du mouchoir noué : pense à un frère, deux coins, à une sœur, nœud au centre pour le p'pa et les quatre coins réunis en parachute, c'est la m'am. Reste plus qu'à penser au mouchoir.

Tous les grands frères sont partis, sauf Serge, en bout de table. Il reste collé derrière *L'Équipe*. Reims a battu Monaco 2-0. Il est en tête avec Strasbourg et le Racing. Marseille est dernier. Moi, je suis pour Reims. Dimanche, Serge a marqué deux fois avec l'équipe première de Villemomble. Il n'est encore que junior, première année. Ses buts sont écrits en tout petit, mais on en parle.

– M'am, le p'pa a vu l'article ?

– Il m'a dit qu'il se le gardait pour lire dans le train.

Le Serge part au Centre d'apprentissage, de la fierté plein sa chemise à carreaux américaine. Il l'a achetée grâce à ses premières primes de match. Ça le fait ressembler à Eddie Cochrane. Il me glisse au passage :

– Pour le vélo, quand le père va rentrer ce soir, un conseil : numérote tes abattis !

Encourageant, le frangin. « Abattis », ça me fait penser au tranchoir du boucher qui passe en camionnette. Heureusement qu'il y a le café au lait pour me réconforter.

– C'est vrai que tu as perdu le vélo à maman?
– Tu vas drôlement te faire enguirlander...

Ça y est! Maryse et Martine, les deux chipies! Elles vont me faire rater ma teinte! Chaque matin, je verse le lait et le café dans mon bol, en les dosant de façon que le mélange soit exactement de la même couleur que le dos de ma main. Le lait, c'est la m'am et le café le p'pa. Chaque matin, je mélange le père et la mère à la petite cuillère.

Là, c'est plutôt de la couleur du p'pa. Il faut ajouter un peu de lait. Voilà! J'ai la bonne teinte de peau: Café au lait. Après, je mets à tremper le pain dur.

– Nous, on a eu du pain frais!
– Avec du vrai beurre dessus!

Sûrement pas. Les petites sœurs font leurs intéressantes. Le pain frais, c'est pour le p'pa et le casse-croûte des grands. Et leur « vrai beurre », c'est de l'Astra, comme tout le monde.

– Maman a dit qu'il fallait que tu nous attendes pour partir à l'école!
– Même que tu dois nous accompagner jusqu'à la grande porte!

Impossible. J'ai des tas de choses à faire ce matin sur le chemin de l'école. D'abord, aller voir où en est la réparation de la voiture rouge, de la rue de Bondy. Elle doit être presque terminée. Ensuite, il faut que j'apporte mes chiffons à l'imprimerie de Massicot. J'ai préparé un ballot que j'ai caché derrière la porte du garage. Ça me vaudra au moins deux paquets de buvards et une feuille de papier Canson. Le père m'a rapporté des fusains de son club d'arts plastiques à l'usine. Là-bas, il peint à l'huile avec de vrais modèles! Moi, je veux seulement savoir dessiner ce que je vois du haut de mon cerisier.

Résumons. La voiture rouge à aller voir, les chiffons de l'imprimeur à apporter: pas question d'accompagner les petites sœurs à l'école. Elles iraient tout moucharder à la m'am. A la radio Georges Brassens chante... *Le 22 septembre, aujourd'hui, je m'en fous...* Pas moi.

La mère passe l'ultime inspection sur le perron avant le départ à l'école. « Mes trois derniers petits colis ! » Elle regarde même à l'intérieur des chaussures, pour voir si, des fois, sans le faire exprès, on n'aurait pas pris une toute petite pièce dans le pot du tarot. C'est mon tour, je suis inquiet. Pourtant, je n'ai rien de caché... Ça, c'est les sous de mes carnets antituberculeux. De ce côté-là, je suis en règle et même bien classé pour gagner le concours du meilleur vendeur de l'école. Mon souci est bien plus grave.

Après le vélo perdu au Champ de Personne, je me demande si je vais avoir droit... à mon baiser frotté. J'aurais compris, et je n'aurais pas pleuré. Au moins pas avant d'être arrivé sous la passerelle du chemin de fer.

Je suis sur la dernière marche de l'escalier, le cœur gros et serré. La m'am m'inspecte des boucles de sandalettes à la raie dans les cheveux. Je préfère fermer les yeux pour ne pas voir les siens. Je la sens passer de la crème Nivéa sur mes dartres. Elle a fini. Il se passe la seconde la plus longue du monde. La plus longue du monde. Et tout à coup, sur ma joue... mon baiser du matin ! Avec ce frotté rapide du bout des doigts pour effacer le rouge à lèvres. Un baiser frotté qui gardera toute la journée le parfum mêlé des doigts et des lèvres de la m'am...

J'ai encore plus honte d'avoir perdu son vélo.

On est tous partis. Même les grandes sœurs que je n'ai pas vues se faufiler. Il y a toujours un garçon pour les attendre à vélo ou à Vespa. La mère est maintenant seule dans la maison éventrée qui ressemble à une vieille poupée dont la bourre sort par les fenêtres ouvertes. A la radio c'est l'heure du « Ménage en musique ». La m'am aère en mesure. Draps, couvertures, polochons, édredons, la maison montre ses couleurs. Ça sonne l'abordage dans la rue Meissonnier qui se réveille. La rue claque comme un bateau à aubes sur le Mississippi...

– Tu exagères ! C'était comme ça à la Grand-Rue, mais pas à Meissonnier.

– Laisse-moi mélanger un peu, m'am. Raconter, c'est comme faire son café au lait.

Aux fenêtres, on bat des tapis de riches et des carpettes de vilains. C'est l'ardeur qui taille les noblesses du matin et la m'am en a des quartiers plein les bras. La mère retrousse ses manches, plonge ses mains et remet toute la tripaille de la maison en place. De la chirurgie de champ de bataille. Elle cautérise le tout d'une bonne odeur d'encaustique qu'on a l'impression, le soir en rentrant, de se glisser sous les pieds comme des patinettes.

Chaque fois, en partant pour l'école, j'ai le sentiment de l'abandonner un peu. Aujourd'hui la m'am paraissait soucieuse quand elle nous lisait l'article en première page du *Parisien* : *Demain l'automne. C'est avec mélancolie que l'on voit les premières chutes de feuilles sur le capot des voitures : les journées sombres et froides s'annoncent déjà...*

Mais il y avait surtout ces quinze militaires tués lors d'une embuscade dans le Sud oranais. Ce matin, la m'am va guetter le facteur d'encore plus loin.

Pour lui changer les idées, je décide de l'emporter avec moi à l'école, dans la poche de mon short ou le soufflet de mon cartable. Là où elle sera le mieux installée. On causera toute la journée. Elle redevient ma maman Peter Pan.

– Arrête de faire semblant de voler !

– T'es même pas cap' de le faire pour de vrai !

Maryse et Martine me font atterrir. Depuis la sortie de la maison, ces chipies me collent aux chaussettes. Je ne peux pas les semer. La m'am, de la fenêtre de la cuisine, nous accompagne des yeux. Et ce matin, je leur dois la vie. Sans elles, je restais coincé sous la porte du garage en voulant récupérer mon ballot de chiffons pour l'imprimeur.

– Pourquoi t'as pris des affaires ?

– Et même un chiffon à maman !

– C'est pour les petits Chinois.

C'est pratique les petits Chinois, ça a toujours besoin de quelque chose.

– Nous, avec la maîtresse, on collectionne le papier à chocolat pour eux.

– Et nous les pots de yaourt !

Pendant que les petites sœurs comparent leurs maîtresses, je réfléchis à une ruse de vrai Mohican pour me débarrasser d'elles. Pour aller à l'école, j'ai le choix entre deux chemins. A gauche, par chez Mme Piponiot, le grainetier et la voie de chemin de fer. A droite, par chez le marchand de couleurs, le rond-point et directement l'imprimerie du père Massicot. Mais je dois passer voir la voiture rouge.

– Pourquoi on passe par là ?

– Ça rallonge !

Je fais comme si je n'entendais pas mes petites sœurs jérémier.

– Tu as vu, il y a l'auto du monsieur qui vend des torchons.

– Et aussi des draps et des serviettes.

Elles voient tout avec leurs jolis yeux bleus. Syracuse est là, dans sa Volkswagen grise pourrie. Syracuse, c'est le colporteur du quartier. Le vendeur de linge de maison. Un charlatan ! Il attend le départ au travail des maris pour venir tirer les sonnettes, avec ses fanfreluches, ses cadeaux et son carnet de commande. Il a tapi sa voiture à l'angle de Montgolfier et de notre rue. Il ne me plaît pas. Un grand sec gominé à moustaches fines qui fume des cigarettes sucrées de femme, avec des faux airs de Jean Sablon quand il chante *Syracuse*. C'est pour ça qu'on lui a donné ce surnom. Il a déjà embobiné tout le monde dans le coin, même Capi, avec du nougat qui lui donne un air idiot quand il mâche. Pour l'instant, la mère résiste. Un jeudi, j'avais entendu son boniment.

– Ma pauvre dame, quelle pitié d'avoir à mettre à la fenêtre de telles guenilles. On croirait une roulotte de romanichels. Qu'est-ce que les gens du quartier vont penser ? Vous méritez mieux...

C'est vrai que les draps ont des reprises, et que les édredons sèment leurs plumes, mais il y fait chaud en dessous, en se serrant. De toute façon, on n'a pas les sous pour l'instant. Le père l'a dit. Mais Syracuse est pire qu'une mouche bleue des cabinets. Il faudra que Chaudrake s'occupe de lui. Je me demande si le p'pa est comme Robin des Bois ou Ivanhoé. Maryse et Martine me relancent.

– T'avais promis de nous raconter une histoire en chemin.

– Et même une histoire au hasard !

Discutailles et chamailleries. Elles vont me mettre en retard. Je cède. C'est ma faute, c'est moi qui ai inventé ce jeu idiot, de « l'histoire au hasard ». Tout ça parce qu'un jour elles m'ont dit :

– Même pas cap' d'en inventer une !

– Une, avec des personnages qu'on choisit, nous !

D'habitude je leur racontais une histoire avec mes soldats Mokarex. J'avais juste à secouer la boîte et à regarder comment ils étaient emmêlés. Mais maintenant qu'elles peuvent choisir, il faut que je fabrique une règle.

– Voilà comment on fera pour l'histoire au hasard : en premier, vous choisissez trois soldats de ma collection, en deuxième, l'époque que vous voulez : le temps des fées, celui des rois, ou maintenant, et en troisième, n'importe quel pays : ici, la terre des Indiens, ou l'Afrique. Et je dois vous inventer une histoire tout de suite.

– T'as pas le droit d'ajouter des Martiens !

– Ni des galaxies.

Elles choisissent Louis XVI, Marie-Antoinette et Saint-Just. Je remplace en douce Saint-Just par Axel de Fersen. L'histoire est déjà tout écrite, mais les petites sœurs ne le savent pas. Je règle l'affaire en moins d'un demi-pâté de maisons. On est quittes.

– Et les têtards ?

– T'as juré craché.

D'accord. Je les emmène jeudi aux têtards avec moi, au bord de la voie ferrée, mais on se sépare au prochain coin de rue.

– C'est du chantage !

– Oui, du chantage !

Les petites sœurs commencent à prendre du vocabulaire. Il faudra que je cache mon dictionnaire. Elles ne lâchent pas prise et marchent deux pas devant moi en se faisant réciter des règles de grammaire que normalement elles sont trop petites pour connaître. L'histoire au hasard m'a retardé. Je vais être en retard chez l'imprimeur. Au prochain coin de rue, je les abandonne.

– T'avais dit l'autre !

– Oui, même que t'avais juré...

Puisque je ne vais plus au caté, ça n'a pas d'importance de jurer. Même cracher. Il n'y a plus de caté, mais il y a encore des miracles. Notre Sainte Vierge lumineuse vient d'en garer un vrai dans la rue Montgolfier : une Frégate ! Une Frégate Renault grand pavois dernier modèle, deux tons de bleu, avec pneus à flancs blancs. En trois foulées, je double les petites sœurs... *Transfluide !* C'est écrit en lettres chromées sur l'aile, avec un cercle traversé d'une pointe. La première que je vois en vrai... Une Frégate « transfluide » dans le quartier ! Elle vaut plus de un million ! Un an de salaire de papa !

– Un million, c'est même pas vrai !

– C'est pas possible...

– Je l'ai lu dans *L'Auto Journal* : 960 500 F plus 94 500 F pour la suspension « transfluide » et au moins 20 000 F pour les flancs blancs. Ça fait...

– 1 074 000...

– ... 500 !

Elles comptent trop vite pour moi, les petites sœurs.

– Et ça veut dire quoi « transfluide » ?

– Tu vois, tu sais pas.

– Si ! Ça veut dire... « Qui fend la mer et les eaux. »

– N'importe quoi !

– T'inventes.

Je trouve qu'elles sont de moins en moins petites, mes petites sœurs.

– C'est parce que, vous, vous connaissez pas la

chanson : *Le 31 du mois d'août, nous vîmes venir sous le vent à nous, une Frégate d'Angleterre...*

– On chante pas tout fort dans la rue !

– C'est mal élevé.

– *... qui fendait la mer et les eaux ! C'était pour aller à Bordeaux !* Eh ben c'est ça, « transfluide » !

Elles sont babas avec plein de bleu aux yeux.

– Dis, tu nous apprendras encore des mots ?

– Des jolis.

Je reste vague et je zieute à l'intérieur de la Frégate : 150 au compteur ! Même 160 si on compte le petit trait derrière. C'était mon record pour une voiture française, avec la DS du grainetier.

– On ne regarde pas dans la voiture des gens !

– Si le monsieur sortait...

Intérieur ivoire, volant crantelé, montre au tableau de bord, allume-cigare, boîte à gants.

– T'es bien un garçon quand tu parles des voitures ! Je comprends rien.

– C'est bien aussi, d'être un garçon, m'am.

La Frégate est plus belle encore que dans le magazine. Est-ce qu'elle a un démarreur à clef ? Il y a quand même moins de boutons que dans la Studebaker de la femme du ferrailleur.

– Celle-là, si tu la démarres, je te la donne !

Ce jour-là, c'est l'anniversaire de Serge. Il a treize ans, et Pontet n'a pas l'air de plaisanter en disant ça à mon frère. « Si tu la démarres, je te la donne ! » Pontet, c'est un copain de maquis du père qui fait le ferrailleur pas loin du cimetière. A ce que dit la m'am, il a réussi dans la récupération de surplus américains : Jeep, half-track, GMC. Il a même un char Sheridan, ce cercueil à chenilles qui a un nom de massacreur d'Indiens. Il l'a repeint en bleu layette, avec une grosse étoile blanche. « Au char bleu », c'est devenu l'enseigne de la casse.

Chaque année, Pontet fait une « party », comme il dit, pour réunir les gars des maquis de la région P3 Sud et leurs familles. Ça monte de Nevers et des environs. On a installé, au centre d'un amoncellement de carcasses d'autos, de longues tables avec des nappes blanches, des plats de chez un traiteur et des serveurs à nœud papillon.

– Si tu la démarres, celle-là, je te la donne !

Celle-là, c'est une Studebaker vert tendre avec hard-top vert bouteille. La voiture de la femme de Pontet. Le frère s'est assis au volant comme aux autos tamponneuses.

– Un seul essai. On est d'accord ?

Serge regarde tous ces boutons offerts comme un assortiment de chocolats de Noël. Sa main hésite et finit par en choisir un à la liqueur. Il tire le petit bouton argenté. Les essuie-glaces se mettent en marche. La tablée des invités rigole en mesure et retourne se couper une part de moka. Serge me tire à l'écart. Pas trop déçu, juste le cran dans les cheveux un peu plus rageur.

– Un jour, ce sera à toi qu'il proposera de démarrer la Studebaker. Et là, petit frère, on le baisera !

– N'écris pas de gros mots !

– C'est pas moi, m'am, c'est Serge.

Tandis que les petites sœurs trépignent sur le trottoir, moi, je continue à inspecter la Frégate transfluide.

– Tant pis, tu seras en retard !

– Tu te feras gronder par le maître...

Elles finissent par renoncer et s'en vont. Je les regarde partir. Elles sont plutôt mignonnes avec leurs vernis, leurs socquettes, et leurs rubans dans les cheveux. Au coin de la rue, elles me font un signe de la main, comme quand on part en colonie de vacances. On est si contents de se retrouver un mois après. Mais ça, il ne faut pas le montrer.

Le carnet de correspondance non plus ! Je viens de me souvenir que je l'ai emporté avec moi dans mon cartable. Si le maître le trouve...

– Ton père m'a bien répété de ne pas te le signer.

Quand la mère m'a dit ça ce matin, je n'ai pas insisté. Elle avait une sacrée poigne dans les yeux.

– Il va t'en causer ce soir.

Il y a longtemps que je sais que « causer » n'est pas un synonyme de « parler ». Ça veut plutôt dire : causer du pays. Cette étrange contrée inconnue dont on ne rapporte que des ennuis.

Les petites sœurs sont parties. Par précaution, je vérifie si Maryse et Martine ne reviennent pas sur leurs pas. Il faut absolument que je sois seul pour aller voir la voiture rouge. C'est mon rendez-vous secret.

– Tu ne devrais pas raconter cette histoire. Elle est triste.

Cette histoire n'est pas triste. Elle est rouge.

La voiture avec laquelle j'ai rendez-vous chaque matin sur le chemin de l'école appartient à l'ingénieur. C'est la m'am qui l'appelle comme ça parce qu'il est toujours bien habillé et a l'air instruit. Il habite avenue de Bondy. Une maison un peu comme un château au fond d'un parc, avec une grille, une haie qui laissent seulement deviner, et de grands arbres. Des cèdres du Liban ! C'est lui qui me l'a dit.

– Ils vivent centenaires. Ce ne sera certainement pas mon cas.

Un jour, il est venu à la grille pour m'acheter deux carnets de timbres antituberculeux. « Je prends une assurance. » Il dit ça en se tapant sur la poitrine. Il tousse. Son sourire est doux et pâle. Même dans sa cote de bleu, il a toujours l'air habillé en dimanche.

Dans le parc, il répare une voiture qui sera rouge. Ça se voit. Au début, ce n'était qu'une carcasse rouillée, posée sur des étriers, au milieu de l'allée de gravier. Jour après jour, en allant à l'école, je la regarde se transformer. Rien à voir avec les voitures que mon père récupère. Des épaves écrabouillées qu'il retape pour les revendre. Souvent, ça dure jusqu'à la nuit.

– Laisse au moins le gamin venir prendre une soupe !

Pas question. Je n'ai pas envie de manger pendant que le p'pa et les frères bricolent un moteur. Je veux faire l'arpète, surveiller la baladeuse, passer les clefs, éponger le front ou tenir la lampe torche.

– Éclaire mes mains !

Ça n'y paraît pas, mais c'est le plus difficile... Dans la vie, quand la bouche parle trop bien, surveille les mains ! Apprendre la place des choses, ça vaut bien une soupe.

– Où est le quatrième écrou de douze ? Je l'avais posé là.

Quand on bricole, on perd toujours une pièce. Pire, parfois il en reste une en trop à la fin.

– On a oublié de poser le joint. Faut tout redémonter !

La mère nous apporte un quelque chose à manger dans le garage. On le prend debout sous la baladeuse. La lumière se promène sur le cambouis des visages. Dans la famille, qu'est-ce qu'on se ressemble, quand on bricole !

Il y a un autre moment où tout le monde a le même visage, c'est quand on fait démarrer le moteur pour la première fois. L'inquiétude aussi, ça fait se ressembler.

Ce soir-là, le moteur de la traction est suspendu à la grosse branche du cerisier par des cordes. C'est un de ces soirs d'été parfumés au lilas. Dans les jardins, on entend tinter les voix, comme si chacun se servait des fraises au sucre dans un grand saladier en verre. Le père et les frères regardent le moteur dans le cerisier.

– Maintenant, faut l'essayer.

– Ça va faire du barouf !

– D'accord mais, en cas de lézard, demain matin, on est marron.

– Alors, on le fait juste tousser.

Pour tousser, ça tousse. Tout à coup, je comprends le mot « barouf ». Une véritable explosion dans la cour. C'est la panique. Les gens du quartier sortent dans les rues. Pire que pour voir passer le Spoutnik. Le père rassure. « Ce n'est rien ! Ce n'est rien !... On n'a mis qu'un demi-verre ! » Il parle de l'essence. Mais ça dure, un demi-verre ! L'attroupement grandit. Certains pensent que la mairie nous expulse. La m'am se cache derrière son torchon. Le moteur dans le cerisier menace de s'arracher des cordes. On s'écarte. On pense aux pompiers. Ça peut durer la nuit. Ça dure. Mais tout à coup, après un dernier hoquet, le barouf stoppe d'un bloc. Le plus beau silence d'été jamais entendu dans notre quartier.

– Eh ben, il marche !

Après cette constatation, le père offre une tournée générale. L'épicier relève son rideau et la rue part en guinguette. On devrait plus souvent faire fleurir des moteurs dans les cerisiers.

Je ne sais pas si, ce soir d'été, l'ingénieur était là. Je n'arrive pas à l'imaginer un verre de rosé à la main, en train de trinquer avec du cambouis sur les doigts. C'est beaucoup plus propre quand il répare sa voiture rouge. Il a une grande valise à outils qu'il déplie comme une malle-cabine. Les outils sont alignés sur des linges blancs posés dans l'herbe. Il prend ses clefs comme on choisit une cravate. J'aime le voir disparaître sous la voiture en glissant sur sa planche à roulettes.

Le père fait pareil, mais sans roulettes. La m'am dit que, ce qu'elle voit le plus du p'pa, ce sont ses jambes... Au moins, elles dépassent quand il bricole sous une voiture. Ton père aurait dû épouser une speakerine. La femme tronc et l'homme jambes : une véritable attraction pour la foire du Trône.

Le soir, après manger, je retourne parfois regarder l'ingénieur derrière la grille de sa maison. Il a fini son travail, quitté son bleu et fume une cigarette sucrée, adossé à la voiture recouverte d'une bâche. Le visage sous la lune, les cheveux luisants bien plaqués en arrière. Sa femme à ses côtés ressemble à Grace Kelly. On les croirait sur le pont-promenade d'un transatlantique. Plus tard, je serai mécanicien au long cours.

La voiture rouge dans l'allée est presque terminée. Mastiquée, poncée, il ne reste plus qu'à la repeindre. L'ingénieur a déjà masqué les vitres avec du papier journal. Il a préparé le pistolet à peinture, les bonbonnes d'air comprimé et des bouteilles de lait.

– Il faut en boire quand tu peins, c'est un contrepoison.

Demain, ou après-demain, la peinture sera terminée. La voiture rouge disparaîtra dans le garage. L'allée de gravier restera vide. Les voitures finissent toujours par partir.

Celles que retape le p'pa partent le samedi. Un homme en costume arrive, tourne autour, donne des coups de pied dans les roues et le bas de caisse. Il fait la moue, discute, claque les portières, ouvre le capot et dit oui avec la tête. Il boit un verre sur la table de la salle à manger, compte des grands billets dans une enveloppe. Et la voiture disparaît.

On en a vu défiler ! Des petites, des grosses, des mal en point qu'on bichonnait et qui s'en allaient requinquées. Mais après, on n'avait plus jamais de nouvelles. Rien que des ingrates qui partaient avec un autre pour quelques billets et un verre de vin.

– Les femmes et les voitures, c'est pareil ! Tu mets quatre roues à l'une et une petite culotte à l'autre, et tu verras !

Pontet disait ça en fin de repas.

– Tu n'es pas obligé de répéter ses bêtises !

– C'est juste pour faire une citation, m'am.

Pourtant, il y a une voiture qu'on a failli garder : la Simca 5 ! Il s'en est fallu d'une écorce de platane. Elle était destinée à la mère. Une toquade des grandes sœurs. Elles avaient vu la voiture dans *Elle* ou *Marie-Claire*. La publicité disait : *Petite, élégante. Elle a du chien. La Simca 5, la voiture de la femme chic d'aujourd'hui...* C'était accompagné d'une photo de femme en short, la raquette de tennis négligemment jetée sur l'épaule, Évelyne l'imite très bien avec la poêle.

Les grandes sœurs ont donc décidé que la femme chic d'aujourd'hui, c'est la m'am. Et pourquoi pas ? Les sœurs en ont assez que mâădâme Jacquet se pavane dans la rue, en bourgeoise bêcheuse. En plus, elle joue les dames patronnesses en distribuant ses vieilles nippes et en nous promettant de nous vendre son Frigidaire, quand elle prendra le modèle au-dessus : un Kelvinator 290 litres.

Chez les Jacquet, c'est le Salon des arts ménagers : fer à repasser électrique, machine à laver avec essoreuse à rouleaux, cuisinière à gaz, Cocotte-Minute, aspirateur, machine à tricoter, combiné Rotary, et même un égouttoir en plastique bleu sur l'évier. Un jour, on aura tout ça.

Pire, « la Jacquet », comme l'appellent les grandes sœurs, est la seule femme du quartier à conduire... Ça va changer ! La mère a haussé les épaules. Allez, poussez-vous de mes jambes, les filles ! Et elle a continué à étendre la lessive. Mais les grandes sœurs se sont mises à la travailler au quotidien, en relais et à l'usure. C'est devenu pour la famille une question de principe, de fierté et d'honneur. Étrange, cette façon qu'ont les femmes de la maison de se serrer dans un coin de la cuisine, en parlant tout bas et en rigolant fort. Dans la vie, les femmes sont les Indiens d'aujourd'hui. C'est pour ça qu'elles font le cercle. Elle a sûrement raison, Mme Piponiot. Moi, je suis un Mohican et je dois former mon cercle tout seul.

Un jour, la mère a fini par dire « Pourquoi pas... » et le père a tapé sur la table. « Banco ! » Pour la Simca 5, pas de problème. Boboss, un copain du maquis de Decize, expert automobile pour les assurances, lui en fera passer une proprette en épave. Il lui doit bien ça de la guerre, paraît-il. La « proprette » arriva un samedi soir. Même à la lumière, on ne reconnaissait pas l'avant de l'arrière... C'est ça, un copain de maquis ? Le père a ravalé sa salive. L'amitié, c'est sacré, même si celle-là venait de se cabosser un peu... Elle sera comme sortie d'usine avant que tu aies ton permis. Tope là ! Pari tenu...

La première leçon de conduite de la m'am a lieu ce dimanche matin après la messe. A Dieu vat... Le père utilisera la Juvaquatre commerciale marron encore en chantier. Elle est commode pour le frein à main. Depuis deux semaines, les grandes sœurs entraînent la mère en secret dans la cuisine, avec manche à balai, couvercle de faitout et miroir de poudrier. Le matin du grand jour, toute la maisonnée s'occupe de balayer devant la m'am. Mieux qu'une fête des mères. Elle glisse dans la maison comme une jolie boule de curling grise. Pas le temps de se changer après la messe... « Quand même, tu aurais pu retirer ta voilette ! »

Le père a pris une mine sévère de moniteur de conduite. « N'essaie pas de m'amadouer. » La tribu sort pour regarder s'éloigner l'arrière hoquetant de la Juvaquatre. Au tournant de l'avenue des Limites, la boulangère manque de recevoir une livraison inopportune dans sa vitrine. Braquage et contre-braquage assistés par le père, un rien de ballotté dans la caisse, et la Juva se remet en ligne, toute fière et raide, puis disparaît en direction du Champ de Personne. A cette heure-là, ce sera calme dans ce coin. Loin des yeux, loin du cœur. Pourtant il palpite gros, le cœur, et la tribu s'est ramassée sur elle-même comme un jour de résultat du CAP.

On attend. Et soudain on entend. C'est le bruit du moteur de la Juvaquatre. Elle revient par la rue Montgolfier, après un tour du pâté de maisons. C'est bien la Juva, mais ce n'était plus exactement la même. Borgne d'un phare, édentée de la calandre, l'aile droite enfoncée, la portière éraflée : ça représente pas mal d'heures de baladeuse en perspective.

La mère sort de la voiture en riant. Elle rit ! Mais elle rit ! Sans pouvoir s'arrêter, en serrant son sac à main contre son ventre. La famille inquiète veut savoir, mais la mère ne peut pas s'arrêter de rire... « Je vais faire pipi dans ma culotte !... » Le père, les cheveux crépus vaguement en désordre, ne peut rien dire. Il préfère nous transporter en procession jusqu'au Champ de Personne. Pas besoin de commentaire. Tout est dessiné là. Les marques de pneus qui quittent la route, l'énorme platane à l'écorce arrachée, les traces de peinture marron sur le tronc, le taillis moissonné et les traces d'embourbement dans le champ en contrebas. Un mètre cinquante de dénivelé... Impossible de le recommencer sans faire un tonneau.

– Je montre ça à votre mère et vous savez ce qu'elle me dit : « Ben quoi, fais pas cette tête. On ne risquait rien. Je venais de communier !... »

Et depuis, la m'am rit sans qu'on puisse l'arrêter. Ce fut sa première et dernière leçon de conduite. Le père répara la Juvaquatre et retapa la Simca 5 comme jamais. Elle était belle, « la voiture de la femme chic d'aujourd'hui ». On aurait dit un escarpin verni. Le père avait dû beaucoup penser à la m'am, pour la faire si jolie.

Le p'pa laissa la Simca 5 quelques jours dans la cour. Mais il fallait bien la vendre. C'est une espèce de gros homme qui est parti avec. Le père a préféré ne pas voir ça. Il est allé boire un coup au café des Limites. Au retour, il avait trouvé une 201 Peugeot à redresser.

Tard, le soir de cette fameuse première et dernière leçon de conduite, la mère s'arrête enfin de rire. Une fois la tribu en cercle, elle explique.

– Quand on est tombés dans le Champ de Personne, vous auriez vu la tête de votre père ! C'est bien simple : il était tout blanc !

La mère se remet à rire et la famille l'accompagne. Même le p'pa.

A force d'heures et d'heures passées, la voiture de l'ingénieur est maintenant de ce rouge de course qui laisse deviner les cent chevaux du moteur derrière la calandre.

Les chevaux... mon cheval !

Je ne récite pas les pluriels irréguliers, je viens de m'apercevoir que j'ai laissé Blanco à la maison. C'est la première fois que je pars à l'école sans lui. Qu'est-ce que j'ai à tout oublier en ce moment ?

Syracuse est au pied du perron. La mère lui parle de derrière la grille de la porte d'entrée tout en nettoyant la vitre avec du papier journal. Je me faufile jusqu'au cerisier pour détacher Blanco. Cet idiot de Capi me fait la fête. Pourtant pas le moment de me faire remarquer...

– J'avais oublié quelque chose, m'am.

– C'est votre fils ?

Qu'il ne me touche pas, celui-là, avec son sifflement de serpent tentateur. *C'est votre fîîsss ?* Un hypnotiseur voleur d'enfants ! Dommage que je n'aie rien pour crever les pneus ou rayer la peinture de sa coccinelle pourrie... Blanco, il faut galoper, mon cheval. On est drôlement en retard ! Le baluchon de chiffons sur l'épaule, je cravache.

J'arrive devant la maison de l'ingénieur. La voiture rouge n'est plus dans l'allée. Tous les volets de la maison sont fermés, l'herbe est haute et a poussé au milieu du gravier. Je reste un instant derrière les grilles. Mes jambes flageolent. Je n'ai pas le temps, il faut que je parte.

– Pourquoi tu ne racontes pas la fin de l'histoire de l'ingénieur ?

– Je suis pressé, m'am. Et c'est toi qui m'as dit que c'était trop triste.

– Maintenant, il faut finir ce que tu as commencé.

Je ne sais pas pourquoi, ce soir-là dans le cerisier, j'avais décidé d'apprendre des mots qui commencent par « e » : engramme, engrois, enguichure, enkyster... J'en étais à « enlaçure » quand j'ai entendu le coup de frein et le bruit sourd. J'ai sauté de ma branche et couru jusqu'au carrefour. Je suis arrivé le premier. La voiture rouge avait fauché le poteau télégraphique devant la maison du pharmacien. Je ne voyais pas à l'intérieur. Le papier journal masquait les vitres. J'ai regardé par le pare-brise. C'était bien lui. La tête de l'ingénieur reposait sur le volant. Un filet de sang coulait de son oreille. Les gens sont arrivés. A sa fenêtre, le pharmacien braillait que son téléphone était coupé. Des voisins commentaient. Il pouvait rien voir... Il a dû être surpris par le chien. Dans le caniveau, un caniche noir se léchait la patte en gémissant. Pauvre petite bête !...

L'ingénieur s'est tué cet été. Depuis, chaque matin quand je passe devant sa maison, je fais comme si je ne voyais pas le parc désert derrière la grille. Je fouette Blanco et je fais semblant d'oublier. Peut-être que demain la voiture rouge sera dans l'allée.

J'arrive à l'imprimerie, la cuisse cinglée au sang. Ça balance déjà fort à l'atelier du père Massicot. Ça sent le papier frais, l'encre et la colle. C'est tous les jours la rentrée des classes, chez lui. Dès la porte franchie, j'ai l'impression de fourrer mon nez entre les pages d'un livre neuf. Et ce chahut des machines ! Sa Wilsamayer happe les grandes feuilles blanches et les fait disparaître dans ses mandibules... C'est une mante religieuse. Un jour, elle me bouffera. Elle a déjà goûté... Il me montre sa main où il manque deux doigts et saisit mon ballot de chiffons. Chaque fois, j'ai une suée quand il le soupèse.

– Je t'en donne un paquet de buvards...

– Et deux feuilles de Canson, monsieur. Ça vaut.

– Un paquet de buvards ! Pas plus. Et c'est bien pesé. Car je crois que, si j'ouvre ce joli petit cadeau, je vais trouver... un vilain torchon tout mouillé.

Il fait mine de toucher au triple nœud bien serré que je me suis esquinté à faire à mon baluchon... « Si je vous prends à mouiller le linge, je vous passe le sucre d'orge au massicot !... » Tous les gamins fournisseurs du quartier connaissent la menace. Un massicot au bras énorme qui tranche une rame de feuilles comme de la brioche. C'est bon ! C'est bon ! Je transige. Ça ne vaut pas le coup de risquer ma friandise. J'enfourne mon butin dans mon cartable, et j'enfourche Blanco pour un triple galop que même la Wilsamayer frénétique du père Massicot n'arrive pas à suivre.

J'arrive aux panneaux d'affichage du petit rond-point. J'aime bien les lire... Enquête de Commodo et Incommodo... Vente par adjudication... Mais, ce matin, ils sont recouverts par les affiches pour le référendum de dimanche prochain. *Le 28 septembre, vous vous engagerez pour l'avenir. Tous vous devez VOTER*. D'après les discussions, dans la famille, ce sera moitié-moitié pour le oui et le non.

Je débouche dans la rue de l'école qui longe la voie ferrée. La rue est presque déserte. On ne rencontre plus que des mères qui s'en reviennent à vide. Ça sent une odeur que je connais bien : le retard.

Allez mon Blanco ! On peut encore être à l'heure, par la petite porte du garage à vélos ! Qu'est-ce qui se passe ? Blanco vient de se cabrer comme une Caravelle au décollage.

– Sans ton père, elle n'aurait jamais volé celle-là !

– M'am, tu crois que c'est le moment de parler de ça ?

– N'empêche que, sans lui, la Caravelle ne volerait pas aujourd'hui.

La m'am m'a souvent raconté ce jour où tout s'est joué pour la Caravelle. Ça a commencé dans l'après-midi. Une grosse voiture noire s'est arrêtée devant la maison. Un homme avec un chapeau mou gris est venu parler à la mère.

– Vous lui direz que c'est un pépin avec l'hirondelle du grand Charles. Il comprendra...

Le soir, le père à peine rentré, la m'am le prend à part dans leur chambre. Il ressort avec cette expression sur son visage qui veut dire « Ça va chier des bulles ! ».

– Qu'est-ce que je t'ai dit pour les gros mots ?

– Ça, m'am, tu peux pas dire que le père le dit pas ! Et pourquoi tu lui as donné un œuf ?

– Attends la suite.

Le père part tout droit au cabanon. Je le suis comme un Mohican jusqu'à la tuile en verre du toit. Il s'enferme, allume deux bougies noires et sort son sac à patates. Un simple sac à pommes de terre en chanvre où il range des « outils qui n'obéissent qu'à lui ». Une collection de masses d'acier travaillées pour sa main et de marteaux à têtes d'animaux fabuleux et manches sculptés. Au-dessus du sac, il fait sa « magie de sorcier nègre ». Des passes secrètes que le père utilise aussi bien pour attraper des gardons, tirer un garenne, gagner le tiercé ou pour trouver le petit dans le chien, au tarot.

Ensuite, il sort de la poche de son blouson un œuf blanc. Il le mire à la flamme des deux bougies et le place entre les mâchoires de l'étau. Il sert doucement jusqu'à ce que l'œuf reste en suspension. Soudain, il claque des doigts. L'œuf se brise sans un bruit. Le père recueille le blanc et s'en frotte longuement les mains. Puis il souffle la bougie et sort du cabanon, son sac à patates sur l'épaule.

A partir de là, tout va très vite. Un baiser à mi-lèvres à la m'am, et le père s'engouffre à l'arrière de la grosse limousine qui démarre. Destination Villacoublay. Un armagnac attend déjà en bout de piste. Les quatre moteurs ronflent. Aux commandes Léopold G. L'avion atterrit à Toulouse à 3 heures GMT. Briefing au bureau d'études. Chaudrake propose d'installer un logement pour un compresseur de couple plus puissant, dans les soutènements du réservoir auxiliaire. « Techniquement impossible !... » disent les ingénieurs. Il faut pourtant essayer. A 3 h 57, Chaudrake est encordé et descendu dans le réservoir. Jusqu'au matin, il travaille en apnée dans les vapeurs de kérosène. On le remonte à la surface régulièrement comme un pêcheur de perles. A 6 h 15 on peut installer le compresseur... C'est trop tard pour l'essayer ! Tant pis... A 7 h 30, la DS du Général stoppe au bas de la passerelle. Chaudrake sort de sa trappe. Léopold l'intercepte.

– Tu n'as pas le temps de descendre. Planque-toi à l'arrière dans le carré des stewards. Je viendrai te chercher quand ce sera fini.

Chaudrake se cale dans la cambuse, la tête sur son sac à patates. Il sent la Caravelle se cabrer au décollage. Il s'endort.

– Vous ronflez toujours autant, mon ami.

Chaudrake entend marmonner au-dessus de lui. Il sursaute. La voix est la même qu'à la télé. Il ouvre les yeux. De Gaulle est penché sur lui. Surtout le nez.

– Mon général ! Qu'est-ce que vous faites là ?

– Même les grands hommes ont leurs petits besoins.

Il désigne la porte aux initiales de Winston Churchill.

– J'espère que je passerai autrement à la postérité. Alors, Chaudrake ! Toujours dans les bons coups, sans faire de bruit, mais en ronflant fort.

– Désolé, mon général.

– Ne vous excusez pas. Si vous ne ronfliez pas si fort, cela aurait changé beaucoup de choses pour la France.

Le Général laisse le mot « France » en suspension. Il flotte bien.

– Ça, c'est notre petit secret. Et je vous pose la même question que le 8 mai 45 à l'Hôtel de Ville : Vous ne la voulez toujours pas, la rosette ?

– Moi, la rosette, alors que ma femme n'a même pas la médaille des mères !

– Je peux arranger ça.

– Vous voulez qu'elle me crève les yeux !

– Dommage. Saluez madame votre épouse pour moi. Désolé, je dois y retourner maintenant. Sinon demain, dans les journaux, on va dire que j'ai des problèmes de prostate.

– Vous avez le temps.

– Dites-moi, Chaudrake, la secrétaire de Héreil m'a dit que c'est vous qui lui aviez soufflé ce nom de « Caravelle ». Pourquoi ?

– C'est une Caravelle qui a découvert la Martinique, mon général. Sur la plage du Carbet.

– Ah, la Caravelle...
– ... la rapide, la pure, la douce Caravelle !
– Tiens, c'est pas mal. C'est ce que je dirai tout à l'heure en descendant. Je vais le noter pour m'en souvenir.

Mon carnet de correspondance ! Je viens de me rappeler qu'il est encore dans mon cartable. Et pas signé ! C'est pour ça, Blanco, que tu t'es cabré comme une Caravelle. Ho, mon cheval ! Ho ! Impossible d'arriver à l'école avec. Le directeur me fouillera et le trouvera. Un véritable chien de chasse, le dirlo. Toujours à nous renifler à l'entrée ou dans les rangs pour dénicher l'odeur du coco, de tabac ou de crasse...
– Jeune homme, on se lave, le matin !
On m'a lavé ! Mais j'aurais bien voulu le voir, lui, dans le baquet de la cuisine. Tout nu, savonné, tiré, frotté, étrillé par la poigne de la m'am ! Un jour elle m'arrachera un bras sans même s'en apercevoir.
De ça, il s'en fiche le directeur. Personne ne l'embête, le matin, quand il lave son gros ventre. Il n'a pas de petites sœurs qui attendent à la queue leuleu devant le baquet. Qui se cachent la lune et regardent son couroucou de Cuba en pouffant comme des geishas. Moi, je barbotte dans l'eau qui refroidit, mes pieds glissent et s'égratignent sur les Rustines au fond du baquet en zinc. Je grelotte, je suis mal rincé. Ça pique. J'aurai encore des dartres sur le visage. Tout ça pour être propre et se faire renifler comme un derrière de chien.

Le mot « chien » a failli me faire penser à autre chose. Heureusement que, de temps en temps, j'arrive à rattraper mes idées. Ne pense qu'à ton carnet de correspondance et cherche un endroit où le cacher. L'école est trop proche. Pas le temps de réfléchir. Hop ! sous la porte du garage de la maison avec le moulin à vent en plâtre sur le perron. Il suffira de revenir sonner ce soir en disant qu'un camarade l'a jeté là pour me faire punir. Avec une petite mine de cocker, je peux même en profiter pour vendre un carnet entier de timbres antituberculeux.

Je devrais me sentir soulagé, mais j'ai l'impression d'avoir oublié de penser à quelque chose.

Ouâââhh !

Je suis projeté en arrière. Je viens de prendre la gueule énorme d'un chien en plein visage. Le chien jaune ! Cette saleté de carpette râpée qui surgit chaque matin d'entre les barreaux de la grille du n° 23. Je l'avais oublié. Je suis glacé sur place par la puanteur de son haleine. Pire que le rayon vert des Martiens. Mon cœur veut se sauver de ma poitrine, mes jambes de dessous moi et mes cheveux de sur mon crâne. Je reste tout seul, pétrifié, en suspension dans l'air. La gueule du chien va me gober comme une bulle de savon... Jeune homme, on se lave, le matin ! Ce n'est pas le moment de parler de propreté. La trouille m'a propulsé le derrière dans le caniveau boueux.

– Ce n'est rien, mon garçon. Il voulait jouer.

Le petit vieux à béret qui parle a un vilain sourire de complice. Ça arrive chez les grands. Le chien jaune frotte sa bave sur le tablier de jardinier de son maître qui le caresse. C'est la première fois que j'ai envie de tuer quelqu'un qui n'est pas en plastique. Quelqu'un qui n'est ni un soldat, ni un cow-boy, ni un baigneur. Je veux seulement pendre, guillotiner, électrocuter, garrotter, écarteler, fusiller et décapiter un vieil homme à béret et son chien jaune qui pue. On se reverra.

J'arrive à l'école. La grande porte vitrée est fermée. A travers, je regarde les vitraux colorés du hall. Celui du forgeron, c'est mon frère Serge qui l'a peint. Ça devrait donner le droit d'entrer en retard. Mais il n'y a plus personne. Je vais devoir tirer la sonnette. Alors, le concierge arrivera et m'emmènera tout droit au bureau du directeur. Avec le séjour dans le caniveau que je viens de faire, c'est la tournée des classes assurée. Une pince à linge accrochée au col de la blouse, pour dire : à ne prendre qu'avec des pincettes. Il me traînera même à l'école des filles, dans la classe de mes petites sœurs. « Maman, tu sais qui on a vu ce matin en calcul ? Même qu'il était tout dégoûtant ! »

Il ne me reste plus que la porte du garage à vélos, près des ateliers. Je peux me glisser en dessous. Fastoche pour un Mohican. Au passage, j'inspecte les bicyclettes suspendues. Rien d'intéressant pour la m'am. Je me brosse un peu, une toilette de chat dans la citerne d'eau de pluie, je refais mon cran, et me voilà paré ! Maintenant, il me reste à remonter au deuxième étage et à me faufiler en classe en baissant la tête.

– Hep ! toi, là-bas, viens ici !

CHAPITRE III

Le cuivre de Vauzelles

M. Robert ! C'est bien ma veine ! comme dit la m'am en découvrant un accroc à mon short. Qu'est-ce qu'il fait là, le concierge ? Il devrait être dans sa loge à guetter les retardataires. Ça sent le bureau du directeur et la pince à linge.

– Qu'est-ce que tu fais là ?

On se pose les mêmes questions. C'est déjà un début. Je lui montre mes mains sales.

– Je suis tombé. C'est... un chien qui m'a mordu.

Le concierge écoute, l'air méfiant. Je lui montre mes mollets griffés sous mes chaussettes, en gardant un léger tremblé dans la voix. Il ne bronche pas. J'accumule les dangers, les risques, comme l'athlète charge les barres, à la fête foraine, sur la place de la mairie. Le concierge reste impassible devant le grand Zampano. C'est un vrai professionnel du prétexte, de l'excuse et du bobard en tout genre. Des années qu'on essaie de lui faire ouvrir la porte après l'heure. Des années qu'il garde les pouces enfoncés dans son gilet, avec cette chaîne de montre qui dit l'heure mieux que la montre. Il faut encore charger la barre un peu plus. Je donne dans la frayeur. Pas difficile. Il suffit que je revoie la gueule puante du chien jaune et mes jambes se remettent à trembler sous moi, comme dans une attraction de la fête au Pain d'épices.

« ... Avancez, avancez ! Le grand tremblement de terre de San Francisco ! le *big one* ! pour cent francs seulement ! » Gérard me paie un tour. On monte sur une grande plate-forme en bois, qui se met soudain à bouger dans tous les sens. Tout le monde valdingue les uns sur les autres. Une femme-baleine qui sent la violette m'écrase sous elle. C'est ce jour-là que j'ai découvert que les femmes pouvaient transpirer comme des hommes.

J'ai beau penser au chien jaune et trembler de partout, le coin de la bouche du concierge frémit à peine. Coriace, le père Robert. Tant pis, j'ai tout essayé. Reste plus qu'à faire le cocker.

– Je voulais aller me laver les mains, pour être un peu propre, avant d'aller chez monsieur le directeur.

Là, il a fondu, le costaud des Batignolles. Le coup du condamné qui veut faire sa toilette avant l'exécution capitale, ça a réveillé son âme de passeur. On dit que, pendant la guerre, il a fait franchir la frontière espagnole à plein de juifs. En récompense, la mairie lui a donné la loge de l'école. Et maintenant, son travail, c'est d'empêcher de passer.

– Il vaut mieux pas aller dans le bureau du patron, mon petit. Ça barde avec le père des jumeaux.

Les jumeaux habitent dans ma rue. Deux rouquins en classe de certificat d'études. Des durs avec lance-pierres et calots d'acier.

– Mon bonhomme, si tu as été mordu par un chien, vaut mieux qu'on passe à l'infirmerie. Mme Crenelard te fera un truc contre le tétanos.

Le « truc » de Mme Crenelard, c'est une énorme seringue en gros verre pisseux, avec une aiguille à transpercer les omoplates. Avant de nous empaler, elle nous passe un coton à l'éther, comme si elle voulait nous effacer un tatouage. Ensuite, elle nous ranime avec un morceau de sucre et de l'alcool de menthe quand on s'évanouit. Et on s'évanouit souvent. Pas besoin de son « truc », j'ai tout eu : le tétracoque, la diphtérie, la polio, le BCG, les fièvres, la malaria, le béribéri. Tout !... « Tu es certain ? » Je peux encore en énumérer des tas d'autres. Tiens, la preuve, ça me reprend. Mes jambes tremblent de nouveau. Sûrement une crise de paludisme.

– Faut pas rigoler avec le palu pour les enfants, monsieur !

Le père Robert se voit avec une urgence sur les bras et un rapport à rédiger au directeur.

– Allez ouste, en classe !

Il me propulse dans l'escalier, avec une tape sur les fesses, histoire de me remettre du nerf au bon endroit. Je galope sur les marches comme un miraculé de Lourdes. En bas, dans le bureau du dirlo, on claque des portes. J'entends le père des jumeaux hurler.

– Vous verrez de quel bois je me chauffe !

Le directeur est tout rouge. Le père des jumeaux aussi. *De quel bois je me chauffe...* Il faudra que je note cette expression. Je vois des bûches de toutes sortes, des âtres, des flambées, ça crépite, mais je ne comprends pas ce que ça veut dire. Les mots, c'est comme un feu. Il y a tous les rythmes à l'intérieur.

Dans le couloir du deuxième, je rattrape Vinteuil et Trinois, les deux lèche-bottes de ma classe, qui transportent la carte d'Indochine comme un palanquin. Je les envie. Balader une tranche du monde sur ses épaules. Je m'arrête de courir pour regarder passer cet étrange mystère qui bouscule la géographie. D'un côté de la carte, l'Indochine : villes, fleuves et montagnes, et de l'autre la Lorraine : Bassin houiller. Le monde à pile ou face. Question de hasard. Ou tu plantes du riz à Battambang, ou tu extrais du charbon à Merlebach.

Je profite de la confusion des lieux pour me glisser dans la classe, en m'abritant derrière la carte, accroupi à la hauteur du Laos. Mais M. Brulé, mon maître, veille à la frontière. Il m'intercepte par le col et me remise en bout d'estrade, dos à la classe. Le tout en silence. Pas le temps de me sermonner. La composition de géo va commencer. La classe a déjà le porte-plume en l'air, l'œil planté sur le tableau noir. Bonbec, mon voisin, a l'air désolé à côté de ma place vide. Il comptait sur moi. Le maître brise une craie. C'est le rituel. Ça veut dire : A vos marques ! Il écrit la première question : Citez les cinq comptoirs de l'Inde... Prêt !... Partez !... Ça galope sur les feuilles avec des petits tchoc ! dans l'encrier, pour reprendre son souffle. Je récite tout bas la réponse dans ma tête. Les dix questions défilent une à une comme un calvaire. Je les sais toutes par cœur. Même pas une tordue pour atténuer mes regrets. Le maître claque dans ses mains. Les plumes se lèvent toutes ensemble comme les rames d'une chaloupe dans un film de corsaire. C'est fini. On accoste. Il ramasse les copies.

– Et maintenant, voyons ce que votre camarade retardataire aurait répondu, si, justement, il n'avait pas été retardataire.

Le maître sait faire des répétitions qui n'ont pas l'air de répétitions. Je m'avance sur le devant de l'estrade avec ma tête de condamné. Ils s'attendent tous à la voir tomber dans la corbeille à papiers. En leçon d'histoire, le maître nous a raconté ces femmes de la Révolution qui tricotaient pendant les exécutions. Aujourd'hui, la classe leur ressemble. Sauf qu'ils ne sont pas fichus de monter un rang et ne connaissent même pas le point mousse.

Je récite tout d'un trait. Pas une faute, pas une hésitation. En un seul souffle comme un plongeur de nacre. Ils restent là, à gober les mouches. M. Brulé a seulement dit « Dommage... ». Mais son sourire est encore plus joli qu'un « très bien » à l'encre rouge dans la marge, avec des pleins et des déliés. Le maître écrit bien avec ses yeux.

Ça n'y paraît pas, mais « avec » est un mot étrange.

Sans transition, M. Brulé me demande mon carnet de correspondance. On dirait qu'il ne connaît pas les paliers de décompression. Pourtant, c'est lui qui nous a emmenés voir *Le Monde du silence*, au cinéma du Raincy. J'ai fouillé, retourné, vidé mon sac : il n'y est pas. Ça m'étonne. Je l'ai mis ce matin. Bien sûr, signé... Oui, par mon père « et » ma mère.

– Toi, tu me mènes en bateau !

C'est la deuxième expression que je ne comprends

pas ce matin. Mais celle-là a l'air plus douce. Sûrement une histoire de balade à deux.

Pas de carnet de correspondance signé ! Le verdict tombe.

– Puni jusqu'à la récréation, mains dans le dos devant le tableau. Et privé de Bonaparte !

J'avais oublié que c'est aujourd'hui qu'on commence à peindre chacun un soldat Mokarex en cours d'histoire. J'ai choisi Bonaparte au pont d'Arcole. Vareuse bleu nuit à galons argent, gilet rouge vermillon, pantalon blanc, bottes terre de Sienne brûlée, et tricorne noir à plumet jaune paille. Il aurait été beau. Les élèves de la classe sont tous venus chercher leur figurine. Je glisse un œil. Mon Bonaparte reste seul sur le bureau, au milieu des petits pots de peinture alignés comme pour l'exercice. Un général tout nu devant une armée de couleurs. Il me lance des appels désespérés avec son chapeau. Je me sens comme Blücher ou Grouchy à Waterloo. Je ne sais jamais lequel est arrivé en retard comme moi.

Je décide de me sauver. Le front buté contre le tableau noir, les yeux fermés, je respire la craie, l'encre et la cire. Avec ces trois odeurs et un morceau de carte, je peux faire disparaître la classe, laisser claquer la voile et partir du côté de Yanaon, la côte de Coromandel et le golf de Godāvari. J'entends au loin, comme s'il était resté à terre, la voix du maître qui passe dans les rangs.

– C'est bien, Lucas, ta robe de Mme de Pompadour.

– Monsieur, pourquoi il est sur un rocher, Victor Hugo ?

– Pour évoquer son exil à Guernesey.

– Monsieur, le maréchal Ney, c'était comme le maréchal Pétain ?

Le maître claque alors trois fois dans ses mains. Signe que quelqu'un vient de dire quelque chose d'intéressant ou une bêtise. Tout le monde s'arrête. On sait que le maître va raconter une histoire.

Il demande à Mentoux de venir sur l'estrade. Mentoux a été autorisé à garder sa casquette en classe. Ses cheveux sont rasés, à cause des poux. Il n'en mène pas large, Mentoux, surtout qu'il sait bien qu'à la pause sa casquette va voler aux quatre coins de la cour. Ce qu'il y a de pire dans les poux, c'est la récréation.

Le maître commence à raconter l'histoire d'un village occupé, d'une jeune femme seule et belle, de ses deux enfants et de son mari parti à la guerre. Les histoires du maître donnent toujours l'impression de commencer par « Il était une fois ». Au début, on se demande où sont passés le maréchal Ney et le maréchal Pétain, et ce que fait Mentoux sur l'estrade. Mais chacun a confiance. On sait que le maître parviendra à nouer tous les fils à la fin. Sa dernière phrase sera comme une rosace au compas, que chacun pourra colorier à sa guise. On appelle ça la « morale » dans les fables de La Fontaine.

Plus le maître parle, plus j'ai l'impression d'entendre la mère raconter l'Occupation. Avec elle, la Seconde Guerre mondiale devient une espèce de grand dessin aux crayons de couleurs. La campagne en vert topinambour, le ciel en bleu bombardement, avec fusées éclairantes et feux d'artifice de DCA.

Tout à coup, le maître se tait et ôte la casquette de Mentoux. Personne n'ose rire. La classe reste saisie devant son crâne mal tondu plein de trous roses. Le visage du maître est grave. Il raconte les enfants de la dame seule. Il faut leur donner à manger. Ils n'ont rien.

Moi, au piquet, les mains dans le dos, je respire l'encre fraîche, et je pense aux fausses cartes de pain de la m'am, sous l'Occupation. C'est souvent quand la m'am est occupée à ses épluchages, à la cuisine, qu'elle se met à raconter. Les pommes de terre, ça lui fait penser à la guerre...

– On aurait jamais pu croire que ça pourrait manquer un jour, les patates !

– Et cette histoire de fausses cartes de pain, m'am ?

– C'est le maquis de Vauzelles qui me les faisait passer. Ton père avait été arrêté par les Allemands, pour le sabotage des locomotives. Tu sais, cette histoire du cuivre ?

– M'am, pas maintenant, le cuivre. Raconte-moi d'abord les fausses cartes.

– Comme tu veux. A cette époque, j'étais toute seule avec tes neuf frères et sœurs. En 1942, Serge venait juste de naître. Avec moi, ça faisait dix. Il fallait bien manger. Onze même ! avec tonton Florent, le frère de ton père. Je l'oubliais celui-là. Pourtant, il nous a bien aidés. Il était malin comme un singe. Il se glissait partout. Et costaud avec ça ! Fallait le voir faire l'andouille avec les soldats... Pas comprendre ! *Nicht feuchten !* Et nous, pendant ce temps-là, on passait le charbon. Moi, je le mettais sous mes jupes. J'étais toute noire. On aurait dit une Négresse en dessous. Qu'est-ce qu'on rigolait ! Faut dire que c'était des gros balourds, les autres. Des pauvres gars des fermes qui pensaient qu'à rentrer chez eux. Ils faisaient peine à voir...

– Mais m'am, tu peux pas dire ça des Allemands !

– Moi, je te dis ce que j'ai vu. Ceux qui n'étaient pas là peuvent toujours raconter ce qu'ils veulent. Les « résistants de 45 », on connaît !

– Ne t'énerve pas, m'am. Continue.

– Donc, j'étais toute seule avec tes frères et sœurs. Le matin, j'ouvrais la fenêtre et je trouvais les cartes de ravitaillement sur le rebord. Mieux que les vraies ! Parfois, elles sentaient encore un peu l'encre, alors on les faisait sécher au-dessus de la cuisinière. Et hop, chez l'épicier ! Ils n'y voyaient que du feu, les Boches. Et si on nous avait pas dénoncés, on en aurait encore des stocks !

– T'as fait du marché noir ?

– Tu veux une calotte ? Le juge aussi m'a demandé ça.

– Quel juge ?

– Le président du tribunal ! C'était là-bas, à Orléans. Avec tous les chichis et le tralala. On aurait dit que j'étais Mata Hari, l'espionne du siècle. Moi j'avais mis mon chapeau et mes gants. On m'avait dit de me taire, que c'était mieux. Mais il m'appelait « la veuve Moricard ». Alors je lui ai dit, au président. J'ai été veuve, c'est vrai, mais vous m'excuserez, mon mari actuel n'a pas encore été fusillé par les Allemands. Un peu de patience ! Tu aurais vu comment il a piqué le nez dans son bavoir !

– Quoi ! Il voulait fusiller le père

– C'était moins une ! Il était sur la liste, mais ils lui ont proposé un marché.

– Quel marché ?

– Attends, tu m'embrouilles. Après je vais plus m'y retrouver.

Cette manie qu'a la mère de raconter en zigzag, en allant du buffet au garde-manger, de l'évier à la cuisinière, en découpant, en épluchant, et en touillant. Ça finit par faire une bonne grosse soupe, toujours un peu trop ou pas assez, avec ce goût de brûlé inimitable, qu'elle ajoute partout, comme une épice orientale. C'est toujours une jolie histoire, la soupe de la m'am.

– Donc, je lui ai dit au juge : Si vous me mettez en prison, vous aurez neuf bouches innocentes de plus à nourrir. Ils étaient tous là, tes frères et sœurs, dans la salle d'audience, habillés en dimanche. Et le Serge pas plus grand que ça qui braillait. Fallait entendre le barouf dans le tribunal.

– C'est vrai que tu lui as donné le sein ?

– J'allais pas le laisser mourir de faim. La tête du président. Une aubergine ! On aurait dit qu'il n'avait jamais vu un néné ! Madââme ! qu'il m'a dit, avec sa robe trop grande, qu'on aurait pu habiller toute la famille rien qu'avec les manches... Madââme ! respectez la cour ! Justement, que je lui ai répondu, c'est ce que je fais. Car avec ça, et je lui montre bien mon néné, avec ça au moins, je n'ai pas besoin de fausse carte ! Si ton père avait vu ça, ils m'ont applaudi dans le tribunal.

– Et alors ?
– Trois mois avec sursis. C'était pas cher. Le Serge, qu'était déjà comédien, s'est arrêté net de brailler au premier coup de maillet.

On vient de frapper à la porte de la classe. Le maître ouvre. Il est là, le Serge. Pas plus grand que ça. Il ne braille pas, au contraire. Il a la mine sombre, comme après un match, quand il n'a pas marqué de but. Il parle à l'oreille du maître. Je crois savoir. La classe guette. Mentoux n'ose pas remettre sa casquette. Le maître vient vers moi.
– Rends son porte-plume à ton frère.
C'est vrai, ce matin je ne retrouvais pas le mien. Et celui de Serge est comme en os, avec la forme pour les doigts. Serge n'a pas l'air très en colère. Jamais. Plutôt triste de voir son frelot remisé au piquet. Je sais qu'il ne dira rien à la maison. Je suis son petit frère.

– J'prends mon frelot avec moi !
Ça, c'est la phrase magique. Celle du soir après l'école, au Champ de Personne, quand on tire les équipes à pied dessus, pied dessous pour le match de foot. Je l'attends, mais chaque fois mon cœur saute dans ma poitrine. Et si un jour il ne me prenait pas avec lui ? Impossible. Ça ne trahit pas, un grand frère.

– M'am, qui vous a dénoncés aux Allemands ?
– C'est loin, ça, maintenant.
Elle ramasse ses épluchures dans une feuille de journal et les jette à la poubelle. Dans le même mouvement, elle s'essuie les mains et empoigne la cafetière léopard en émail.
– Vous avez su qui c'était ?
– Bien sûr. Tout le monde savait.
– Et après, m'am ? Vous n'avez rien fait ?
– A la Libération ? On avait d'autres choses à penser. Et tu sais, il a été bien puni... sa femme l'a quitté.

C'est tout. La mère fait un signe de croix en douce en se tournant vers la fenêtre. Elle regarde dehors, comme si ce type qui les avait dénoncés allait sonner à la porte du jardin. Un homme maigre en costume gris. Une chemise blanche, le col mal repassé, le nœud de cravate trop serré. Un homme fatigué, avec les bras qui tombent du corps.

– Oui, c'est moi. Faites ce que vous voulez maintenant. Ça m'est égal...

Il a bu un verre de vin rouge en tachant sa chemise et les parents l'ont laissé repartir sans un mot.

– C'est lui aussi qui avait donné le p'pa aux Allemands, pour le cuivre ?

– Et qu'est-ce qu'il aurait fallu lui faire ?

Moi, je sais. Fermer la porte, l'attacher à une chaise dans la cuisine, lui retirer les yeux avec le couteau à pomme de terre, le dépiauter comme un lapin de Mme Piponiot, le faire bouillir dans la lessiveuse, le transformer en savon de Marseille et se laver les pieds avec.

– La plupart avaient fait pire que lui, et ils ont gagné du galon. D'autres ont pris un coup de fusil, parce qu'on voulait leur femme ou leur maison. Écoute plutôt ton maître. Il parle des femmes qui avaient « boché ». Ce qu'on leur faisait après, c'était pas bien beau.

M. Brulé montrait le crâne de Mentoux.

– Tondue ! Les hommes l'avaient tondue. On appelait ça la « coupe 44 ». Ensuite, ils ont promené cette femme dans les rues du village avec un écriteau autour du cou.

– Qu'est-ce qu'il y avait écrit dessus, m'am ?

– Chut ! Écoute ton maître.

M. Brulé ne nous dit pas ce qu'il y a de marqué sur cet écriteau. La m'am non plus. Le maître continue à raconter comme s'il voyait la scène se dérouler au fond de la classe, sur le mur.

– Elle arrive sur la place, près de la fontaine. Les gens l'entourent, l'insultent, lui crachent au visage. La femme reste fière. Alors on lui apporte ses deux enfants. On les lui présente. Ils sont petits. Ils pleurent. La femme hurle. La foule rit. La nuit tombe. On rentre chez soi. La femme monte dans son grenier et se pend à une poutre. Elle a gardé son écriteau autour du cou. Mais elle l'a retourné et a écrit un seul mot dessus. Lequel ?

– Salaud !

Le maître s'est retourné et me regarde. Toute la classe me regarde. Ça m'a échappé. Je vous jure, ça m'a échappé ! Ce que j'aimerais que ça sente encore l'encre, la craie et la cire pour pouvoir disparaître du côté du golfe du Bengale et retrouver mon père pour chasser le tigre à dos d'éléphant. Le maître va m'écraser, me déchiqueter. Je ferme les yeux. Ça cogne. Une bonne volée bien timbrée. Je la mérite. Dranlong-Dranlong ! Ou quelque chose comme ça. La cloche sonne ! C'est la récréation ! La classe file dans le couloir. J'ai l'impression que la cavalcade s'envole de ma poitrine. Un fracas de mésanges ! Je respire. Sauvé ! Non ! La main du maître s'abat sur mon épaule. Je me prépare à mourir en brave.

– C'est bien ça, qu'il y avait écrit. Mais tu es privé de récréation quand même !

Privé de récréation ! La récré de dix heures, la plus importante, celle des échanges derrière les urinoirs. La perforatrice en fer de Bugnot va me passer sous le nez. Pourtant, je lui ai apporté la Légion d'honneur qui le faisait baver : une vraie. En ajoutant un sac d'agates, ça vaut largement. Mon paquet de buvards va me rester sur les bras. Comment faire pour récupérer le pistolet à bouchon, pour le chien jaune ? Encore pire. Lali a trouvé un soldat Mokarex que je n'ai pas. Un peintre. Pas fichu de se souvenir du nom. Privé de récréation ! J'aurais préféré le peloton d'exécution, le bandeau sur les yeux, la salve et le coup de grâce. Et ce bout du canon froid sur la tempe qui donne l'impression de s'enfoncer tout seul dans le crâne.

– Roger ! je t'ai dit de cacher ton pistolet du maquis. Le gosse joue encore avec.

– Mais puisque j'ai retiré le percuteur.

Il est lourd, le pistolet du père. Un 7,65 tout chromé, graissé, enveloppé dans un chiffon blanc, avec un chargeur et une boîte de balles en carton. J'en avais jeté une dans le feu, à la décharge, près de la voie ferrée. Tching! Pas très impressionnant. Je sais où est caché le percuteur. Au fond de la boîte de graisse rouge du cabanon. Un jour, je remonterai le percuteur sur le 7,65, et j'irai trouver le type qui a vendu les parents. J'ai cherché son nom dans la valise en bois du grenier. Là où le p'pa range ses secrets. Je ne l'ai pas encore trouvé.

– Je vais le jeter à l'égout, cet engin de malheur.

– Tu sais bien que c'est un souvenir.

Alors la mère ne disait plus rien. Ça produit de drôles d'effets, le mot « souvenir ». Pourtant, d'habitude, quand elle voulait obtenir quelque chose, elle savait faire. Une vraie Indienne. Le torchon à la main, elle tournait, venait, partait, revenait. Toujours de plus en plus près... Le père était comme un chariot bâché, la tête dans les mains, les yeux fermés. « Bon, bon, d'accord, fais ce que tu veux! » Ça finissait toujours comme ça. Sauf pour le 7,65.

– M'am, c'est avec celui-là qu'on a tué la femme du maquis?

– Je te l'ai déjà raconté cent fois!

– Raconte encore.

– Oui, c'est avec celui-là. mais ce n'est pas ton père...

– T'aurais pas voulu?

– Laisse-moi, tu vas me faire brûler le clafoutis.

– C'est toi, m'am, qui lui avais apporté le gâteau, à la femme du maquis?

– Allez, ne reste pas dans mes jambes comme ça! Tu ferais mieux d'arroser la cour!

– Mais, m'am, il pleut déjà.

– Il pleut?

La m'am écarte le rideau de la fenêtre et semble regarder la pluie tomber. Soudain elle se met à raconter.

– Tu as raison, c'est vrai qu'il pleut. Cette nuit-là aussi, il pleuvait. C'était un mardi. Je m'en souviens, c'était le jour des visites à ton père à la prison. Je lui apportais un colis. Des petites choses : du tabac, du chocolat, des cahiers et des crayons. Qu'est-ce qu'il pouvait manger comme crayons ! Il écrivait tout le temps : des histoires, des chansons. Il dessinait aussi. Ton père a toujours eu un joli coup de crayon.

– Où ils sont, ces cahiers ?

– Les Boches les ont gardés. J'étais pas contente. Sauf un, qu'il a pu faire sortir quand il est allé à l'hôpital à cause de la bombe.

– Il est où, ce cahier ?

– Dans la valise en bois du grenier. Tu sais, là où tu ne dois pas fouiller.

Je sais.

– En plus du colis, je lui apportais sa gamelle. Toujours le même menu. Il est comme ça, ton père. Bœuf aux carottes et pointes d'asperges vinaigrette. Et comme dessert, un clafoutis aux cerises.

– Vous pouviez faire des gâteaux pendant l'Occupation ?

– Justement, c'était un clafoutis de guerre. Y avait pas trop d'œufs de poule ni de lait de vache. Pour les cerises, c'était pas toujours la saison. On se débrouillait. Du moment que c'était un peu rouge. Tu vois ?

Je le vois bien, le clafoutis de guerre de la m'am. Sans œuf, sans lait, sans beurre, sans cerises, tout plat, brûlé, avec une flopée de noyaux. C'est ça, un vrai clafoutis.

Un jour, mon parrain qui a disparu m'emmène au restaurant. Dessert du jour : clafoutis aux cerises. Je revois la mère le sortir du four avec son torchon à carreaux en se brûlant. Elle le coupe encore chaud en tenant le couteau comme un paysan, le pouce sur le talon de la lame. Ça fait des parts convexes ou concaves. On doit se tordre un peu la bouche, c'est chaud, mais on engloutit bien. Et voilà le serveur qui pose devant moi une part de gâteau moelleuse, épaisse, froide et sans parfum.

– Qu'est-ce que c'est que ça ?
– Votre clafoutis, monsieur.
Cette chose, même pas brûlée ? Je dis que non, qu'il y a erreur, que ce n'est pas possible. On me dit que si. Même mon parrain confirme que c'est ça, un clafoutis ! Je me suis sauvé en jurant un jour d'ouvrir un restaurant où on servirait le « véritable clafoutis de guerre de la mère Paulette » qui deviendrait aussi célèbre que l'omelette de la mère Poularde.

– Et les messages, m'am, quand tu apportais à manger au p'pa ?
– Quels messages ?
– Ceux que tu lui passais en prison quand il avait été arrêté par les Allemands.
– Je les passais dans le couvercle de sa gamelle. Les Boches n'y ont jamais vu que du feu.
– Et si les Allemands vous avaient surpris ?
– Tu serais pas là, à m'empêcher de te raconter, en me posant toutes ces questions.
Je me demande ce que j'aurais fait si je n'étais pas né à cause des Allemands.

– Un jour, ton père me fait passer un message d'un de ses copains de cellule, Henri. Sa femme n'était pas venue le voir depuis deux mardis. Elle s'appelait Henriette. Henri et Henriette, ça faisait un peu pigeons sur la gouttière.
– Tu trouves que Roger et Paulette c'est mieux ?
– Toi, tu as bien failli t'appeler Antoine-Daniel, à cause d'un saint qui a été massacré par des Iroquois. Ton père était sûr de « faire un Indien », comme il disait.
Il a eu raison, le p'pa. Je suis un Mohican. L'après-dernier, comme dit le directeur, tellement mes notes sont mauvaises.
– Bref, j'en reviens au Henri qui voulait savoir si tout allait bien pour son Henriette. Il me demandait d'aller voir. J'y suis allée. C'était dans une ferme isolée. Tout de suite j'ai senti qu'il se passait des choses.

Un mauvais pressentiment. Tout était calfeutré, mais on entendait des voix et de la musique. Je me suis approchée. Il fallait faire attention. Après le couvre-feu, les Boches tiraient pour un oui, pour un non. On aurait dit qu'ils ne payaient pas les cartouches. Bref, j'avais apporté du clafoutis à Henriette. Je devais avoir l'air maligne. Je me souviens, j'allais frapper. On avait un code. Et c'est là que j'ai entendu parler des hommes... En allemand ! J'ai essayé de voir par le volet. Et j'ai vu ! Pas besoin de me faire un dessin. Et ce pauvre Henri qui s'inquiétait pour elle ! Autant te dire que je l'ai remporté, mon clafoutis. Et dare-dare ! J'ai fait passer le message à Henri par la gamelle de ton père. Il a répondu. Un petit bout de papier pas plus grand que ça. Dessus, il y avait écrit « Liquidez-la ». C'est tout. Alors des gars du maquis sont allés à la ferme chercher Henriette. Ils l'ont emmenée aux bois de Lacem. Ils lui ont fait un procès. Condamnée à mort. Les gars ont tiré au sort. C'est tombé sur un gamin de dix-sept ans. Il a pris la Henriette par le bras. On aurait dit que c'était la première fois qu'il invitait une fille à danser. Ils sont allés derrière un taillis. Elle suppliait. Il y a eu un coup de feu, et le gamin est revenu. Il s'était noué le foulard de la Henriette autour du cou pour crâner. Il l'a gardé pendant toute la guerre. Paraît que c'est un grand avocat à Paris, aujourd'hui.

– Et le pistolet ?

– C'est Henri qui a voulu qu'on le donne à ton père. A la Libération, Henri a brûlé sa ferme et on l'a plus jamais revu.

– M'am, tu t'es jamais dit que ce soir-là, peut-être, tu avais mal vu ?

La mère me regarde. Elle a retrouvé le bleu de ses yeux.

– Je me le dis chaque fois que je fais un clafoutis, mon grand. C'est peut-être pour ça que je les brûle.

Sur la cuisinière, la marmite entre en éruption.

– Regarde ! Tu me fais raconter la guerre. Et moi, je fais déborder la soupe ! Ne reste pas dans mes jambes. Retourne avec tes camarades. Tiens, ils rentrent en classe.

Les copains retournent à leur place en riant, en pouffant, plein de chuchotements, de conciliabules, de coups d'épaule et de regards complices dont je me sens exclu. Dans la vie, on peut manquer l'école, mais pas la récréation.

– A vos places en silence et reprenez la décoration de votre figurine. A l'appel de votre nom, vous viendrez au bureau me remettre l'argent des timbres de la campagne antituberculeuse.

Les timbres ! Je suis sauvé ! Ça guérit de la tuberculose et du piquet. C'est moi qui en vends le plus de la classe, et même de l'école. Il faut dire que je vais parfois jusqu'à Montfermeil pour placer mes carnets. A force, j'ai mis au point ma technique : les sept règles d'or du petit vendeur de tuberculose. Un : Ce ne sont pas les maisons les plus riches qui rendent le mieux. Deux : Vaut mieux toujours la femme que le mari. Trois : Quand ils disent de revenir parce qu'ils n'ont pas les sous sur eux, c'est pas la peine. Quatre : Toujours dire comme eux... Oui, c'est vrai, avec tous les impôts qu'on paie déjà... Bien sûr, qu'il faut penser aux autres malheureux... Parfaitement, c'est pas le bon Dieu qui a inventé les maladies, c'est l'homme... Cinq : Toujours être poli. Six : Dire qu'on n'a pas de monnaie, comme ça, ils prennent un carnet entier. Sept : Passer le soir. Quand il fait nuit, un enfant seul, avec son cartable et qui tend ses timbres derrière la grille, c'est déjà un petit tuberculeux à sauver.

– Je t'ai gardé un peu de soupe, mais ton père n'est pas content que tu rentres à des heures pareilles. Il dit que c'est pas à vous de trouver l'argent.

Pourtant, le p'pa est allé au sanatorium. Celui du Faucigny, au plateau d'Assy, en Haute-Savoie. Un an et onze jours ! La m'am raconte qu'il a vu des copains d'usine mourir, une couverture sur les genoux. Au moins, ils auront vu la montagne. A l'école, le directeur nous a expliqué que si on vend beaucoup de carnets de timbres, un jour, il n'y aura plus de sanatorium. Alors comment les pauvres feront, pour voir la neige ? J'ai posé la question. Je suis allé au piquet. Chacun ses voyages.

Le maître vient d'appeler mon nom. J'aligne sur le bureau les billets, les pièces de monnaie et les souches des carnets vendus. M. Brulé compte et trace des bâtons sur son registre. Devant mon nom, on dirait une palissade. J'entends un murmure dans mon dos. Les copains saluent la performance. Je reste planté là, raide de fierté comme un grognard qui attend qu'on lui pince l'oreille.

– C'est bien, c'est même très bien. Douze carnets ! Deuxième place derrière Clément !

Jean-René Clément ! Ce crâneur parfumé à l'eau de Cologne à qui il faut trois prénoms pour se faire un nom. Il va chez le dentiste à cinq heures, à sa leçon de piano à six, mange à sept et se couche à huit avec les poules ! Il n'a jamais tiré un cordon de sonnette de sa vie, même pour placer ses images de communion. Comment fait-il pour vendre plus de carnets que moi ? Ses parents doivent les lui acheter par paquets.

– Tu peux descendre cinq minutes aux toilettes. Pas plus !

Le maître me fait un joli cadeau : la cour de récréation déserte. Bien close au carré. Avec ses quatre marronniers qui me donnent toujours l'impression de garder un peu des jeux et des cris dans leur feuillage. Comme les filets, sur les arbres fruitiers de Mme Piponiot.

Pour comprendre ce qui se passe de magique dans la cour déserte, il faut se tenir au centre, les pieds écartés, pour ne pas toucher les traits de la marelle, fermer les yeux et tendre les bras vers le ciel. Là, on sent que la Terre tourne autour des marronniers. Alors, les cinq minutes que le maître donne deviennent plus fines qu'une pelure de mandarine, et je pars au loin.

– J'avais dit cinq minutes. Retourne au piquet.

Plus tard, j'aurai une montre comme tonton Florent qui indique l'heure de la Martinique. Six heures de moins. Ça laisse le temps d'arriver à l'heure.

La classe sent bon la peinture cellulosique. Mon Bonaparte du pont d'Arcole reste abandonné sur le plateau du bureau. Il semble désigner l'encrier du maître comme s'il s'agissait de le prendre d'assaut. Mais ça n'intéresse personne, l'encre.

– Monsieur Lunot, je vous ai dit qu'Alexandre Dumas était mulâtre. Mais comme vous l'avez peint, on dirait le Nègre Delorme des massacres de Septembre. De septembre combien, messieurs ?

– Moi, monsieur ! Moi ! 1792 !

– Bon point, Vinteuil ! Reprenez, messieurs. Vous vous souviendrez, Lunot : le Noir n'est jamais noir. Et le noir, n'est pas ? N'est pas ?...

– Une couleur !

– Parfait, messieurs ! Continuez votre travail.

Lunot barbouille le visage de son Dumas pour l'éclaircir. On dirait une tranche napolitaine café-chocolat, avec une trace sur le front comme celle du p'pa. Une légère démarcation, qui se voit surtout quand il joue au tarot. Encore plus quand il a touché du jeu. A cet instant, le visage du père se détend et son front se déplisse.

– Serrez les miches, j'ai la tribu au complet !

C'est son cri de guerre. Il claque les brèmes sur la toile cirée et enquille les plis en farandole.

– Ne commence pas à parler argot.

– C'est le tarot qui parle comme ça, pas moi.

Les sœurs ont du mal à suivre pour empiler les cartes. Le père cogne du poing sur la table.

– Sortez la monnaie ! Le petit au bout ! Celui-là, au moins, ne m'aura pas sauté aux mirettes...

Chacun sait à quoi le père fait allusion. Le « petit » auquel il pense, c'est un détonateur. Le détonateur d'une bombe anglaise de cinq cents kilos posée comme un œuf de Pâques au milieu d'un cratère. Cinq cents kilos destinés à la gare de triage de Fourchambault, et qui n'ont pas voulu exploser. Du capricieux, de l'obtus qui attend son heure. C'est là que le père descend tout seul dans le cratère, avec sa trousse à outils en cuir. Il ressemble à un docteur pour bombes grippées. On a tendu une corde tout autour, et les gens s'installent pour regarder le spectacle à distance.

– C'était ça, m'am, le marché avec les Allemands ?

– Ça ou le peloton, ou au mieux le STO en Allemagne. Moi, je ne voulais pas pour les bombes. On en a vu des types sauter. On retrouvait des morceaux de vêtements dans les arbres. Mais ton père était sûr de sa main. Il en a désamorcé pas mal, mais celle-ci...

C'est une des rares choses qu'il veut bien raconter le père : sa bombe.

– Un nouveau modèle d'amorçage anglais. Il est là, le détonateur, le « petit », comme je l'appelais. Bien propret, bien sage. Je le sens venir. Toi, je vais t'amener au bout comme une fleur... Je le désenquille et je le glisse. Faut pas trembler et avoir le millième dans les doigts, comme pour une femme. On pense à de drôles de trucs à ce moment-là. Je n'ai jamais osé le dire à ta mère. Elle m'aurait fait une scène. Tout à coup, je sens que ça résiste. Elle fait sa chochotte. Ils lui avaient mis un fil à la patte, les vaches ! J'ai eu juste le temps de l'entendre fuser. Je me suis jeté. Mon meilleur saut carpé. Mieux qu'au gymnase. J'ai vu l'éclair, j'ai senti le souffle et entendu le bruit. Je ne sais plus dans quel ordre. J'ai bien cru que j'allais rejoindre le grand sachem. Mais quand je me suis réveillé et que j'ai vu les roberts de l'infirmière...

– C'est quoi les roberts ?

– De l'argot, m'am. Mais si tu interromps le p'pa, on ne va plus rien comprendre.

Donc le p'pa fait sauter la bombe de cinq cents kilos et se réveille à l'hôpital.

– J'ai su que j'étais en vie. Je me suis dit : C'est toujours ça de pris ! Vivant, d'accord, mais dans quel ordre ? Je suis peut-être en morceaux. Rafistolé de partout. Et s'il en manque ? Je suis emmailloté comme des mains de boxeur. Je vérifie : j'ai mon compte de bras et de jambes. Mais là-dessous, pour le visage, c'est sûrement pire qu'après quinze rounds. Quand ils m'ont retiré les bandages, c'est là que j'ai entendu ta mère rire. Tu sais, comme elle a ri au Champ de Personne dans la Juvaquatre, après avoir arraché la moitié de l'arbre. Elle rit pour la même raison... Je suis tout blanc ! Il paraît que ça fait ça, les brûlures sur les Nègres. Et maintenant, il ne me reste plus que cette trace plus claire sur le front. Quand les autres la voient au tarot, ils se disent : Attention, le vieux a du jeu ! Crois-moi, ça m'a permis d'en rouler plus d'un !

– Tu croyais pouvoir me raconter n'importe quoi ?

Le maître vient de me sortir la tête des étoiles en me tirant par les « petits cheveux ». Ceux qui sont à peine collés aux tempes et qui donnent l'impression qu'ils vont s'arracher comme la perruque de la poupée Bella de mes petites sœurs. Je crie « aïe » pour apitoyer le maître et gagner du temps. Mais aussi parce que ça fait mal. Il est planté devant moi. Les bosses de son crâne palpitent. Mauvais signe. Et, à côté de lui, un homme que je ne connais pas : un civil, étranger à l'école. Une brosse de militaire, mais des épaules à se coller des timbres antituberculeux sur la poitrine pour se soigner. Je sais déjà que mes ennuis vont venir de lui.

– Tu croyais pouvoir me raconter n'importe quoi ?

Le maître me brandit quelque chose sous le nez. Trop près pour que je distingue. Mais à l'odeur, je reconnais mon carnet de correspondance.

– Tu peux m'expliquer ?

Nous sommes dans le couloir. J'ai dû être décollé de terre et transporté par les airs et le fond de pantalon. De la marelle-avion.

– Tu peux m'expliquer ce que ton carnet de correspondance faisait dans le jardin de M. Galinet ?

– Dans le garage, plus exactement.
Il souhaite être précis, l'adjudant scrofuleux.
– Et ne me raconte pas d'histoires.
Alors, il vaut mieux que je me taise. Je suis pourtant prêt à avouer que j'ai été attaqué, rançonné, dépouillé par trois ou quatre, plutôt quatre grands d'une autre école qui se vengeaient de leur défaite, 4-0 hier au soir, au Champ de Personne. J'ai même marqué deux buts dont une reprise de volée du gauche. « Reprise de volée », c'est certainement le nom qu'on donne au genre de gifle que je viens de recevoir. J'ai le visage comme un mauvais steak, cuit d'un côté et saignant de l'autre. Je préfère la cuisine de ma mère.
– Monsieur l'instituteur, vous comprendrez qu'il était de mon devoir de dénoncer ce genre d'attitude. Les enfants d'aujourd'hui...
Ne feront pas les vieux d'hier. C'est ce que je me récite en essayant d'intercepter de la langue le filet de sang qui coule sur mes lèvres. Un goût âcre. Plutôt rassurant. Même la vue du sang peut rassurer.

La mère m'a raconté, quand elle était allée voir le père à la prison de Vauzelles pour la première fois.
– Ça va te paraître bizarre, mais, quand j'ai vu son visage en sang, j'ai été rassurée. Au moins il était vivant. Les Allemands l'ont battu, mais il n'a jamais voulu me raconter. Il me souriait, comme pour me montrer qu'il avait encore ses belles dents... T'as pris ça de lui, toi, le sourire.

– Mais ma parole, monsieur l'instituteur, il se moque de nous ! Regardez-le rigoler !
Nouvelle reprise de volée. Maintenant, je suis cuit des deux côtés. Je voulais imiter le p'pa. Je ferai dans le sourire intérieur la prochaine fois.
– Merci, monsieur Galinet, pour votre collaboration.
– C'est tout naturel.
Civilités, ronds de jambes, petit ballet jusqu'à la

porte, poignée de main et sentiment du devoir accompli. Le délateur repart avec du pétillant aux yeux et les poumons revigorés. Est-ce qu'on l'a reconduit comme ça, celui qui a dénoncé le père ? On lui a peut-être fourré du chocolat dans la poche, du sucre ou un saucisson... Y en a qui auraient vendu leur mère pour du tabac ou un paquet de café...

Les copains doivent avoir fini de peindre leur soldat Mokarex. Quand je retourne en classe, Jean-René Clément est assis au bureau et met une croix sur le grand registre devant tout ce qui bouge.

– Tu sais, on habitait la cité jardin à Vauzelles, toutes les maisons se ressemblaient. Alors, le type qui nous a dénoncés avait tracé une croix de Lorraine à la craie sur notre porte pour que les Boches ne se trompent pas.

– Comme à la Saint-Barthélemy, m'am.

– Peut-être. En tout cas, ça a été notre fête. Deux camions de Fridolins en uniforme, plus une voiture avec les types de la Gestapo. Des salopards, ceux-là. Ils nous ont tous fait sortir. On croyait qu'ils allaient nous fusiller dans le jardin. Tonton Florent était en train de faire cuire une omelette. Il est sorti avec la poêle à la main en jouant les andouilles comme d'habitude. Il a pris un de ces coups de crosse sur la joue ! Puis ils ont sorti les pelles et les pioches et sont allés directement aux caches.

– Quelles caches ?

– Les caches de cuivre ! Il y en avait cinq. Ils étaient bien renseignés. Tu parles, c'était notre voisin d'à côté qui nous avait donnés.

– Qu'est-ce qu'il y avait dans ces caches ?

– Des plaques de cuivre.

– Ça venait d'où ?

– De chez Alsthom. Le jour, ton père travaillait sur les locomotives. Il était formeur là-bas. Et la nuit, il revenait saboter le foyer des chaudières, en retirant une plaque de cuivre. Sans cette pièce, la locomotive ne pouvait plus bouger. Et c'étaient des trains de moins pour transporter des soldats, des tanks, des camions et même des prisonniers. A cette époque on collait les tracts des cheminots CGT.

Plus un wagon
Plus une loco
Pour les Boches
Contre les Boches
Sabotez !

– Ton père sabotait. Pourtant, ils étaient drôlement surveillés à l'usine, mais lui il avait trouvé une combine pour sortir le cuivre. Il a jamais voulu m'expliquer. Au cas où on serait pris. Tu vois, il avait raison. Tout ce que je sais, c'est que, quand il rentrait au milieu de la nuit, il sentait l'égout, pour pas dire autre chose. Je devais passer tous ses vêtements dans la lessiveuse. Une infection ! Lui se débarbouillait dans la cuvette. On n'avait pas beaucoup de savon. Ça durait ! Tu sais comme il est maniaque, ton père. A peine recouché, le réveil sonnait. Il embauchait à cinq heures chez Alsthom.

– Et le cuivre !

– Les Chleuhs en ont déterré plus de trois tonnes ! Ça nous faisait plaisir de les voir transpirer un peu.

– Trois tonnes !

– Faut dire que ça avait duré un bout de temps, cette histoire.

– Vous savez pourquoi il vous a dénoncés, le voisin ?

– On s'est longtemps demandé. On s'entendait bien avec lui. On l'avait même aidé pour son cochon muet.

– Un cochon muet ?

– Oui, pas mal de gens élevaient un cochon en cachette. C'était interdit, il fallait pas se faire prendre. Et ça fait du boucan, cette bestiole. Alors on lui coupe les cordes vocales, comme ça, tu es tranquille. Tonton Florent savait faire ça. Après, c'est bizarre de voir le cochon agiter son groin et de ne rien entendre. On dirait une sorte de gros poisson rouge délavé. Bref, on l'avait même aidé à le tuer, son cochon. Il n'était pas de la campagne. Un pauvre gars.

– Je sais, sa femme l'a quitté... Mais tout de même, m'am, pour le cuivre ?

– Quoi, le cuivre ?

– Franchement, trois tonnes. Qu'est-ce que vous en auriez fait après la guerre si vous n'aviez pas été pris par les Allemands ?

– Ben, on l'aurait rendu !

La mère me regarde avec ses yeux bleu évidence. Et une petite moue d'amertume sur la bouche.

– C'est tout juste s'ils ne nous ont pas accusés à la Libération.

– Qui ça ?

– L'épuration. Les comités Tartempion. Des types qu'on avait jamais vus pendant quatre ans, assis derrière des tables, avec des écharpes tricolores et des placards de décorations... Mais qu'est-ce qui nous dit, madame, que votre mari n'avait pas l'intention de revendre ce cuivre après la guerre ? Est-ce que vous pouvez produire des témoignages ? Tu parles ! Les témoins, à cette époque, tu les achetais au troquet. Deux canons, et vas-y que je te jure et que je te crache. Ton père n'a jamais voulu. « Je t'interdis, Paulette ! » C'est la seule fois qu'il m'a interdit quelque chose. Moi, j'aurais bien aimé qu'il ait une breloque. N'importe laquelle. Il méritait. La rosette, c'est bon pour ceux qu'ont trafiqué dans le cochon... Faut dire que t'en voyais fleurir, de la boutonnière de planqué. De l'acné d'après guerre.

Je pense à la Légion d'honneur que j'ai dans mon cartable. Je l'ai trouvée, roulée avec d'autres, dans du papier journal. Un paquet jeté dans une poubelle de ma rue. Le vieux monsieur à béret du 115 est mort. Un coup de froid du 11 novembre. Pour sa Légion d'honneur, aujourd'hui, je ne peux même pas obtenir en échange une perforatrice en fer.

La Légion d'honneur, le père aurait pu l'avoir contre un ronflement, mais il a refusé la proposition du général de Gaulle. C'était en août 1944, le père devait lui porter en main propre la carte des maquis de la région P3 et un message du général Giraud, au sujet d'une réunion au sommet entre les FTP et les FFI.

– Beau mérite ! J'étais le seul à avoir une moto en état. Une 500 culbutée. J'ai roulé toute la journée et toute la nuit à travers les lignes. J'arrive à Paris. Une fiesta ! On n'aurait pas cru que les Allemands étaient encore un peu partout. Je me faufile jusqu'à l'Hôtel de Ville. J'ai dû montrer mon laissez-passer cent fois. Des petits chefs partout, et hargneux. Il fallait pas leur prendre leur victoire ! J'arrive enfin dans un bureau doré. Ta mère aurait aimé le lustre. Le Général était de l'autre côté de la porte. Je l'entendais. J'étais vanné. On me donne un verre de champagne. Je buvais rien à l'époque. Je me suis endormi comme un bébé. Tu te rends compte ! Même maintenant, j'en ai encore honte...

– Mais vous m'avez sauvé la vie !

– Pas moi, mon général : mon ronflement.

– Ça a attiré mon attention, je me suis retourné, et la balle m'a frôlé l'oreille. Sans ce... bruit, je serais mort. Vous imaginez les conséquences, pour la France !

– Mon général, vous vous voyez en train de citer un ronflement dans l'ordre de la Légion d'honneur ?

– On peut trouver une formule du genre : Par son action de diversion, Chaudrake a su déjouer un complot visant l'intégrité physique de la personne du général de Gaulle, chef de la France libre. A Paris libéré, le 10 août 1944.

– On vous attend sur le balcon, mon général.

– Bref, vous n'en voulez pas de ma médaille ?

– Il faudrait la donner à toute ma famille, aux copains du maquis, à ceux de l'usine et à tant d'autres. Ça en ferait, du métal. Et le métal, maintenant, on va en avoir besoin pour autre chose. C'est pas avec des fabriques de breloques qu'on reconstruira la France.

– La formule est rude, mais elle me plaît. J'aurais tout de même du mal à la glisser dans un discours. Tant pis. Désolé, Chaudrake, on m'attend.

– Faites attention quand vous remonterez par Rivoli. Ça canarde encore de la rue du Renard. Un franc-tireur qu'on arrive pas à loger.

– Les risques du métier. Mais je ne crains rien. Je sais maintenant que chaque fois qu'une balle sifflera vers moi j'entendrai votre ronflement et qu'il me protégera. J'en suis certain.

Ronfler, c'est peut-être sa manière, au père, de nous protéger. Un truc de sorcier nègre. Des ronflements de baobab à ébranler les murs et à faire se sauver tous les mauvais génies.

Moi aussi, je me serais bien sauvé, pendant que mon maître raccompagne ce collabo qui a si gentiment rapporté mon carnet de correspondance.

– Viens ici, toi !

M. Brulé me rattrape dans le couloir. Il n'a plus l'air furieux. Il est plutôt préoccupé et vaguement triste.

– Mais qu'est-ce qu'on va faire de toi ?

La m'am aussi se le demande parfois. Mais elle a la lessiveuse à surveiller, la paille de fer à passer, les bouteilles à rincer. Alors elle s'essuie les mains sur son torchon à carreaux, lève les épaules et souffle fort.

– Je dis ça, mais... je sais que ça ira, va !

Avec ses doigts, elle me refait le cran dans les cheveux. Un geste doux qui sent l'eau de Javel. Elle ajoute deux larmes de crème Nivéa sur mes joues, un baiser frotté, les chaussettes tirées, les sandales bouclées, une tape-sul-cul, un morceau de pain, une barre de chocolat Meunier dans la poche, et mon bagage est fait. Je n'ai besoin de rien d'autre.

– C'est vrai, qu'est-ce qu'on va faire de toi ?

Dans le couloir, le maître s'est accroupi à ma hauteur. Je crois que c'est la première fois. Il me tient par les épaules. Lui aussi a les yeux bleus.

– Il faut que je prévienne monsieur le directeur, à ton sujet. Il convoquera certainement tes parents. Va rejoindre tes camarades, maintenant.

– Je peux peindre mon Bonaparte ?

– Alors tu me le fais beau.

J'aime bien quand les phrases du maître sont comme dehors. C'est rare. Dranlong-Dranlong ! La cloche sonne. Je ressens soudain un violent coup au creux de l'estomac. Mes yeux chavirent. Le maître me rattrape.

– Ça ne va pas ?

Ce n'est rien. J'ai seulement faim. C'est l'heure de la cantine. Mon estomac vient de l'apprendre et il a l'air impatient. Pourtant, je sais ce qui m'attend au réfectoire.

CHAPITRE IV

Le mur des filles

La cantine de l'école, c'est une sorte de gros casse-croûte. Un hachis-parmentier-salade-verte-compote-de-pommes calé entre deux belles tranches de récréation. La première tranche est consacrée aux filles de l'école des filles. Celles de derrière le mur. Les invisibles. La deuxième est plus digestive : gendarmes-voleurs, déli-délo, bagarres, billes et touchette.

S'approcher du mur des filles est toute une entreprise. Il ne faut être ni trop petit ni trop grand. Trop petit, on est classé « morveux ». S'intéresser aux filles quand on est encore morveux est le plus sûr moyen de s'attirer des remarques, sur son confetti de teckel, son robinet à trois gouttes, son tire-bouchon de canif, ou une centaine d'autres noms que j'ai notés sur mon cahier de collection. Trop grand, comme ceux de la classe du certificat, on ne se dérange plus pour de vulgaires « pisseuses ». C'est l'âge immobile. On se regroupe dans un coin de la cour, pour essayer de fumer en douce. Reste l'entre-deux. Il est composé de ceux qui savent grimper au mur, les ouistitis, et de ceux qui ne peuvent pas, les culs de plomb. Mais un ouistiti peut se mettre au service d'un cul de plomb. Alors, il devient « facteur ». Ça vaut pas mal de boîtes de coco, de réglisses, de caramels et de guimauves. Moi, je suis le facteur de Bonbec, mon voisin de classe. C'est une sorte d'ogre à friandises, les poches toujours pleines de tous les bonbons de la création. Il est amoureux d'une grande plate avec des taches de rousseur, dont le sourire « brille au soleil comme de l'argent ». C'est lui qui dit comme ça.

C'est dangereux de faire le facteur. On risque de se faire prendre par une maîtresse et de se retrouver au piquet à l'école des filles, dans une classe de CM2, sur l'estrade, les mains sur la tête, une ardoise dans le dos avec écrit « Je voulais voir marcher les filles » signé de son nom et de son prénom. C'est exactement ce qui m'est arrivé ce jour-là.

– Qu'est-ce que tu faisais sur le mur?
– Je voulais voir marcher les filles.
– Eh bien, on va marquer ça.

Je suis plutôt fier, c'est la première fois qu'on écrit une phrase de moi, en gros. Et si je croise mes petites sœurs ? Tant pis, elles feront semblant de ne pas me connaître. Sinon, pas de têtard ni d'histoire au hasard. Les mains sur la tête, je traverse le préau où des petites de CE2 font de la gymnastique dans leurs shorts bouffants à élastique. Je me retrouve sur une estrade, dos à la classe qui murmure. J'aimerais bien, moi aussi, en avoir un élastique à mon short, et un gros. Je le sens descendre. Les poches sont pleines des cales que je viens de gagner à la récréation en plumant Lali. Un vrai trésor d'agates. A mon tour d'être plumé, si mon short continue à descendre. Les filles vont voir mes fesses toutes nues comme un derrière de poulet au marché. J'ai beau me contorsionner, gonfler le ventre, me porter sur une jambe, puis l'autre, je perds millimètre après millimètre. Je sens déjà un filet de frais à ma ceinture. Je me demande comment est ma culotte aujourd'hui. Est-ce que j'en ai une, au moins?

– Et si tu avais un accident dans la rue?

L'accident dans la rue est une des « hantises » de la m'am, comme elle dit. L'accident avec chaussettes trouées, tricot de peau déchiré et slip sale. A croire qu'on ne s'habillait propre que pour se faire renverser par une auto...

– M'am, ce n'est pas le moment de m'inspecter. Je tente de remonter mon short.

– On garde les mains sur la tête !

La ficelle de ma ceinture vient de décrocher de l'os de la hanche. Je révise rapidement mon cours sur le squelette humain : plus le moindre petit os pour la retenir. Pourtant, on en a 272. Ça va être le toboggan magique de la Fête à Neu-Neu et la découverte du trésor des Deux Lunes. Mon trésor à moi, ce sont mes agates... Dans la vie, mieux vaut perdre son trésor que la face... Alors, je me trémousse légèrement façon tamouré, pour faire crisser les billes dans mes poches.

– Mais qu'est-ce que j'entends là ? Approche !

J'en profite pour ramarrer presto mon paquetage.

– Vide tes poches !

Avec plaisir. J'aligne les agates sur le bureau. Mon short délesté remonte comme un ballon libre. Fermez les fenêtres ou je m'envole ! « Oh ! » L'institutrice s'est exclamée comme si elle venait d'ouvrir un coffret à bijoux. Elle prend une agate dans ses doigts et la mire au soleil.

– C'est un œil-de-chat, madame.

J'ai osé parler. Elle me roule des yeux qui ne ressemblent à aucune agate connue. Je m'attends à recevoir une gifle de collection. Rien.

– Et celle-ci ?

– Un rouge-gorge, madame.

– Et cette brune ?

– Une cannelle, madame.

– Tu les connais toutes ?

– Oui, madame !

En fait j'invente quand c'est nécessaire. Parce que certains noms sont difficiles à dire à une dame. Justement, celle qu'elle me montre en ce moment : noire avec des chiasses de marron, on l'appelle le « cul de bonne-sœur »...

– Et cette belle bille noir et marron?

– Euh !... euh !... Le doigt du Diable, madame !

– C'est joli.

Le visage de l'institutrice se détend. Maintenant, elle a des yeux mer tranquille, comme ma bille préférée. Elle tape dans ses mains.

– Approchez-vous, mesdemoiselles. Nous allons apprendre le beau nom des agates.

Tout d'un coup, me voilà entouré par les filles de la classe. Si les copains voyaient ça ! Les mille et une nuits en plein jour. Mieux que le gros livre de la bibliothèque de la classe. Celles que je ne voyais que du haut du mur sont là, toutes proches : la grande rouquine à nattes, le gros popotin, la brune à lunettes rondes, la blonde à jupe plissée, la frisée déjà formée, cannes de serin, la fille à la croix en or, la petite boule au serre-tête. Et même la grande plate avec des taches de rousseur, à laquelle Bonbec veut que je fasse passer de sa part des gros caramels au lait Pierrot Gourmand à un franc les quatre. Il faut que je dise à Bonbec qu'elle porte un appareil dans la bouche et que c'est sûrement pour ça que son sourire « brille au soleil comme de l'argent » et qu'elle refuse les caramels. Il n'a plus qu'à lui écrire un poème.

Et celle-là ? Et celle-là ? Les filles me tournent la tête. C'est pire que le grand déballage annuel sur le rond-point. Je donne tous les noms que je connais et j'invente les autres. Un vrai tourbillon de voix aiguës et de parfums. Ça sent bon, une fille. Moi, je ne connaissais que les sœurs. Du haut du mur, on ne se rend pas compte de tous les parfums qui existent : le lilas, le muguet, la rose, le tilleul, le jasmin, la fougère, l'eau de Cologne. J'aurais bien aimé qu'elles me les apprennent. Mais je crois qu'on a inventé le mot « parfum » pour garder un secret de fille.

Finalement la maîtresse les a renvoyées à leurs places. Elles ont demandé d'emporter chacune une agate en souvenir. Je suis d'accord pour une punition qui ressemble à un cadeau. De toute façon, mon short n'aurait pas résisté plus longtemps. Alors, j'aurais dû inventer un nom pour désigner ce qu'elles auraient vu. J'aime bien la conjugaison quand ça évite de montrer ses fesses.

– Si je comprends bien, elle a des dents de cheval, ma poule !

J'explique à Bonbec que la grande plate avec des taches de rousseur n'a pas des dents de cheval, mais porte un appareil « pour les riches ». Un juste pour faire bien et avoir un joli sourire plus tard. Rassuré, il s'attaque au poème. Il tire la langue, transpire, mais le nombre de pieds cloche toujours. Ça varie du cul-de-jatte au mille-pattes et il tient absolument à faire rimer « appareil » avec « merveille ».

– T'as qu'à m'en faire un.

Je fais. Il lit. Fronce le front. Fait la moue. Et me le rend.

– Pas possible. Si elle m'interroge, y a des mots que je sais pas.

Bonbec renonce au poème et opte pour un bijou. Les filles aiment les bijoux ! Ce sera une bague à la tirette. Il faut monter jusqu'au Goulet-Turpin du Raincy. La première qu'on récolte est en argent avec une tête de mort et un serpent. Pas possible pour des fiançailles. Il faut en tirer une autre. Ça fait fondre le budget boulangerie, mais « Pour l'amour : faut ce qu'il faut !... » dit Bonbec en trouvant que ça rime bien. Il prie, supplie, caresse la machine, avant de tirer la deuxième. Tchrac !... Dans son écrin en carton, elle apparaît. Une véritable merveille, tout droit sortie du trésor de Bagdad. Elle est en or, émeraude et saphir. Enfin, plus exactement : doré, vert et bleu.

– Tu crois qu'elle a de si petits doigts ?

– Les doigts des filles, c'est incroyable. On peut pas imaginer. Je sais pas comment elles font.

On rentre sans s'arrêter à la boulangerie. Depuis Goulet-Turpin, Bonbec marche, silencieux et tracassé. Tout à coup, il s'arrête avec un air de petit vieux. Il vient de prendre dix ans en un kilomètre.

– Et comment on l'offre ? Comme ça !

Il fait mine de jeter la boîte en carton comme on lance une pièce « au plus près du mur ».

Exactement le même geste que mon frère Roland, le soir où il est allé offrir sa bague de fiançailles à Christiane. Roland porte son costume bleu marine du conseil de révision. Pour cinq francs, ma sœur Josette a amidonné le col de sa chemise blanche et passé les plis de son pantalon à la pattemouille. Roland est tout raide de partout. Sa moustache taillée aux ciseaux à broder le fait encore plus ressembler au prince Rainier de Monaco. Son visage passe du rouge vineux au blanc cireux. La cravate du père l'étrangle. On a l'impression qu'il ne respirera que quand tout sera fini. Et ça a déjà failli finir avec Christiane. Ils ont cassé une ou deux fois.

« Casser » me fait penser au bras de Roland écrabouillé dans son accident de moto. Ça avait cassé en même temps avec Christiane. Peut-être que mon frère resterait infirme. On lui avait posé une broche dans le bras. Une broche ! J'imaginais ça comme un bijou. Un peu comme le camée translucide de la m'am, en plus gros. Il paraît que c'est plutôt comme une tige pour embrocher les poulets.

– Avec une broche, ça lui fera un mari qui risque pas de mollir, à la reine de beauté !

Évelyne se moque et mime Miss Villemomble 1956. Grande, blonde, avec des formes de miss partout que ma grande sœur exagère. On dirait Sabrina dans un vieux *Ciné-Revue* ; 104 cm de tour de poitrine, assurés pour cent millions ! J'ai découpé la photo où elle se mesure.

– La miss, elle l'aura fait courir, le frangin !

Évelyne a raison. Pour Christiane, Roland aurait dû faire comme pour les autres filles. Rester assis sur sa moto et attendre... Dans la vie, quand un homme court comme un lapin, il finit en tour de cou.... Mais c'est celle-là que Roland veut marier, et pas une autre. Il le dit à la m'am dans la cuisine, avec des gros sanglots.

Si je savais où elle habite, Blanco et moi on irait la voir. Une maison chic en vraie meulière, avec un jardin devant et derrière. Plus grande encore que celle de Mme Gnobel. C'est ce que dit Roland. Je raconterais à la Miss que mon frère se lève tôt, qu'il ne crie jamais, qu'il explique bien pour les devoirs, que sa moto, il l'a payée avec ses sous, tout seul, qu'elle fait du 120, qu'il a une photo d'elle à côté de son réveil, que c'est vrai qu'elle est jolie, mais que ce n'est pas une raison pour faire pleurer mon frère. C'est ça, que je lui dirais.

Roland ne mange plus. Pourtant, manger, c'est sacré à la maison. Ne pas manger, c'est être malade. Le chagrin d'amour, c'est une maladie comme une autre. Si ça ne guérit pas avec une bonne soupe, il faut se déranger. Alors la famille a chargé le chagrin de Roland sur ses épaules et s'est dérangée. La mère a mis son chapeau et ses gants de messe et le père ses chaussures qui lui font mal aux cors. Ils y sont allés, dans le grand pavillon de meulière, et ils ont expliqué. Roland aura une bonne place à Air France. Il réussira son essai. Il aura droit aux GP2. Sa femme aussi. Les voyages en avion, pour 10 % du prix. Moins cher que le train. Nice, Ajaccio, Alger, moins loin que Nogent. A force d'expliquer, la broche dans le bras de Roland finit par ne pas gêner tant que ça. Ça redevient même un bijou : mon frère touche une pension.

– Tu vois, je peux faire ça... mais pas ça !

Roland fait tourner son bras tendu autour de son épaule d'avant en arrière, mais reste bloqué dans l'autre sens. Ça ressemble plus à un tour de passe-passe qu'à une infirmité.

– On t'épouserait bien, nous, mon petit frère.

– Tu touches des mandats et tu sens bon aujourd'hui !

Évelyne et Josette essaient de le détendre, comme avec moi avant une piqûre. Chacune à leur tour, elles jouent la fiancée en faisant les crâneuses, pour que Roland s'entraîne à offrir la bague. Visiblement, c'est manipuler l'écrin qui semble le plus difficile. Souvent, il se referme d'un coup sec en claquant comme un dentier.

– On dirait la m'am en colère !

Il a fallu bricoler la charnière. A l'intérieur, la bague clignote.

– Le bouchon de carafe !

– Ma parole, tu veux la cuiter, ta promise !

A la maison, les filles ont le droit de tout dire quand il s'agit de naissances, de mariages et d'enterrements. C'est leur domaine. Les garçons se taisent et écoutent. Ils savent qu'un jour ou l'autre ils devront offrir une bague de fiançailles. Ça se passe toujours dans le même ordre : D'abord, économiser. Dans la vie, avec les femmes, il faut toujours se serrer la ceinture avant de pouvoir baisser son pantalon. Mme Piponiot dit que, quand elle était jeune, elle a eu la peau de plus d'un chaud lapin. C'est sûrement pour ça que maintenant elle en a tant à sécher dans son jardin.

Pour Roland et Christiane, il en reste encore du chemin avant le Moulin-Brûlé au bord de la Marne. C'est là que la tribu organise ses noces. Une véritable usine à mariage. Vingt ou trente longues tables de banquet alignées dans une salle vaste comme un hangar d'avion. Et autant de robes de mariées, de beaux-pères, de garçons d'honneur, de cavaliers, de cavalières, de cotillons, de danses du tapis, de jarretières et de petits mariés en plastique raides comme pour la photo. Au Moulin-Brûlé, on se marie et on se rencontre, on se marie et on se rencontre. Les noces, c'est un peu une maille à l'envers, une maille à l'endroit.

Mais parfois ça file, comme pour mon frère Gérard qui avait marié une femme éleveuse d'huîtres. Il n'en reste plus que le mot « ostréiculteur » dans mon cahier de collection, et un menu dans un album de photos. Avec des petits pigeons qui se bécotent pour entourer les coquilles Saint-Jacques, le rôti de bœuf, les haricots verts, le plateau de fromages, la salade verte, la pièce montée, les liqueurs et le café.

Je commence à avoir faim. La cantine tarde. Les maîtres et les maîtresses discutent dans un coin de la cour. Bonbec reste ratatiné contre le mur des filles, avec son cadeau de fiançailles dans la main.

– Tu veux pas lui donner, toi ?

Bonbec me tend la boîte de la bague à la tirette. Il l'a emballée dans le papier bleu à couvrir les livres de la bibliothèque. Est-ce que Roland s'était fait aider pour Christiane ? J'ai vu ça, une fois, en colonie, à la campagne. On amène à la jument un cheval, pas très beau. Ils se reniflent de partout. Après, on en amène un autre, bien mieux, qui lui monte dessus, et pas avec un robinet à trois gouttes ! Ça ne dure pas longtemps, et chacun repart de son côté. Ça a l'air plus compliqué chez les hommes. Le cheval qui sert juste à renifler s'appelle un galopin, nous a dit le moniteur. Drôle de nom. Moi, je veux bien être le facteur de Bonbec, mais pas son galopin. Je n'aime pas qu'on me renifle.

On s'est mis d'accord avec Bonbec. Pour une 4 CV Dinky-Toys, je grimpe sur le mur. Un groupe de filles joue à la corde à sauter. Les jupes volent et on voit leurs chevilles, leurs genoux, leurs cuisses et parfois un petit bout de leurs culottes blanches quand elles font « vinaigre ».

Un peu comme à la jarretière de la mariée, quand elle monte sur la table à la fin du banquet. Quelqu'un soulève sa robe au fur et à mesure que l'argent tombe dans le saladier de la sangria. Les sous récoltés servent pour le voyage de noces. J'aime bien écouter celui qui fait le camelot pour les mariés. Il en faut du bagout pour leur faire voir la mer.

– Tu la vois ? Tu la vois ?

Il m'agace, le Bonbec, à aboyer comme ça. Il va nous faire repérer par les maîtres. Oui, je l'ai vue, sa grande plate avec des taches de rousseur et un appareil dans la bouche. Elle joue à la marelle. Pour l'instant elle monte vers « Ciel ». J'attends qu'elle redescende pour lui faire signe. Elle joue bien. Drôlement vive sur les cases et adroite au palet. Ah! elle a mordu. Dommage! Je passe la tête pour attirer son attention. Elle est grande, elle m'a vu. Elle s'approche du mur comme si de rien n'était. Elle doit êre bonne à 1-2-3 Soleil! Je lui montre la boîte, en lui faisant signe avec les doigts, que c'est une bague pour elle. Je ne sais pas ce qu'elle comprend, mais elle soulève sa jupe comme on le fait pour recevoir des cerises dans son tablier. Je lance la bague. Plein dans le mille. Elle la fait disparaître dans sa poche de blouse avec juste un peu de joli rose aux joues. Elle m'envoie un baiser avec le bout des doigts. Déjà ses copines l'entourent. Bonbec s'inquiète.

– Qu'est-ce qu'elle fait? Qu'est-ce qu'elle fait?

– Elle te fait un bécot.

Sous l'émotion il manque défaillir. Ses jambes tremblent et il retombe en tulipe sur lui-même comme ses chaussettes. C'est la première fois que je vois en vrai une expression que j'ai entendue dans une dictée... retomber en tulipe... C'est étrange comme, chez les garçons, les émotions se portent dans les jambes.

Celles de Michel jouent des castagnettes. Pas Michel mon frère : le grand Michel. Celui qui a rencontré ma sœur Évelyne et ses 1,49 mètre et demi, au bal des pompiers, pendant que mon père était en déplacement à Alger. Un véritable hidalgo, toujours habillé en costume prince-de-galles, qui fait du patin à roulettes sur le rond-point comme Alain Calmat patine sur la glace. Il joue même de l'harmonica ou de la guitare sous le cerisier, le soir à la fraîche, et sait siffler avec n'importe quel doigt. Pas vraiment de travail fixe, mais il connaît des tas de tours de cartes, danse le vrai tango de Buenos Aires, et peut faire du Hula-hoop pendant une heure sans s'arrêter. Il a chaviré toutes les filles de la maison. Et je vois bien que la mère lui met du gruyère frais dans sa soupe.

– Attends quand le père va revenir!

Les frères s'amusent à lui faire peur. Jacques,

Michel, Gérard, Roland, Guy, Serge. Une véritable escadrille en piqué.

– Un coriace, le vieux.

– La petite, c'est sa préférée. C'est lui qui l'a élevée.

– La laissera pas partir comme ça.

– Dès qu'il va arriver, il va te passer à la moulinette. Et si tu lui plais pas : c'est le crochet du gauche au foie.

– Un ancien champion welter.

– Tu feras pas un pli sur une bosse.

Plus le jour du retour approche, plus le grand Michel s'active aux travaux ménagers. Goupillonner les bouteilles consignées, huiler les gonds, vider le cendrier du poêle, tendre le grillage, déboucher le regard de la cour, peindre les chaises de dehors en vert anglais. Une lubie de la mère... Ça fera plus guinguette... Justement, ce soir d'été là, c'est ce que le grand Michel faisait quand le taxi du père s'est garé devant la maison. Papa ! Les gosses, on a couru vers lui avec rien que des bras et des jambes.

– Preums !

– Deuze !

– Troize !

Le p'pa nous charge sur ses épaules. A la cuisine, la mère s'essuie les mains au torchon à carreaux et ôte son tablier. Deux coups de brosse dans les cheveux et un peu de rouge sur les lèvres, devant le miroir du père, au-dessus de l'évier. Toute la journée, le bâton de rouge est resté posé sur la petite étagère entre les pots carrés de riz, de café et de farine. Signe que la mère attend le p'pa.

Le grand Michel aussi aurait besoin d'un peu de rouge. A l'annonce de l'arrivée du p'pa, il reste tétanisé, sans jambes. Il continue à peindre un dossier de chaise en somnambule. La famille décharge le taxi comme les chameaux d'une caravane de Bédouins. On sait ce qu'il y a dans les malles : des couvertures algériennes de toutes les couleurs, des plateaux de cuivre martelé, des poupées géantes pour les filles et un service à café en porcelaine bleue qui laisse passer la lumière. Le père l'a gagné pour la m'am, à la fête foraine de Fort-de-l'Eau. Il y aura aussi des mains de fatma, de l'encens, des roses des sables, du safran, des piments rouges qui arrachent la bouche, de l'anisette, des gâteaux au miel, et un burnous à pompon pour moi. Figé sur place, le grand Michel regarde le défilé des Rois mages. Soudain il voit se planter devant lui un Melchior qui porte trois ouistitis sur ses épaules.

– C'est toi qui fréquentes mon Évelyne ?

Le grand Michel hésite entre se sauver sans ses patins à roulettes et tout avouer. Lui qui chante comme un merle andalou a le sifflet coupé. Il reste l'air sonné, le pinceau à la main à attendre le crochet du gauche au foie, signe de bienvenue dans la famille.

– Alors, c'est toi ?

Les yeux noirs le découpent au chalumeau.

– Euh !... Euh !... oui, monsieur.

– J'aime beaucoup ton pantalon.

Le père se met à rire et tout le monde avec lui. Un de ces rires qui réveillent le voisinage. Il faut dire que, dans sa trouille, le grand Michel s'est peint le pantalon jusqu'aux genoux. Curieusement, le vert anglais, ça ne se marie pas très bien avec le prince-de-galles.

– Tu crois que je peux en mettre une bleue ?

Bonbec me montre une cravate à élastique, avec une ancre de marine blanche. Il a tout prévu pour son premier rendez-vous, avec la grande plate à taches de rousseur. Elle a envoyé une boulette de papier par-dessus le mur. C'est ce soir après la classe sous l'escalier de la passerelle du chemin de fer.

– Et pour la langue, toi, tu sais comment on fait ?

La langue ! Il ne pense plus qu'à ça ! Il me pose des tas de questions, sur les enfants qu'on tire du ventre par la tête. Il veut tout savoir sur le robinet, la lune et même les poils. C'est bizarre comme il est timide avec les filles, mais pas avec les mots. Je n'ai rien à lui dire. Mais il pense que, puisque lui est fils unique et que moi j'ai plein de frères et de sœurs, je dois savoir.

– C'est forcé, chez toi, c'est comme les lapins dans un clapier. On voit tout !

Je vais lui scalper la brosse avec un couteau à huîtres, au Bonbec, s'il continue à parler comme ça de ma famille. Je vais lui prendre assez de peau sur le crâne pour tresser une ceinture à mon short. Et je vais faire sécher son scalp avec les peaux de lapins de Mme Piponiot. Qu'il se débrouille, avec ses histoires de langue, de lune et de poils. Il peut se la garder, sa 4 CV Dinky-Toys.

– Te fâche pas. Allez, reviens ! Tu dois bien savoir. Même un petit peu.

J'empoche la 4 CV plus un bonus pour insulte à la famille. Et j'invente. Et Bonbec gobe, avec sa bouche grande ouverte comme un entonnoir en fer-blanc pour les oies. Pourtant, je ne sais rien. Mais comment lui faire comprendre que, dans une si petite maison, avec toute cette tripotée de filles et de garçons, dans tous les sens, je n'ai jamais rien vu ? Rien ! Il n'y croira pas. Alors je brode des explications fabriquées à partir de l'observation de la toilette de Capi, de celle d'Antoinette, et d'éléments mécaniques en mouvement, du moteur de la traction. Le résultat inquiète Bonbec et finit par m'effrayer moi-même. Et si c'était ça ? Et si je savais sans le savoir ? Le maître nous avait fait une leçon de vocabulaire, avec « vrai », « véridique » et « vraisemblable ». Je n'ai rien compris, sauf que la vérité ressemble souvent à une main de prestidigitateur.

Je n'ai rien vu chez moi, mais j'ai entendu. Seulement, ça ne regarde pas Bonbec. C'est juste des bouts de phrases, des mots qui s'échappent. Surtout un : « fausses couches »... Celui-là a tendance à vouloir se sauver les jours de conciliabules de femmes, dans la cuisine. Il annonce la mère Grémard et son chignon dans un filet : une faiseuse d'anges. Elle arrive les dimanches de lessives, en même temps que les bassines d'eau bouillante sur la cuisinière. Pourtant, ce n'est pas dimanche le jour de la lessive.

Par la fente du volet, sous l'ampoule électrique, j'ai vu le visage tout blanc d'une sœur, comme une Sainte Vierge fatiguée avec des mèches de cheveux noirs luisants collées sur le front. Les hommes fument dans la cour en silence. On jette des ballots de journaux tachés de sombre dans la grande poubelle. Quelqu'un les emmène tout de suite à la décharge près de la voie ferrée.

– C'est dégueulasse tes histoires !

Bonbec vomit ses roudoudous, son zan, ses guimauves, son réglisse, du chewing-gum, un mistral et des Carambars à peine mâchés, contre l'ardoise de l'urinoir.

– Des aiguilles à tricoter !

Il vient de faire remonter en gerbe une boîte de coco oubliée qui teinte d'un bel ocre délavé le bout de ses chaussures et le haut de mes chaussettes. Il s'essuie la bouche avec sa cravate à ancre de marine. Pâle, le genou flageolant, le nez morveux, le menton qui goutte : Bonbec est prêt pour son premier baiser.

– Regarde ma cravate, maintenant !

Je décide de l'achever. Ça lui apprendra à confondre ma maison avec un clapier.

– Alors, Bonbec, tu as réfléchi ?

– A quoi ?

– A ce que tu vas lui faire avec ta langue !

C'en est trop pour lui. Un gros hoquet sonore remonte de son nombril avec un bruit d'évier. Ses yeux manquent de gicler des orbites. Il se penche en catastrophe sur l'urinoir mais rien ne vient. Il est vidé !

Soudain, ça siffle de partout dans la cour comme pour une rafle de colleurs d'affiches, place de la mairie. Les maîtres et les maîtresses ont faim.

– Vous ne vous sentez pas bien, monsieur Bonbec ? Accompagnez-le à l'infirmerie.

M. Klantz, le maître des grands, vient de nous sortir du rang dans le hall de la cantine. Juste quand j'arrivais à portée d'odeur du hachis parmentier ! Hmm ! La croûte bien dorée des premiers arrivés à table.

Je ne l'ai jamais connue, car on nous fait entrer dans l'ordre au réfectoire : les « payants » d'abord, ensuite les « demi-payants » et enfin les « gratuits ». Trois groupes bien distincts comme aux états généraux. Il y a même eu une révolte chez les parents, quand on a voulu appeler les « demi-payants » des « demi-gratuits ». Assemblée générale, serment du Jeu de paume. Le dirlo, mou comme un Louis XVI, a plié. Et les « gratuits » sont restés seuls à attendre dans le hall que le hachis parmentier refroidisse.

– 37° 5 !

L'infirmière retire le thermomètre de la bouche de Bonbec, comme on confisque une sucette.

– Je vous ai déjà dit mille fois de ne pas manger la boîte en fer avec le coco. En plus, la peinture, c'est du poison.

Elle exagère. La boîte, on la suce seulement et on perce le couvercle avec la canine, pour faire du jus de chaussette avec la poudre.

Bonbec reste allongé sur le banc et en rajoute dans l'agonie, pour avoir un sucre avec de l'alcool de menthe. Moi je regarde ailleurs pour éviter de sentir l'odeur d'éther et ne pas avoir mal dans le dos à l'endroit des piqûres. J'étudie la courbe des poids selon les âges. Je suis trop léger pour dix ans. Tant mieux. Je veux rester welter comme mon père. Sinon, au-dessus de 72,275 kilos, on passe poids moyen. Et là, pour être champion du monde, il faut battre Ray « Sugar » Robinson ! Depuis que je sais ça, je fais un régime. Fini le rabe de hachis à la cantine.

Sur le mur de l'infirmerie, il y a aussi un tableau qui compare les degrés Celsius et les degrés Fahrenheit. Un petit Américain doit avoir 96 degrés pour rester au lit et ne pas aller à l'école. Nous, seulement 38. C'est beaucoup mieux, la France.

– Ne touchez pas à ces graphiques !

L'infirmière me fait penser à ces feuilles de papier millimétré qu'un soir mon père a redescendues du grenier après le passage de la faiseuse d'anges. Il les a dépliées sur la table de la salle à manger. C'était plein de traits et de courbes partout.

– Il n'a rien compris, Ogino !

Le père a passé des nuits et des nuits, dans le garage, penché sur ses graphiques, sous la baladeuse. Cette fois je n'ai pas eu le droit d'éclairer ses mains. Un matin, avant de partir au travail, il a donné une feuille à la mère.

Tiens, c'est pour les filles. Mais tu leur dis que ce n'est pas une raison pour... Enfin... toi tu sauras quoi leur dire.

De ce jour, la faiseuse d'anges est allée les faire ailleurs, ses anges. Et quand les hommes fument dans la cour, c'est que le fond de l'air est doux, comme on dit.

– Tu pourrais le dire, que c'est ton père qui a inventé la méthode Ogino et que ce Chinois lui a piqué l'idée.

– C'était un Japonais, m'am.

– C'est pareil. Tu sais, ton père, il avait le millième d'ajusteur dans les doigts. Pour les températures, c'était pareil. Par exemple, il me touchait là, sous l'oreille, et disait... 38° 4 ! Je vérifiais... 38° 4. Tu es encore trop petit pour que je t'explique en détail, mais c'est comme ça qu'on vous a faits avec ton père. Quand on le voulait, vous arriviez.

– C'est toi ou papa qui a choisi que j'aie juste dix ans l'année de la coupe du monde de football en Suède ?

– Ça, c'est en plus.

– En tout cas, c'était une bonne idée.

– Il n'en avait pas que des bonnes, ton père. La preuve : un jour qu'il prenait l'avion, il a fallu qu'il parle de sa découverte à ce Chinois...

– Japonais, m'am. Ogino Kiusaku !

– Avec un prénom pareil, ça m'étonne pas qu'il n'ait pas compris l'essentiel de la technique de ton père. C'est pas la température, le plus important ; c'est l'endroit où on la prend ! Et pour ça, il fallait avoir les doigts en aile d'ange de ton père. Résultat, ce Cul-à-cul...

– Kiusaku, m'am !

– Si tu veux. Résultat, il est responsable de millions de naissances. Pas mal pour une méthode contraceptive. Elle devrait porter le nom de ton père.

– La méthode Chaudrake !

– Chaudrake 13 ! Il y avait treize points du corps à connaître. Tu sais pour l'oreille, mais, les douze autres, je ne te le dirai pas. Tu es encore trop petit. C'est pas pour les microbes, ces choses-là.

J'aime bien que la m'am me retrousse le bout du nez avec une pichenette et un clin d'œil.

– Dites donc, vous deux, vos vaccins sont à jour ?

L'infirmière se plante devant nous. Bonbec se redresse de son banc d'agonie comme un ressuscité. Moi, je sens déjà l'aiguille se planter dans mon omoplate. Je suis prêt à m'enfermer dans la cabine de déshabillage et à y rester jusqu'à ce que ma mère vienne me chercher. Mais la porte de l'infirmerie s'ouvre soudain à la volée. On amène en urgence de la cantine un « payant » qui s'est brûlé le palais avec le hachis parmentier. Bien fait ! On s'efface devant les privilèges et on se sauve vers le réfectoire.

Il reste la bonne odeur de gratiné en suspension, mais seulement un fond de plat à gratter, et un saladier presque intact de laitues luisantes habitées d'asticots prêts pour la pêche. Notre table est à côté de l'estrade où mangent les maîtres. L'ambiance est orageuse dans le réfectoire. Les grands du certificat font la tortue et complotent au-dessus des assiettes. Chacun à son tour, un maître se lève pour crier.

– La paix !

Le silence tombe. Mais ça reprend doucement et ça monte de nouveau.

– J'ai dit, la paix!

On sent qu'il va se passer quelque chose. Qu'est-ce qui peut bien traverser l'air pour que tout à coup, sans raison apparente, on ait la chair de poule? La chair de poule, c'est ce qui nous reste de l'époque où on était un animal. Il a raison, le maître, il faut d'abord penser à survivre. Je récupère une pomme intacte et des restes de hachis froid sous les feuilles de salade habitées. Bonbec veut encore vomir, mais il faudrait le retourner comme une chaussette de cafetière. Le p'pa n'aimerait pas mon assiette, lui qui laisse la sienne « propre comme une ostie ». C'est ce que dit la m'am.

En ce moment, à l'usine, le père doit être en train d'ouvrir la gamelle que la m'am lui a préparée. Je sens d'ici l'odeur de bourguignon. Il pensera à elle. La mère m'a montré une photo du repas dans le grand hangar. Le père et ses copains en cote de bleu sont en cercle autour d'un foyer. Chacun tient sa gamelle au bain-marie, au bout d'une longue perche. On dirait les rayons d'un grand soleil. Moi aussi, je veux être chaudronnier, pour mettre un bout de soleil à réchauffer chaque midi.

Quelqu'un me l'aura préparé.

A la table des grands de la cantine, ça tourne au chahut. M. Mirte, le maître de gymnastique, s'avance sur l'estrade. C'est toujours lui dans les cas difficiles. D'une main, il décolle n'importe qui de terre et le tient bras tendu, comme un flambeau olympique. D'habitude sa présence suffit. Mais pas cette fois. Il a gonflé sa poitrine et a crié.

– La paix!

– En Algérie!

Une voix a jailli. Un véritable un coup de tonnerre et un silence tout raide.

– Qui a dit ça? Qui a dit ça?

Le maître de gymnastique se précipite à la table des grands. Il a encore sa serviette autour du cou.

– Qui a dit ça?

Ils se sont tous levés bien droits. D'un bloc.

– Qui a dit ça ? Baissez les yeux, messieurs ! Baissez les yeux ! J'en veux un ! Un seul !

Après je ne me souviens plus très bien. Le maître a voulu tirer quelqu'un de la table. Les autres l'ont défendu. Tout le monde s'est mis à crier puis à jeter des trognons de pomme, des restes de hachis, des morceaux de pain et des tas de trucs qui n'étaient même pas au menu.

On se retrouve tous alignés devant le préau. Le directeur arrive avec des enjambées beaucoup trop grandes pour lui. Il donne l'impression de mesurer la cour, pour savoir où planter le poteau d'exécution. Car c'est sûr, on va exécuter le coupable. Pactiser avec l'ennemi en temps de guerre.... C'est comme ça que ça s'appelle, d'après le concierge qui en a profité pour s'épingler une rangée de médailles sur la blouse.

Pactiser avec l'ennemi !... J'ai déjà entendu cette formule. C'est ce que les deux gendarmes ont craché au visage du p'pa. Ce soir-là, le père revient d'un déplacement à Alger. De mon cerisier, je vois le taxi le premier. Une 201 Peugeot rouge et noir. Le retour d'Alger est la seule occasion où le père s'offre un taxi. Comme un pacha à neuf queues ! Je n'ai jamais compris cette histoire de neuf queues. Le taxi repéré, je saute du cerisier pour arriver avant mes petites sœurs. Preums ! Mais les deux phares de la Jeep ont déjà coincé la 201 contre le trottoir. Deux gendarmes à képi sortent mon père du taxi. Il a sa chemise blanche, son sourire qui va avec et un canon de mitraillette dans les côtes. Un autre képi descend les bagages de la galerie, comme en les tirant par les cheveux. Ils se mettent à tout fouiller.

– Attention, c'est fragile !

Dling ! Il faudra retourner à la fête foraine pour compléter le service en porcelaine de la m'am. Ils ont même éventré les sacs de semoule ultra-fine, et désarticulé la grande poupée gitane. Un vrai déballage de romanichelles !

– T'as de la chance, pour cette fois. Mais on te

coincera, toi et tes copains. Tu verras ce qu'on fait aux types qui pactisent avec l'ennemi en temps de guerre.

– Je croyais que c'était pas une guerre ! « Événements », il faut dire « événements d'Algérie », le maître nous l'avait bien expliqué en leçon de vocabulaire. Guerre : lutte armée entre États. Exemple : la guerre de Cent Ans. Événement : ce qui arrive et qui a quelque importance pour l'homme. Exemple : mon père vient de recevoir un coup de crosse dans le ventre.

– Fais pas le malin ! Guerre ou pas guerre, on t'aura !

– Vous êtes pire que la Gestapo !

– Attention à ce que vous dites, madame ! On pourrait...

– Quoi ? Me coller contre le mur ! Allez-y !

La m'am a mis ses peintures. Soudain, c'est « Plume rouge » sur le sentier de la guerre. Michel a surnommé la m'am comme ça le jour où elle a surgi en furie, à deux heures du matin, au milieu d'une partie de tarot un peu bruyante. Elle est apparue en robe de chambre, les cheveux couverts de plumes de l'édredon qui fuit... « Mais c'est Plume rouge ! » Tout le monde a ri. La mère aussi. Elle est retournée se coucher avec son surnom et les hommes ont mis une sourdine à la partie de cartes.

Devant la Jeep, le gradé en prend toujours pour ses épaulettes. Le voisinage se met aux fenêtres et commence à venir voir si on n'essaie pas encore de nous expulser. Finalement, devant l'attroupement, les gendarmes refluent en promettant de revenir.

– Toi et ton copain Frantz, on se retrouvera !

Frantz est un personnage mystérieux dont j'entends le nom de temps en temps, mais que je ne connais pas. Je sais seulement qu'il est médecin pour les fous, habite à Blida et écrit des livres. Après le départ de la Jeep, la tribu s'est assise dans la cour au milieu du déballage, sous le cerisier. La m'am masse doucement le ventre du père. Chacun essaie de retrouver ses cadeaux. C'est le souk de Constantine, la smala d'Abd-el-Kader en razzia. Ça sent les épices jusque dans les lilas.

Le père montre ses photos. Je me souviens d'une, complètement ratée et toute blanche. On l'appelle « Vue d'Alger », parce qu'elle ressemble à une photographie censurée dans *Le Parisien*, au mois de mai. Sous le rectangle blanc, il restait la légende : *Vue d'Alger. Ça me fait penser à l'expression « Sans commentaire »*.

Les grandes sœurs lancent le premier youyou de la rue Meissonnier. C'est ce soir-là que mon père décida.

– Dans deux ans, on ira en Algérie.

J'ai l'impression que le père compte déjà toutes les heures supplémentaires qu'il lui faudra faire pour tenir sa promesse. Mais le p'pa tient toujours ses promesses. Les gendarmes aussi.

– Le coupable, j'en prends l'engagement solennel, sera exclu définitivement de l'école...

Le directeur continue son discours. Les mains dans le dos, le ventre prêt à craquer les boutons du gilet. Il faut garder la tête droite, alors je fixe la gouttière au-dessus de son épaule.

– ... Le coupable sera exclu et placé en maison de correction...

La mère m'en parle parfois de la maison de correction, surtout les jours de livret. Mais c'est comme le martinet. « Si tu continues je vais en acheter un au marchand de couleurs... » Par sécurité, je surveille le panier à commissions. Je n'aime pas les fanes de poireaux qui dépassent du sac. De loin, ça ressemble à des lanières. Pour l'instant, le martinet reste une sorte de petite hirondelle multicolore, mystérieuse et invisible.

Dans la cour de récréation, le discours du directeur s'éternise. Il parle un peu comme « la grande tragédienne, Mme Sarah Bernhardt », que le maître nous a fait écouter sur un disque de théâtre : *L'Aiglon*. Je pense à la chèvre noire de Mme Piponiot. Les voix se ressemblent.

Le discours du dirlo dure et dure. A la longue les mots, c'est comme le chewing-gum, ça perd son goût. On s'habitue à la « honte indélébile » et à la « lâcheté méprisable ». Puis, plus personne n'entend la « voix de la conscience », ni ne voit « l'œil accusateur de la faute ».

Le directeur s'échauffe. Maintenant, il postillonne vers la cime des platanes et gesticule. Un morceau de sa chemise blanche dépasse sous son gilet. Il fait peine à voir. Le soleil tape fort et Bonbec sent de plus en plus le vomi.

– Tu pues, Bonbec !

– J'ai faim !

Moi aussi. Les asticots de la salade creusent des galeries en spirale dans mon estomac. C'est pire que le petit Spartiate qui s'est laissé dévorer le ventre, au lieu d'avouer qu'il cachait un renard sous sa marinière. Encore une dictée catastrophe du lundi après-midi. J'ai eu encore plus zéro que d'habitude, car j'essayais d'imaginer le regard du petit Spartiate. Les accords de participe, les doubles consonnes, les adverbes en « ment », les homonymes, les paronymes en ont profité pour chahuter sur ma copie. Zéro et deux heures de retenue. Tant pis, à la fin de la dictée, j'avais presque réussi à reconstituer le visage du petit Spartiate. Il ne me manquait que son regard.

En levant la tête, j'ai vu ce regard dans le rang des grands du certificat d'études. Maintenant je sais qui a crié « En Algérie ! ». J'en suis certain. Et je suis content de savoir lire dans les yeux grâce à une dictée. Même si j'ai eu zéro.

Le directeur fatigue, son disque se gondole sous la chaleur. Il sort un mouchoir blanc pour s'éponger. Ça sent la reddition. Il regarde sa montre.

– La classe du certificat d'études, devant mon bureau. Les autres...

Il fait une moue dédaigneuse et un geste las de la main qui veut dire « hors de ma vue, racaille ». Pour l'envolée, il n'y a pas de cris de piafs comme d'habitude. On regarde en silence le rang des grands conduits par M. Klantz disparaître dans le préau de gymnastique. On va certainement les fusiller ou les mettre dans des wagons de marchandises à la gare du Raincy.

– Faut pas rire avec ça. Tu sais que ton oncle n'est pas revenu de Buchenwald ?

La m'am ne m'a jamais expliqué pourquoi son frère a été emmené en camp. Un secret.

Le directeur, les maîtresses et les maîtres accompagnent les grands. Dans la cour, il ne reste plus que le concierge pour nous surveiller. On se sent abandonnés. Pas par tout le monde. Bonbec me donne un coup de coude.

– Fais gaffe ! Y a les mousquetaires qui te cherchent.

Vinteuil, Donnier et Guibaut se font appeler les mousquetaires parce qu'ils sont trois et disent en valoir quatre. C'est Vinteuil le chef. Il parle, les autres ricanent.

– On fait une partie de touchette. Tu mises ton tas de ferraille contre ma Ferrari.

Vinteuil se prend pour le Fangio de l'école à ce jeu. C'est vrai que sa Ferrari va loin et bien droit, mais ma Talbot-Lago peut aller toucher n'importe quelle voiture à l'autre bout de la cour. Parce que mon « tas de ferraille » a un secret !

– Cinq touches entre les arbres avec rachat et un pas de liberté !

Pas question de jouer à la touchette aujourd'hui. Le lundi c'est hachis parmentier à la cantine et « gendarmes et voleurs » à la récréation. Ça permet de s'échauffer pour le cours de gymnastique. Tout à l'heure il y a grimper de corde et saut en hauteur. Le record à battre est de quatorze crans.

– T'as la trouille !

Bonbec arrive juste à point pour faire le vide. Les

mousquetaires battent en retraite en se pinçant le nez.

– Quoi, je pue encore ?

– Il faudrait te désinfecter à l'Harpic.

Il se frotte le cou avec des caramels et du réglisse. C'est encore pire. Maintenant, Bonbec veut savoir des trucs sur le « pelotage ». Ce soir, la grande plate avec des taches de rousseur a intérêt à se boucher le nez. Je le laisse à son décapage. On m'attend pour jouer « aux gendarmes et aux voleurs ».

Pied dessus, pied dessous. On fait les équipes. Je suis voleur. C'est ce que je préfère. Le moment le plus beau est celui où on est le dernier en liberté. On voit la longue chaîne des prisonniers qui se tend à travers la cour. Elle se balance, crie, tangue... *Elle ondule sous les rameaux lourds*... C'est dans « La panthère noire » de Leconte de Lisle : il faut être comme elle. Se glisser en silence et surgir au dernier moment. Je connais un chemin secret qui passe par le toit de la cantine de l'école maternelle.

– Comment tu peux te souvenir ? Tu y es resté une demi-journée, à la maternelle. Le midi de la rentrée, la directrice m'a dit : « Madame, il vaut mieux que vous le gardiez avec vous. Il est un peu trop " bougeant ". »

C'est peut-être cette directrice qui m'a attrapé par le short un jour que je guettais la chaîne, perché sur le petit toit. Tout à coup, je sens qu'on m'agrippe. Un coup de rein et je bascule de l'autre côté du mur. J'atterris dans la cour et je fonce pour les délivrer. Mais je ne sais pas pourquoi, les gendarmes restent plantés sur place, les yeux écarquillés. Je plonge dans le trou... 1-2-3 ! Trop tard. La chaîne est délivrée !

Mais les copains me regardent en rigolant. Tous des ingrats ! Je comprends quand je vois la dame de la maternelle traverser la cour en agitant mon short. Je suis en petite culotte. Bureau du directeur et quatre heures de retenue.

– Elle était comment, ta culotte ?
– Justement, m'am, je ne suis pas sûr que j'en avais une.

1-2-3 ! Je viens de me faire prendre dans le dos. Je n'ai pas vu arriver Lali. Il a l'air désolé pour moi. Je rejoins Bonbec dans la chaîne. Il se fait toujours attraper en premier pour avoir le temps de « mâcher tranquille ».
– Je pue toujours ?
Ses mains sentent maintenant un mélange réglisse-roudoudou fraise. J'ai honte d'avoir été pris si vite. C'est bizarre, mais je sais que je vais en vouloir à celui qui me délivrera.

C'est ce traître de Vinteuil qui a libéré la chaîne et qui a eu droit aux félicitations et aux tapes sur les épaules. Je ne peux pas lui laisser emporter ce sourire-là en classe.
– D'accord, je la mise, ma Talbot ! Cinq touches entre les arbres, un pas de liberté, mais... pas de rachat.
Vinteuil hésite. Celui qui perd sa voiture ne peut pas la racheter avec des billes ou de l'argent. Et les sous, ça lui craque les poches, à Vinteuil. Il peut tout tenter, après il rachète. Pas cher, le courage. Là, ce ne sera pas possible. Il n'est pas très chaud, mais il est coincé. C'est lui le héros libérateur. Les autres le regardent.
– Bon, d'accord !
Ça n'a pas tardé. Une piquette : 5-1 ! Dont une grande diagonale de quinze mètres. Elle n'a jamais été aussi docile sous le pouce, ma Talbot-Lago. Il faut dire que, ce matin avant de partir, j'ai ajouté quatre gouttes de mon secret : du lubrifiant aéronautique que mon père m'a rapporté d'Air France. Vinteuil est vert ou blanc de rage, on ne sait plus. Pourtant, il faut qu'il la donne, sa Ferrari. Dans ses yeux et ceux de Donnier et Guibaut, je vois bien que je vais la payer cher, cette voiture.

– Je pue encore ?

Où est-ce que Bonbec a pu trouver ce parfum de similivanille-coco ? Avec son odeur de vomi tenace en dessous, il ressemble maintenant à une île tropicale qui flotte sur un égout.

Tout à coup, les maîtresses et les maîtres réapparaissent avec leurs têtes à punitions. Il y a des volées de sifflets. Il faut s'immobiliser comme à la momie. Je me demande ce qui est arrivé aux grands du certificat. Un bref instant de paix, les arbres retrouvent des chants d'oiseaux dans leurs branches. Ma classe suit au pas derrière la mine sombre de M. Mirte, en marche vers le préau de gymnastique. J'ai rendez-vous avec le quinzième cran du poteau de saut.

CHAPITRE V

Le préau de gymnastique

Dans l'immense préau, la cloison mobile en accordéon est fermée. De l'autre côté, c'est l'école des filles. On le sent, on peut même le voir par en dessous quand on est à plat dos pour travailler les muscles du ventre. Les filles ont des bras potelés et les genoux qui se touchent quand elles courent. La cloison n'est ouverte qu'une seule fois, pour la remise des prix et le spectacle de fin d'année.

M. Mirte, le maître de gymnastique, a déjà planté le décor dans le préau. Toujours le même. Les quatre grosses cordes lisses tombent du plafond, vers les tapis-brosses qui sentent le foin. Ils sont épais, mais pas assez, quand on tombe de tout en haut. Ça m'est arrivé une fois, un jour de grimper de vitesse.

Comme d'habitude : un pied en l'air, départ au claquement de main. La finale à quatre. Il y a Picard, le seul à me battre, Vanier qui monte à l'équerre et Vinteuil qui est bon partout. Je suis bien parti, mais j'ai une mauvaise prise de pieds. La corde frotte sur mon couroucou mais je garde une main d'avance sur Picard. Je vais toucher la poutre du plafond le premier, quand je sens monter, de je ne sais où, une sensation que je ne connais pas. Quelque chose d'étrange et d'agréable. Une bouffée de chaud qui vide mes jambes et gonfle mon short. Mon couroucou de Cuba est tout raide comme quand je regarde *Cinémonde*. J'ai honte. Si on me voyait... Je veux tendre mon corps pour échapper à la corde, mais j'ai les jambes tétanisées. Je tremble. Sous moi, je vois le visage minuscule des copains de la classe se brouiller. Les motifs du carrelage tourbillonnent. La sensation chaude explose dans mon corps. Je lâche prise. Dans la chute, les stries de la corde me brûlent les paumes. Il y a le choc dans mon dos. Il fait froid, il fait chaud. Il fait noir. Je suis mort ou quelque chose comme ça.

Depuis ce jour-là, j'essaie de prendre en douce une mauvaise prise avec les pieds, pour faire revenir la sensation chaude. Mais je n'y arrive pas. En plus je perds au grimper de corde.

Aujourd'hui, M. Mirte est encore plus sévère que d'habitude. On a l'impression qu'il veut nous punir pour « la paix en Algérie ». C'est pire que le bagne et les bat' d'Af. Gérard m'a raconté les bataillons disciplinaires. Les marches forcées sous le cagnard avec tout le paquetage. Lui, il est dans les parachutistes, avec un béret rouge et un poignard. Il m'entraîne à le planter dans le cerisier. Gérard m'apprend aussi du close-combat. Par exemple : comment faire tomber quelqu'un qui te poursuit, en s'arrêtant net et en tendant la jambe. Ça pourrait servir ce soir. J'ai l'impression que Vinteuil et ses mousquetaires préparent un sale coup pour récupérer la Ferrari...

Le maître continue de vouloir nous faire mourir avant l'âge... Plus haut, les genoux ! Plus haut ! Ce ne sera pas pour aujourd'hui, les quinze crans... On écarte ! On écarte encore ! Il va nous faire fendre par le milieu comme du bois trop sec. Je sens mes cuisses devenir filandreuses, et je pense à la photo de mon père en maillot de bain au bord de la rivière, adossé à un tronc d'arbre. Des muscles fins comme des lianes sous la peau. Une sorte d'écorché luisant avec toujours le sourire à la barre fixe.

– C'était avant son opération. Ton père faisait encore de la gymnastique à cette époque. Tu l'aurais vu au gymnase de Vauzelles dans sa tenue blanche !

En exhibition, il passait sept gars accroupis, en saut périlleux ! Je te parle pas de la barre fixe. Soleil sur une main, avec un changement en l'air. C'est lui qui l'a inventé, ça ! Ça devrait porter son nom.

Aujourd'hui, on dirait le « Chaudrake », comme on dit le « Mendélev », ou le « Kratschof ».

– Mais je n'ai pas voulu qu'il continue. Il y avait toutes ces bonnes femmes autour ! Au micro, on l'appelait Bénouno-la-perle-noire. Ça ne me plaisait pas. Pourquoi pas Banania-le-singe-de-Vauzelles !

– Et moi, m'am, pourquoi est-ce que je n'ai jamais eu de vrai surnom ? Autre chose que Négro, crouille, crouillat ou bicot.

– Qu'est-ce que tu racontes ? Toi, tu es mon petit cagnagnou.

– Ça c'est quand tu trouves que j'ai les cheveux trop longs et que tu veux m'envoyer chez le coiffeur.

– Pas toujours.

– Alors, chut ! c'est un secret entre nous.

– Tu ne m'avais jamais dit qu'on t'appelait comme ça, à l'école. Je vais me déranger.

– C'est rien, m'am, juste des petits mots pour faire courir plus vite, le soir après la classe. C'est bon pour la forme.

M. Mirte continue à nous faire tourner en rond dans le préau... « Pas d'espace ! Pas d'espace ! Allez, rattrapez ! Rattrapez ! » La classe sue et souffle.

– Stop ! Restez immobile ! Maintenant, sentez bien la sueur dégouliner le long de votre corps. Et pensez à ceux qui risquent leur peau pour vous, dans le djebel ! Faut sentir son corps, pour bien réfléchir ! Je sue donc je pense !

Le maître de gymnastique a l'air content de sa formule. J'y réfléchirai quand j'aurai repris mon souffle.

– Grimper de corde. Mettez-vous en position ! Les quatre premiers de chaque équipe. Un pied levé du sol. Top ! Partez !

M. Mirte fait tourner la séance comme à la manœuvre. On se sent de vrais enfants de troupe.

– Et alors, si ça me plaît, à moi, l'armée !

Picard me fixe avec ses yeux teigneux. Je vois surtout ses épaules et sa dent cassée de bagarreur.

– Ceux qui braillent pour avoir la paix sont des lopettes !

J'ai soudain envie de frapper Picard... Le crochet du gauche au foie, ça enroule les petits et ça plie les grands... Il a raison, le père, mais je n'ose pas. Pourtant, je l'ai travaillé, ce crochet, sur le gros ours de mes sœurs et devant la glace de l'armoire de la m'am. L'uppercut aussi, avec le mouvement de la hanche. Pour le mettre KO il faut lui frapper le plexus, l'angle du maxillaire, la pointe du menton ou la tempe.

– T'es pas fou Roger de lui apprendre des trucs pareils ! Et s'il amoche un gosse ? On peut payer toute notre vie !

Payer toute sa vie ! C'est la soixante-troisième hantise de la mère. On ne peut même pas toucher aux affaires des autres. Surtout les habits.

– Tu sais ce que ça coûte, rien qu'une blouse neuve ?

A force, je connais le prix de chaque article. Et quand quelqu'un me cherche des noises, que la bouffée mauvaise me monte et que ça me démange du crochet, je vois soudain l'autre en face, avec des étiquettes épinglées partout : au béret, aux lunettes, au chandail, au short ou aux chaussettes. Ça le protège mieux qu'une cote de mailles.

– M'am, pourquoi on ne prend pas une assurance ? Dans la classe, tout le monde en a une.

Un jour, Vinteuil a piqué une crise de nerfs en pleine classe pour une histoire d'éponge d'ardoise et a tabassé Lucas, un petit moins lourd que son cartable. Résultat : une paire de lunettes modèle Sécurité sociale à 8 300 francs, un tricot en laine à 4 600 au moins et une chemise à 3 250. Sans compter la bouche en sang.

– Je m'en moque, mon père a une assurance !

De l'assurance, il en a le Vinteuil et ça se voit. Il n'a pas l'air un poil inquiet, à l'idée d'aller raconter ça à sa mère. Pas le genre à faire, comme moi, trois fois le tour du pâté de maisons avant de rentrer chez lui, les jours de grosse tuile. Ces jours-là, j'ai envie que le 93 de la rue Meissonnier ait disparu, avec le garage, la cour, le cerisier et toute la famille.

L'assurance, c'est la solution. Grâce à elle, je pourrais revenir de l'école, loqueteux, déchiqueté, amoché. La m'am me préparerait une tartine beurrée à l'Ovomaltine. Elle irait tranquillement chercher le contrat dans le tiroir du buffet... Voyons, pour combien ils vont avoir à rembourser, cette fois-ci... « Assurance » devient le mot magique qui met tout le monde à égalité et rend enfin la bagarre démocratique.

– Ça coûte trop cher, mon grand !

« Dans la vie, si tu n'as pas les moyens de frapper quelqu'un, frappe-le quand même. Pour les coups, il faut vivre au-dessus de ses moyens. » On voit bien que Mme Piponiot ne connaît pas les biceps de Picard.

– Si ça me plaît, à moi, l'armée ! Et si je veux y rentrer plus tard ! Qu'est-ce que ça peut te foutre ?

Picard a déjà la coupe d'incorporation et une mâchoire d'adjudant. Le plus gros est fait.

– C'est pas parce que t'es un crouille que tu vas faire ta loi ! Si t'es pas content, t'as qu'à rentrer dans ton bled !

Picard me traite de « crouille » parce qu'il lui manque dans la bouche encore plus de mots que de dents. Avoue, m'am, que là j'ai le droit de le frapper, Picard. Juste un petit coup de porte-plume dans l'œil et une grosse pierre sur l'arête du nez. Je ne touche pas aux affaires. C'est promis.

– Tu te bagarres assez comme ça ! Même que ton père t'a surpris un soir, à la sortie de l'école. C'est Sergio, le fiancé de Josette, qui me l'a raconté. Comme on ne te voyait pas rentrer à la nuit, ton père et Sergio sont partis à ta recherche en voiture. Ils ont d'abord retrouvé ton cartable et toi ensuite, près de la gare des Coquetiers. Tu te bagarrais avec deux types. Et tu n'avais pas le dessus. Sergio a dit : « Roger, on va le chercher. Ils vont te le tuer. » Ton père a répondu : « Pas la peine. Maintenant, je sais où il est. On rentre ! »

C'est sa façon, au p'pa, de m'assurer.

– Et pourquoi tu te bagarrais avec eux ?

– Ils ont dit que mon cartable était chinois.

La m'am en a les bras qui lui tombent de l'ouvrage. Dans ces moments-là, je lis sur son visage une de ces phrases qu'elle n'a même plus besoin de prononcer : « C'est pas possible, on a dû me le changer à la clinique ! »

J'aimerais bien la rassurer. Je suis certain, moi, qu'on ne m'a pas échangé à la clinique. Qu'elle mette ma main entre celle du p'pa et la sienne et la m'am verra que je ne peux être que le mélange d'eux deux.

N'empêche que mon cartable n'est pas chinois. Le cuir a juste des incrustations cachemire. Faut pas confondre. C'est Sergio qui me l'a trouvé dans une poubelle. Comme neuf ! Juste la poignée à recoudre. C'est le plus beau de la classe : fermeture à clef dorée à trois crans, deux poches soufflets, une à l'intérieur avec vraie fermeture Éclair, et dessous clouté pour le faire glisser sur la neige.

Mon pied a glissé ! Pendant la course d'élan du saut en hauteur, juste au moment de l'appel. Je viens de frôler l'élastique avec les fesses... Touché ! C'est mon deuxième essai à quinze crans. Plus qu'un et je suis éliminé. Je reste seul en piste. Les autres élèves sont assis en tailleur autour du sautoir. Il y a ceux qui souhaitent que je réussisse et les autres. Mais ils sont tous obligés d'attendre en silence. Là, pas d'assurance. Il faut faire passer son cul au-dessus du fil.

– Ne parle pas comme ça !

D'accord, je ne parle plus, je n'entends plus et je ne

vois plus que cet élastique rouge tendu à hauteur des épaules. Je me concentre.

– Tu vas sauter de dos comme ton père ?

– Personne ne saute de dos, m'am. C'est impossible !

– Je l'ai vu faire par ton père, au gymnase de Vauzelles, pour s'amuser. T'étais pas encore né. Il courait vers la barre en faisant un arc de cercle.

La m'am me montre la trajectoire dans la cuisine. Elle part de la porte, longe la fenêtre, se présente de biais devant la cuisinière. Pied gauche d'appel. Et...

– Hop ! ton père se tournait et s'envolait sur le dos au-dessus de la barre, tranquille, les pattes en l'air un peu comme dans un hamac. D'ailleurs, il appelait ça « le saut en hamac ». L'idée lui était venue en faisant la sieste à Alger.

– Il sautait haut ?

Elle me montre le coude du tuyau de poêle de la cuisinière. Je mesure. Impossible ! C'est plus haut que le record du monde de Brumel en rouleau ventral.

– Pourquoi on n'a pas de trace des performances du père ?

– C'étaient juste des exhibitions. Les gens rigolaient, et lui revenait à la maison avec des douleurs dans les reins. Il sautait dans du sable à cette époque. C'est pour ça qu'il a récupéré des garnitures de sièges d'avions à Air France.

Pour la famille, le père a confectionné des matelas avec des blocs de mousse de sièges d'avions. Du sommeil de première classe. Les matins d'hiver on a l'impression de se réveiller à Honolulu. Une fois gratté le givre du hublot, on s'aperçoit que l'appareil a fait un atterrissage forcé près d'un cerisier. Tant pis, on voit quand même la mer par la fenêtre comme un fin trait au crayon bleu.

– Justement, je ne veux pas que tu crabouilles le papier peint de la chambre !

J'ai seulement indiqué ma taille à presque dix ans, la hauteur d'un but de foot, les quinze crans, le record de Brumel et ma future taille à vingt ans.

– Ça porte pas trop chance de tirer des traits sur l'avenir. Vaut mieux laisser pousser tout seul. Tu veux mesurer combien ?

– 1,80 mètre.

– Alors, il faudra que tu tiennes de Joseph, ton grand-père paternel. Une véritable armoire à glace. Il dépassait tout le monde d'une tête, et pas commode avec ça. Les soirs de bal, on pouvait compter sur lui pour faire le ménage.

Dans la valise en bois, j'ai trouvé une photo de grand-père au côté de grand-mère. Elle me fait penser à celle de Jack Johnson, le champion du monde noir des poids lourds du début du siècle. Un cliché pris sur le champ de course de Maisons-Laffitte. Johnson porte un chapeau melon, un nœud papillon, des jumelles et une canne à la Charlot. Il est accompagné de Etta Duryea, « sa première compagne ». C'est ce qui est écrit en légende. Est-ce qu'on disait ça aussi de ma grand-mère ? Compagne blanche...

– Ta grand-mère a souffert, tu sais. Elle était belle et d'une famille de nobles. Des vrais, avec une particule. Tu t'imagines à cette époque-là ? Elle a fini sa vie dans l'alcool. Mais ton père ne veut pas qu'on en parle.

Sur la photo, les beaux yeux tristes de grand-mère parlent pour elle. Elle s'appelle Marie. Je n'ose pas demander à la m'am si elle aussi a été une « compagne blanche ».

Dans une trouée de brume, comme sur un cliché à la gélatine, je fixe l'élastique rouge tendu devant moi. Quinze crans ! Dommage que le père ne m'ait pas transmis le secret de Chaudrake et de son « saut en hamac ». A la récréation, j'aurais bondi les pattes en l'air par-dessus le mur de l'école des filles.

– Maîtresse, y a un garçon qui vole !

M. Mirte regarde sa montre. La cloche va sonner. Il me fait signe de prendre mon élan. Je m'élance. Tout à coup, dans la brume, je vois la m'am devant la cuisinière qui agite son torchon et me montre le coude du tuyau de poêle. Impossible, m'am, c'est le record du monde ! Tant pis. J'incurve ma courbe, j'accélère, j'attaque l'appel en ouvrant le pied, j'engage l'épaule droite, je pousse. Ça y est, je vole ! Le saut en hamac de Chaudrake ! Je vois mes genoux et le lustre au plafond du préau. Je creuse les reins, je reste en suspension et je retombe soudain comme une planche de contre-plaqué. Pire que la chute du grimper de corde? Vlang ! Les colonnes du temple d'Apollon s'écroulent sur mon crâne. On me jette sur le visage un filet gluant de pêcheur. Je suis pris. Tout devient bleu outremer. Je coule et je compte les crans. Je vais battre mon record en apnée... 9, 10 ! Out ! Je viens de subir mon premier KO en carrière. J'ouvre un œil. Les deux poteaux de saut me sont tombés sur la tête. Je suis emberlificoté dans l'élastique rouge. M. Mirte est penché sur moi.

– Mais qu'est-ce qui t'a pris de vouloir sauter comme ça ? Tu aurais pu te faire très mal.

– C'est le « saut en hamac », monsieur. C'est l'avenir.

Il hausse les épaules et me donne des claques pour me réveiller. Ce qui m'ennuie après ça, c'est que je vais rater le rangement du matériel. C'est le meilleur moment pour chahuter. Le maître a toujours quelqu'un à soigner, en fin de séance, cheville, genoux, nez. Alors on peut en profiter pour jouer à Tarzan de la jungle avec les cordes, faire la chaise à porteurs, le traîneau esquimau ou le mirliton avec les tapis de sol. On peut aussi donner à manger la soupe au potiron avec les medicine-balls, jouer au chevalier Bayard avec les poteaux de saut ou au lasso de cow-boy avec l'élastique. On en invente à chaque séance. La dernière fois, on a failli étouffer le petit Lucas en faisant le moule à gaufres.

– Allez, tout le monde en rang ! Toi, tu restes ici. Repose-toi un peu.

Le maître a raison, il faut que je récupère de mon premier KO. Une drôle de sensation... Tu perds tes jambes... Un court-circuit... On te coupe la lumière... On demande toujours aux champions de raconter leur permier KO. Il faut que je me souvienne du mien, pour quand je serai champion du monde des welters.

Mais en vrai, je sais que je ne serai jamais champion de boxe. Je le sais depuis ce soir où je suis allé à la décharge à ordures, le long de la voie ferrée. J'y allais le jeudi après le catéchisme. Quand j'ai été renvoyé du caté, j'ai continué la décharge. C'est un immense massif de détritus avec des collines, des ravins, des grottes, des oiseaux blancs, des rats et des gens qui fouillent dans leur coin.

Parfois, il y a des bagarres, pour un manteau ou une paire de chaussures. Pas de la vraie boxe, en soufflant par le nez et en s'asseyant après chaque round. Là, ce sont des coups avec les pieds, la tête ou des morceaux de bois. Ça crie, ça grogne. Des bagarres de chiens avec les dents et les griffes. Il y a même des femmes parfois.

Pourtant, dans cette décharge, il y en a pour tout le monde : jouets, voitures, soldats, pièces de Meccano, morceaux de poupées et de baigneurs pour mes petites sœurs, des pots à confiture, des couvercles de faitouts, un ouvre-boîtes papillon, pour la m'am, une lampe tempête pour le garage.

Un jour, j'ai trouvé une belle plaque émaillée bleue avec un numéro 21 blanc. Notre n° 93 est gribouillé à la peinture verte sur la boîte aux lettres. J'ai accroché la plaque bleue à la place. Ça faisait joli. Et comme ça, on n'était plus les seuls à ne pas avoir de vrai numéro. Le lendemain, le facteur a refusé de nous donner le courrier.

– C'est interdit de changer son numéro de rue, madame.

– Mais vous savez bien que c'est nous, ici !

– D'accord c'est vous, mais ici c'est pas le 21.

– Mais puisque c'est nous. C'est ça qui compte.

– Non, c'est le numéro !

C'est tout et il n'y avait pas à discuter. Alors, j'ai

donné ma plaque bleue au 21 de la rue des Limites. Une petite maison un peu ratatinée comme la nôtre. La dame en a bien voulu et, en plus, elle m'a pris un carnet de timbres antituberculeux. Ça change tout, une jolie plaque. C'est comme repeindre les volets, mais en plus petit. Le lendemain, on a laissé Capi courser le facteur jusqu'au n° 135 de notre rue.

La décharge à ordures est pleine de trésors, mais ce que je préfère, ce sont les lettres. J'en trouve dispersées en vrac, ou réunies en paquets. Des lettres d'amour, de vacances ou de rien. Dès que je trouve un filon, je m'installe sur un gros pot de peinture retourné et je lis jusqu'à la nuit. Le plus important est de les mettre dans l'ordre des dates. Là, ça devient comme une histoire. Ma chérie... Mon aimé... Mon grand... Cher Albert... Des papiers, des écritures, des voix. Presque des visages, à force.

Parfois je trouve une photo, un reste de parfum, un morceau de ruban ou des confettis. *C'était comme la poussière multicolore du feu d'artifice retombée dans tes cheveux...* Je note des phrases pour les rédactions. J'aimerais qu'il y ait des livres entiers faits uniquement de lettres écrites à la main. Des livres dans lesquels on ne saurait jamais ce que répond l'autre.

J'ai fini par en fabriquer un, en collant les feuilles et en imitant une couverture de vrai livre avec des lettres découpées dans le journal. Une histoire presque complète, avec les dates qui se suivent et toujours écrite sur le même papier rose avec une fougère en haut à gauche. L'histoire ressemble à celle des romans-photos que lisent mes grandes sœurs dans *Nous deux...* « L'infernale passion », « Le jeu du destin », « L'amour m'appelle »... Moi aussi je les lis, mais en cachette, aux cabinets. Ce que je préfère, c'est le résumé au début. On n'y comprend rien et ça embrouille tout. *En 1945, Carmen tombe sous les balles ennemies. Daniel Noland, un jeune journaliste, l'épouse* in extremis. *Cinq ans plus tard, Daniel s'apprête à épouser Ève quand une jeune fille, Martine, élue Miss Paris lui apprend qu'ils sont légalement mariés. Le père d'Ève est l'amant de Martine et, jaloux de Daniel, il le blesse. Grâce au médecin qui le soigne, Daniel retrouve un témoin de son mariage. Mais l'homme nie y avoir assisté.*

Mon histoire en lettres roses à fougères est plus simple. Je l'ai appelée : *La Chute sanglante* à cause d'une phrase... *Un jour, je le ferai tomber de son piédestal, et nous pourrons être l'un à l'autre...* La dame qui signe « Ta Poupette » veut tuer son mari. J'ai fait une enquête dans le quartier. Grâce à certains détails... *Je me suis assise sur la balançoire du grand marronnier du jardin, près de la tonnelle, j'ai fermé les yeux et j'ai pensé à toi en écoutant le rossignol chanter dans sa cage...* Je suis certain de savoir qui est Poupette.

– C'est qui ?

– Je peux pas te le dire, m'am. Elle irait en prison.

Et moi je serais son complice. J'en écoperais pour dix ans de travaux forcés. C'est le tarif pour les crimes « passionnels ». Je l'ai lu dans *Le Parisien... Dolorès tue son mari avec une bouteille de champagne :* dix ans... *Un mari bafoué défonce le crâne de sa femme à coups de masse :* dix ans... *Un chiffonnier jaloux poignarde sa femme volage.* En plus, il y avait un dessin : dix ans quand même. Pour être guillotiné, il faut tuer quelqu'un qu'on ne connaît pas.

Mais moi, je le connais, le mari de Poupette. C'est l'ingénieur. Celui qui répare la voiture rouge dans son jardin. Il faudrait peut-être que j'aille à la gendarmerie pour dire que les volets de sa maison restent toujours fermés. Elle l'a fait tomber de son piédestal, c'est sûr. J'imagine l'article dans *Détective... L'ingénieur gît dans la baignoire, vêtu de son smoking, le crâne défoncé, et serrant encore entre ses doigts une coupe de champagne...* Avec une ou deux photos pour accompagner. Malheureusement, dans le numéro suivant, on pourrait lire... *La police arrête un jeune complice âgé de dix ans qui gardait avec lui la trace de l'horrible machination...*

Il faut que je me débarrasse de ces lettres. C'est

trop dangereux. Pas seulement à cause du meurtre ou de l'assassinat de l'ingénieur. Je ne sais pus la différence. Mais surtout pour toutes ces phrases qui me font des sensations entre les jambes, comme au grimper de corde. Si la m'am lit ça, c'est elle qui va aller me changer à la clinique. Et tout de suite. Je pourrais garder mon livre de lettres et dénoncer Poupette en signant « Le corbeau ». C'est comme ça qu'on fait. Trop dangereux. Ils reconnaîtront mon écriture « pas très orthodoxe », comme dit le maître.

Je n'ai plus qu'une solution : faire disparaître *La Chute sanglante*.

Un soir, après le repas, je me suis sauvé à la décharge d'ordures avec mon gros livre de lettres et la pelle américaine du p'pa. Un grand feu brûle à l'entrée. Les gitans ont installé leurs roulottes un peu plus loin, le long de la voie ferrée. Je creuse un trou sous le grand saule et je relis une fois encore *La Chute sanglante*.

Au bas de la dernière lettre j'ai ajouté le mot « Fin » pour que ça ressemble plus à une histoire et qu'elle s'arrête de courir dans ma tête. J'enferme *La Chute sanglante* dans une caisse en bois, pour que les vers ne mangent pas le livre trop vite, et je l'enterre. Plus de preuve. Plus de complice. Je garde mes dix ans.

C'est ce soir-là que je me suis approché du campement des gitans... Les romanichels, ça vole les enfants ! Et ils les battent avec de grands fouets... C'est ce que dit tonton Florent. Chaque année, ils passent devant chez nous avec leurs belles roulottes peintes tirées par des chevaux. Les hommes font peur et les femmes en gitanes sont belles ou grosses et pleines de bijoux. Cette fois, ils descendaient en Italie pour l'enterrement de leur reine. Elle s'appelle Mimi. C'est ce que nous a expliqué un vieux tout tanné qui voulait rempailler nos chaises. Nous, on ne rempaille jamais. On cloue une planche. Les gitans s'arrêtent toujours le long de la voie ferrée. Pourquoi ne pas se faire enlever ce soir ? Les gendarmes me recherchent peut-être déjà pour l'assassinat de l'ingénieur. J'ai rampé vers les roulottes, comme un Mohican qui s'approche d'un cercle de chariots. Le feu au milieu du camp laisse assez d'ombre pour se cacher. J'entends derrière les flammes les chants, les claquements de mains et la guitare espagnole. Sergio en a trouvé six un jour dans une poubelle de Paris : toutes neuves, épaisses, vernies, avec des clefs en os pour tendre les cordes. J'ai essayé d'en jouer avec un médiator comme Django Reinhardt. Mais, rien que pour apprendre le début de *Nuage* avec le grand Michel, il m'a fallu rester assis une journée entière. Mes jambes semblaient ramollir sous moi, et j'avais l'impression d'attraper la poliomyélite, rien qu'à rester sans courir. Mon jeu de jambes, c'est ce que j'ai de meilleur pour devenir champion du monde des welters. Alors, j'ai décidé d'arrêter ma future carrière de joueur de flamenco. Plus tard, Serge a essayé d'électrifier la guitare avec un haut-parleur de TSF, pour imiter Eddie Cochrane. Elle a cramé avec une fumée noire au premier rock and roll, et a failli l'électrocuter.

J'ai réussi à me cacher sous une roulotte. Ça sent le crottin de cheval. Les gitans sont réunis autour du feu. Les flammes leur font des visages de mangeurs d'enfants. Les gosses se baladent tout nus sans trace de fouet. Je me demande si je saurais rempailler les chaises. Tout à coup, la musique a cessé et les femmes se sont arrêtées de danser.

Et ils sont apparus.

Deux boxeurs, pieds nus, les gants aux poings, le visage comme des statues miniatures de l'île de Pâques. Ils se ressemblent. Ils sont peut-être frères. L'un a une culotte noire, l'autre une bleue. Ils n'ont pas plus de neuf ans ! Quelqu'un a tapé sur une gamelle et ils se sont jetés l'un sur l'autre. Deux coquelets de combat, les gants plus gros que la tête. Ils se tapent dessus comme on nage le crawl. Pas de jab, pas de swing, pas d'uppercut, pas de retrait du corps, ni de feinte ou de combinaison : des coups !

des coups ! des coups ! sans respirer, sans reculer, sans broncher. Un des deux a le visage en sang. Personne ne s'en préoccupe. On crie des encouragements. Les femmes encore plus fort. A chaque coup de gamelle, il faut séparer les deux teignes. Six rounds à tomber, se relever, repartir et frapper sans jamais sembler sentir les coups de l'adversaire. A la fin ils s'embrassent comme des frères. Ils sont couverts de sang et sourient, tout malingres avec encore leur compte de dents. La culotte bleue a gagné. Il crache par terre comme un vrai champion. J'ai mal partout, comme si c'était moi qui venais de combattre.

– Ça va mieux, tu as récupéré ?

M. Mirte, le maître de gymnastique, semble inquiet pour moi. Je dois avoir l'air sonné.

– Tu aurais pu te fracasser la tête en sautant comme ça sur le dos.

– Monsieur, c'est fichu ! Je ne serai jamais champion du monde de boxe. Ils sont trop forts, les gitans.

– Les gitans ? Mais si, mais si... Repose-toi encore un peu.

Ce soir-là, je suis rentré du camp des gitans sans faire de shadow-boxing sous les réverbères. Ça ne sert à rien de boxer des ombres. Ce qui compte vraiment, ce sont les coups. Sentir son propre sang couler du nez, de la bouche, des arcades. Le voir sur ses bras, sur sa poitrine, et entendre le crâne résonner, les cartilages se broyer, la peau éclater. Le KO, ce n'est pas le pire. Le plus effrayant, c'est d'avoir l'impression d'être cassé, morceau après morceau. A force, il en manquera.

– De toute façon, ton père ne voulait pas que tu boxes.

– Tu crois qu'il m'emmènera quand même encore à Wagram ?

J'aime quand les petites sœurs vont avec la m'am au Châtelet voir *Valses de Vienne*, ou quelque chose comme ça, avec Luis Mariano ou Mario Lanza. Ces soirs-là, le p'pa m'emmène à la boxe. Ce sera l'Élysée-Montmartre ou la salle Wagram. Il prend deux « tribune ». Les meilleures places pour l'ambiance. Je me cale le menton sur la rambarde et je laisse tout remonter. L'odeur, le bruit, la fumée. Le père ne peut pas s'empêcher d'interpeller les boxeurs. Pourtant la mère lui a demandé de ne pas se faire remarquer. Il tient à peine le temps d'un trois rounds de préliminaires... « Ma parole, c'est un couple !... Touche-le un peu, sinon tu vas l'enrhumer !... Tu veux une mitraillette pour le finir ? » Je me tasse sur mon siège. On va avoir des histoires... « C'est plus facile avec la gueule ! Descends nous montrer ça ! » Ça fuse de partout. Ils appellent mon père « Sugar ». Un jour, ça va être la bagarre générale.

– C'est ce que j'aimais pas quand ton père boxait. Tous ces braillards. Y en a un à Garchisy, je l'ai calmé avec ma godasse. Il criait : « Tue-moi ce Blanche-Neige ! Tue-le ! » J'étais avec ton frère Serge, tout petit. Il est monté sur le poêle et s'est mis à crier « Tue-le, papa ! Tue-le ! ». Ton frère à cet âge, il était blond comme les blés, avec ses yeux bleu pétant. Tout le monde a cru qu'il soutenait l'autre, un grand, genre suédois. « T'inquiète pas, mon garçon. On va pas laisser ton papa se faire manger par ce bamboula... » Tu te rends compte, ils m'ont pris pour la femme du blondinet !

La mère nous a souvent raconté la naissance de Serge à Fourchambault.

– Les punaises du voisinage espéraient qu'il ressemble à un petit singe Banania. Lui, il est débarqué un 6 juin, bleu comme le ciel et blond comme un parachute. T'aurais vu leurs têtes !

Maintenant, le père s'amuse à aller voir jouer Serge au foot à l'extérieur. Il prend un billet, s'assoit dans la tribune et écoute tomber les insultes sur le n° 7. C'est vrai qu'il joue teigneux, Serge. Mais c'est un sacré ailier droit. Quand le père trouve que ça suffit, il se lève et apostrophe la tribune.

– Pas mal, mon fiston, non ?

Et il leur fait un bras d'honneur ou s'en va tout droit, tout fier. Ça dépend de son humeur.

– Un jour, ton père aurait sûrement pris un mauvais coup. C'est pour tout ça que je lui ai demandé d'arrêter la boxe. Il les provoquait.

– M'am, c'est pas plutôt à cause de ce qui s'est passé avec Cerdan ?

– Continue à raconter ton frère et le football. J'aime pas revenir sur cette histoire avec Marcel. Tu sais que des pontes de Reims sont venus voir jouer Serge ?

Le stade de Reims ! Le maillot rouge à manches blanches, Kopa, Wiesniewski, huit joueurs sur onze de l'équipe de France ! Serge a marqué trois buts ce jour-là. « Reste dans ton couloir... Remonte tes bas... Allez, le premier ! » Le père fait l'essuie-glace le long de la ligne de touche avec une serviette sur l'épaule. Après le match, les pontes sont venus à la maison. Comme d'habitude pour les choses importantes, ils ont discuté avec le père sous le cerisier. C'est d'accord, Serge partira à Reims pour faire un essai. La mère reste silencieuse dans la cuisine... « Je reviendrai, m'am, ce n'est pas si loin. »

– Les garçons, quand c'est pas la guerre, les femmes, la politique ou la moto, c'est le football qui les prend.

Serge est parti à Reims. La mère l'a embrassé et a glissé une pomme dans son sac. Il est revenu. Pas d'explications. Ça marchait bien. L'entraîneur était content de lui. Il avait sa place comme stagiaire, mais il a décidé de rester avec nous. La mère continue d'étendre fièrement le maillot bleu et blanc de Villemomble sur la corde à linge et le p'pa fait le père dans les tribunes.

– J'aurais dû laisser ton père continuer la gymnastique, la boxe ou le football. C'est mieux que le bistrot, l'alcool, le champagne... et les bonnes femmes.

– Pourquoi tu ne veux rien me dire pour Cerdan et Édith Piaf ?

– Raconte si tu veux, moi je vais me coucher.

Cette nuit-là, la grosse Hochkiss noire a l'air perdu dans les rues de Garchisy. Elle roule lentement le long du trottoir. A chaque croisement, elle s'arrête. Le chauffeur en descend et va lire les plaques des rues avec une lampe électrique. Un homme et une femme attendent à l'arrière.

– C'est là, Marcel.

L'homme tout en épaules allume le plafonnier. La femme brune dort, enfouie dans son manteau de fourrure. Elle serre une bouteille de champagne dans ses bras.

– Édith!... Édith!

– Laisse-la dormir, Marcel. Vas-y, on te rejoint.

L'homme tout en épaules va frapper au n° 3. La m'am n'arrive pas à dormir, je lui donne des coups de pied. Le père ronfle. Elle va ouvrir.

– Marcel Cerdan!

– Vous me connaissez, madame?

– Il doit y avoir plus de photos de vous à la maison que de celles des enfants.

– Et le prochain!

Il me montre dans le ventre de la m'am.

– C'est pour octobre.

– Je serai déjà champion du monde des moyens. J'aurai battu Zale.

– C'est quand?

– Le 21 septembre.

– J'essaierai pour le 21 octobre, mais je ne peux rien vous promettre, Marcel.

J'ai entendu. Je ferai un effort de mon côté pour arriver à l'heure.

– Chaudrake est là?

La mère va réveiller le père. Il ne semble même pas surpris que Marcel Cerdan en personne veuille le voir en pleine nuit. Il prend tout de suite son sac de toile et fourre dedans ses chaussures, sa culotte, sa coquille et son peignoir de soie noire. Le père et Cerdan se sont embrassés et donné des accolades de grands fauves.

– Alors Marcel, c'est quoi, cette fois ?
– La main droite.
– Pourtant, elle a tenu contre Delannoit.
Cerdan a une petite moue.
– J'ai dû aller à la limite. Je pouvais pas la lâcher, mais Jurmand me l'a bien soignée.
– Y va bien, le toubib ?
– Y va.
– Et Marinette ?
Le visage de Cerdan se ferme. La m'am vient au sauvetage.
– Vous avez mangé ?
– Tu peux lui préparer un steak avec des petits oignons comme il les aime. Il aura faim après.
Cerdan sourit. Lui aussi a un sacré sourire.
– Alors, pourquoi tu es venu ?
– D'abord, je t'avais promis des places pour mon premier championnat du monde.
Marcel sort deux billets marron et rouge de la poche intérieure de son pantalon.
– Fauteuil de ring !
– C'est gentil, Marcel, mais je peux pas, à cause du gosse.
On parle encore de moi dans le ventre de la m'am.
– Ça aurait été au Palais des Sports ou à Colombes, mais le Roosevelt Stadium de Jersey City !
– Je comprends. Mais garde-les quand même. On ne sait jamais...
Marcel a posé les deux billets sur la table de la cuisine.
– Que ça ne t'empêche pas, Chaudrake, de me servir un peu de ton « bolo punch » des îles.
Le « bolo punch » ! C'est un des coups inventés par le p'pa pour les matches exhibitions. Un coup bizarre qui fait ressembler à Charlot boxeur : on lève le poing droit derrière l'épaule, on le fait tournoyer et on le balance en uppercut. Le temps que l'autre comprenne, il est déjà au tapis pour le compte.
– Tu as tes affaires ?
– Dans la voiture.

Cerdan prend son sac dans le coffre de l'Hochkiss. La dame brune est toujours endormie avec la bouteille de champagne, comme un ours en peluche dans les bras. Chaudrake et Cerdan vont seuls dans une petite salle crasseuse derrière la poste.

Ils reviennent deux heures après le sac sur l'épaule en rigolant comme deux permissionnaires.

– Pas mal, pour un welter, Chaudrake !

– Pas mal, Marcel, pour un vieux de plus de trente ans !

Quand ils entrent dans la cuisine, le couvert est mis, et la m'am a déjà la poêle à la main. Marcel attaque son steak et ses petits oignons, comme Fouquet au championnat d'Europe. Rectifié en deux minutes et six secondes !

– Et moi alors, on m'oublie !

La dame brune apparaît sur le pas de la porte. Une bouteille de champagne à la main, les cheveux dégoulinant sur le visage.

– Dis donc, tu m'avais pas dit qu'il était si mignon ton copain. Un vrai petit sucre.

Marcel se fige. La m'am essuie ses mains sur son torchon à carreaux, un peu plus fort que d'habitude.

– Ah ! vous attendez un p'tit, madame. Moi aussi, j'aurais bien voulu, mais y a plus de place là-dedans, à cause du champagne !

Elle montre son ventre sous sa robe noire. Le chauffeur arrive et prend la dame brune par le bras.

– Allez viens, Édith, faut qu'on rentre. On a de la route à faire. Tu as un gala demain.

– Hé oui, moi je chante et vous, madame, vous faites des petits. Croyez-moi, c'est vous qu'avez la meilleure place.

Elle s'est penchée vers le ventre de la m'am.

– T'entends, toi ! Faudra être gentil avec ta mère et ton père. Pas de chanson, pas de boxe et pas de champagne !

Alors qu'est-ce qui me reste à moi ?

– Allez Édith, il faut partir.

Le chauffeur essaie de tirer la dame par le bras.

Marcel reste assis, sans rien dire, les mâchoires crispées.

– Je sais qu'il a honte que je sois saoule comme un cochon devant son vieux copain Chaudrake. Mais c'est comme ça !

Le chauffeur parvient à entraîner la dame brune dehors vers la voiture.

– Excusez-la. Elle travaille trop. Tu sais, après le titre, je le défends deux ou trois fois et je rentre à Casa. Là-bas j'ouvre une salle et un bar avec Marinette et les gosses. Tu pourras venir faire une pétanque et manger la bouillabaisse.

Marcel se lève. Il serre la main à la m'am.

– Merci pour le steak aux oignons, madame.

Le père et Marcel sortent.

– C'est peut-être toi qui as eu raison, Chaudrake. C'est quoi un titre de champion du monde par rapport à ça ?

Marcel Cerdan montre la petite maison de Garchisy dans la nuit. Adossé à la portière de l'Hochkiss, la dame brune chante... *De l'autre côté d'la rue / Y a une fille, une belle fille, / Qu'a tout ce qu'on peut rêver et même le superflu. / De l'autre côté d'la rue...* Derrière la fenêtre, la mère s'essuie les mains à son torchon.

Marcel et Chaudrake s'embrassent. La grosse voiture disparaît dans la nuit. La dame brune jette la bouteille de champagne vide par la fenêtre. Elle se brise dans le caniveau. La m'am se signe... Ça porte malheur.

Le 21 septembre 1948, Marcel Cerdan bat Tony Zale au Roosevelt Stadium de Jersey City et devient champion du monde des poids moyens.

Le 27 octobre 1949 à 3 heures GMT le Lookheed Constellation FBA-ZN d'Air France s'écrase aux Açores sur les pentes du pic Rotondo dans l'île de São Miguel. « Volant vers la victoire, Marcel Cerdan a rencontré la mort », titrera le numéro spécial de *L'Équipe*.

Deux jours plus tard à New York, au cabaret *Le Versailles*, Édith Piaf chante *L'Hymne à l'amour. Si un jour, la vie m'arrache à toi...*

Dans la grande valise en bois remisée du grenier, j'ai retrouvé les deux tickets marron et rouge du match contre Tony Zale. Attaché avec, il y a un billet d'avion d'Air France, un GP2 Paris-New York et une entrée pour le Madison Square Garden, datés du 3.10.1949. Ce soir-là, devant une foule silencieuse debout, et dans un ring vide, un arbitre en chemise blanche compte Marcel Cerdan... « 9, 10 et out ! » Le père a toujours les larmes aux yeux quand il raconte ce souvenir.

– Qu'est-ce que tu as ? Tu pleures ! Tu as encore mal ?

M. Mirte, le maître de gymnastique, commence vraiment à s'inquiéter.

– Il va falloir que je prévienne monsieur le directeur.

Le mot « directeur » me produit le même effet que des sels sous le nez.

– Non, monsieur, ça va bien. Je pensais au Madison Square Garden.

Ma réponse ne doit pas le rassurer. Mais la cloche sonne, il faut remonter en classe. On est passés par le hall d'entrée, devant le bureau du directeur. Les grands du certificat d'études attendent toujours, en rang dans le couloir. On dirait deux équipes de football au moment des hymnes nationaux. A bien y réfléchir, ce n'est pas très grave, de ne jamais être champion du monde des welters. Le plus important sera de gagner la coupe du monde de football en 1964. J'aurai dix-huit ans, comme le Brésilien Edson Arantes do Nascimento. On l'appelle Pelé ! Moi aussi, il faut que je me trouve un surnom. C'est ce que je regretterai le plus dans la boxe, les surnoms. Le Bombardier marocain, Gueule cassée, Bob la Châtaigne ou le Taureau de Buzenval. J'aurais été le Mohican de Meissonnier. La m'am l'aurait brodé sur mon peignoir en vraie soie couleur lilas, assorti à la culotte. Comme Al Brown, je me serais aspergé du Chanel n° 5 avant chaque combat.

– Tu trouves que je pue encore ?

Bonbec est penché au-dessus de moi. Il a les joues gonflées comme un angelot qui essaierait de mâcher la plus grosse quantité de chewing-gum jamais enfournée dans une bouche.

– Oui, tu pues, Bonbec. Et en plus, tu es très au-dessus de ton poids de forme.

– Toi non plus t'es pas en forme. T'as raté ton record.

– Pas grave. Si j'avais passé quinze crans, je serais en train de penser au seizième. Dans la vie, Bonbec, la tête, c'est comme un chaudron sur une crémaillère. Sauf que, plus tu montes, plus t'as le feu aux fesses.

– Je comprends rien à ce que tu racontes. Ça doit être les poteaux qui te sont tombés sur la tête. Prends ça. Ça te donnera des forces pour la dictée.

Bonbec me tend un bout de zan. Au moins un mot que je sais écrire.

— Tu trouves que je parle encore ?

Bonbec est penché au-dessus de moi. Il a des joues gonflées comme un [illegible] qui essaierait de mettre la plus grosse quantité de chewing-gum jamais enfournée dans une bouche.

— Oui, et plus [illegible] Bonbec. Et en plus, tu es très au-dessus de tes [illegible] de [illegible].

— Toi non plus [illegible] en forme, [illegible] tout accord.

Pas grave. Si j'avais passé [illegible] je serais en train de penser au [illegible]. Dans la vie, [illegible] la tête, c'est comme [illegible] une [illegible]. Sauf que [illegible] les [illegible] aussi [illegible].

— Je comprends rien [illegible] que [illegible]. Ça doit être les [illegible] qui [illegible] dans la tête. [illegible] ça te donnera des idées pour [illegible].

Bonbec me tend [illegible] il [illegible]. Au moment [illegible] que je suis [illegible].

CHAPITRE VI

La dictée

La dictée est le meilleur moyen qu'a trouvé le maître pour nous calmer au retour de la gymnastique. Dès que je l'aperçois sur le pas de la porte de la classe, la sueur se glace le long de ma colonne vertébrale. M. Brulé nous attend, la blouse bien sanglée, les mains dans le dos, les lunettes déjà méfiantes sur le nez. On entre un par un. La salle de classe attend dans une pénombre bleutée. On dirait une chapelle. Le maître a tiré les grands rideaux. Il ne faut pas qu'il y ait le moindre morceau de ciel pour nous distraire. « Ça sent l'encre fraîche ! » aurait dit un ogre en entrant. M. Brulé a rempli les encriers jusqu'à l'œil. Il utilise une jolie bouteille de verre, qui a un bec verseur métallique, comme au café. Garçon, un calva ! C'est pas de refus. Je vais avoir besoin d'un remontant. Sur le bureau, les cahiers sont empilés comme des assiettes. Il n'y a plus qu'à se servir. Le maître m'intercepte au passage.

– Tu fais la dictée, mais il faudra qu'on reparle de ton carnet de correspondance.

Dommage, pour une fois qu'il avait l'occasion de me punir de façon utile. Pour moi, la dictée, c'est le zéro assuré. Pourtant, j'en connais, des mots. Des listes entières, recopiées sur mon cahier de collections. Je les rencontre dans les livres, les magazines ou les journaux. Il y a les mots compliqués, que je ne retrouve plus jamais ou que je ne reconnais pas au passage. Les familiers, qui tout à coup font le caméléon et se dissimulent au milieu d'une phrase. Certains, même, se faufilent en douce, un peu comme quand je resquille à la distribution de lait dans le préau, ou dans la file du cinéma au Raincy. Sauf que eux ne se font pas prendre. Moi, pour les fautes d'orthographe, je bats tous les records de l'école. Et sans élan !

– Si c'est pas malheureux ! Ton père qui ne fait pas une seule faute.

Je me souviens du père, sur la table de la grande pièce, un soir qu'il écrivait une lettre pour notre demande de logement. C'était important. Cette HLM, depuis le temps qu'on nous l'a promise. « HLM », je sais que c'est féminin. Mais les HLM, c'est comme les anges : féminin ou masculin, ça n'a pas d'importance, puisqu'on n'en voit jamais la queue d'un.

Autour de la table, tout le monde s'est écarté pour laisser toute la place au père. Ce soir-là, pas de télévision ni de radio. Le père a bien nettoyé la toile cirée, préparé ses plumes, son buvard, son encre, choisi son papier et les enveloppes. Ni trop blanc ni trop bistre. Il a rédigé un brouillon qui est déjà plus propre que le plus propre de mes propres. Ensuite il nous l'a lu. Avec ça, on doit avoir au moins un cinq-pièces avec une cave et une douche. Même une baignoire peut-être. On discute sur la formule de politesse. « Recevez » ou « agréez ». Est-ce qu'elles sont « respectueuses », « très respectueuses » ou simplement « distinguées » ?

– « Respectueuses » ! Vaut toujours mieux être respectueux avec ces gens-là, mais pas trop non plus. On n'est pas des mendiants, tout de même.

Dans la vie, c'est comme devant la caverne d'Ali Baba, si t'utilises pas la bonne formule, ça s'ouvre pas. Mme Piponiot m'avait expliqué les conséquences en coupant la tête d'un poulet sur le billot. Et vlan !

Il y a longtemps, une dame des HLM était venue. Une bien pomponnée qui avait regardé la chaise avant de s'asseoir, comme si on avait pu mettre du fluide glacial dessus. Elle avait posé des tas de questions.

– La salle d'eau ? Où est la salle d'eau ?

Tonton Florent lui avait montré la chasse d'eau. Ça n'avait pas l'air d'être ce qu'elle cherchait. La dame des HLM avait fait : « Bien, bien... Je vois... » Elle avait noté sur son calepin et elle était partie en vérifiant qu'elle n'avait pas fait de taches à sa robe. Et on n'avait jamais plus entendu parler d'elle.

Cette fois le père a décidé d'écrire. Il recopie le brouillon qu'il vient de nous lire, avec une écriture encore plus jolie que celle du maître. Il s'appuie sur un beau buvard rose neuf que j'ai récupéré chez le père Massicot. Autour de la table, la famille l'accompagne dans les pleins et les déliés. On en aurait presque tiré la langue en mesure. La mère veut lui apporter une tasse de café. Il la repousse de la main sans même lever les yeux de sa feuille. Les petites sœurs lui épongent le front comme à un chirurgien. Elles ont vu ça à la télévision dans un film.

Le père recommence trois ou quatre fois, à cause de la plume qui a fourché, d'une tache d'encre ou d'une ligne pas droite. Cette fois, c'est la bonne. Le p'pa la signe avec ce « P » majuscule impossible à imiter. Il la sèche au buvard rose et la relit. La famille est suspendue à ses lèvres. Si ça continue, on va lui faire une bouche de Négresse à plateau.

– Merde !

La famille sursaute.

– Quelle cloche ! J'ai mis deux « l » à « insalubre ».

Moi, ça aurait plutôt été deux « s ». Le père fixe la feuille de papier. Il se sent trop fatigué pour recopier une nouvelle fois la lettre. Il la retourne dans tous les sens, finit par tremper sa plume et entreprend de faire un seul « l » avec deux. Une technique de bouclage qui ressemble à celle des tapis qu'il nouait au sanatorium. Il y en a un joli sur le poste de radio, vert avec des glands. Il nous montre le résultat. On ne voit rien. Mais le père n'est toujours pas content de lui. Il demande une lame de rasoir. Le père est un as de la lame. Il faut le voir fignoler une entretoise d'empennage en balsa, sur les maquettes d'avion de Serge. A moi, il m'a appris à ébarber mes soldats Mokarex. Ça les rend lisses, presque vivants. Mais là où il est le plus étonnant, c'est quand il s'attaque à ses cors aux pieds. Un vrai sculpteur sur chair. Il extrait des masses impressionnantes qu'il soupèse dans la main. « Beau bestiau ! » La même formule que quand il sort un brochet ou tire un lièvre. Un jour, en voulant l'imiter, j'ai failli me décapiter le petit doigt de pied.

– Ça se voit ?

Le père nous montre la lettre. On ne voit rien. A moins de passer la feuille de papier devant l'ampoule du plafonnier. Tout le monde tombe de sommeil et on ne peut pas déplier le grand lit pour se coucher. Le père tente d'éliminer le trop-plein d'une dernière boucle.

– Merde de merde ! J'ai fait un trou !

La famille reçoit le plafond sur la tête. C'est la HLM qui s'envole avec deux « l », les cinq pièces, la cave et la salle d'eau avec la douche.

Alors la m'am prend les choses en main. Comme au maquis pour les cartes de pain... Colle blanche, poudre de papier et gros sel. De véritables doigts de brodeuse. Elle est certainement la seule à pouvoir imiter le « P » de la signature du père. Il faudra que je lui demande un jour de carnet de correspondance.

– Voilà ! Y a plus qu'à laisser sécher.

On se penche sur le travail de l'artiste. Chapeau ! Trois semaines après, on a reçu une lettre de l'Office des HLM. Trois lignes de travers, tapées à la machine. *Monsieur, Nous sommes au regret de ne pouvoir donner suite à votre demande d'attribution. Recevez, monsieur, nos salutations.* Suivi d'un gribouillis illisible. Les regrets sont au pluriel et les salutations ne se posent pas la question de savoir si elles doivent être distinguées ou respectueuses. Dans la vie, la politesse, c'est comme les portes de métro. Tu ne sais jamais s'il faut pousser ou tirer. Résultat : tu la prends dans le nez.

Le père a dit que, dès demain matin, il retournait au bureau du personnel, et que « ça allait chier des bulles ». La m'am se demande si on ne ferait pas mieux de rejoindre les castors de Bondy. Là-bas chacun aide les autres à construire sa maison. Pas besoin de gratter ses fautes d'orthographe. En tout cas, si un jour, comme le p'pa, je fais un trou dans une lettre, j'enverrai le trou.

– Ouvrez vos cahiers et écrivez « dictée ».

Je regarde les copains autour de moi. On dirait le départ du cross de l'Humanité. On s'assouplit le poignet, la nuque, on respire profondément, le dos bien plat, certains ferment les yeux, desserrent leur ceinture de blouse. D'autres s'agitent, s'arrachent la peau des doigts, se trémoussent comme s'ils avaient des fourmis sous le derrière. Ça n'a pas manqué, comme chaque fois, le petit Lucas se prend soudain l'entrejambe et se lève. « Monsieur ! Monsieur ! – Allez, mais dépêche-toi ! » Moi, j'ai le calme de celui qui va avoir zéro. Je flotte dans les airs comme un albatros, plus confiant encore que Delac qui ne fait jamais aucune faute, à aucun mot. Il attend, serein, son porte-plume levé comme une lance de chevalier de la Table ronde avant l'assaut. C'est l'Ivanhoé de l'imparfait du subjonctif. En plus, il le parle couramment, même à la récréation. « Il me serait agréable que tu me rendisses mon goûter. » Il peut toujours courir.

– Cette dictée est extraite d'un livre de Marcel Grimaud, *Le Paradis des autres*, qui est dans notre bibliothèque.

Le maître désigne l'armoire vitrée au fond de la classe. Tout le monde se retourne comme s'il s'inquiétait qu'elle ait disparu. C'est moi le responsable de la bibliothèque de la classe. Je tiens un cahier avec d'un côté « Mouvements », c'est moi qui ai trouvé le titre, et de l'autre « Inventaire », ça c'est le maître. Pour « Mouvements » il y a : la date d'emprunt, le nom de l'élève, le numéro du livre, son titre, son auteur, la date de retour et, la case que je préfère, « Retard et motif du retard ». Rien qu'à cause de cette case je m'en moque de perdre la récréation du mercredi après-midi. Je suis installé au bureau du maître comme Saint Louis sous son chêne. Les élèves font la queue. Je règle le tout-venant, j'arbitre les litiges. « Je l'ai pas encore fini ! » « Je l'avais retenu ! » Une semaine de sursis à Bonbec pour *Croc-Blanc*. Vinteuil attendra. Suivant !

Tout se passe bien. J'ai l'autorité que me donne l'estrade, plus le siège du maître, plus un atlas de géographie sous les fesses. M. Brulé surveille du coin de l'œil en nettoyant l'aquarium. La tâche est simple. C'est un peu comme à l'épicerie. Mais il faut être soigneux et bien tirer les traits. Là, je suis bon dans les traits. Et puis, arrive toujours le moment du fautif. Celui qui a oublié son livre à la maison. Je le repère tout de suite dans la queue. Généralement à la fin, nerveux, la tête baissée, et qui répète déjà son excuse. « C'est ma petite sœur qui s'est trompée sans le faire exprès. Ils sont couverts pareils à leur école. » Faux ! J'ai assez été puni chez les filles pour savoir que là-bas c'est rose et ici bleu. Comme à la clinique. Trois bons points ! La prochaine fois, ce sera une image. Il y a un tarif que j'ai affiché sur la porte de la bibliothèque vitrée. Je range les amendes, dans une jolie boîte bleue en fer, que le maître m'a donnée en souriant. « Tiens, ce sera ta boîte à bêtises ! » Je sais pourquoi il m'a donné celle-là. Pas à cause de « Bêtises de Cambrai » écrit en gros, ni de la cathédrale dessinée, ni même de « Diplôme d'honneur », mais c'était pour l'adresse. « P. Leclercq successeur, 22, rue des Chaudronniers, Cambrai. » Rue des Chaudronniers ! Un jour, il y aura une avenue Chaudrake. J'inviterai le maître à l'inauguration.

Grâce à mon poste, je peux oublier tant que je veux

les livres que j'emprunte : *Le Dernier des Mohicans, Les Sources de l'Orénoque*, ou le *Roman de Renart*. Je peux les lire et les relire dans mon cerisier tranquillement. Coïncidence, ils ont disparu de l'inventaire, quand Masson a déménagé en cours d'année et a « oublié » de les rendre. Pour les bons points, la boîte à bêtises me permet de me maintenir à flot. Pas trop, parce que le maître finirait par se douter. Tout ronronne et je me sens parfois comme un maharadjah à dos d'éléphant. Mais un jour, ce fut comme un formidable coup de trompe.

– Monsieur, ce devrait être un premier qui tient la bibliothèque.

– Oui, il a raison, monsieur !

C'est la révolte du premier rang. Ceux dont on ne voit que la nuque. C'est fichu, le maître va me faire redescendre de mon éléphant. M. Brulé retire ses lunettes et va en silence au fond de la classe, près de l'armoire vitrée de la bibliothèque. Il l'ouvre et prend un livre, comme au hasard : le n° 175, *Les Misérables* de Victor Hugo, tome I.

– Vous vous souvenez de la dictée du mois dernier sur les chandeliers ?

Si je m'en souviens ! Zéro ! 16 fautes 3/4. Une véritable catastrophe !

– Le passage où Mgr Magloire remet les chandeliers d'argent à celui qui est venu le voler, pour lui donner une chance de rachat...

Le maître parle comme au catéchisme, moins les psaumes, les versets et les épîtres. Je me demande s'il n'est pas au courant pour *Le Dernier des Mohicans, Les Sources de l'Orénoque* et le *Roman de Renart*.

– Le meilleur gardien des livres est-il celui qui les connaît le plus ?

Au caté, le curé aurait parlé de la parabole de la brebis égarée : faut-il laisser les portes de la bibliothèque ouvertes, pendant qu'on va rechercher un livre oublié à la cantine ?

– Je vous le demande ?

Personne ne répond. Le premier rang se retrouve

en fond de classe et s'aperçoit que ça rend muet. Le maître continue à expliquer. Je comprends qu'il m'a confié la bibliothèque pour me guérir d'une gentille maladie inconnue. Chaque fois que le maître rend les copies, je vois bien qu'il ne comprend pas comment je peux, avec une telle orthographe, écrire les meilleures rédactions de la classe. Pas toujours, mais souvent.

– Il y a tellement de fautes que parfois tes histoires disparaissent. On les sent, mais on ne les voit plus.

Des histoires avec une odeur, c'est déjà pas mal. Les fautes, je n'y peux rien. Pourtant, j'essaie de me guérir de cette gentille maladie inconnue, mais dès la première dictée je rechute. Un jour, ils m'ont même fait passer une visite médicale à l'école. Après des exercices avec des taches d'encre, des carrés de couleur, des labyrinthes, je me retrouve tout nu devant un vieux docteur barbu. Il m'examine les réflexes du genou et le fond de la gorge. Certainement pour voir si je n'ai pas oublié le « g » à « amygdale ». Il me tâte de partout, dans le cou, sous les bras, à l'aine et aux testicules en faisant « Ha ! Ha ! » et en se grattant la barbe. Il me donne l'impression d'avoir trouvé la solution. J'y touche peut-être trop à mon couroucou. Je ne vois pas bien le lien entre lui et mes zéros en dictée. Mais, par précaution, j'ai arrêté pendant quelque temps, pour voir la différence. Couroucou ou pas couroucou, j'ai toujours plus de cinq fautes. C'est pas si fort que ça, les docteurs.

Le maître a réussi à faire admettre aux mutins du premier rang que cette charge de « gardien des livres » est en fait une punition, ou au mieux un médicament pour me guérir d'un mal peu enviable : la dysorthographie ! Le mot vient de tomber d'un lexique sur les têtes. Ma maladie a enfin un nom. La bibliothèque apparaît aux copains de la classe comme une sorte d'huile de foie de morue. Ils me regardent comme un rachitique de l'intérieur. Je m'en fiche, je garde mon éléphant de maharadjah. Mercredi prochain, ils ont intérêt à tous être à jour. Je vais faire exploser la boîte à bêtises.

– Maintenant, vous posez vos porte-plume. Avant la dictée, je vais vous lire le texte en entier, en écrivant au tableau les mots que vous ne connaissez pas. Mais d'abord, je vais vous dire pourquoi j'ai choisi ce texte de Michel Grimaud. Il parle de l'Algérie et vous êtes tous au courant de cet incident au réfectoire, ce midi. Je n'ajouterai pas de commentaire. Je vous lirai simplement le titre de la dictée : *Rencontre*.

C'est la première fois que le maître nous explique pourquoi il a choisi une dictée. D'habitude, une dictée arrive dans la classe de nulle part. On ferme la porte, et soudain, en plein hiver, la moisson aux champs et son vin clairet bu à la régalade tombent de la bouche du maître. Ou bien sa voix fait entendre le roulement impétueux des grêlons de nacre, quand on transpire sous la blouse.

Parfois, la dictée montre ces grains de poussière qui tourbillonnent dans la lumière « en des millions de valses microscopiques ». Sans elle, on les aurait regardés à l'infini, sans jamais savoir les dire. Dans une dictée, on peut naître, vivre et mourir en vingt lignes, ou seulement suivre la trace d'un escargot de Bourgogne sur une feuille de laitue. Souvent le titre fait une promesse qu'on ne comprend qu'à la fin. Aujourd'hui, ce sera une rencontre. Le maître commence la lecture.

– *Djamil ferme les yeux, il est de retour au douar natal. Quelques brèves paroles en arabe, qu'échangent parfois Ali et ses camarades, viennent renforcer l'illusion.*

Le maître écrit « douar » au tableau. Dommage, je savais. C'est un peu comme un village de tentes.

Des tentes, mais pas les mêmes que celles que le père a récupérées au stock américain, pour partir en vacances. Des tentes kaki, sans tapis de sol, ni fermeture Éclair, ni tendeurs à piquets. Pour le mât, il a fallu compléter avec une canne à pêche. Au moins trois grandes tentes kaki à charger sur la galerie de la

Talbot. C'est un vrai paquebot, notre voiture ! Elle peut...

– Arrête de rêvasser ! Tu n'écoutes même plus le maître !

– C'est vrai, m'am.

Mais comment faire ? Chaque dictée me fait penser à ce numéro d'un illusionniste à la Piste aux Étoiles. Il ouvre une minuscule boîte à bijoux que je crois rouge et en sort une plus grande, dont il tire une plus grande encore. Et encore. A un moment, le magicien s'enferme dans la boîte. Il y a un éclair et on ne retrouve que le coffret du départ au milieu de la piste. Je ne sais pas pourquoi, mais c'est ça, une dictée, pour moi. Un voyage dans des boîtes mystérieuses de plus en plus grandes, dont il ne reste en apparence qu'une poignée de fautes soulignées à l'encre rouge.

– C'est ce qui t'arrivera si tu continues à ne pas écouter ! Toi, un jour, tu raconteras quelque chose de tellement tarabiscoté que tu ne pourras plus en ressortir.

– Mais, m'am, je t'ai déjà dit que c'est toi qui racontes les histoires comme ça.

– C'est pas une raison ! Écoute ton maître !

La m'am a raison, il y a un beau silence dans la classe. C'est bête de dire « un beau silence », mais celui-là est vraiment beau. Le maître continue sa lecture.

– *... Pourquoi fermes-tu les yeux ?... Pour me retrouver chez moi !...*

Moi aussi, je veux rentrer à la maison. A cette heure, la m'am a terminé de prendre son café dans la cuisine en trempant des petits-beurre dedans. Ses après-midi restent des mystères. Peut-être que Syracuse, le marchand de trousseaux, est là et que la m'am a fini par signer son bon de commande...

– Je t'interdis de raconter cette histoire ! Si ton père entendait ça. En plus tu viens de manquer un passage de la dictée avec un mot sur lequel tu butes toujours.

– Lequel ?
– Il fallait écouter.

Il y a tant de mots sur lesquels je bute que je sens déjà les petits graviers se glisser sous la peau de mes genoux et la paume de mes mains. Ça finira par me faire des tatouages.

– *C'est loin, chez toi ? Oui, en Algérie... Et c'est beau !*

A son retour, le père non plus n'essaie pas de faire des phrases quand on lui demande de nous raconter l'Algérie. Il dit : c'est beau ! On n'a pas besoin de plus. Sur la table de la grande pièce, il déplie la carte de son Alger-guide... 34e édition, prix : 300 F... Alors, le voyage au 1/200 000e peut commencer. Les petites sœurs choisissent toujours de longer la baie d'Alger avec le doigt : cap Matifou, La Pérouse, Alger-Plage, Fort-de-l'Eau, Hussein Dey. Elles poussent souvent jusqu'à Saint-Eugène et finissent par tremper leurs mains dans la Méditerranée. Elles minaudent et font leurs sucrées. « Oh, c'est chaud ! »

Moi je préfère choisir un chemin d'homme : la route poussiéreuse des « 7 B ». C'est la RN. Je la prends en sortant d'Alger par le bois de Boulogne. Puis j'enfile Birmandreis, Birkadem, Birtouta, Boufarik, Beni-Mered et je m'arrête à Blida. C'est là qu'est l'hôpital de Frantz, le copain du p'pa. Celui qui est médecin des fous.

– On dit psychiatre ! Tu pourrais le noter, ce mot. Mais il ne faut pas trop parler de lui, sinon, ton père aura encore des histoires avec les gendarmes.

La m'am aime faire des mystères autour des copains du p'pa. Dans deux ans, quand on ira en Algérie, je roulerai sur la route poussiéreuse des « 7 B » en Juvaquatre commerciale et le père m'emmènera voir Frantz. Il me l'a promis. « Tu verras, il écrit un livre. » Je me demande comment c'est, quelqu'un qui écrit un livre. Tout ratatiné, comme Voltaire (1694-1778), que j'ai en soldat Mokarex. Quatre-vingt-quatre ans à dire qu'on va mourir : c'est pas une vie ! Le maître nous a aussi raconté Victor Hugo, qui laisse ses initiales partout, Honoré de Balzac en robe de chambre qui boit des litres de café noir et Flaubert qui crie tout seul. J'ai joué le malade, gravé mon prénom dans l'écorce du cerisier, bu du café noir et crié dans mon cerisier. Ça n'a pas amélioré mon orthographe, mais je crois que les gens qui écrivent des livres sont tous un peu des médecins pour les fous.

– Plus tard, tu pourras lire le livre de Frantz. Pour l'instant, c'est encore un peu compliqué pour toi.

Tant pis, m'am, en attendant j'irai me promener dans mon dictionnaire. Je ferai des voyages dans l'ordre alphabétique. J'irai de la route poussiéreuse des « 7 B » au grand périple des « 7 Z » : Zeebrugge, Zurich, Zagreb, Zamboanga, Zamora, Zanzibar, Ziguinchor, en passant par les « 7 îles » de Montfermeil. Pas besoin de cartes. Juste mon dico et les pages roses pour parler avec les gens.

Même à la première lecture de la dictée, le maître détache bien les mots. Il marche dans les rangs au rythme de sa phrase, ce qui lui donne un pas de légionnaire.

– *Sûr ! approuve gravement Luce.*

J'en étais certain ! Les effroyables homophones ont débarqué ! Ces tribus à tam-tam et à plumes qui rampent et rôdent, maquillés dans les phrases, et que je n'arrive jamais à repérer. A la moindre dictée, ils prennent le sentier de la guerre et sautent sur mon pupitre. Ils sont tous là : Les On-ont-n'ont, peuplade dégénérée de sourds-muets cruels, les C'est-s'est-ces, fiers et dominateurs, les T'en-tant-tends-temps, farouches guerriers de l'ombre, les Qu'en-quand-quant, cancaniers fourbes à bec de canard et les La-là-las, groupe pacifique hilare qui fume le calumet et fabrique ses instruments de musique avec des carapaces de tortues marines... Ché sera sera !... comme dit la chanson. Je suis un Mohican, et je ne dois pas me laisser effrayer par ces tribus vénéneuses d'homophones. Quoique les Sur-sûr-sures soient pour moi parmi les pires. Des petits bonshommes verts, pincés et obséquieux, qui ôtent et remettent leur chapeau circonflexe sans prévenir. Parfois, on ne s'y retrouve plus avec la politesse.

Le premier jour de la rentrée, le maître nous avait dit : « Je suis M. Brulé sans chapeau sur le " u ". » Maintenant, au moins, je sais que, quand ça brûle et que ce n'est pas le maître, il faut un accent circonflexe.

Je me ressaisis et, de ma règle translucide, je chasse les homophones de mon pupitre. Mais je n'en suis pas débarrassé. Je suis même certain qu'ils sont allés se poster en embuscade dans l'œil de l'encrier. Le maître a vu mon geste. Il a une moue désolée. Il doit se demander de quelle autre « gentille maladie » je peux bien souffrir. Ils vont encore m'envoyer chez le vieux docteur barbu me faire palper les testicules !

– Comment t'appelles-tu ? Djamil. Un joli nom, et pas courant avec ça !

Pourquoi ne pas m'avoir appelé Marcel ? C'est moins banal, et c'est quand même Cerdan qui m'a vu le premier dans le ventre de ma mère !

– Ton père n'a pas voulu. C'était le prénom de son frère aîné qui est mort à vingt ans.

– Celui qui avait le ventre dur comme de la pierre ? La m'am m'a souvent raconté Marcel quand il passait devant chez elle, sur le chemin de l'usine.

– Droit comme un « i » ! Toute la famille, le père, la mère et les trois frères marchaient comme ça. Dans le village, on croyait qu'ils étaient un peu fiers. Ils étaient seulement droits.

– Et tonton Florent ?

– Lui, avec ses jambes torses, c'était un peu le vilain petit canard de la famille.

– Dans la famille, toutes les filles se nomment Lucie...

A cette époque, ma mère ne connaît pas encore mon père. Mais elle a déjà eu Jacques, Guy, Michel, Christiane, Josette, Roland et Jacqueline. J'ai vu une mauvaise photo de son premier mari. Il pose, assis sur une grosse moto, devant l'usine de locomotives. Il est mort de la tuberculose à trente-neuf ans.

– Dans la famille, les hommes ne vont pas vieux.

Cette photo floue, je ne sais même pas si je l'ai vue. Je crois que je n'ai jamais su que j'avais « des demi-frères et des demi-sœurs », comme dit l'infirmière qui a de la moustache. C'est idiot. Comment peut-on se donner des demi-sourires, des demi-regards, des demi-larmes ? Se prendre à demi par la main, dormir à demi, raconter à demi, avoir le cœur à demi ?

– Tu as huit demi-frères et demi-sœurs. C'est comme si tu en avais quatre vrais. Tu comprends ?

Un jour, je lui arracherai les yeux à demi, les dents à demi, la peau à demi et les moustaches à demi, à l'infirmière. Ensuite je la mettrai dans un bocal de formol, avec une étiquette : « monstre entier ».

Je ne me suis jamais demandé si la m'am embrassait à mi-lèvres l'homme au visage flou sur la grosse moto. Quand la m'am en parle, elle dit seulement : c'était un homme bien...

Marcel et ses vingt ans continuait de passer devant la fenêtre de la m'am. Un jour, elle l'a vu marcher plié comme un compas... Ce garçon va mourir. Si jeune, c'est injuste !

– J'ai eu un mauvais pressentiment. Je m'en suis voulu d'avoir pensé ça ! Mais c'était dans ses yeux !

Marcel est mort en une nuit. Occlusion intestinale. Il ne pouvait plus aller à la selle. Son ventre était dur comme de la pierre. Jusqu'au dernier jour il est parti au travail.

– On était payé à la journée en ce temps-là. Pas de travail, pas d'argent.

Au grenier, le carnet du grand-père dans la valise en bois l'explique bien. J'aime lire son agenda de 1928 : *Janvier, 21, samedi, ste Agnès. Temps passé : 98 h 15 à 4 F de l'heure; total : 392 F 60. 1 repas matin : 3 F 50...* Un peu plus loin... *Février, 9, jeudi, ste Appolonie...* Dans un coin, il a écrit : *Le voyage de la Martinique en France; il faut onze jours, comme distance de Fort-de-France à Saint-Nazaire il y a 6 982 km, donc le bateau fait 589,818 km par jour...* Sur la page du 8 février, une mystérieuse carte au crayon avec les contours de l'Amérique du Nord et de l'Amérique du Sud sur laquelle il avait situé Saint Thomas, la Guadeloupe et la Martinique.

Mais le plus étrange est que le grand-père a indiqué également sur sa carte : Boston, New York, Philadelphie. Pourquoi ? Qu'est-ce qu'un chaudronnier martiniquais installé à Tarbes avait à faire là-bas, en 1928 ? Grand-père était-il déjà, lui aussi, un Chaudrake, avec une double vie ? Je tiens sûrement entre les mains son carnet d'activités secrètes. Des listes qu'il faudrait que je déchiffre... *Orange 250, Haricot 200, Vin 175, Café au lait 0,80...* et des messages codés : *Maria a commencer* (sic) *de faire le crédit jusqu'à samedi le 14...* En lisant le grand-père, je suis fier de savoir que la faute d'orthographe est un vieil héritage familial qui me vient de lui.

Il y a une page qui me fait pleurer quand je la lis. Celle du 4 mars. *Reminiscere...* Elle est écrite à l'encre noire : *la femme tellement saoule tapant les enfants, le plus grand a riposté involontairement...*

– Il ne faut pas trop parler de ça. Tu sais, ç'a été dur pour ta grand-mère. Voir partir un enfant, c'est ce qu'il y a de pire. Marcel avait à peine vingt ans !

La m'am a « vu partir » Jacqueline à sept ans de la typhoïde. Elle n'en parle jamais. Je ne connais aucun portrait d'elle. Jacqueline, c'est comme le chapitre d'un livre qui n'aurait qu'une seule phrase. Marcel, lui, a été photographié sur son lit de mort. Une photo tremblée. L'impression qu'il restera toujours en suspension, droit comme un « i ».

Depuis que je connais l'histoire de Marcel, je surveille mon ventre. Quand il me fait mal à crier et que je dois le plaquer contre le mur glacé des cabinets pour apaiser la douleur, je me demande si je n'ai pas hérité de ça aussi, en plus des fautes d'orthographe. A la gymnastique, je fais attention à ne pas trop travailler les abdominaux, pour ne pas avoir le même ventre que Marcel, dur comme la pierre.

– Je croyais que tu voulais apprendre à te concentrer pour les dictées. C'est réussi ! Au moindre mot tu te mets à partir. Tu n'as qu'à prendre ta tête dans tes mains et ne rien regarder autour, comme ton père aux échecs.

Le p'pa a voulu m'apprendre à jouer pour améliorer ma concentration. Juste l'échiquier et les pièces. Impossible de se sauver. J'essaie. Mais pourquoi a-t-on mis des tours à la place des éléphants ? Les tours ne se déplacent pas. Concentre-toi ! Tout ça pour défendre un roi empoté, qui ne peut bouger que d'une case, pendant que la reine doit se battre dans tous les sens. Je pense à mes soldats Mokarex. Ce gros lourdeau de Louis XVI et la belle Marie-Antoinette... 106 cm de tour de poitrine. Je l'ai lu dans *Historia*. Mieux que Sabrina dans *Ciné-Revue*. Pas étonnant qu'elle ait un Axel de Fersen, sur une petite case secrète. Le cavalier ressemble plutôt à un hippocampe cul-de-jatte et le fou n'a pas l'air très fou pour un fou... Tiens, je vais le bouger. J'aime bien les diagonales... Échec et mat ! Le coup du Berger ! Le père jubile. Il m'a mis mat en deux coups... Le coup du Berger, c'est le crochet au foie des échecs ! Il me reste cinq ans pour devenir grand maître comme Bobby Fischer. Ce sera juste. C'est de plus en plus difficile de devenir champion du monde de n'importe quoi. Je suis peut-être né trop tard ?

Le maître vient de me donner une pichenette sur le lobe de l'oreille pour me réveiller. Son inquiétude grandit. Il se demande si je vais battre mon record de fautes, établi dans le Distrait des *Caractères* de La Bruyère. Il y avait à l'intérieur ce satané Ménalque, avec son nom d'oiseau parleur, qui gobe les dés du trictrac. Moi, j'ai imaginé une autruche avalant un réveil, et qui court de ferme en ferme pour réveiller les paysans. Alors, les coqs deviennent inutiles, et on les passe à la casserole.

C'est dimanche ! L'odeur du coq au vin fait saliver comme quand André, le curé-qui-travaille, vient manger à la maison. La m'am le prépare spécialement pour lui. Il apporte le vin. Du bon, paraît-il. Et pas du vin de messe ! Bizarre, depuis cette époque, pour moi les curés sentent le coq au vin.

– Faut pas parler comme ça, ce n'est pas bien.

Seulement les autres curés, m'am. Ceux en aube qui marmonnent leur latin de cuisine et puent le Gévéor. André, ce n'est pas pareil, il sent bon le tabac et le cuir, comme le père. Il m'apprend le vrai latin, celui des notes de musique... *Ut queant laxis – Resonare fibris – Mira gestorum – Famuli tuorum – Solve polluti – Labii reatum – Sancte Johannes...* C'est de là que vient le nom des notes de musique. Un hymne à saint Jean. Ça parle de lèvres souillées. Le maître de musique remplaçant ne le savait pas. Il n'a pas voulu me croire. J'ai insisté : deux heures de piquet... *Argumentum baculinum...* C'est ce que dit mon dictionnaire. Il y a plein d'histoires courtes et vraies dans les pages roses. André m'en explique. Avec lui, on a envie de dire le bénédicité avant le repas et de faire la croix sous le pain. Surtout que c'est bon à saucer, le jus du coq au vin !

– Ne trempe pas tes doigts dans les plats. Sors de cette cuisine et retourne à ta dictée !

Le maître est resté à côté de mon pupitre. Je suis bien obligé d'écouter.

– Dans la famille, toutes les filles se nomment Lucie... Moi comme les autres, mais je préfère Luce...

Moi, je préfère Lucie. En fermant les yeux, on voit mieux sa robe rouge unie, sa ceinture et ses vernis noirs. Tandis que Luce est un prénom qui fait paraître transparente.

– ... parce que tu comprends, lorsque avec grand-

mère, ma tante et maman nous passons dans la rue, si quelqu'un appelle Lucie, on se retourne toutes les quatre.

La m'am, c'est l'inverse. Quand elle est un peu énervée, elle ratisse quatre prénoms en même temps pour en appeler un... Elle lance : « Marymarev... Josette ! viens ici ! » Maryse, Martine, Évelyne tournent la tête dans le même mouvement et voient que c'est Josette que la m'am demande. Ou bien : « Jackroguy... Serge ! arrête un peu ! » Jacky, Roland et Guy savent que c'est Serge qui se fait taper sur les doigts. Les bafouillages de la m'am rendent plus solidaire. Un pour tous ! Quatre pour un ! L'engueulade devient un sport collectif.

– Bien. Maintenant que vous avez écouté l'ensemble du texte, je vous laisse quelques instants pour vous remémorer les difficultés.

Une véritable avalanche. J'en vois partout fondre sur moi comme des chauves-souris. Elles vont m'arracher les cheveux.

– Un dernier conseil : Pendant la dictée, ne rêvez pas les mots. Écrivez-les ! Maintenant, prenez vos porte-plume. Le titre : « La rencontre. »

Je reste concentré sur la feuille de mon cahier, la tête bien au milieu des mains, comme m'a dit la m'am. Bonbec me met des coups de pied sous la table. Il croit que je l'empêche de copier. Copier quoi ? Mais il a confiance en moi, Bonbec.

– Pour l'instant, c'est le mikado dans ta tête, mais un jour tout se remettra en place. Alors...

Il lit dans les boules de coco, Bonbec. Ça parfume l'avenir.

– Laisse-moi, je me concentre.

Bonbec respecte toutes les formes de discipline chez les autres. Lui sait qu'il sera gros plus tard, parce que ses deux parents sont gros. Alors, pourquoi se priver ?

– Toi, même si tu voulais, tu pourrais pas changer de couleur. Alors...

Bonbec dit souvent « alors » avec des points de suspension qui le font ressembler à un sage. Bonbec me fait dériver. Il faut que je me concentre. « Im-muable... », le maître fait bien entendre les deux « m ».

– *Sa main caresse et reconnaît l'immuable pierre de la fontaine...*

Fastoche tout ça pour l'instant. Mais l'orthographe, c'est comme être gardien de but. T'arrêtes tout. T'arrêtes tout. Tu prends un but et tu laisses tout passer après. Concentre-toi ! Faut éviter le premier but. Bonbec me donne un coup de coude et me montre ma feuille. Je ne comprends pas. Qu'est-ce qu'elle a, ma dernière phrase ? « *et reconnaît l'immuable Jean de La Fontaine...* » Je ne vois pas ce qui cloche. Le maître continue. Je ne m'occupe plus de Bonbec. Je ne vois même pas Donnier sortir en douce un morceau de papier de sa manche. Je reste concentré jusqu'au mot *Algérie*. Mais là, j'ai un coup de buis comme Robic dans le Tourmalet. Il faut que Bonbec me passe son bidon. J'ai la fringale du hachis parmentier, et un coup de sirocco sur la poitrine. Je suffoque. C'est comme ouvrir la porte de la Caravelle à l'aéroport de Maison-Blanche. Mon père m'a souvent raconté cette sensation. « Tu croirais couper une part de gâteau de Savoie ! »

Les lettres commencent à se ramollir sous ma plume, comme celles de la soupe au vermicelle sur le bord de l'assiette à la cantine. Il me manque un tas de « s » pour écrire « soupçon d'agressivité ». Les mots se dérobent, gigotent et plongent dans la soupe en se moquant de moi. J'ai faim ! Ça tourne. Je délire... P'pa, il faudrait que tu m'emmènes à Blida chez ton copain, le médecin des fous.

– Laisse ton père tranquille avec Frantz. Ça peut lui attirer des ennuis. Tu sais, Frantz, il est passé du côté du FLN. Faut pas le crier sur tous les toits, surtout que c'est un négro !

Quand la mère dit « négro », ça ressemble à un joli

mot d'amour. Quand c'est Picard qui le dit, j'ai envie de le tuer.

– Tu comprends, Frantz est de Fort-de-France, comme la famille de ton père. Plus jeune de quatre ou cinq ans. Un drôle de beau parleur. Et pas commode ! Ça ne m'étonnerait pas qu'il soit quelqu'un là-bas, un jour... C'est pour ça que les gendarmes asticotent ton père quand il revient d'Alger.

Le soir où les gendarmes avaient saccagé les bagages du p'pa, j'avais cru qu'ils étaient une sorte de pirates à képi, qui prélevaient leur part sur les marchandises que le père rapportait de là-bas... « Pour madame la gendarme, un joli tapis Daphné, 73, rue Michelet, Alger, Tél. : 66.53.55... » C'est le genre de réclame qu'on pourrait voir au Palace du Raincy avant le grand film.

– Faut dire que Frantz leur fait du mal avec ses livres. Ton père m'a dit que le prochain serait une vraie tornade. D'ailleurs, c'est ton père qui a donné à Frantz l'idée du titre de son premier bouquin. Il lui a raconté l'histoire de la bombe qui lui a sauté à la figure. Tu sais, quand son visage était devenu tout blanc !

La m'am ne peut pas s'empêcher de rire rien que d'y penser.

– C'était quoi, le titre du livre de Frantz ?

– *Peau noire, masques blancs*.

Le père dit toujours qu'il est un sorcier nègre, mais qu'en dessous il est peut-être blanc.

– Et le prochain, m'am, il s'appellera comment ?

– *Les Damnés de la Terre*.

Un livre, ça doit être des centaines de milliers de fautes d'orthographe possibles. Des millions, même ! Un peu comme les spermatozoïdes que j'ai vus dans un *Science et Vie*. Sauf qu'avec moi il y en a plus d'un qui arrive à passer.

– Qu'est-ce que c'est, les damnés de la Terre, m'am ?

– C'est dans les paroles de *L'Internationale*.

Gérard siffle ça le dimanche matin, au lever, en se baladant en slip et en maillot de corps pour faire hurler les grandes sœurs.

– Quoi, il est pas beau, votre petit frère chéri ? Vous croyez que vous en trouverez un comme ça, samedi soir, au bal ?

Il imite un Charles Rigoulot tout en os qui perd sa culotte en montrant ses muscles. Il saute de lit en lit à la Tarzan. Les sœurs font semblant de s'évanouir. A ce moment, quand elles rient, les grandes sœurs pourraient toutes s'appeler Lucie.

– Qui a touché à mes tracts et à mes affiches ?

– Gérard, je t'ai déjà dit de les laisser dans le garage, avec ton seau de colle et ton balai.

– La révolution au garage ! Mère, vous êtes une bourgeoise réactionnaire ! Tu es quand même d'accord qu'on a rien à faire en Algérie ?

Il saisit la m'am dans ses bras, la serre à l'étouffer en l'embrassant comme un fou sur les joues et sur le front, en la faisant valser.

– Mais arrête donc ! Tu crois que j'ai le temps de m'amuser !

Personne d'autre que Gérard ne prend la m'am dans ses bras comme ça. Je l'envie, surtout que la m'am a l'air d'aimer, même si elle se défend avec son torchon à carreaux en rougissant. Peut-être que, plus tard, moi aussi j'oserai.

– Point d'exclamation, fermez les guillemets. Relisez en silence maintenant !

Déjà ! La dictée est déjà terminée ! Je relis la tête dans les mains. Bonbec continue de me donner des coups de coude. Tant pis. Une faute de plus, une faute de moins. Je prends du recul avec la feuille, comme un peintre devant son chevalet. J'ajoute à l'œil des touches de consonnes et de voyelles du bout de la plume, à la Fujita. Ça fait assez joli. Puis je travaille les queues de mots en style « nouille » quand je ne suis pas très sûr de la terminaison. Je regarde mon œuvre. Pas mal. Je la sèche avec mon plus beau buvard. Je pourrais presque signer en bas à droite. Bonbec continue avec ses coups de coude. Il ne doit pas aimer mon style.

– Tu ne vas pas me dire que c'est toi, ça !

La mère montre un tableau à l'huile que le père a sorti du grenier. Il représente un grand Noir costaud, torse nu avec houppette à la Floyd Paterson, le champion poids lourd. Il porte sur les épaules un énorme marteau de poseur de rails. Le tableau est signé « Palmer Hayden », un copain noir du père. C'est vrai que ce n'est pas très ressemblant... Et nous, dans la famille, est-ce qu'on se ressemble ? La formule n'a pas convaincu la m'am. Le père a dû remonter le tableau illico au grenier. Un vrai musée de croûtes, là-haut.

Le maître ramasse les cahiers. Bonbec explose.

– Idiot ! Tu as écrit « Jean de La Fontaine » au lieu de « pierre de la fontaine » !

Il a l'air offusqué. C'est vrai, il a raison. Je revois écrit sur ma feuille « Jean de La Fontaine » comme au bas d'une récitation. C'est le double zéro et les quatre heures de retenue assurés. Comme quand j'ai écrit « orthographe » avec un « h » au début.

Mon cahier est maintenant quelque part anonyme dans la pile... Anonyme, affleurant, anodin, agaçant, anorexique, affligeant... anorak. Je déraille sur la route des « 7 A ». Je vais me retrouver à Blida chez les fous, dans l'hôpital de Frantz. Après « Jean de La Fontaine », rien ne pourra plus me sauver de la risée, du déshonneur et du bannissement. On va m'abandonner dans une barque, avec une cruche d'eau et une miche de pain, aux sept îles de Montfermeil. Il faut que je récupère le cahier et la dictée. Ce soir, je me laisse enfermer dans l'armoire de la bibliothèque. Je remplace « Jean » par « pierre » en tassant les lettres. Je trafique la majuscule de La Fontaine et j'en profite pour corriger une quinzaine d'autres fautes.

Soudain, on frappe sèchement à la porte. Quatre

coups. Le destin. Le maître de musique nous a expliqué que le destin frappe de cette manière-là, dans la 5e symphonie de Beethoven. Je suis sauvé ! La porte de la classe s'ouvre. Mais ce n'est pas Beethoven qui entre.

coups. Le destin[illegible] de musique nous s'explique que le destin frappe de cette manière-là, dans la
5 simplicité de Beethoven, je suis [illegible]. La porte de la classe s'ouvre. Mais ce n'est pas Beethoven qui
entre.

CHAPITRE VII

La cuti

La porte de la classe s'ouvre comme celle d'un saloon. Tout le monde se fige sur son banc. La cuti !

Une procession de trois Rois mages entre, le front haut. Le médecin barbu, l'infirmière moustachue et l'aide aux joues roses. La cloche de la cour sonne l'heure comme une envolée de trompes dans un film de Romains au Rex du Raincy. Maciste contre Zorro... Je ne vois que les reflets argentés du dôme de l'énorme étouffoir porté comme les saints sacrements par le premier Roi mage en toge blanche. J'ai immédiatement mal dans l'omoplate droite. La douleur vient de me traverser de part en part.

Le deuxième Roi mage porte une énorme boule de coton. On dirait de la barbe à papa plantée sur un bilboquet. J'ai l'impression qu'on me monte de force sur un manège. Mon estomac est aspiré comme un morceau de baudruche. Quelqu'un veut en faire un ballon avec la bouche, pour le claquer sur la tête d'un copain.

Le dernier Roi s'avance avec trois boîtes nickelées rectangulaires posées sur un plateau en Inox. Il est bien moins joli que ceux que le père fabrique pour la m'am.

– Mais Roger, il n'est pas fini, celui-là !

La m'am montre au père un plat en acier inoxydable mat qu'elle a sorti de son ploum. J'aime bien la regarder vider le sac du p'pa, le soir sur la table de la cuisine. Ses mains semblent revivre en aveugle la journée que le père a passée loin d'elle. C'est toujours la serviette à carreaux qu'elle inspecte en premier. « T'as encore saigné, toi ! Il faut qu'on retourne voir le docteur Alain. » Puis la gamelle, qu'elle met tout de suite à tremper dans l'évier. « Tu en as pas marre des asperges ? Tu préfères pas des fonds d'artichaut ? » Certains soirs, le ploum du p'pa se transforme en caverne d'Ali Baba ou en hotte du Père Noël. « T'as pu avoir un bon de visite ! Les gosses vont être contents. »

Le « bon de visite », ça veut dire que dimanche on va s'habiller en dimanche, prendre la voiture et aller à Orly. On visitera le plus grand hangar d'Europe, l'Armagnac, ou le Super-Constellation. Un steward bien bronzé et une hôtesse de l'air nous expliqueront tout. On pourra s'asseoir dans un siège près du hublot, rabattre la tablette avec un porte-gobelet et aller dans la cabine de pilotage. Moi, je n'arriverai jamais à être pilote à Air France. C'est impossible de connaître tous ces cadrans par cœur. Il y en a encore plus que dans la Studebaker verte de la femme du ferrailleur !

– Un jour, on le niquera à sec, le ferrailleur !

C'est ce que Serge continue de me dire de temps en temps. A force, je me demande quand on va finir par le « niquer à sec », Pontet. Comme ça, au moins, je saurai ce que ça veut dire.

– Si tu continues à parler comme ça, ils ne te prendront jamais à Air France.

– M'am, je parle dans ma tête. Ils ne peuvent pas savoir.

Pourtant, ce serait dommage de ne pas entrer à Air France. Le père peut me faire inscrire à Vilgénis, l'école de la Compagnie, pour devenir mécanicien en vol. Mais comment peut-on réparer un moteur d'avion en plein vol ? C'est un coup à avoir le vertige, à tomber dans l'Atlantique, au large du Cap-Vert, et à se retrouver, comme Alain Bombard, « naufragé volontaire ». On a fait une dictée tirée du livre. Je sais maintenant qu'on peut boire de l'eau de mer par petites gorgées, et qu'on doit pêcher certains poissons mais pas d'autres. Par contre, je ne me souviens plus lesquels. C'est vraiment impossible pour moi de devenir pilote de ligne, je ne sais pas assez bien pêcher.

Les petites sœurs veulent être hôtesses, à cause de l'uniforme. Moi je peux faire steward. Je suis déjà assez bronzé et je connais l'anglais des Platters, d'Elvis Presley et de Wimbledon : *Only You, Good Rocking Tonight, Fifteen All...* Grâce au bruit des moteurs, ça devrait suffire. Pour l'accent, j'ai voulu m'entraîner avec une patate chaude dans la bouche. C'est Michel qui m'avait donné le truc. Je me suis brûlé le palais et je n'ai pas pu me nourrir pendant trois jours. « Pas manger ! Pas manger ! » En plus, je parlais petit-nègre. J'ai décidé de me contenter de l'accent Maurice Chevalier, comme le père qui dit « bille-bille » au lieu de « bye-bye » pour au revoir. Ça ne l'empêche pas de voyager.

A la fin de notre visite à Air France, le steward bien bronzé nous sert, à mes sœurs et moi, un vrai jus d'orange et l'hôtesse de l'air nous donne un sac entier de trésors. Là, Maryse et Martine sont imbattables. Avec leurs jolis yeux bleus, leurs socquettes blanches et leur barrette dans les cheveux, elles récupèrent de tout : des étiquettes pour accrocher aux valises, des bonbons à la menthe, de vrais couverts en plastique, un insigne de pilote, des photos d'avions, et surtout, une carte murale du monde avec les lignes long-courriers d'Air France... Paris-Port Étienne-Martinique, Paris-Khartoun-Nairobi-Tananarive... Je vais l'accrocher dans la chambre du garage. Ça l'agrandira.

Quand on revient d'une visite, mes sœurs et moi, on met toutes nos trouvailles en commun dans notre trésor d'Air France. Mais attention, pour qu'un objet puisse en faire partie, il faut qu'il y ait dessus le petit hippocampe de la compagnie. Sinon, ça compte pas.

Un copain du père, chef d'escale, m'avait donné un vrai hippocampe tout vernis. Je dormais avec. Je lui ai présenté mon cerisier, mes soldats Mokarex, le Champ de Personne, la décharge. Mais il s'ennuyait. Pour le distraire, je le faisais flotter dans des bassines, dans le caniveau et même, le matin, dans mon bol de café au lait. Mais il s'ennuyait toujours. Alors un dimanche, au bord de la Marne, près du barrage de Chelles, je l'ai laissé aller. Il a dû rejoindre la Seine, descendre vers la mer et prendre les courants au large du Cap-Vert. J'aime penser que c'est lui qui se laisse flotter dans l'océan Pacifique, en bas à gauche sur ma carte murale, et qu'une nuit il me racontera son voyage.

– C'est pour le petit, ça ?

La m'am sort du ploum du père une règle carrée transparente ! Transparente, avec des reflets incomplets d'arc-en-ciel. Il manque seulement les rouges. Le père l'a taillée dans un hublot de Caravelle ! Au début, j'ai été déçu : elle n'est pas graduée ! Mais le lendemain, quand j'ai vu les copains de la classe la soupeser, mirer le soleil à travers, me l'emprunter pour souligner n'importe quoi, et m'offrir des trucs insensés en échange, j'ai compris ce que le père m'avait dit en me la donnant. « Je ne l'ai pas graduée pour mieux laisser la lumière se débrouiller dedans. » Il a raison, le p'pa. Elle se débrouille bien, la lumière.

La m'am continue de visiter la journée du père dans son ploum. A l'intérieur il peut y avoir de tout : des tickets de PMU, le papier avec le nom des colonies de vacances, une convocation pour une visite médicale de contrôle, un dixième de la Loterie nationale, sa feuille de paie, ou... un plat étrange.

– Mais, Roger, il n'est pas fini celui-là ?

La mère tourne et retourne le plat en aluminium mat, comme si elle cherchait une inscription à déchiffrer. Il n'est ni rectangulaire, ni ovale, ni creux, ni rien de connu. La mère ne sait pas par où le prendre, pour avoir ce geste majestueux quand elle pose le plat en Inox du dimanche sur la table avec le poulet vaguement brûlé qui se mire dans son jus. La m'am semble se regarder dans cette étrange chose sans reflet. « Miroir, miroir, comment mon mari a-t-il pu me fabriquer un plat aussi laid ? Est-ce qu'il m'aime encore ? »

Soudain la m'am se laisse tomber sur une chaise. Un soir ! à 7 heures ! en pleine préparation du repas ! La mère assise ! La famille comprend tout de suite qu'il se passe quelque chose de grave.

Mais à peine compté huit, la mère se relève. Elle va chercher dans le buffet son plat à huîtres. Le chef-d'œuvre du père : 55 centimètres, chromé sur 3 microns, découpe Versailles, poignées coquilles Saint-Jacques, avec triple filet de bordure. Elle le pose à côté de l'avorton. Y a pas photo ! On n'est pas sur la même planète. Chez les filles, tout le monde est d'accord. Impossible de sortir « ça » devant des invités. Les plats en Inox, c'est la fierté de la m'am. Elle peut y servir du trop cuit, du pas assez, du collé ou du brûlé, ça n'a aucune importance, du moment que ce soit dans un beau plat en Inox du p'pa. A chaque nouveauté, la m'am fait défiler les voisines du quartier, à l'heure du café.

De leur côté, les garçons plaident pour le coup de paluche subtil du bosselé et l'épure aéronautique de la ligne. La famille reste divisée. On ne sait que faire de cette soucoupe de Martien et le repas continue de brûler.

Une fois encore, la m'am prend le plat dans ses bras et le couve tendrement, un peu comme on regarde un « pas gâté par la nature ».

– Peut-être qu'il sera beau... dans vingt ans...

La prévision de la m'am est acceptée à l'unanimité des affamés. On emballe rapidement le « pas gâté » dans du papier journal. « *Pie XII est mort* », titre *France-Soir*. « *C'est Jean XXIII* », répond *Le Parisien*. On enferme le paquet dans une valise au grenier. Rendez-vous en 1978. Ce sera peut-être encore le même pape. Quelqu'un dit *Amen !* On peut passer à table.

Dans la classe, les trois Rois mages en blouse blanche se sont alignés derrière le bureau. Les ustensiles sont prêts. Il ne manque plus que la nappe. M. Brulé s'est reculé au bout de l'estrade. J'ai l'impression qu'il nous abandonne. Un médecin, c'est plus fort qu'un maître.

– Les élèves dont les noms suivent sont priés de se mettre en file indienne devant moi, pour recevoir leur cuti réaction.

« Recevoir leur cuti-réaction ! » Le médecin barbu parle comme le directeur à la distribution des prix. « Recevoir » le prix d'excellence, le prix d'honneur, le premier prix. Tout à coup, je suis rassuré. Plus de douleur dans l'omoplate. Si la cuti devient un prix, je ne l'aurai jamais. Pour les autres prix, il y a longtemps que je suis rassuré. Inutile d'espérer le prix d'histoire, bien que mes soldats Mokarex soient les mieux peints, encore moins celui de calcul. Même celui de récitation m'échappe ! Pourtant, je mets le ton. Quant au prix de rédaction... Trop de fautes d'orthographe ! C'est écrit en rouge. Reste le prix de gymnastique. Mais il paraît que je fais le chahut en rangeant le matériel. Ça ne sert à rien de courir comme un guépard, de sauter comme une antilope ou de grimper comme un singe. Enfin, presque. Il vaut mieux savoir rouler les tapis de sol.

Pour le prix de camaraderie, c'est encore pire. Il faut mener une véritable campagne comme pour le référendum de dimanche prochain. Si j'ai bien compris ce qu'ils expliquent le soir à la télévision, le référendum, c'est comme un mariage à la mairie pour savoir si oui ou non on vous aime.

– Les gens tu les as toujours par la gueule !

Bonbec a raison. Il a encore eu le prix de camaraderie l'année dernière. Pour être élu, il a dû tenir une véritable boulangerie derrière le préfabriqué de la cour.

Heureusement, il y a un prix que personne, dans toute l'école, n'arrive à me prendre : le prix Martini ! Une récompense offerte par la Caisse sociale des écoles de la mairie à l'élève le plus méritant. Et le plus méritant, c'est moi ! Il faut dire que, pour désigner le lauréat, on utilise une formule magique : moyenne de l'élève multipliée par nombre de frères et sœurs. Je suis arithmétiquement l'élève le plus méritant. Et haut la main ! Même en supprimant mes deux petites sœurs, je gagne encore.

– Ne parle pas comme ça. Tu vas leur porter malheur !

– Pas de danger, m'am, les yeux bleus, ça protège.

Moi et mes yeux marron, nous n'avons pas eu de chance cette année. Pour la première fois, je n'ai pas pu choisir mon prix Martini. D'habitude, deux semaines avant la distribution, il y a le grand jour de l'exposition. Sur une immense table dans le préau, les livres offerts sont alignés, tout nus sans leurs rubans. C'est un peu comme à l'arbre de Noël d'Air France, au cirque d'Hiver. Quand j'arrive avec mon ticket et que je le tends au monsieur en blouse bleue. « La grue jaune, là-bas ! » Il me la remet dans une grande boîte, avec en plus un sachet de fondants à la vanille. Chaque Noël, quand je donne mon ticket, j'ai la main qui tremble et le cœur qui essaie de se cacher dans mon ventre. J'ai toujours peur que le monsieur en blouse bleue me dise : « Ah non, pas toi. Tu as fait trop de bêtises cette année ! »

– Tu as encore oublié de dire s'il vous plaît et merci. Tu vas me faire honte.

– C'est promis, m'am, j'y penserai au Noël prochain.

Dès que j'ai mon paquet, je le serre fort sous mon bras et je me sauve en courant avant qu'on ne me le reprenne. Une fois en sécurité sous les gradins du cirque, près de la ménagerie, je l'ouvre. Pour moi, depuis, le vrai Père Noël porte une blouse bleue et les cadeaux sentent le tigre.

Le maître ne m'a pas expliqué pourquoi, cette année, je ne peux pas choisir mon livre. Normalement, on défile à la table des prix par ordre de mérite. Mais le prix Martini est spécial. Il y a même une dame parfumée de la mairie qui m'embrasse et me met du rouge. Mon tour vient juste après « Excellence » et « Honneur ». A cet instant, il reste encore des gros livres à lettres dorées, avec des illustrations. Pas vraiment des livres à lire dans un cerisier. Mais seulement des livres à long ruban doré, qui ne servent qu'à traverser le préau la tête bien haute, le jour de la distribution. Des livres qui font faire « Oh ! Ah ! Hé ! » aux parents et « Ouille-ouille-ouille ! » à moi, parce que mes chaussures sont neuves et me martyrisent les pieds.

Le prix Martini, c'est surtout un livre qu'on peut échanger contre autre chose, quand on sait bien découper la première page, où il est écrit en gros : Ville de Villemomble, 1958, prix de la Caisse sociale des écoles.

– Je t'ai choisi ton prix. Tu verras, il te plaira.

Le maître a un gentil sourire que je ne connais pas. Il me montre le livre en question sur la longue table. Une horreur ! On dirait un clafoutis de la m'am ! Extra-plat. Trop cuit ! Même pas un vrai livre avec une couverture dure. Il est tout flasque avec des photographies à l'intérieur. En plus, il est écrit gros. Trente-quatre pages ! Comme pour les petits. Je vais me plaindre à la mairie. Quelqu'un vole dans la Caisse des écoles. Je refuse mon prix. Je vais donner une conférence de presse à *L'Écho* de Villemomble. Je regarde le titre pour faire plaisir au maître. *L'Enfant et le Fennec*. Encore le coup du petit Spartiate qui se fait manger le ventre. Je le connais déjà. Tant mieux. Je peux l'échanger avec *Contes et Légendes birmans*. Il en reste un. Le plus gros que j'aie jamais eu, un vrai moka, avec une tranche dorée comme un missel du dimanche. Le maître me dit de le regarder. D'accord, mais juste avec le pouce. Tiens ! je viens de voir l'hippocampe d'Air France, sur la queue d'un Super-Constellation. Il y a aussi un petit garçon noir avec un duffle-coat comme moi. Sauf que, lui, son premier bouton doit faire sifflet. Je vais peut-être le garder quand même. Il n'est pas épais, mais il est large. De loin, avec un gros ruban bleu bien bouffant, personne n'y verra rien.

De retour de la distribution des prix, je retire mes chaussures neuves et je laisse mon prix jusqu'au soir sur la cheminée de la grande pièce sans même retirer le ruban. Mais, une fois au lit, je ne peux pas m'endormir. Je pense à ce petit garçon noir en duffle-coat. A ses yeux tristes. Dans la nuit, je me relève et j'emporte mon prix sur la table de la cuisine. Après avoir tourné autour, je finis par l'ouvrir... *L'Enfant et le Fennec*.

Et j'ai lu. Et j'ai pleuré des larmes qui auraient formé des roses des sables géantes dans le désert. Mais elles ont seulement glissé sur la toile cirée. J'ai tant pleuré que, le lundi matin, le maître l'a vu dans mes yeux. Il m'a passé la main dans les cheveux sans rien dire. Comment a-t-il pu deviner qu'il m'offrait le plus beau livre du monde ? Le plus beau livre du monde, pour toujours. Un maître, c'est plus fort qu'un docteur. Plus fort que tout.

– Vous remontez votre manche gauche jusqu'à l'épaule !

J'ai horreur d'avoir les bras nus. Ça fait Jojo les Biscoteaux, et moi, mes bras sont plutôt maigrelets et pas poilus du tout. Plus tard, je me ferai tatouer un palmier sur le cœur, à la fête foraine de la place de la mairie. J'ai réussi à me mettre au bout de la file en faisant semblant de ne pas entendre mon nom. Pourtant, dès que le médecin, l'infirmière et son aide sont entrés, j'ai su qu'ils allaient encore me charcuter. « Sujet à risque », c'est ce qu'il y a écrit sur ma fiche. Je l'ai lu un jour de visite médicale, en me penchant par-dessus la table, pour voir dans la blouse de l'aide-infirmière qui a les joues roses.

– C'était surtout en 1951–1952, pendant que votre

père était au sanatorium du plateau d'Assy, qu'ils vous surveillaient. On aurait dit que votre père vous contaminait par la poste. Toi, tu étais trop petit, à l'époque, pour t'en rappeler aujourd'hui.

On n'est jamais trop petit pour les souvenirs.

Du sanatorium, la m'am reçoit des lettres du père avec sa belle écriture qui danse sur la page. Il y a une feuille à part pour nous. Les autres, la m'am va les lire toute seule dans la cuisine. Elle range les lettres du père, dans un coffret en aluminium riveté à piétement Louis XV, que le père lui a fabriqué. C'est ce coffret dont je me souviens. Parfois, le p'pa ajoute dans l'enveloppe une photo de lui sur un balcon devant la montagne. Le « sana » ressemble à un chalet de sports d'hiver. Évelyne se moque du p'pa en le mimant sur des skis avec des moufles et un bonnet à pompon. « En cas d'avalanche, pas besoin de saint-bernard, avec sa couleur, on le retrouverait tout de suite dans la neige ! »

Grâce aux photographies, la famille suit la guérison du père : « Il se remplume un peu », « Il a des mines », « Il doit faire de l'œil aux infirmières »... Chacun a sa façon de dire que ça va mieux. Il n'y a que la m'am, seule dans sa cuisine, qui sait. Le soir, quand plus rien ne trempe dans l'évier, elle s'installe à la table devant la cuisinière et elle écrit au père. C'est la seule chose que la m'am ne fait pas à toute vitesse. « Les mots, c'est plus difficile à éplucher que les légumes... » Elle réfléchit et s'applique. Une écriture comme moi à l'école, les lignes pas bien droites, des mots un peu gros. Elle signe « Paulette » comme au crayon de couleur, au bas d'un poème.

Pendant un an et onze jours, la m'am n'a pas lâché le torchon. Elle a tenu la baraque toute seule, comme le géant Atlas porte la voûte du ciel sur ses épaules. Dans la maison, chacun a essayé de faire un peu moins de bêtises que d'habitude. Ça a économisé déjà beaucoup. Pour mettre le temps bien au carré, la m'am a rangé et rangé encore les lettres du père dans son coffret en aluminium. Il fallait maintenant appuyer un peu fort sur le couvercle pour le fermer.

Un jour il ne ferma plus et le père rentra.

On l'avait attendu sans trop savoir ce que c'était que cette maladie qui lui faisait maintenant porter l'épaule gauche un peu plus basse. Dans la valise en bois du grenier, j'ai trouvé le dossier médical du p'pa... *3 décembre 1951 : pneumothorax extrapériosté gauche et plombage : rugination des V-IV-III-II-I^e^ côtes. Mise en place de 35 billes de lucite...* La maladie du p'pa m'a fait noter beaucoup de mots sur mon cahier.

– Quand votre père rentrera, on ne parlera pas de sa maladie. Ni après.

La m'am n'a pas eu à répéter la consigne. Le père est arrivé comme s'il rentrait du travail sans son ploum. Juste un baiser à mi-lèvres à la m'am sur le haut du perron.

Il n'y a pas eu de fête pour le retour du père. Normal, il n'était jamais parti. C'est pratique, la conjugaison, on peut raboter le temps comme un os. *Rugination...* Ce mot m'avait fait penser à un énorme tigre mangeur d'hommes, en train de ronger les côtes de mon père pour se venger.

Mais pour tout le monde aujourd'hui, si le p'pa a une épaule plus basse que l'autre, c'est à force de porter son sac trop lourd pour aller au travail.

Le père s'assoit à table derrière son assiette et on reprend la soupe au gruyère, là où on l'avait laissée. La m'am sert au p'pa ses asperges vertes à la vinaigrette, son bol de fraises sucrées au vin et le clafoutis bien brûlé. Chaque chose a retrouvé sa place.

Devant moi, dans la file indienne, Bonbec mâche une tonne de chewing-gum. Ça semble le calmer. Il tend déjà à l'avance son jambonneau de bras. Avec lui on ne doit pas avoir l'impression de faire une cuti, mais de se couper une tranche. Je regarde mon bras malingre. Il va être sectionné d'un seul coup de plume... *De notre envoyé spécial à Stockholm : En finale de la coupe du monde, le footballeur manchot marque trois fois. Hat-trick !...* Je rêve de dégommer le docteur barbu, l'infirmière poilue et l'aide aux joues roses d'un seul tir canon pendant qu'ils font le mur devant le bureau. « Faire le mur », « faire la belle », « jouer la fille de l'air »... Ça ne suffit pas de connaître les expressions pour s'évader.

Impossible de se sauver de la file. Mon tour approche. L'infirmière a de plus en plus de moustache. Il faut trouver une ruse de Mohican, surtout que l'aide aux joues roses déclenche les hostilités. Sur le plateau de l'étouffoir, elle arrose les plumes à cuti d'alcool et met le feu pour les stériliser. Une flambée jaillit soudain, qui manque de transformer les trois blouses blanches en bougies d'anniversaire. Ça sent le cochon roussi, comme un jour de piquenique au bord de la Marne.

La file avance. Maintenant, je suis assez près pour entendre le docteur barbu. « Ça ne te fera pas mal ! » Un bras blanc, deux traits de plume, deux filets de sang, un morceau de coton... « Ça ne te fera pas mal ! » Un bras blanc, deux traits de plume. On avance pas à pas. « Ça ne te fera pas mal ! » La phrase du docteur ressemble à celle du prêtre au grand rassemblement de la fête de Marie au Champ de Personne.

« Le corps du Christ. » Sur l'immense estrade, un homme ratatiné en violet est assis sur un grand trône en or... « Le corps du Christ. » Autour de lui, des curés en habits du dimanche sur des chaises hautes en velours rouge. « Le corps du Christ. » Il y a d'énormes cierges allumés dans la nuit, plantés sur des bougeoirs en fer forgé. Le Champ de Personne tout entier est recouvert d'une foule qui chante et gronde.

Je suis au pied de l'estrade en aube blanche. J'ai la capuche sur la tête et un crucifix rosâtre en plâtre autour du cou. Je tiens un long cierge qui me dégouline sur les doigts et j'avance... « Le corps du Christ. » Qu'est-ce que je fais là ? J'ai déjà été viré du caté.

« Pour la fête de Marie, on a besoin de tous les agneaux de Dieu ! » C'est ce qu'avait dit le curé. Moi, je veux bien être agneau de Dieu. Surtout qu'on a eu un casse-croûte pendant les répétitions, et aussi des bons pour la kermesse du dimanche. « Le corps du Christ. » On doit rendre l'aube, mais on peut garder le crucifix rosâtre et le restant du cierge. « Le corps du Christ. » Les gens tirent la langue sur quatre files. La communion, c'est un peu comme une visite médicale dont on est certain de sortir guéri.

La semaine suivante, au Champ de Personne, il y a eu une course de stock-cars. Mais je n'ai pas réussi à avoir de place gratuite, même en échange de mon crucifix.

Plus que trois ou quatre bras blancs et c'est mon tour. Notre groupe de rescapés ressemble à une escadrille d'éclopés qui amorce un virage sur l'aile, pour prendre la tangente. Mais le terrible barbu ne nous lâche pas de son viseur et nous descend un à un, comme dans *Le Grand Cirque* de Pierre Clostermann. Encore un livre que j'ai fait disparaître de l'inventaire, juste le temps de découper les photographies à l'intérieur.

Chaque année, les parents reçoivent une lettre de Manchester, d'un pilote de la RAF qu'ils ont recueilli pendant la guerre. Stewart. Onze jours dans une fosse à purin que le père avait aménagée en cache. En souvenir, Stewart envoie des lettres parfumées. Chaque année un parfum différent : 1956 : lilas, 1957 : chèvrefeuille... La m'am les reconnaît au timbre et, tout de suite, elle sent l'enveloppe pour deviner le parfum.

– Jasmin ! Sacré Stewart !

Comment peut-on être steward à bord d'un Spitfire ? Je l'imagine en pleine bataille d'Angleterre, servant des rafraîchissements à l'équipage, tandis que la DCA allemande pilonne. Dans *Le Grand Cirque*, j'ai vu une photo du cockpit du Spitfire. Il n'y a même pas la place pour caser une bouteille d'eau de Seltz.

Cette année, la lettre de Stewart est arrivée, mais elle ne sent rien. Le visage de la mère s'est fermé. Le malheur porte ce genre de parfum. Stewart explique qu'il a perdu un jeune frère dans l'avion qui ramenait de Bucarest l'équipe de football de Manchester. L'appareil s'est écrasé en Suisse. Il y voit une « revanche du sort » qui le punit d'avoir descendu tant de zincs.

– M'am, pourquoi il y a autant de sportifs qui se tuent en avion ? Dieu n'aime pas le sport ?

– Ne parle pas comme ça. C'est la marque du destin. C'est tout.

– Et ça, m'am, c'est la mienne de marque ?

Je frotte ma cicatrice sur la cuisse droite.

– C'est un BCG par scarification, madame. Une technique toute nouvelle, quasiment expérimentale.

Le jeune docteur explique à la m'am combien elle a eu de la chance que je sois choisi pour cette expérience. Huit traits de plume sur le devant de la cuisse. Ils dessinent une fenêtre de cellule à trois barreaux, avec un trait à l'extérieur qui semble s'être évadé.

– Vous auriez pu me prévenir, quand même ! Vous feriez ça à votre gosse, vous ?

Le jeune docteur n'a pas d'enfant. Sinon... « Bien sûr, madame ! »

– L'esthétique ? Vous savez, madame, c'est une question d'avis personnel. Ce n'est qu'un bébé, et lui s'en moque, de l'esthétique.

– Mais il va grandir !

J'y compte bien ; 1,80 mètre, au moins. J'ai déjà tracé le trait sur le mur de la chambre. Mais ce détail semble avoir échappé au jeune médecin. Il est songeur. On taille à vif dans la chair de bébé, et un jour ça devient une vilaine cicatrice. « C'est quoi, ça ? » Je ne peux même pas répondre comme mon père : une griffe de tigre ! Le tracé est trop carré. Il aurait fallu un tigre-géomètre. Alors, je réponds : BCG par scarification ! Le mot entre bien dans la peau. « Ça a dû te faire mal ! » Je prends une mine de martyr, je laisse filer un petit soupir et je suis immédiatement classé dans ceux qui ont souffert et à qui on peut prêter son vélo rouge...

J'aime ma marque. Personne n'en a une pareille. Pas comme ces deux ronds de variole à l'épaule gauche, qui donnent l'impression que tout le monde appartient au même troupeau. Ma marque et moi, on se tient compagnie pendant les cours, on discute. Avec ma plume, une pointe de canif ou un clou, je la transforme en maison avec un cerisier, en moule à gaufre, en vitrail d'église ou en grille de mots croisés. Je peux aussi bouger la peau pour réveiller l'épervier prisonnier dans sa cage. C'est beau, un oiseau qui s'envole de sa cuisse.

– Alors, il va devoir garder ça toute sa vie, mon fils !

– Vous savez, avec sa couleur, ce n'est pas gênant, on pourra penser à des marques tribales.

Marques tribales ! La m'am n'a fait « ni une ni deux », elle lui a « mis sa godasse » en pleine tête en le frappant façon tapette à mouches. Le jeune docteur, à moitié assommé, a le front marqué au fer à talon. Un joli croissant de lune clouté. En société, il pourra toujours raconter comment, jeune enfant rêveur, il s'est cogné la tête contre une tribu d'étoiles.

La m'am avait déjà marqué quelqu'un d'autre de cette manière. C'était à l'usine où elle travaillait, au début de la guerre : le contremaître.

– Une veuve avec huit enfants. Il s'est dit : la belle aubaine. Monsieur se croyait encore au temps du droit de cuissage.

Pour moi, le droit de cuissage, c'est le privilège du père d'avoir une cuisse du poulet, le dimanche midi.

– Il a voulu me coincer dans les cabinets. A genoux avec une brosse à chiendent, qu'il me les faisait gratter ! Quand je l'ai entendu fermer le loquet, j'ai fait ni une ni deux : je lui ai balancé direct la brosse en plein dans les dents et je lui ai « mis ma godasse » pour le finir. Il a voulu me faire jeter à la porte. Toutes les filles se sont mises avec moi. C'est lui qui a dû partir de l'usine la queue entre les jambes.

Je ne comprends pas. Et le père, qu'est-ce qu'il fait pendant ce temps-là ? Il ne peut pas arriver dans l'atelier : Pif ! Paf ! Swing ! Uppercut ! Le contremaître allongé dans la tinette pour le compte.

– Tu sais, à cette époque-là, ton père et moi, c'était un peu... secret.

La rencontre du p'pa et de la m'am reste un mystère. La mère entretient un grand flou sur les dates. Je sais seulement qu'ils se sont mariés le « jour des vingt et un ans » du père.

– Sa famille n'y tenait pas, à ce mariage.

« N'y tenait pas » me paraît un euphémisme. Un peu comme quand le maître dit que je suis « en délicatesse avec l'orthographe » et annonce 26 fautes 3/4. C'est gentil de sa part, mais ça vaut tout de même zéro et quatre heures de retenue.

– Faut comprendre les parents de ton père. J'étais veuve avec huit gosses, Évelyne venait de naître sans avoir connu son père. Roger avait vingt ans et une bonne place. Ça manquait pas, les filles qui auraient bien aimé qu'il les rentre du bal.

Dans la vie, ce n'est pas avec qui tu vas au bal qui est important, c'est avec qui tu rentres. C'est ce que dit Mme Piponiot à mes deux petites sœurs quand elles caressent son mouton.

– Peut-être aussi que ta grand-mère avait peur pour moi. Ça n'avait pas été facile pour elle. Tu sais, à l'époque, une femme blanche avec un homme noir...

Je revois « *Cette photo qui a déjà fait couler beaucoup d'encre* » dans un *Ciné-Revue* de l'année dernière. « *Elle montre en tête à tête amoureux le Noir Harry Belafonte et la Blanche Joan Fontaine. Elle montre aussi leurs mains enlacées et la " béatitude " inscrite sur le visage de Joan ne permet pas le moindre doute.* »

C'est étrange de rencontrer dans un magazine un mot qui parle de sa mère avec des guillemets.

– M'am, comment tu l'as rencontré, la première fois, le p'pa ?

– Il jouait aux billes.

Je me demande si le père aussi a failli perdre son short devant ma mère, comme moi à l'école des filles.

– C'était un gosse. On a sept ans d'écart avec ton père. Quand je me suis mariée, il avait neuf ans ! Il jouait encore aux billes sur la place de l'église. Je promenais déjà ton frère Jacky dans sa poussette ! Une bille est venue sous la roue. Je l'ai ramassée. Je la lui ai donnée. Il m'a regardée. Il dit que, depuis ce jour-là, il était sûr de se marier avec moi.

Neuf ans ! Mon père est tombé amoureux à neuf ans ! Je me demande s'il existe un record du monde du coup de foudre ? Dans ce cas, il me reste juste une semaine pour l'égaler.

– Je crois que ton père exagère. C'est un peu comme si, toi, tu disais aujourd'hui que tu épouseras plus tard Mme Chaval.

Mme Chaval ! La belle dame blonde bouclée comme Mme Tallien (1773-1835) qui vient d'emménager dans la maison près de l'épicerie. Un jour, j'ai perché mon ballon chez elle, pour voir. Elle me l'a rendu gentiment. Mais je n'ai pas osé la regarder dans les yeux, de peur de recevoir une décharge de courant. Le coup de foudre, c'est comme la chaise électrique, sauf que t'es condamné après. C'est ce que dit mon frère Gérard. Pourtant, il faudra bien que j'essaie le coup des billes, si je veux me marier avec Mme Chaval un jour.

– Tu sais, même pour notre mariage, on a rien dit.

La m'am me raconte comment ils ont publié leurs bans dans un village de la région.

– Un matin, à l'usine, je sentais bien que les copines tournicotaient. C'est la Claudette qui s'est décidée. Une grande rouquine qui se prenait pour Sylvana Mangano et qui avait des vues sur ton père. Elle s'approche comme ça, en roulant son popotin.

La m'am est capable d'imiter n'importe quoi avec son torchon.

– Tu sais, Paulette, ce qu'on a vu à la mairie ? Moi, je savais, mais je fais l'innocente.
– Il paraîtrait que tu vas marier le Roger en douce.
– T'as raison. On compte bien que ça ne nous fasse pas mal !

La mère rigole. Pas moi. Il ne reste plus que Bonbec devant moi. « Ça ne te fera pas mal ! » Le docteur barbu paraît de moins en moins convaincu. Il fatigue. L'infirmière poilue s'endort et l'aide aux joues roses rajuste toujours quelque chose sous sa blouse. J'ai la chair de poule sur mon bras nu. J'espère que ça se verra moins quand j'irai à l'armée.

– T'en verras, des types qu'ont les chocottes, même au conseil de révision !

Les grands frères racontent souvent le conseil. On est tout nus devant des gens habillés en militaire. On nous mesure, on nous fait passer à la radio, tousser, faire pipi, souffler, on nous pose des questions sur le morse, et on est « bon pour le service ». On a une cocarde tricolore, on prend sa première cuite et on est un homme ! Ça paraît facile, de devenir un homme. Mais pourquoi est-ce qu'il faut toujours se déshabiller ?

– J'ai dit : remontez bien votre manche !

Ça va être le tour de Bonbec. Ceux qui viennent de passer à la cuti montrent fièrement leurs deux galons sur le bras. Caporal-chef ! Tu parles d'un grade ! Dommage, cette fois, personne ne s'est évanoui. Les trois sont bien organisés. Un qui saigne, l'autre qui ranime et la troisième qui cajole. Impossible d'y échapper. C'est le moment de montrer qu'on peut être un homme sans rien enlever.

Dans la vie, c'est comme pour le bal, faut s'habiller beaucoup pour déshabiller un peu. C'est ce que dit Mme Piponiot en mettant ses peaux de lapin à sécher. Chez nous, le bal du samedi soir commence devant la table à repasser. Dès la fin du repas, je me cale dans le recoin du buffet de la grande pièce pour ne rien manquer. La maison est envahie. Ça déborde sur l'escalier et même la cour. Le père va se réfugier sous le cerisier pour fumer tranquille. Plusieurs ateliers tournent en même temps. Ongles de mains-filles : rebord de la fenêtre du garage. Ongles de pieds-garçons, en haut du perron. Coiffure filles et garçons : couloir d'entrée. « Rends-moi la brosse ! » Essayage dans chambre de la m'am, cirage-lustrage sur la table de la cuisine. « Mets un journal en dessous. » La mère tient le poste à tout faire dans le coin de l'évier.

La table à repasser, c'est le point d'eau, là où tout le monde passe. Les grands frères et les grandes sœurs en petite tenue dansent autour un ballet millimétré en écoutant Paris-Inter ou Radio-Luxembourg et en chantant... *Je l'ai rencontré simplement !...* Une pattemouille bien essorée à la main, chacun attend le fer qui chauffe sur la cuisinière. « C'est mon tour ! » Là, il faut saisir l'engin avec un chiffon et se ruer sur la table pour un pli de pantalon, un revers, un ourlet... « Ah ! non, tu ne mets pas ta jupe plissée ! On est encore là demain, sinon ! »

Calé dans le recoin du buffet, assis en tailleur sur une chaise, je respire les odeurs du bal. Le cuir des sacs à main, la naphtaline, le cirage, la brillantine, le parfum des sœurs dans le cou. « Avec ça, si je fais tapisserie !... » Je guette le petit piqué vif du doigt mouillé sur la semelle brûlante du fer. Je reste hypnotisé par les vapeurs de la pattemouille fumante. Ce linge blanc me semble pouvoir rendre la vie à n'importe quoi. Pourtant il me fait toujours penser au drap des morts. « Comment tu la trouves, ta sœur, dans sa nouvelle robe ? C'est du “ flou-look ”. »

Je revois la feuille du patron dépliée sur la toile cirée de la table. Des lignes dans tous les sens, des croix, des flèches, des numéros. *Milieu, devant, pli tissu, droit-fil...* Comment font les filles pour s'y retrouver ? « Pour relever le patron, plier le papier transparent sur cette ligne. » Elles coupent, elles bâtissent, elles cousent. Et, quand tout est fini, on ne voit que leur sourire. Les filles, ça peut s'habiller d'une simple feuille de papier.

Les préparatifs du bal, c'est aussi le seul moment où elles ont le droit de se promener dans la maison en bas et combinaison, et les garçons en chaussettes, slip et chemise. Les frères donnent l'impression d'avoir perdu leur pantalon et les sœurs d'avoir gagné des dentelles. Tout l'art est de ne s'habiller qu'au dernier moment pour ne pas se froisser.

– Venez voir ce que le père a rapporté. C'est incroyable !

Je me souviens de ce soir où le p'pa a froissé un pantalon gris anthracite dans ses mains. Puis il a frotté à plat, et les plis ont disparu comme par miracle. Toute la famille a essayé pour voir s'il n'y avait pas un truc.

– C'est du Tergal ! Un copain navigant me l'a rapporté de New York.

– Tu te rends compte, bientôt on aura plus besoin de fer à repasser.

Pour l'instant, ils en ont besoin, du fer, et tous en même temps ! On s'énerve. On chante. On s'énerve.

– C'est pas un pli de pantalon, ça, c'est une gare de triage !

– Eh bien, mon vieux, tu le fais toi-même !

Les fiancés attendent dehors. C'est la règle. D'abord sur le trottoir, puis dans la cour, ensuite le perron, l'entrée, la grande pièce, et enfin la cuisine. Chez nous on se marie en se rapprochant de la cuisinière. Le ballet des préparatifs s'accélère. Les pans de chemise et les combinaisons volent, la brosse, le peigne et la glace virevoltent de main en main. Je vois de plus en plus de morceaux de corps s'échapper par des échancrures. Toutes les formes, toutes les teintes. « Mince ! il a filé ! » On stoppe les derniers accrocs.

– Regarde-moi cette bouille coquine ! Il en manque pas une miette.
– Laisse-le tranquille. Il apprend.
– Au moins, c'est en famille.
Elles comprennent bien, les grandes sœurs. Josette fait tourner sa jupe autour de sa taille, Évelyne remonte son jupon, Monique tire la fermeture Éclair dans son dos. Soudain tout s'emballe. Michel recentre son nœud de cravate, Gérard fait mousser une pochette, Jacky est déjà prêt, Roland époussette les pellicules sur ses épaules, Josette retrouve son deuxième gant. Dernier raccord de rouge. Vite ! vite !
Tout à coup, les frères et sœurs ont disparu de la maison comme un vol d'étourneaux dans une dictée. Sur le trottoir, ça rigole, ça s'interpelle, ça siffle. Pétarades de motos, de scooters, bruits de portières, sonnettes de vélos. Le bal commence. Presque. Roland revient sur ses pas tout penaud, comme s'il allait demander la mère en mariage.
– M'am, tu me remontres le paso doble... J'ai oublié !
La mère, l'ouvrage encore à la main, lui fait réviser un dernier pas sur le perron.
– Un-deux ! Un-deux-trois ! La tête droite, la main relâchée, le coude fléchi...

– Allez, donne ton bras, toi ! Donne !
Bonbec s'est endormi debout ! Comment peut-on s'endormir au moment de recevoir sa cuti ?
– Ton père aussi pouvait s'endormir n'importe où. Il paraît que, pour Napoléon, c'était pareil.
Parfois, le père s'endort dans de drôles d'endroits. Guy me l'a raconté. Un dimanche, les frères et le père reviennent d'un tournoi de sixte. Ils ont gagné. Ils ont arrosé. « C'est pour que les victoires poussent. » Le père s'arrête à un feu rouge. Et le feu dure et dure. Le père reste au volant, silencieux, un peu raide, le regard fixe, le trophée posé sur les genoux. Il essuie le pare-brise et actionne les essuie-glaces. Il ne pleut pas.

– Et alors ? Ton père était prudent. C'est moi qui lui demandais.

Le feu rouge ne passe toujours pas au vert. Le père reste droit et digne. Les frères ne mouftent pas.

– Normal, c'est sérieux, un feu rouge.

– Mais m'am, ce n'était pas un feu rouge. C'était l'enseigne d'un bureau de tabac !

Quand on lui raconte quelque chose de ce genre, la mère baisse la tête sur son camée et brique n'importe quoi à portée de main.

– D'accord. Je ne dis pas que ton père ne prenait pas un petit verre de temps en temps... Mais il n'a jamais été saoul ! Il faut comprendre...

Et la m'am me raconte tout ce qui fait que dans la vie, un jour, on peut confondre un feu rouge et un cigare de buraliste.

– Ma parole, il a bu, cet enfant ! Allons, un peu de nerf !

Le docteur barbu saisit Bonbec par le poignet et tire dessus comme un rebouteux. Crac ! Bonbec sort de son rêve, la bouche pâteuse de chewing-gum rose. Le barbu lui respire l'haleine à la fraise.

– Crachez-moi ça. Vous savez que la gomme à mâcher est interdite dans l'enceinte de l'école ! Ça donne des caries, de l'aérophagie et des ulcères !

Encore abruti, Bonbec fait ce qu'on lui dit de faire. Il crache sa gomme. Le barbu touche sa rosette avant l'heure. Le voilà décoré au revers. L'aide se précipite avec une houppette de coton. Le barbu, livide, l'écarte et taille en plein vol le bras potelé de Bonbec. Deux traits de plume rageurs qui suffisent à peine à le réveiller.

– Ce garçon a peut-être besoin d'une bonne piqûre de fortifiant.

Le docteur en salive dans sa barbe. Piqûre ! Le mot me traverse l'omoplate comme un pieu. C'est comme ça depuis le jour de la grosse vaccination. Gérard m'avait prévenu. « Pour pas avoir mal, tu fais tourner ton bras comme un moulin. A l'armée, pour le

TABDT, même des masses tombent comme des fillettes. Tu te rappelleras : Tourne ! Tourne ! » Mais le docteur barbu a dû laisser l'aiguille géante plantée dans mon omoplate. J'ai un parpaing glacé à la place de l'épaule. Ça ne veut pas tourner. Ce jour-là, les trois m'ont laissé tout nu sur le banc de l'infirmerie. Je grelotte. « Madame, il est tout blanc. » L'aide aux joues roses finit par me donner un sucre avec de l'alcool de menthe. Je n'ai même pas la force de regarder dans sa blouse. Je hurle. Le carré de sucre s'est collé à la paroi de mon cerveau comme un chewing-gum sous une table de la cantine. On l'oublie et on le retrouve alors qu'on n'y pensait plus. Maintenant, chaque fois que je croque un morceau de sucre, je sens le pieu glacé se planter dans mon omoplate.

Tourne ! Tourne ! C'est facile à dire. En plus, le jour de la piqûre, c'était la communion de la fille de Boboss, le copain expert-auto du p'pa : une crâneuse qui joue de l'accordéon au conservatoire du Raincy. Pour une fois que mon père vient me chercher à l'école en voiture, je pleure. J'ai honte. Je reste recroquevillé à l'arrière de la traction, comme un chou rance. La fille croit que je boude à cause de son nouvel accordéon. Cette saleté se met à jouer une valse rien que pour me faire vomir. Tourne ! Tourne ! C'est encore pire. Je ne croirai plus mon frère.

– Tu exagères, pour la fille de Boboss. Elle était gentille, et même très jolie... Comment c'était, son prénom, déjà ?

– Si elle avait été si jolie, on s'en souviendrait.

On lit mes nom, prénom et date de naissance. A partir de là, je ne veux plus rien savoir. Je ferme les yeux et je respire comme les baigneurs de mes petites sœurs quand elles jouent à la clinique. Comment savent-elles tout ça ? La m'am est toujours restée à la maison pour nous faire. Et c'était toujours l'après-midi.

– Dans la famille, quand on se couche l'après-midi, c'est pour mourir ou pour faire un petit.

Les accouchements, ça me rappelle une sacrée gifle.

– Monsieur Vatz ! Monsieur Vatz ! Venez vite, ma maman va avoir ma petite sœur !

– Tu crois que tout le monde connaît M. Vatz !

M. Vatz était le voisin de la m'am quand elle était veuve et seule avec ses sept enfants. Peut-être six. Je ne me souviens pas si Jacqueline est déjà morte. La m'am attend Évelyne. Elle sait que c'est une fille, à cause du pendule. Son alliance en or attachée à un de ses cheveux et qui a tourné au-dessus de son ventre. Pour les garçons, l'alliance se balance. Dans la vie, c'est pareil : les femmes tournent, les hommes se balancent.

M. Vatz est très gentil avec la m'am. Il a installé une cloche entre les deux maisons.

– Quand vous sentez que ça vient, vous tirez et j'arrive.

Justement, c'est venu. Et plus vite que prévu. Mon grand frère Jacky a douze ans. Il est tout seul avec la m'am. Il ne sait pas où est la cloche. Il court chez le voisin.

– Monsieur Vatz ! Monsieur Vatz ! Venez vite ! Ma maman va avoir ma petite sœur !

Vlan ! Ça fait ce bruit-là, une gifle. Une grosse gifle de paysan. Une gifle bien tannée qui vous cueille en pleine course. La tête de Jacky est repartie dans l'autre sens, la joue en tranche de pastèque. Il est allé valdinguer sur son derrière. S'en souvient bien, le Jacky. L'a racontée assez souvent.

– C'est pas bien de plaisanter avec ça, Jacky. Ça m'étonne de toi !

– Mais je vous jure, monsieur Vatz...

– Ne jure pas ! C'est impossible ! J'ai vu ta mère dans le jardin il y a moins d'un quart d'heure. Elle cueillait des fraises.

Jacky est retourné à la maison en se tenant la joue. Ce n'est peut-être pas possible, mais la m'am est bel et bien couchée dans son lit, en train de la faire, la petite sœur. Le bol de fraises est sur la table de nuit.

– Ça fait rien, mon grand. On va le faire tous les deux.

Et Jacky a aidé Évelyne à naître. J'ai dix ans, ça veut dire que, dans deux ans, ce sera mon tour d'aider la m'am. Il faudra que je la surveille quand elle ira cueillir des fraises.

– J'avais toujours des envies quand je vous attendais. Toi, c'était le pain d'épices. Des paquets entiers ! C'est peut-être pour ça que tu es de cette couleur.

Heureusement qu'elle n'a pas eu envie de figues. Sinon, aujourd'hui, je serais tout ratatiné, comme le bouledogue du grainetier.

– Ouvre tes yeux !

Le docteur barbu me secoue. Juste au moment où ma respiration prend le rythme de la clinique. Un peu comme un petit chien qui a soif.

– Écoutez-le, mesdames. Ma parole, on croirait qu'on va lui arracher le bras !

J'ai déjà entendu cette expression.

– Mes filles, il ne faut pas rêver, avoir un enfant, ça fait mal. Très mal. C'est comme arracher un bras !

C'est la mère Dombel, la faiseuse d'anges, qui raconte ça à mes grandes sœurs. La m'am, elle, fait ses enfants « comme une lettre à la poste » et en mangeant des fraises. J'ai bien regardé la boîte aux lettres de la poste centrale. Ça doit aplatir les idées.

– Des histoires, les filles ! Moi, je vous le dis. Avoir un gosse, c'est comme se faire arracher un bras !

La mère a sorti la sorcière de la maison à coups de balai. Il était moins une qu'elle lui « mette sa godasse ». La mère Dombel s'est retrouvée les quatre fers en l'air sur le trottoir. Depuis ce jour, les sœurs croient plus aux fraises qu'aux sorcières.

Ça y est ! Le docteur a saisi mon bras. Je dois ouvrir les yeux, mais je ne suis pas obligé de regarder. L'alcool, le coton mouillé, la peau à nu. Tchac ! Une fine douleur rouge. C'est fini ? C'est déjà fini ! Je n'ai senti qu'un coup de plume. Il va me rappeler.

C'est sûr ! Non, la poilue me pose un bout de coton. « Tenez-le bien ! » L'aide me sourit. Mince, j'ai oublié de regarder dans sa blouse. Je veux y retourner. J'ai droit à mon deuxième coup de plume !

– Nous reviendrons la semaine prochaine, pour lire le résultat. Surtout, ne frottez pas ! Ne grattez pas ! Sinon nous serions obligés de recommencer.

La menace reste en suspension au-dessus de la classe comme un orage dans une dictée. Dehors, le gris tombe par les « hautes fenêtres au regard incertain ». Ce n'était donc que ça, la cuti ! Je suis presque déçu. Pas de quoi en faire une rédaction. Les trois mages en blouse blanche sortent tout courbés. J'ai l'impression d'avoir gagné contre eux, cinq à zéro. La porte se referme. La classe pousse un énorme soupir de soulagement.

Le maître s'approche sur le devant de l'estrade.

– Après tant d'émotions, vous prendrez bien une petite récréation.

CHAPITRE VIII

La plaque d'égout

Le maître a annoncé la récréation comme on propose une petite liqueur pour faire glisser le repas. Ça tombe bien, après les émotions de la cuti, tout le monde a besoin d'un remontant. Bonbec le premier, qui a enfourné une sucette dans sa bouche et chante mollement sa chanson favorite. « *Oh ! mama. Oh ! mama. Que c'est bon une chupetta...* » Il ressemble plus à Hardy qu'à Maurice Chevalier. D'un coup de coude, il me rappelle qu'on doit aller au mur des filles pour voir son « sucre d'orge », comme il dit pour parler de sa poule.

Avant de descendre dans la cour, je mets la Ferrari, ma Talbot, la Légion d'honneur et des billes dans mes poches. Le reste où je peux. Il faudrait que mes grandes sœurs trouvent le patron d'un short à mille poches dans *Femmes d'aujourd'hui*. A cette récré, en plus de m'occuper de Bonbec, je dois réussir un échange en trois bandes, comme au billard. D'abord, ma Légion d'honneur contre la perforatrice en fer de Bugnot, ensuite la perforatrice contre l'étoile de shérif de Ganos : une vraie du Texas, avec, marqué dessus : Belby County Marshall. Je veux être le premier Mohican à avoir une étoile de shérif accrochée à ma ceinture. Mieux qu'un scalp. Et, enfin, l'étoile de shérif contre le pistolet à bouchon de Picard.

Pour réussir mon échange en trois bandes, « il va falloir mettre du bleu et la jouer fine ». C'est ce que dit Gérard quand il essaie de m'apprendre le billard, au tabac de la mairie. Mais j'ai les doigts trop petits et les pieds qui ne touchent pas par terre. Je ne fais que des fausses queues et je risque l'accroc dans le tapis à chaque coup.

– C'est à cause de ta maladie que tu rates !

– Quelle maladie, m'am ?

– Celle que tu as attrapée à l'œil.

La « cécité crépusculaire » ? Ma plus belle maladie ! Rien à voir avec de vulgaires « oreillons », « bronchite », « otite », ou « gastro-entérite ». Cette maladie-là a un joli nom. C'est important. Mon père, lui, a eu une « pleurésie » l'année de ma naissance. Pas mal non plus. On a l'impression que quelque chose de doux pleure à l'intérieur de ses poumons. « Pleurésie », ça aurait pu être un prénom pour une de mes petites sœurs qui chouine tout le temps.

– Ta maladie des yeux, c'était la suite d'une coqueluche. T'avais trois ans. On a bien cru que tu resterais aveugle comme Lulu Bodin.

Lulu a fait toute la campagne de Leclerc. Koufra-Strasbourg, sans une égratignure. Un jour il astique une grenade-souvenir. Elle explose. Il est défiguré, aveugle et amputé de plusieurs doigts.

– Il avait les plus beaux yeux bleus que j'aie jamais vus.

– Tu sais, Paulette, j'ai pas à me plaindre. Maintenant, je peux peloter les femmes, pour les reconnaître. Elles disent rien.

De ma cécité, j'ai le souvenir d'un monde violine vu à travers une étroite fente horizontale. L'impression de guetter quelque chose qui ne vient pas, derrière des meurtrières. J'aurais pu dire « mâchicoulis », mais c'est un mot qui ne fait pas sérieux. Et ma cécité crépusculaire, c'est sérieux. Je ne recommence à distinguer des formes qu'à la tombée de la nuit.

– Les médecins ne savaient pas quoi faire.

La mère me promène dans toutes les églises, fait brûler des cierges, dit des prières, et on visite les thermes de La Bourboule, Lisieux, le Mont-Saint-Michel et Lourdes.

– Il te fallait trois paires de lunettes de soleil par jour. Tu les jetais tout le temps.

Un matin, je distingue par terre mes lunettes en plastique blanc et je les ramasse. Alléluia ! Je vois ! La m'am m'embarque illico refaire une tournée de cierges et de prières. De ma cécité crépusculaire, il ne me reste qu'un mot, aussi beau pour rêver en mauve que Paramaribo et Bora Bora. Plus une tache opaque sur l'œil droit qui m'handicape pour tirer avec mon arc.

– Si tu savais faire les coups d'œil, comme ta mère.

La m'am sait cligner des deux yeux. Le gauche, le droit, le droit, le gauche. Avec un petit bruit de langue pour imiter le trot du cheval. Quand la m'am fait ça, elle ressemble à un joli chalet suisse miniature tout vernis.

Le p'pa en a rapporté un du sanatorium, avec des petits fiancés en costume qui sortent chacun leur tour. A force de les guetter, Antoinette notre chatte avait fini par décalotter les amoureux d'un coup de patte. Y aura pas de noces.

Je trouve ça coquin, les clins d'œil de la m'am. C'est pratique pour aimer deux filles en même temps. Mais je n'y arrive pas. Pourtant j'essaie, avec un bandeau sur l'œil, en laissant croire que je veux devenir pirate plus tard. Je me cogne dans les portes. La m'am rigole et m'appelle le capitaine Fracasse.

A cause de cette tache sur l'œil, j'ai failli renoncer à devenir Mohican, pour être cow-boy. Mais le problème, c'est qu'il faut être blanc. Les westerns ne montrent jamais de cow-boys noirs dans les films. Pourtant, dans le Dakota, il y en avait un sur trois parmi les pionniers, m'a dit mon père. Ils devaient sûrement être tués avant le générique.

Être visage pâle, c'est plus facile que Mohican. Il suffit de tirer à la Winchester sans viser, et les Peaux-Rouges tombent à chaque coup. Je me demande si le carillon de maman et la carabine de Buffalo Bill sont fabriqués au même endroit.

– Ce n'est pas un Winchester, mon carillon, c'est un Westminster.

Tant pis, je préfère continuer à croire que, quand sonne minuit, c'est Kit Carson qu'on fusille en mesure pour avoir enfermé les Indiens navajos dans une réserve. Quand je me réveille la nuit, je pense à Hopalong Cassidy. Il est encore vivant, mais il est déjà dessiné dans des illustrés. Ce sera pareil pour Chaudrake.

Je m'entraîne à l'encre de Chine à la plume. Mais mes personnages ne donnent pas l'impression de bouger comme dans *Buck Jones* ou *Les Pieds nickelés*. Alors je ferme les yeux. Là, c'est bien dessiné et ça bouge.

– Où vous allez, tous les deux ?

Pour Bonbec et moi, le mur des filles, c'est raté. Mme Charvy, la maîtresse du CM2, vient de nous intercepter en début d'escalade. Mais elle n'a pas le temps de nous envoyer au piquet. Un cours préparatoire s'étale à ses pieds en hurlant, la bouche en sang. Le petit nous a sauvé la récréation mais pas le mur des filles.

– Dommage, je voulais montrer ma cuti à mon sucre d'orge.

– Tu lui montreras ce soir, Bonbec. Sous la passerelle, ce sera plus intime.

Bonbec acquiesce. Il a une odeur d'armoire à pharmacie, depuis que l'aide aux joues roses l'a complètement désinfecté.

– Mon vieux, l'infirmière a une de ces paires de lolos ! Moi, j'aime pas, on dirait la noiraude du père Gustin.

« Quelle comparaison ! » C'est ce que le maître doit écrire dans ses rédactions à côté de phrases pareilles.

– Les vaches, ça a toujours les mamelles dégouttantes. Tu crois que c'est pareil pour les femmes qui en ont des gros ?

Ça aussi, ça doit être rayé en rouge sur ses devoirs, avec des tas de points d'exclamation.

– Je connais pas de vaches, Bonbec.

Moi, je ne connais que des chevaux, un mouton,

des lapins, des poules, des canards, des rats, des souris, des chats, des chiens, des têtards, mais pas de vaches. Sauf quand on est allés en vacances chez le grand-père qui est mort en se rasant. Je ne me souviens pas de lui. Seulement de la cour de la ferme, du tas de fumier et du ciel bleu. Il se rase avec un blaireau et un coupe-chou, devant la fenêtre. C'est sûrement plus facile de mourir quand on a du savon à barbe sur les joues.

– M'am, pourquoi on a pas un papy et une mamy, nous ?

J'ai longtemps cru que les grands-parents, c'était un truc réservé aux riches, et que nous on n'avait pas les moyens.

– Vous en avez, mais ils sont morts vite.

La m'am reprise une chaussette du père sur un œuf en bois. Elle s'immobilise un instant, l'aiguille en l'air.

– C'est vrai qu'on ne fait pas de vieux os dans la famille.

A quoi ça ressemble, de vieux os ? C'est gris et ridé. La mère ne m'a jamais expliqué ce qu'est cette maladie des os qui nous fait mourir si jeune dans la famille. Est-ce qu'ils se cassent tout à coup ? Un jour, je serai en train de courir au Champ de Personne et...

– Crac ! Elle est tombée comme une pierre. Le col du fémur ! Ça fait un de ces bruits !

Le facteur me raconte.

– Je lui apportais son mandat. Elle me sert un coup de rouge, et... crac !

Je passais dans la rue pour vendre mes carnets de timbres. Le facteur m'a appelé par la fenêtre pour l'aider.

– Amène-toi, le gosse !

La petite grand-mère aux cheveux violets qui habite près du coiffeur est allongée sur le carrelage rouge et blanc de sa cuisine. Sa jambe droite fait un drôle d'angle, comme une poupée dont l'élastique a claqué.

Qu'est-ce que cela peut être, ce col du fémur qui jette par terre une vieille dame si gentille ? J'imagine ça comme l'Izoard, le Tourmalet ou l'Aubisque. J'entends les reportages du Tour de France à la radio. La voix du speaker... *Le Français Robic a franchi en tête le sommet de Peyresourde, avec quatre minutes d'avance sur le Suisse Koblet, et descend à tombeau ouvert sur Luchon, terme de cette vingt-troisième étape...*

Si j'en crois les menus que la m'am me raconte, « A tombeau ouvert », ça aurait pu être le nom du bistrot où elle a travaillé.

– Au début de la guerre on servait du lapin aux rutabagas et c'était plutôt du chat. Y avait qu'aux côtes que tu pouvais t'y reconnaître.

– M'am, vous mangiez du chat !

– A la fin de la guerre, t'avais plus à te poser de question de savoir si c'était du chat ou du lapin : restait plus que des rutabagas.

– C'est encore moins bon que les topinambours ?

– Rutabagas et topinambours, c'est la même chose. Tu changes juste de nom quand tu sens que tu en as marre. Ça évite de se lasser dans l'assiette. C'était pareil pour les Allemands. Quand tu commençais à plus t'entendre dire « les Boches », tu disais « les frisés », « les fridolins » ou « les chleuhs », ça évitait de s'habituer à l'occupation.

J'avais jamais imaginé que le vocabulaire aidait à faire de la résistance.

Dans la cour de récréation, les copains viennent me chercher pour jouer aux gendarmes et aux voleurs. Impossible, je dois réussir mon échange en trois bandes. Bugnot est toujours d'accord pour la perforatrice en fer. J'ai bien regardé ses yeux, au moment où il a fait mine d'accrocher la Légion d'honneur à sa blouse. J'aurais pu avoir deux coureurs cyclistes en plus. Tant pis ! Quand c'est topé, c'est topé ! La perforatrice est bien lourde. Ça vaut. Je laisse Bonbec l'essayer. Il fait des confettis avec le menu de la cantine qu'on a récupéré sur la porte du préau.

– Tu crois que je pourrais en mettre dans ses cheveux ? Ça ferait joli, non ?

Bonbec me montre la poignée de confettis qu'il a fabriqués.

– T'imagines ses parents, quand elle va rentrer chez elle ?

Quand les frères et sœurs reviennent du bal, ils ne rapportent pas que des bouts de cotillon sur eux.

– Celle-la, je l'ai pas vu venir.

Gérard se tient l'œil droit. Il a appliqué un gros mouchoir mouillé dessus.

– C'est bien fait pour toi ! T'as vu comment tu serrais la pépé du type ?

– Pour serrer, faut être deux, sœurette.

Josette gronde Gérard gentiment. Elle inspecte son coquard violacé avec des gestes à vous donner envie de vous bagarrer.

– Heureusement qu'il y avait de la glace au bar. Sinon, lundi, j'étais obligé d'aller au boulot avec des lunettes de soleil.

– Pour ramoner les cheminées, tu serais au poil !

Évelyne se moque de Gérard parce que, « en attendant », il fait le ramoneur. En attendant quoi ? Personne ne sait. Mais on attend. Lui veut qu'on dise « fumiste » et pas « ramoneur ». Je ne sais pas pourquoi il préfère ce mot. Moi, quand le maître me traite de fumiste, je vois bien que ce n'est pas mieux que ramoneur. Un jour, Gérard a rapporté deux chapeaux, un costume et des cravates à pois de chez Gilbert Bécaud, où il s'est occupé des cheminées.

– Il me les a donnés et on a même bu un scotch.

C'est vrai que Gérard a un peu un faux air de Bécaud. Il chante *Mes mains* pour tripoter les copines de mes sœurs. *Mes mains dessinent dans le soir la forme d'un espoir qui ressemble à ton corps...* Elles se sauvent en courant, surtout quand il a passé le costume noir, le chapeau mou et les chaussures bipartites. On dirait un maquereau ! La famille s'attend à voir débarquer la Jeep des gendarmes de

Gagny, avec Gilbert Bécaud à l'arrière qui signe des autographes comme à la kermesse aux étoiles.

Mes grandes sœurs et leurs copines y vont chaque année. Elles reviennent avec des cahiers pleins de signatures... Oh ! Jean Marais. Oh ! Gérard Philipe. Oh ! Reggiani. Oh ! Yves Montand... Moi, j'essaie de leur faire parler des voitures des vedettes : la Rolls d'Aznavour, la Jaguar de Raf Vallone, ou la Cadillac d'Eddie Constantine. Mais elles n'y connaissent rien. Elles savent seulement dire : « Tu verrais les bagnoles ! »

La Ferrari Dinky-Toys que j'ai gagnée à Vinteuil est vraiment belle quand on la regarde de près. Fine, le pot d'échappement et les ouïes du capot bien dessinés. Les roues tournent mal. Mais, avec l'huile d'avion que le père m'a rapportée, elle chassera à la touchette presque aussi bien que ma Talbot sport. J'ai envie de l'essayer le long du préau, mais Vinteuil rôde avec ses deux copains. Je ne peux pas compter sur Bonbec pour me couvrir. Il est entièrement occupé à faire des confettis en chiffon avec un pan de sa chemise, pour offrir à sa poule. « Ce sera plus doux. » Vinteuil revient à la charge.

– Tu veux pas que je te la rachète, ma Ferrari, mais tu l'emporteras pas au paradis, mon vieux !

Je ne suis pas plus menacé par le paradis que par le prix d'excellence. Vinteuil, lui, menace d'exploser. Il est rouge comme son ancienne voiture. Mais il n'est pas du genre à se bagarrer dans la cour. Trop peur de se faire punir. Avec ses copains, ils attendront la sortie. Mon petit Blanco, je crois que, ce soir, il va falloir que tu galopes très vite...

La tête de courgette de Vinteuil me donne envie de garder la Ferrari rouge, mais j'ai trop besoin de l'échanger contre ce pistolet à bouchon. J'ai un compte à régler ce soir.

– Crois-en ta mère, ça sert à rien de se venger. C'est même comme ça que ça ne s'arrête jamais.

La m'am reste toujours silencieuse, les soirs où les

hommes « remplissent une voiture », comme ils disent, et partent pour « régler une affaire ».

– On va faire un billard. Nous attendez pas !

A leur retour dans la nuit, on entend juste les portières claquer et le moteur de la traction rugir pour entrer au millimètre dans le garage. Les phares éclairent quelques secondes le plafond de la chambre. Le père et les frères rentrent à la maison en silence, les mains dans les poches. Dans l'obscurité, derrière le rideau de la fenêtre de la cuisine, la mère vérifie au passage. Elle a son compte. Les garçons viennent l'embrasser et la m'am va se coucher en emportant sa bouteille d'eau de Vichy. Les enfants, ça barbouille le foie.

J'espère que les hommes sont allés s'occuper de tous ceux qui embêtent la famille. J'ai fait une liste sur mon cahier. Dans l'ordre : notre propriétaire qui veut toujours nous expulser, le chef d'Air France qui empêche mon père de monter chef d'équipe, le médecin de l'usine qui n'accepte pas de le mettre en longue maladie, le facteur qui a donné un coup de pédale dans l'œil de Capi, le chien jaune qui m'aboie dessus chaque matin, le type qui a fait un coquard à Gérard...

– Arrête ! tu vas nous faire passer pour une famille de gangsters. Les histoires d'hommes, c'est des histoires d'hommes ! Faut pas s'en mêler. Tu sais, souvent, ils font des gros mystères. Ils disent qu'ils vont « jouer au billard » et, en fait, ils jouent vraiment au billard.

Quand il me monte des grosses bouffées d'envie de tuer toute ma liste, la m'am sait me donner de jolis petits coups d'œil qui pétillent et apaisent.

– Ça doit être l'eau de Vichy !

Elle n'aime pas non plus qu'on parle trop d'elle.

– Justement. Occupe-toi plutôt de ton copain. Il te fait des signes.

Picard prend des airs de conspirateur. On le croirait enveloppé dans une pèlerine noire. Bonbec nous cache en faisant des ballons roses avec son chewing-gum. J'ai raté l'échange avec l'étoile de shérif. Trop chère. Picard me montre le pistolet à bouchon. « C'est un Gep ! » Je le soupèse : il est léger. J'examine la gâchette, le ressort qui grince, le téton percuteur, la peinture écaillée sur la crosse. Ça ira. Je lui montre la perforatrice en fer. Il fait une moue de chiffonnier.

– Si t'as pas l'étoile, je préfère une bagnole. Les confettis, c'est un truc de gonzesse.

Bonbec s'en claque le ballon de chewing-gum en pleine bouille. Picard retient mal son sourire de requin, ce qui lui écarte les dents encore plus. A voir son air, j'ai compris. Pas besoin de me faire un dessin, comme dirait le père. Picard est au courant pour la Ferrari.

– Comme ça, si ce crâneur de Vinteuil veut récupérer sa bagnole, il viendra me voir.

Picard fait rouler ses épaules sous sa blouse. Il me regarde avec ses yeux rapprochés et sa dent cassée de bagarreur d'un air de dire : « Tu vois, t'es un crouille, mais je te rends service. » Je n'ai pas envie qu'il me rende service, cette espèce de raciste, imbécile, méchant, voleur, copieur et qui grimpe plus vite que moi à la corde ! Pourtant, ça me rend drôlement service. C'est topé ! Il empoche la Ferrari sans même la regarder.

– Y a qu'un bouchon avec le pistolet ?

– Je t'en aurai d'autres demain.

C'est ce soir que je règle mon compte. Je ne peux pas remettre ça à demain. Tant pis, je n'aurai droit qu'à un seul coup.

– Comme quand ils ont tué Jaurès !

La m'am parle de cet assassinat comme s'il était à l'origine de tous les malheurs de l'époque. Il resurgit chaque fois que l'actualité chahute un peu dans *Le Parisien*, *France-Soir* ou à la télévision.

– Ils vont l'avoir, leur guerre ! Ils vont l'avoir !

Elle prédit en équeutant les haricots verts.

– M'am, tu étais petite en 1914. Comment tu peux te souvenir de Jaurès ?

– Deux ans au début, six ans à la fin. Ça change

tout. Je me rappelle bien des soldats américains. Il y avait un camp près de chez nous. Un jour, un grand Noir m'a tendu un morceau de chocolat à travers le grillage. Je l'ai pris. Si ma mère m'avait vue !

– C'est là que tu as rencontré ton premier monsieur noir ?

La m'am s'est immobilisée. Elle pose son torchon à carreaux et me regarde comme si elle ôtait ses lunettes. Elle n'en porte pas. Un léger pli marque le haut de son nez.

– Je n'y avais jamais pensé.

Comment était la m'am en petite fille ? Je n'arrive pas à l'imaginer en train de jouer à la marelle, à la poupée ou à la corde à sauter. Pourtant, la m'am nettoie la maison comme on dessine une marelle. Elle va d'une case à une autre, dans l'ordre, jusqu'à ce qu'elle soit passée partout. Puis elle recommence à pousser son palet. A la poupée, elle y joue tout le temps, et nous on l'aide en faisant semblant d'être de vrais enfants. Quant à la corde à sauter, avec la m'am, c'est comme pour la salade, c'est toujours « vinaigre » !

– Tu trouves que je radote avec Jaurès, mais c'est rien à côté de ton grand-père qui-est-mort-en-se-rasant. N'empêche qu'on n'avait pas le droit de manger de fraises... à cause de Jaurès. Et attention à la calotte ! Sauf le 31 juillet. Ce jour-là, ma mère faisait une tartelette aux fraises pour chacun. Et on devait la manger en silence sans la terminer.

– Je ne comprends pas le rapport entre Jaurès et les tartes aux fraises.

– Jaurès en mangeait une quand il a été assassiné. Il n'a pas eu le temps de la finir. Alors nous non plus !

La guerre de 14 n'aurait pas eu lieu si, ce jour-là, Jaurès avait commandé un clafoutis de la m'am. En le voyant, il aurait fait un bond en arrière, et la balle l'aurait manqué. La France aurait économisé sept millions de morts.

Un seul coup. Pan ! J'actionne la gâchette du pistolet à bouchon. Ça ira pour ce soir. Je crâne, mais ma main tremble un peu. C'est étrange cette façon qu'a le corps, à certains moments, de partir en morceaux. Chacun fait ce qu'il veut. Surtout le cœur. Je pense au « *Visible Man* » que j'ai vu au magasin de jouets du Raincy. La Boutique bleue. C'est là que Serge achète le plan et le bois pour ses maquettes d'avions anciens qui volent. Le « *Visible Man* » ressemble à un écorché en volume. On peut le démonter et le remonter pièce par pièce comme un Meccano. « Ne touchez pas, jeune homme ! » Le foie, les reins, les intestins... J'essaie de comprendre comment les médecins ont pu retirer un poumon au père et le remplacer par des balles de caoutchouc.

– Ça s'appelle un pneumothorax à billes !

– Je sais, m'am.

Elles doivent dégringoler dans tout le corps du p'pa comme dans un billard électrique. J'en ai vu un dans un bistrot près de la mairie. Ça cogne, ça vibre, ça fait du bruit et, tout à coup, ça claque comme un coup de pistolet à bouchon... Partie gratuite ! Ça doit faire ce bruit-là, quand le cœur lâche. Non, je crois plutôt que c'est comme quand le billard électrique s'éteint, parce qu'on l'a trop secoué. La bille descend toute seule, toute froide, dans l'obscurité. On peut plus rien pour elle. Il ne faut plus que je secoue mon père. Je ne veux pas qu'un jour il fasse « tilt » !

Le p'pa doit arrêter de balader un ploum si lourd, de réparer des voitures écrabouillées, et même de nous porter dans ses bras le soir. Je cours jusqu'à la Boutique bleue pour regarder le « *Visible Man* ». Je veux savoir jusqu'où peuvent tomber les billes.

– C'est pas de vraies billes. Ça ressemble plus à des balles de ping-pong transparentes. Ton père en avait gardé une, dans le tiroir de la table de nuit. Elle a disparu.

Je ne dis rien. Je l'ai prise pour faire une partie avec ma raquette de Jokari. Mon estomac se retourne. J'ai joué avec un morceau de poumon de mon père ! C'est pour ça que ça ne faisait pas le même bruit que les vraies balles de ping-pong.

Le ping-pong, c'est avant tout un bruit. Un bruit de riche qu'on entend dans le jardin des belles maisons, derrière les haies, sans jamais rien voir. Un jour, nous aussi on en aura une belle, grande et moderne. On l'aura gagnée dans le « Concours des maisons » du *Parisien libéré*. La mère découpe chaque jour la vignette et le plan du modèle du jour qu'elle range dans une enveloppe encore mieux cachée que l'argent des Allocations familiales. Dès qu'on a la maison, on achète en premier une table de ping-pong qui se plie et du gravier qui crisse pour l'allée du garage.

Mais, un soir, il y a eu un drame qui aurait pu faire la couverture de *Match*. La m'am vient de jeter la page de la vignette n° 54, avec les épluchures de pommes de terre.

– Cours vite au marchand de journaux de la gare du Raincy. C'est le seul qui a une chance d'être ouvert à cette heure-là !

Avant, on avait tout essayé pour sauver la vignette : fer à repasser, papier carbone, encre de Chine. Mais impossible. Alors, finis le modèle Chambord, le garage indépendant, la buanderie, et la cuisine Bendix ultra-rationnelle comme dans *Elle*. Avec téléphone, télévision, magnétophone pour dicter les courses et rétroviseur pour surveiller les enfants dans la pièce à côté ! Finis la salle à manger en vrai Formica motif bois précieux, la salle de bains avec bidet et eau chaude au robinet, le chauffage central au gaz. Fini tout ça.

– Y a qu'à demander aux voisins.

J'essaie d'éviter à Blanco une course jusqu'au Raincy.

– Tu crois qu'ils te donneraient leur maison, les voisins ?

– Pourquoi pas ? On leur échange contre la nôtre.

– Ne dis pas de bêtises. Prends ça, ce sera peut-être le dernier journal. Il voudra te le vendre cher. Te fais pas rouler. Et fais attention aux sous !

Un billet de dix mille francs géant ! J'en ai jamais eu un comme ça pour faire les courses. Je le serre bien dans ma main et, avec Blanco, je cours comme un dératé. Faudra que je regarde où c'est la rate, sur le « *Visible Man* ». Ça doit être gros, puisqu'on court plus vite quand on ne l'a plus.

Trop tard. Le marchand de journaux de la gare est fermé. Si je rentre à la maison sans la maison, la m'am va me mettre dehors. Il ne me restera plus qu'à me faire adopter par un commissaire de police comme dans *Quai des Orfèvres*. Il fait déjà nuit. J'ai fouillé toutes les poubelles de la gare et des quais comme un chiffonnier. J'ai trouvé *France-Soir*, *Miroir-Sprint*, *L'Intransigeant*, *L'Aurore*, *Le Hérisson*, et enfin... un *Parisien* du jour à peine froissé avec la vignette n° 54 intacte. Mon cœur est bien en haut et à gauche. Je le sens cogner. Il a tendance à dégringoler en morceaux dans toute ma carcasse, jusqu'aux orteils. C'est peut-être ça les cors aux pieds.

Sur le chemin du retour, dans la rue des Limites, j'ai croisé la longue caravane rouge et jaune du cirque Bouglione qui arrive en ville. Je respire au passage des camions l'odeur de la ménagerie. Je suis des yeux les croupes des chevaux pommelés. On dirait qu'elles ont été montées en neige par un fouet géant. Ça me chamboule en douce la petite pièce du devant de mon « *Visible Man* ». Je cours derrière les feux du dernier camion. Celui où il y a l'orchestre. Peut-être qu'ils peuvent m'emmener avec eux. Au cirque, les petits ne font pas de boxe comme chez les gitans. Je peux devenir « l'enfant le plus rapide du monde » ! Faire des courses contre des lapins et des kangourous. Ou alors être « l'enfant Mohican », abandonné en forêt, élevé par une renarde et qui tire des flèches à l'envers en regardant dans un miroir, d'un seul œil !

Je m'accroche en voltige à l'arrière de la plate-forme. Il y a des instruments de musique, un énorme tuba, une grosse caisse. « Descends de là ! » Un homme habillé comme un amiral me tape sur les doigts avec une baguette de tambour. Je lâche prise, et je valdingue la tête la première sur le macadam. Coup de cymbales ! Pas le temps de compter les moutons de Mme Piponiot. Je m'endors assommé.

Quand je me réveille en sursaut, la rue est déserte, le cirque est passé et il me pousse une corne de rhinocéros au front. « Entrez ! Entrez ! Mesdames et messieurs ! Venez voir l'Enfant-Licorne ! Fruit gâté des amours sauvages d'un buffle du Mékong et d'une gazelle infidèle de Tanzanie. Cent francs l'entrée ! » Je cherche partout. J'ai perdu mon billet de dix mille francs !

– Je t'assure, m'am, le type m'a vendu *Le Parisien* dix mille francs. Un amiral sur une jument blanche. Il m'a même dit que c'était pas cher pour avoir une si belle maison.

La m'am ne me croira pas. Elle dira que j'ai acheté un million de caramels à un centime, deux cent mille Carambars à cinq centimes, ou deux milliards de boîtes de coco à... Je n'arrive plus à faire les divisions. J'ai mal à la tête ! Je transpire. J'ai honte. Je n'ai plus qu'à prendre le bus et à aller me noyer à Nogent dans la Marne. Mais ce qui m'embête dans la noyade, c'est la fessée qui vient après. Ça, je m'en souviens.

Les fesses, ça a beaucoup de mémoire.

C'est un beau dimanche de mai. Je suis en train de recevoir du p'pa une magistrale fessée publique au battoir de lavandière. C'est vrai que j'ai failli me noyer. C'est vrai que, sans Maryse, je serais au fond de l'eau. Mais il ne doit plus rien rester de la peau de mes fesses. Qu'est-ce qu'il y a en dessous ? J'aurais dû mieux regarder sur le « *Visible Man* ». C'est vrai, j'ai voulu épater les petites sœurs en leur faisant croire que je savais nager. En vrai, je fais semblant et je pose les mains par terre. Mais, tout à coup, il n'y a plus de par terre. Juste un trou d'eau verdâtre et une longue descente. « Tu ne seras jamais champion du monde de football. » C'est tout ce à quoi je pense. Il fait sombre. Je vais mourir. Je revois les images du *Monde du silence* au cinéma du Raincy. Je touche le fond. C'est fini, je suis mort. Mais, soudain, je donne ce coup de talon des dieux que j'ai vu sur l'écran. Alors je me sens remonter vers la lumière.

A la surface, il y a une barque de pêche que Maryse a poussée jusqu'à moi. Merci pour la vie, petite sœur ! C'est un joli bateau tout en couleur avec écrit : République française. NJ 37600 B. A vendre... Dix mille francs...

Mon billet ! C'est mon billet de dix mille francs qui flotte dans le caniveau. Un transatlantique ! Le *Normandie* avec la tête d'un homme célèbre dessus. Je sèche mon billet, je lisse mon journal et je tapote ma bosse de la chance. Je peux enfin faire mon entrée à la maison en héros. Le père est déjà là. Je suis « troize » pour le baiser. Les petites sœurs rigolent de ma bosse. Ce soir, le p'pa a exceptionnellement rapporté *Le Parisien*, à cause d'un article sur le match de foot de Serge. Ma mère a déjà découpé et rangé dans l'enveloppe la vignette n° 54.

– T'as couru pour rien, mon pauvre grand.

Pour rien ! J'ai failli partir avec un cirque, être assommé par un amiral, écrasé par un rouleau compresseur, broyé par un transatlantique, et noyé au fond des mers. Je mérite bien une petite récréation, comme dirait le maître.

La récréation de l'après-midi se termine plutôt bien. Même sans l'étoile de shérif, j'ai réussi mon échange en trois bandes et obtenu le pistolet à bouchon. C'est le plus important pour le compte que j'ai à régler ce soir. Bonbec est content car j'ai gardé ma perforatrice. Après sa chemise, il attaque maintenant son maillot de corps pour fabriquer des confettis à mettre dans le cou. Chez lui, ce soir, il aura du mal à faire croire aux mites. Je le sens préoccupé. Il reste silencieux à côté des cabinets sans rien mâcher.

– Si elle ne te voit pas maintenant sur le mur, elle va croire que je me dégonfle pour ce soir.

Il est inquiet pour son rendez-vous avec la grande plate à taches de rousseur. Ça le rend nerveux. Soudain, Bonbec me donne un coup de coude. Il me montre Mme Charvy qui entre sous le préau en tirant par le bras un petit qui se tient le fond de la culotte.

C'est le moment. Un-deux, hop ! Avec Bonbec, on est rodé comme un numéro de « La piste aux étoiles ». Il est tellement content, qu'il manque me propulser de l'autre côté du mur des filles.

Elle est là ! Seule, adossée à un marronnier, la tête baissée sur ses sandalettes marron. Sur le moment, j'envie Bonbec. Elle l'a attendu toute la récréation. « Sucre d'orge ! » Comment peut-il lui donner ce surnom si ridicule ? Moi je l'aurais appelée Juliette, comme dans *Les Dernières Vacances*, mon film secret préféré. Je jette des petits cailloux. Elle finit par me voir. Elle a l'air si contente et sourit tellement qu'on croirait qu'elle a des couettes. On se fait des signes qui miment à peu près quatre heures et demie à une pendule. J'ajoute deux mains qui marchent l'une vers l'autre pour la rencontre, et une passerelle avec un train qui passe en dessous. Je me suis appliqué pour bien montrer la fumée de la locomotive, parce que je trouve que ça fait plus joli. Elle aussi. Elle me sourit et mime en réponse un truc que je n'arrive pas à lire, mais qui veut dire « oui ». Puis elle rejoint ses copines à la corde à sauter.

– Alors ? Alors ?

– C'est bon pour ce soir.

Bonbec a l'air déçu que je n'en dise pas plus. Je ne peux tout de même pas lui raconter le sourire, les couettes et les mains qui font des oiseaux. C'est personnel. Même si elle est son sucre d'orge. La cloche de la fin de récréation me dispense de développer. On se met en rang.

– Attention, Vinteuil veut te choper à la sortie !

Bugnot m'a passé le message en douce. Vinteuil me montre le poing et me désigne la porte. C'est une journée à mime.

– Qu'est-ce qu'on a maintenant, Bonbec ?

– Peinard : dessin et musique !

Dans la classe, l'harmonium qui sert de guide-chant est déjà posé sur le bureau, mais on commencera par le dessin. M. Vinel, le maître d'art comme il dit, nous attend planté sur l'estrade tel un chevalet, le bouc toujours taillé net au réglet.

– Tu crois que sa bistouquette traîne par terre ?

Bonbec me glisse son ardoise avec un dessin pour illustrer sa question. Il faut dire qu'un jour M. Vinel nous a montré une affiche de Toulouse-Lautrec et nous a raconté qu'on appelait le peintre « la cafetière » ou « le trépied » à cause d'une certaine particularité anatomique... M. Vinel a ri tout seul en se lissant le bouc. Personne n'a compris. Mais je crois que Bonbec, avec son dessin de la « particularité », vient de trouver l'explication.

J'aime bien Toulouse-Lautrec parce qu'il a de petites jambes, comme mon tonton Florent, le frère du p'pa qui ne veut pas retourner à l'hôpital. Un jour on l'a exhibé « comme à la foire » devant plein d'étudiants. Il pourrait devenir méchant si on essayait encore. Pourtant, quand on a de petites jambes, on reste un enfant, même quand on est grand. Tonton est « pire qu'un gosse ». C'est ce que dit la m'am. Il dépense sa paie dès le premier jour. Dans le métro, à Paris, il achète des danseuses qui tournent sur un miroir, des chiens mécaniques qui nagent dans une bassine, un clown qui monte tout seul à une échelle. Il rapporte à la maison des médailles miraculeuses de saintes inconnues, de la crème révolutionnaire du professeur Roque pour maigrir, du baume du tigre pour la force, de la lotion du docteur Treguer pour faire repousser les cheveux. Il va voir des tireuses de cartes et joue à toutes les loteries. Mais, ce qui prend le plus de temps à tonton Florent, c'est de « trouver une femme par correspondance », comme dit Évelyne en rigolant.

Chaque soir, tonton recopie des lettres que le père, les grands frères ou les grandes sœurs lui ont rédigées. A force, plus personne n'a d'idées. Alors, il me demande de lui copier des passages dans *Nous deux*, *Madrigal* ou *Intimité*. Tonton dit qu'ils sont très beaux et qu'avec ça il est certain de trouver une femme.

La première fois que j'ai pris le métro et que j'ai vu

écrit « Correspondance », je me suis dit que c'était là que tonton Florent trouverait le plus facilement une femme.

Malheureusement, personne ne veut de tonton.

Pourtant, avec les lettres, il ajoute dans l'enveloppe une photo de lui, sur laquelle il a encore ses dents de devant, et deux billets de cinq cents francs quand la dame a répondu plusieurs fois. Le soir, Évelyne lit les réponses autour de la table de la grande pièce. « Cher monsieur Florentin. » Tonton trouve que « Florentin » fait plus chic que Florent... Tiens, c'est celle de l'Est ! C'est moi qui avais fait le modèle de lettre. Au début elle annonçait deux enfants, on en est déjà à sept. Elle va bientôt battre la m'am si ça continue. Florentin s'en moque. Le p'pa a bien épousé une veuve avec huit enfants. La m'am préfère rester à la cuisine. Sa colère se voit à sa façon d'écosser les petits pois. On dirait qu'elle fait sauter les yeux de quelqu'un avec le pouce. Elle marmonne. « Encore une qu'en veut qu'à sa paie ! » Évelyne continue la lecture. « Pas gênée, celle-là : elle demande une ménagère en argent “ comme signe tangible de votre indéfectible attachement ”. C'est joli !... Tu parles ! C'était dans le *Nous deux* de la semaine dernière : “ Vengeance au château ”. » Les grandes sœurs sont incollables sur les romans-photos. Elles pourraient se présenter à la radio à « Quitte ou double ».

– Cette fois, si ça marche pas, j'arrête !

Tonton Florentin obtient enfin son premier rendez-vous ! La dame lui écrit depuis quatre mois. Il y a assez de fautes pour qu'on soit certain que les lettres sont d'elle. Pour une fois que des fautes d'orthographe rassurent la famille... Elle n'a jamais demandé ni d'argent ni de cadeau. « Fermière » : c'est ce qu'elle dit être. Mais la mère reste sceptique et les petits pois souffrent le martyre.

– Fermière ! Fermière ! Attention ! Ça peut vouloir dire aussi bien « propriétaire » que « fille de ferme ». J'ai des copines, après guerre, qu'ont épousé des soldats américains, parce qu'il y avait marqué « *engi-*

neer » sur leur carte. Elles se voyaient déjà femme d'ingénieur à Chicago avec une nounou noire. Elles ont vite atterri. Là-bas, « *engineer* », ça peut être n'importe quoi.

– Et ça, c'est n'importe quoi ?

Tonton Florent montre les photos que la dame lui a envoyées. Elles représentent : un puits, un cheval, des meules de foin, un tracteur, un pressoir. Mais jamais une photo d'elle.

– Elle dit que c'est pas aux dents qu'on choisit la jument.

– Heureusement pour toi.

Évelyne rigole. Tonton a laissé son appareil dentaire au clou il y a trois mois et n'est pas encore retourné le chercher. Il économise.

– Et ça, Paulette, c'est pas une preuve, ça ?

Il montre une autre photo avec un long corps de bâtiment au toit en jolies tuiles plates.

– Qu'est-ce que ça prouve ? Nous, on se fait bien photographier devant le pavillon des Gnobel.

A cause de ça il n'existe aucune photographie de notre maison. Un jour, personne ne croira qu'elle a existé.

– Occupe-toi plutôt de tonton Florent. Lui, il existe et regarde comme il est fagoté pour son premier rendez-vous avec sa « fermière ».

« Y a comme un défaut ! » Tonton fait penser au sketch de Fernand Raynaud. Dans son costume marron vert ou vert marron, on ne sait pas trop bien, il ressemble à un dresseur de chiens. On dirait M. Lemuet quand il entraîne son berger allemand, au milieu du carrefour de la boulangerie. « Attaque, Rex ! Attaque ! » Prétentieux, ce cabot. Il grogne en montrant ses dents blanches et prend des poses entre chaque attaque. Il doit trop regarder Rintintin à la télévision ! Tout ça parce qu'on l'a vu avec Jean Nohain dans « 36 chandelles ».

Ça rend Capi fou de rage. Les jours d'entraînement, il faut l'attacher dans le garage. Bagarreur comme il est, on a peur qu'il s'échappe et que Rex le bouffe tout cru. Un jour, en creusant, Capi a réussi à passer sous la porte du garage. Il a foncé tout droit sur Rex. Ça allait être horrible pour Capi. Pire que passer sous le rouleau compresseur. Mais il file tout droit sur Rex. M. Lemuet est resté planté au milieu du carrefour dans son gros costume vert marron rembourré comme un joueur de hockey.

Rex s'est ramassé sur lui, prêt à bondir, mais tout à coup il s'est sauvé dans la rue des Limites, la queue entre les jambes. « Attaque, Rex ! Attaque ! » Mais Rex est allé se réfugier derrière sa palissade.

Un mois plus tard, dans une autre émission de télévision, on a vu Rex mettre trois voleurs armés en fuite. Capi a failli bouffer le poste.

– Avec tous tes détours, tu as encore oublié tonton Florent. Il va étouffer dans ce costume.

Sur sa chemise jaune, l'énorme nœud de sa cravate en tricot lui donne l'air d'un bourgeois de Calais. Lui trouve ça joli. Tonton va à son premier rendez-vous. La fermière est montée pour le Salon de l'agriculture. Elle et tonton Florentin se sont plu tout de suite. « C'est mes mains qu'elle a regardées en premier. » Elle est repartie dans l'Est pour sa ferme avec le tonton et une vache Holstein. De temps en temps, ils nous envoient une photo d'un veau, d'une poule ou d'une chèvre. Un jour tonton nous a posté des sous pour aller rechercher son dentier au clou. « Pour être plus jolis tous les deux sur la prochaine photo. »

– Voici, mes angelots, les horreurs que vous m'avez peintes la semaine dernière !

M. Vinel, le « maître d'art », que j'avais oublié aussi, tient le paquet de nos dessins comme une serpillière dégoulinante. Il ouvre la main et le laisse tomber sur l'estrade. Un choc flasque. La classe sursaute.

– Messieurs, Newton avait raison au sujet de la pesanteur. L'art est régi par les mêmes lois : ce qui doit tomber tombera !

Ce lèche-trous de Frenel qui veut le prix de dessin se précipite pour les ramasser.

– Laissez pourrir, jeune homme ! C'est sur le fumier que poussent les coqs !

Personne n'essaie plus de comprendre ce que dit M. Vinel. Grâce à lui, dès le premier cours, j'ai su que je ne serais jamais peintre. Il est entré, et sans un mot a pris un morceau de craie dans chaque main, s'est approché du tableau comme pour poser des banderilles, et tout à coup a tracé d'un seul mouvement deux cercles parfaitement ronds et identiques. La classe a fait « Oh ! » comme sur le grand huit.

– Quand vous saurez faire ça, vous saurez dessiner !

Le soir même, je suis sorti et j'ai essayé mille fois, sur tous les murs et les portes de garages du quartier. Résultat : des patates, des navets, des ovales, des lassos de cow-boys, parfois un cercle, mais jamais deux. Je ne saurai donc jamais dessiner. Pourtant, plus tard, je voulais être Bernard Buffet et peindre Jeanne d'Arc en grand comme lui. C'est facile : des lignes noires qui séparent bien les choses. Je l'imite pour dessiner tout ce que je vois du haut de mon cerisier.

Un jour, j'ai croqué Capi à la manière de Buffet. C'est comme ça qu'on dit. Sur mon dessin, notre chien avait l'air tout osseux et malade. J'ai eu peur que ça ne le fasse mourir. Alors j'ai brûlé mon dessin. Je ne serai jamais peintre, même du dimanche.

Le père, c'est le jeudi soir qu'il va à l'atelier « Arts plastiques » du club loisirs et culture du Comité d'établissement d'Air France Orly (zone nord). J'ai vu sa carte. Il rentre encore plus tard que d'habitude et mange à la cuisine. La m'am s'assoit et l'écoute. « En ce moment, je travaille sur ma nature morte. La mandoline, ça va. Mais la miche de pain ! » Sergio a trouvé une vraie mandoline dans une poubelle. Les filles auraient voulu qu'on apprenne à jouer des sérénades sous les fenêtres. « Pourquoi pas une gondole, aussi ! » Alors, le père l'a emmenée à son club comme modèle.

Parfois il rapporte une toile pour la finir le dimanche. Toute la maison sent bon la térébenthine et l'huile de lin. On a l'impression que le bois se patine tout seul. Rien que l'odeur transforme le vieux buffet, les chaises dépareillées et la grosse table à rallonge en meubles de grand-mère.

– Tu l'as pas connue, la tienne.

– Oui, mais je suis sûr que ça sentait comme ça.

La mère a l'air de se souvenir. Elle hoche la tête comme quand elle écoute le père dans la cuisine lui raconter ses séances de nature morte. Le p'pa peint aussi des paysages comme le fortin sur la falaise de Fort-de-l'Eau, en Algérie.

Un jour de chahut, la toile est tombée toute seule et s'est crevée sur la dérive du Super-Constellation. Le père a rattrapé le coup en inventant des rochers tellement vrais que tout le monde est certain qu'ils y sont. On est sûr de les trouver dans deux ans, quand on ira en vacances là-bas. C'est comme ça, les histoires. On les invente d'abord, et après on les retrouve pour de vrai, comme si on tombait dessus par hasard.

– Ce qui doit tomber tombera !

M. Vinel aime répéter ses effets. La classe a un peu moins sursauté cette fois. Le bruit de nos dessins est toujours aussi flasque.

– Aujourd'hui, mes angelots, vous allez me représenter... la chute !

Je sais tout de suite ce que je vais dessiner, et je sais également que je vais avoir de gros ennuis. Mon « illustration du thème », comme dit le maître, m'est venue en pensant au « retour des cartons à dessins ». C'est le jour où le père rapporte à la maison tous les travaux qu'il a réalisés pendant l'année.

Ce soir-là, le p'pa nous laisse regarder dans ses cartons. Sauf le grand vert qui est resté dans le couloir de l'entrée. Mais Évelyne voit tout et fouille partout. Et, comme le père ne peut rien lui refuser, vu que c'est sa chouchoute...

– Faut pas dire ça, ton père vous aime tous pareil.

C'est vrai, mais « chouchoute », c'est un petit mot gentil pour asticoter. Ça me fait penser à « asticot » et aux appâts pour la pêche. Justement, Évelyne vient de faire une sacrée prise dans le carton à dessins vert : de grandes feuilles de Canson sur lesquelles sont dessinées des femmes au fusain ou à l'encre de Chine. Des morceaux de femmes, des femmes entières, de dos, de face, de trois quarts, debout, allongées, minces, rondes, réussies ou moins bien croquées, mais toutes sont... nues ! Entièrement nues. Ce qui est normal, puisque ça s'appelle des « nus ». En dessin, il y a les natures mortes, les paysages et les nus. Bizarrement, le mot « nu » est du genre masculin, mais pas les modèles.

Le jeudi soir dans la cuisine, la m'am n'a jamais entendu parler que des deux premières catégories. Peut-être qu'elle n'a pas bien écouté. Mais ce soir, elle a vu. Alors, les sourcils froncés, la m'am fait un signe de chef de bande à mes grandes sœurs. Elles vont tout droit s'enfermer dans la chambre des parents. Dans la grande pièce, on n'entend que le tic-quelque chose du Westminster. Le reste de la famille est figé autour de la table sur laquelle s'étalent les nus. On dirait *La Leçon d'anatomie* de Rembrandt que le père a copiée, une fois. Tout à coup, la porte de la chambre s'ouvre et la mère apparaît, flanquée de Josette et d'Évelyne.

– Les Trois Grâces !

Gérard est fusillé du regard pour cette remarque. La mère s'avance, comme pour une harangue à la foule. Elle ressemble à La Fayette (1757-1834). Elle se plante devant le père comme devant le Nouveau Monde. Même le Westminster retient son souffle. La m'am désigne du doigt un nu sur la toile cirée. Là, c'est plutôt Mirabeau au Jeu de paume.

– En tout cas, moi, après treize enfants, ma poitrine tombe moins que la sienne !

– Mes angelots, le temps est passé !

M. Vinel montre la pendule. Il passe dans les rangs et ramasse nos travaux. La chute ! Il risque de me tomber une sacrée calotte ! Bonbec a dessiné une croix rouge sur une boîte à pharmacie. Je vais en avoir besoin.

– Bel effort d'abstraction figurative, jeune homme.

Il prend mon travail et regarde. Il doit hésiter pour savoir avec quelle main il va me frapper. Il se lisse le bouc.

– Monsieur, la même chose dans les cabinets vous aurait valu une gifle. Mais ici, dans ce cabinet d'art : quelle gifle ! Messieurs, je vous prie d'applaudir ma formule. Elle est digne d'un Cyrano !

La classe applaudit en faisant le maximum de bruit pour que vienne Mme Charvy, la maîtresse d'à côté. « Oh, monsieur Vinel ! Je ne vous avais pas vu. » Lui salue comme s'il avait un chapeau à plume. Je n'ai rien compris à sa formule digne d'un Cyrano. Sauf que, pour la gifle, j'ai eu le mot, mais pas la chose. C'est M. Vinel qui nous a lu ce poème d'un abbé pour illustrer le thème du désir. Ce jour-là, je lui ai rendu une feuille blanche. J'ai eu dix sur dix.

En sortant de la classe, M. Vinel croise la maîtresse de chant, Mlle Triner, et la salue toujours avec la même formule.

– C'est Calliope qui s'efface devant Euterpe !

Une histoire de muses. Pourtant, quand elle n'est pas là, il parle d'elle en disant que c'est « un os de sèche déguisé en bonne sœur en civil ».

– Allons ! Allons ! Les enfants ! Sortez vos cahiers de chansons ! Nous reprenons *Un gamin de Paris* à *« C'est une cocarde, bouton qui fleurit dans un pot de moutarde »*...

Une main sur le clavier, l'autre sur la poignée, elle nous accompagne avec le guide-chant en bois clair. Le même que l'harmonium du caté. Je ne comprends pas comment ça marche. Une fois, j'ai mis de l'eau dedans, pour savoir si on pouvait jouer avec sous la mer, comme pour l'orgue du capitaine Némo.

C'est décevant, un guide-chant plein d'eau, ça ressemble à un 78 tours passé en 33. Ce jour-là, Mlle Triner l'a laissé déborder et elle a chanté ! On dit « a cappella ». C'était la première fois. Dès qu'elle a commencé, tout le monde s'est arrêté de chahuter. C'était mieux réglé qu'une voix à la radio ou à la télévision. Elle pourrait passer à « Trente-six chansons ». C'était même mieux qu'à l'église, avec ces voix qu'on ne voit jamais. C'était une voix en vrai. « *Si je pars d'ici, sachez que, la veille, j'aurais mis Paris, oui tout Paris en boutei-eil-le !...* » La classe n'a pas applaudi pour qu'on ne confonde pas avec un gros chahut.

Moi, je me demande comment on peut mettre Paris en bouteille. Déjà, un bateau, ce n'est pas facile ! Mlle Triner est toute rouge. Une ombre passe sur ses yeux. Comme celle des banderoles traînées l'été par des petits avions au-dessus du camping. « Buvez Byrrh ». Maintenant, quand on veut écouter la voix de Mlle Triner, on met de l'eau dans le guide-chant.

La journée d'école est presque terminée. Notre maître, M. Brulé, reprend la classe pour la dernière demi-heure. Un moment calme.

– J'ai corrigé vos dictées, je vous en parlerai demain. Il y a de bonnes surprises.

Est-ce qu'il m'a regardé ? Je n'en suis pas sûr, avec le reflet de ses lunettes. Il pourrait les retirer pour annoncer les bonnes nouvelles.

– Vous allez noter le travail pour demain sur votre cahier de leçons.

Avec tout ce que j'ai à faire, ce soir, ce sera difficile de caser de la grammaire, du calcul, la fin du *Corbeau et le Renard* et un dessin pour l'illustrer. Je collerai une étiquette de boîte à camembert que j'ai en double. Pendant que le maître copie des opérations au tableau, je récapitule le « vrai » travail à faire. D'abord, arriver le premier à la plaque d'égout. Ensuite, le règlement de comptes avec le pistolet à bouchon. Après, il faut accompagner Lali jusqu'à sa ferme pour récupérer le soldat Mokarex. Remonter jusqu'au cimetière de Villemomble, ça fait une trotte ! Il faut que j'essaie de placer un carnet de timbres en chemin. J'allais oublier Bonbec ! Il pourrait y aller tout seul, à son rendez-vous. Il me fait signe que « Sûrement pas ! ». Lali devra m'attendre. Ça va me coûter combien de billes ? Bientôt, à la place de mon cahier de leçons, je vais avoir besoin d'un agenda, comme le marchand de linge de maison. Pourvu que la m'am n'ait rien acheté à Syracuse.

Le maître a terminé de dicter les devoirs. Je les recopierai sur le cahier de Bonbec quand il sera avec son sucre d'orge. Ça a intérêt à être rapide. « Tu me prends pour un lapin ! » C'est l'heure de ranger mes affaires dans mon cartable. J'en laisse le plus possible dans ma case pour m'alléger. Ce sera dur, ce soir, d'être le premier à la plaque d'égout.

Le maître commande la minute de retour au calme. Ça ressemble au « Réveil musculaire » à la radio. Le dos droit, les bras croisés sur la poitrine en silence. On n'entend que le grincement du plancher sur lequel, pourtant, personne ne marche. La classe retrouve un instant sa pénombre et son odeur du matin. C'est étrange comme une odeur est faite de beaucoup de silence.

– En rang devant la porte, par rangées !

Je me précipite. C'est important, d'être bien placé à la sortie. Mon cœur commence à cogner. On se regarde déjà avec Vinteuil et ses deux copains.

Le maître me fait signe de venir à son bureau. Un coup à me retrouver à la queue. Mon cœur va éclater.

– J'ai mis un mot sur ton carnet de correspondance, pour demander à tes parents de venir me voir samedi. Tous les deux !

Il me rend mon carnet. Où est-ce que je pourrais le cacher ce soir, pour être certain que personne ne le retrouve ?

– Autre chose : qu'est-ce que c'est que cette course que tu fais chaque soir, avec tes camarades, jusqu'au croisement ?

– C'est pour savoir qui court le plus vite de la classe, monsieur.

– Ne me prends pas pour un idiot. J'ai demandé au maître de gymnastique. Tout le monde sait qui court le plus vite. Alors, qu'est-ce que c'est ?

Je ne peux pas expliquer au maître pourquoi il faut absolument que, chaque soir, j'arrive le premier à la plaque d'égout. Même si on m'accroche par la blouse, qu'on m'empêche de passer, qu'on me fait un croche-pied ou qu'on me jette un cartable dans les jambes, je dois arriver le premier !

– C'est vrai, monsieur, c'est pour savoir qui court le plus vite de la classe.

Quand on ment, le maître le repère encore mieux que sur un « *Visible Man* ». Le mensonge, ça doit être une petite glande rouge qui clignote à l'intérieur des yeux.

– Et si un soir tu ne courais pas ?

– J'aurais honte...

Il y a des phrases qui sont lourdes comme le balancier qui ferme les yeux des baigneurs. Le maître a souri. Il m'a pris par les épaules et m'a secoué doucement, juste une fois. Comme on le fait de sa tirelire, quand on sait qu'elle est pleine mais qu'on veut le vérifier pour se rassurer avant de s'endormir.

– Avancez en rang dans le couloir.

Je suis à la queue, mais mon sac est léger et maintenant je sais que le maître regarde la course jusqu'à la plaque d'égout. Pourtant, ce sera difficile d'arriver le premier ce soir. Je pense à ce film sur la boxe que mon père m'a emmené voir. *Nous avons gagné ce soir*. A la fin, l'homme refuse de perdre. Il met le jeune KO. Les méchants lui écrasent la main avec une brique. Mais sa femme, qui est blonde, est fière de lui et pleure.

La classe est alignée dans le couloir, Vinteuil et ses copains en tête. A la sortie, ils feront barrage pendant qu'un autre se sauvera.

– Messieurs, aujourd'hui, nous descendrons par l'escalier du fond. Demi-tour face et gardez vos places !

Il y a un grondement de rouspétance, avec soupirs et claquements de talons. J'exécute la manœuvre comme Gérard me l'a montrée, et je me retrouve en tête du rang avec Bonbec. Je n'ose pas regarder le maître. J'ai l'impression que pour la première fois de ma vie j'ai un complice.

CHAPITRE IX

Le chemin

Le maître conduit notre classe en rang jusque dans la cour. Bonbec et moi en tête. Ça gronde un peu dans les rangs. Des jaloux ! Mais le maître les fait taire d'un claquement de doigts. Nous avançons avec Bonbec, le pouce aux entournures, fiers, le reste de la classe derrière, comme un grand sac à dos obéissant. Quand on n'a pas l'habitude, on croit ça facile, de marcher en tête. On pense qu'il suffit de gonfler la poitrine, de balancer les bras et de relever le menton, tandis que les vivats nous font comme de jolies papillotes dans les cheveux. Mais pas du tout !

Marcher en tête de classe, c'est devenir un mollusque sans coquille qui porte son derrière mou devant lui. C'est comme être regardé des deux côtés à la fois par mes petites sœurs pendant que ma mère me lave dans le baquet en zinc. Alors, pour me venger, j'emmène Maryse et Martine sur le toit du garage pour jouer à la peur.

Là-haut, leurs yeux sont encore plus ronds que d'habitude et la peur leur ajoute du joli bleu à l'intérieur. Mais c'est moi qui ai eu le vertige. J'ai joué le Mohican inébranlable, mais Maryse a sauté la première. Alors, il a fallu que je trouve autre chose. Parce que, ce que je préfère, ce n'est pas qu'elles aient peur, c'est qu'elles craignent pour moi.

– Sors de là, le monsieur va revenir !

– Si tu ne sors pas, tu vas te faire écraser.

Maryse et Martine commencent à taper du pied, il faut que je tienne encore un peu. Allongé sous le camion de livraison des vins du Postillon, je vois leurs petites socquettes blanches. Le livreur vient à peine d'entrer dans l'épicerie.

– Nous on s'en fiche, c'est toi qui auras mal !

– On s'en va. On va le dire à maman.

Elles ont disparu. C'est peut-être vrai qu'elles s'en fichent que leur grand frère se fasse écrabouiller. Non, je viens de voir un petit bout de sandalette dépasser, derrière les caisses de vins empilées sur le trottoir.

– Je ne sortirai pas et même je m'accrocherai en dessous quand le camion partira.

J'ai vu faire ça à la télévision dans « Aigle noir », mon feuilleton préféré. En plus, le camion des vins du Postillon ressemble à une diligence. Il a même un siège de cocher tout en haut, où je suis déjà grimpé. Mais ça n'avait pas fait peur aux sœurs. Alors j'ai eu cette idée-là. A chaque livraison, je m'allonge sous le camion et je compte jusqu'à 100, les yeux fermés. 66, 67, 68... Le livreur sort de l'épicerie. J'entends le moteur se mettre en marche. Tout vibre au-dessus de moi. Je voudrais bien crier « Au secours ! » et que les petites sœurs me tirent par les pieds. Maryse, tu m'as déjà sauvé une fois. Tu ne vas pas m'abandonner aujourd'hui ! Mais je ne peux rien dire. Ce sont elles qui doivent avoir peur, pas moi ! Elles se sont accroupies près de la roue arrière. Leurs grands yeux terrifiés me redonnent un peu de courage. Elles crient mais on n'entend rien avec cette pétarade. 98, 99... Le camion démarre. Je sens la gomme du pneu frotter contre ma joue. La fumée du pot d'échappement m'entre directement dans les poumons. Je tousse, mais j'ai maintenant le ciel bleu au-dessus de la tête et les petites sœurs de la même couleur. Elles pleurent et me donnent des coups de pied de rage.

Je refuse de me relever tant qu'elles seront là. Elles acceptent de rentrer à la maison en se retournant pour voir si je ne me glisse pas sous la Vedette de l'épicier. J'attends qu'elles aient disparu avant de me relever. Je ne tiens pas à ce qu'elles s'aperçoivent que j'ai fait pipi dans mon short.

Pourquoi faut-il que la trouille se niche toujours dans le couroucou de Cuba ? J'ai vu une carte du crâne où il y avait une région pour chaque chose : humour, patience, sensualité, violence... La peur est du côté de l'oreille gauche. Sous le camion, je l'ai bouchée pour empêcher la trouille d'entrer, mais j'ai quand même mouillé mon short. Il faudra que j'essaie avec la cire des pots de confiture, comme Ulysse avec les sirènes. La région de l'orthographe est située autour des pommettes. Je les tapote régulièrement. Je continue à avoir zéro en dictée, mais ça me donne bonne mine.

Le maître conduit le rang à travers la cour de récréation comme un cornac. On doit s'immobiliser. Il y a eu un accident. Le CE2 vient de refuser la priorité au CP. C'est tout un méli-mélo de jambes, de bras, de cartables et de passe-montagnes qui en profitent pour se rouler par terre. Les deux maîtresses s'enguirlandent avec des mots qui d'habitude ne sont pas dans les leçons de vocabulaire. Faudrait faire un constat sur une ardoise.

– Il faut imaginer l'accident, pour bien réparer la carrosserie d'une voiture.

Le p'pa dit ça quand il tourne comme un fauve méfiant autour d'une épave de voiture emboutie. On dirait une panthère noire habillée en dimanche. L'œil toujours planté dans la bête, il donne des petits coups de patte sur les chromes. J'admire son ongle de mandarin au petit doigt de la main gauche. Comment peut-il le garder si long parfois ? J'ai essayé. Mais l'infirmière m'a envoyé au docteur qui m'a encore palpé les testicules en parlant de « déviation ». J'ai eu peur. J'ai cru qu'il allait me faire passer au marbre comme après un accident grave.

– Les élèves qui restent à l'étude sortent du rang.

Tout de suite, ils se jettent sur leur quatre-heures et leur gourde de grenadine. Je les envie. Ils ont la cour vide pour eux seuls, et en plus j'ai remarqué que presque tous les premiers de la classe restent à l'étude. Normal, ils ont le maître rien que pour eux. Mais ça coûte cher. Alors, un jour, j'ai récupéré un billet de cinq cents francs qui traînait à la maison comme un orphelin.

– C'était à qui ce billet ?

– Je ne m'en souviens plus, m'am.

Je l'ai caché de façon à échapper à la fouille matinale de la mère sur le perron et j'ai payé pour un mois. Chaque soir, je me prépare en cachette un quatre-heures au camembert qui ne sent pas trop et une petite bouteille d'eau du robinet, avec un peu de vin pour que ça fasse rouge. Je m'oblige à manger, mais je n'ai pas faim. Ça me suffit d'être là et de regarder les autres partir. Le maître s'assoit à côté de moi au même pupitre. Il a son alliance enfoncée dans son doigt. Il ne pourra plus jamais la retirer. Ça me fait peur. J'ai l'impression d'étouffer. Le père ne porte pas la sienne. Au travail, un copain a eu un doigt arraché par une tôle. Moi non plus, je n'en porterai pas plus tard.

Quand on sort de l'étude, la nuit est tombée. J'ai l'impression d'avoir grandi. Le maître dit que je fais des tas de progrès. Mais je ne peux pas récupérer un billet de cinq cents francs chaque mois.

– Je me suis renseigné auprès du directeur. Il n'est pas possible d'étendre la gratuité à l'étude du soir.

Le maître a toutes les bosses du front désolées. On peut manger gratuit, mais pas étudier gratuit. Tant pis, je mangerai deux fois plus.

Le rang quitte la cour et traverse le préau. On sort par le portail en fer derrière la cantine. C'est là que M. Brulé nous laisse aux dames de service qui gardent l'entrée. Chaque jour, j'ai l'impression que le maître nous abandonne. Bonbec me donne un coup de coude.

– Regarde !

Vinteuil et ses deux copains progressent en douce dans le rang. C'est Guibaut et Donnier. Les dames de service ne s'aperçoivent de rien.

– On se retrouve sous la passerelle !

Bonbec parle comme si on était sur le pont du *Titanic*. Devant nous, le rang des CE2 a déjà été à moitié avalé par la grande porte. Derrière, j'entends la bousculade. « M'dame, y dépasse !... Hé toi, dépasseur ! » Les petits bouchonnent à cause d'une mère en chapeau. « Il avait une écharpe bleue. » Vinteuil est à deux rangs de moi. Je serre mon sac sous mon bras et je relâche le nœud de ma ceinture de blouse.

– Ne poussez pas, le CM1 !

Il n'y a plus que la dame de service entre moi et dehors. Vinteuil est collé dans mon dos, il me tient par la blouse en regardant ailleurs avec sa bouille d'ange. Guibaut marque Bonbec.

– Allez-y ! Et sans courir !

C'est la cavalcade. Guibaut se jette sur Bonbec et l'écarte d'un coup d'épaule dans le dos. Donnier surgit de derrière et plonge dans l'ouverture comme un pistard. Un jour, le p'pa m'a emmené à la Cipale voir l'arrivée du Tour de France. Au moment du sprint, tout le monde s'est levé. Je n'ai rien vu, mais j'étais content, même si Darrigade n'a pas gagné. Cette sangsue de Vinteuil s'accroche à ma blouse, comme pour une course derrière derny. Il me prend pour une pétrolette.

– Vas-y Jacquot !

Vinteuil encourage son équipier. Donnier s'échappe dans la rue avec son cartable sur le dos. On croirait un porteur d'eau qui se sauve avec le ravitaillement. Bonbec essaie de s'interposer. Il est envoyé bouler contre la balustrade. « Mais faites attention aux petits, tout de même ! » Vinteuil est toujours sur mon porte-bagages et me freine. D'un coup de coude dans les côtes, je me dégage. Il essaie de me rattraper par la ceinture. Je lui laisse en souvenir. Cadeau ! Maintenant, je peux enfin m'élancer. Au loin dans la rue, je vois le cartable de Donnier. Blanco, il va falloir mettre la tête dans le guidon, sprinter comme Rousseau et chasser comme Rivière !

Je file dans la trace de Donnier. Je vais lui sucer la roue et la cervelle avec, à ce traître. Le trottoir est plein de monde. Je déboîte sur la chaussée. « Faut pas lâcher la ligne bleue. C'est ta Côte d'Azur ! » Si le p'pa se met à me parler, lui aussi ! « Pour le rythme, mets-toi une chanson dans la tête. » Ce sera *Rock the Bop* de Brenda Lee. Moi aussi j'enregistrerai à douze ans comme elle. Je serai le premier rockeur-coureur.

La voie est libre. Je ne lâche pas le cartable de Donnier des yeux. Je me laisse aspirer comme du Mistral dans une paille. L'écart diminue. Il est encore loin. Ce sera dur.

– Des phrases courtes, pour la cadence. C'est bien !

– Merci, m'sieur !

Je souffle comme à la clinique. Mes jambes tournent bien sous mon corps. Un gros élastique de baigneur se tend entre mes cuisses. J'emmagasine de la force. Je suis une hélice d'avion qu'on remonte. Une main essaie de m'agripper au passage. J'avais oublié cet abruti de Guibaut. « Vas-y Donnier ! » Un landau en travers du trottoir brise son élan. Il se rabat sur la chaussée. Donnier n'est plus qu'à un mètre de moi. J'entends son souffle. Il va crever ! Mais la plaque d'égout est juste là.

Donnier regarde du mauvais côté. Avec son gros cartable il ne me voit pas. Il me cherche. « Ne jamais te retourner, ou t'es cuit ! » Je remonte presque à sa hauteur. Les semelles claquent bien. Il tourne la tête. Il m'aperçoit. Il a l'œil d'un cheval qui a peur. J'engage le bassin. « Ne casse pas le buste trop trop. » On est épaule contre épaule. Donnier se couche sur moi. « Passe le coude, bon Dieu ! Passe le coude ! » Il me balance avec son cartable. C'est foutu ! La plaque d'égout est là ! Je me laisse brusquement glisser sous Donnier, les jambes tendues. Il est cisaillé en l'air et me retombe sur le visage. Mais là-bas, tout au bout de mon corps, je sens mon pied racler la plaque de fonte. Je pourrais presque la lire en braille avec les orteils : Ville de Villemomble, EN 23 G...

Je l'ai touchée le premier !

J'espère que le maître m'a vu. Donnier hurle au milieu du croisement. Sa blouse est déchirée aux coudes.

– T'avais pas le droit ! T'avais pas le droit ! Tricheur !

Vinteuil et Guibaut rappliquent en courant avec les autres à leur suite. A la mine de Donnier, ils ont compris.

– Tricheur ! C'est un sale tricheur ! Il m'a fait un croche-patte.

– Qui a touché le premier ?

– C'est un tricheur !

– Je t'ai demandé qui a touché le premier ?

Vinteuil secoue son champion qui pense déjà au retour chez lui, avec sa blouse à quatre mille cinq cents francs.

– Alors, c'est toi ou c'est lui ?

Il pose bien les questions, Vinteuil. Il y a un attroupement autour de nous comme si quelqu'un avait crié « Du sang ! Du sang ! ». Signe de bagarre dans la cour.

Donnier est furieux d'avoir perdu. Il m'arrache mon cartable, Guibaut se poste derrière moi et Vinteuil me fait face. Avec tout ce monde autour de nous, je n'ai aucune chance de m'échapper à la course. Je vois Bonbec se glisser vers la passerelle de chemin de fer. Il me fait un petit signe désolé, comme pour me dire : « Je suis trop gros, je ne suis pas fort et j'ai rendez-vous. »

– Maintenant, tu vas me rendre ma Ferrari.

– Je l'ai gagnée !

Je n'aurais pas dû répondre. Un vrai Mohican se tait. Même attaché la tête en bas au poteau de torture des cruels Kiowas.

– Tu la rends.

Il tend la main. J'aurais pu dire : « Bon d'accord ! », sourire, m'approcher et lui donner un coup de boule dans les dents comme au bal.

– Je t'ai déjà dit : on ne touche pas les lunettes, ni les affaires, ni les dents !

– Ça laisse pas grand-chose pour discuter, m'am.

Guibaut se met à me fouiller pour retrouver sa Ferrari. Il tripote même les plumes de mon couroucou de Cuba, en faisant les poches de mon short. C'est un vicieux, Guibaut. Le genre à regarder chez les autres aux pissotières ou à proposer de tenir la porte des cabinets pour mieux l'ouvrir et faire rire ses copains. Il n'a pas la même façon que Picard d'avoir les dents écartées. Lui, on a l'impression que ça dégouline.

– Où tu l'as cachée ma Ferrari ? Tu veux qu'on aille voir dans ta culotte... Si tu en as une.

Ça fait rigoler l'assistance, mais c'est exactement la question que je me pose depuis les tripatouillages de Guibaut.

– Et si tu avais un accident dans la rue ?

– Tu me l'as dit mille fois, m'am. Et tu vois, je suis dans la rue, et je vais peut-être l'avoir l'accident.

L'idée de me déculotter en public fait rayonner Vinteuil. Pas moi. S'il touche à mon short, je lui allume la braguette comme un feu de Bengale et je lui fais exploser ses bombes algériennes. Vinteuil se plante devant moi, les jambes bien écartées.

– Voyons voir ce qu'il y a là-dessous !

Donnier et Guibaut en profitent pour saisir mes bras et me les retourner dans le dos. Je les voyais venir. J'ai laissé faire. Il me reste des pieds de champion du monde pour frapper.

– Attention, le petit oiseau va sortir !

Vinteuil tend les mains vers la ceinture de mon short. Je le regarde bien dans les yeux. Un geste de plus et je le dégage en chandelle.

– C'est ça que tu cherches, Vinteuil ?

Picard a tranché le cercle des voyeurs. La Ferrari rouge a l'air toute petite dans sa paluche. Vinteuil vient de perdre trois teintes d'un coup. Guibaut et Donnier voudraient déjà être ailleurs.

– Qu'est-ce que tu lui veux, à ma bagnole ?

– Vinteuil, outré, se demande comment on peut parler de « bagnole » à propos d'une Ferrari de course. C'est l'indignation qui doit l'empêcher de parler. Il bredouille.

– Rien, rien... C'est lui, là !

– Quoi, lui ?

– Rien... Rien...

Comment Vinteuil fait-il pour avoir des notes pareilles en rédaction avec si peu de vocabulaire ?

– Bon, alors, Vinteuil, c'est réglé ?

– Oui... oui.

– Bon, alors salut !

Picard reste campé au milieu du carrefour, les bras croisés sur la poitrine, les biceps bien en vitrine. A qui le tour ? C'est ce que ça semble dire. Soudain, tout le monde regarde ailleurs et se souvient qu'il a des devoirs à faire.

Guibaut, Donnier et Vinteuil serrent les dents et font les fiers pour ne pas perdre la face. Les trois mousquetaires s'en retournent en direction de l'école, le panache entre les jambes. Picard me regarde avec un air encore plus méchant que d'habitude.

– Toi, si tu me remercies, je te mets mon poing sur la gueule !

Picard va jusqu'au caniveau, la Ferrari rouge à la main. Il la laisse tomber comme aux billes quand on fait « petite ceinture ». D'un petit coup de pied, il la drope et la fait disparaître dans la bouche d'égout. Ça a fait « Creupt-clinc-tonk ». Picard s'en va en direction du rond-point, son sac sur l'épaule, il marche comme un matelot.

Ce soir je reviendrai pêcher la Ferrari avec un fil de fer, un aimant, une ficelle, une lampe électrique et un miroir. Ça ne sentira pas la rose, mais ça vaut la peine.

Voilà une première chose de faite : la plaque d'égout. Maintenant, avant de régler mon compte dans le quartier, il faut que je voie Lali. Il est là-bas en train de jouer une partie de triangle et amasse en silence. Oui, d'accord, il m'attend. Non, ce n'est pas Vélasquez, le peintre de son soldat Mokarex.

J'hésite, est-ce que je rejoins Bonbec à la passerelle, ou bien est-ce que je règle mon compte tout de suite ? Ce n'est pas loin, mais il vaut mieux qu'il n'y ait plus personne dans la rue. Je vais voir Bonbec, mais j'espère qu'il ne sera pas « en plein boulot » avec son sucre d'orge.

Un jour on est passés avec le grand Michel chez un de ses copains. On l'a trouvé tout nu sur une dame toute nue.

– Je vois que tu es en plein boulot, Jojo. Je repasse.

On est repassés. Ils étaient habillés. La dame m'a offert du sirop d'orgeat. Elle portait un joli peignoir chinois.

Je rejoins Bonbec sous la passerelle. Il n'est pas en plein boulot, et pour cause, son sucre d'orge n'est pas là !

– Tu es sûr qu'elle t'a bien dit ce soir, ici, à seize heures trente ?

– Sûr, Bonbec !

Avec le mime, c'est difficile d'être certain. Les sourds et muets doivent rater des tas de rendez-vous. J'ai vu un groupe, accompagné par deux bonnes sœurs, à la gare du Raincy. On aurait dit une volière. Ils faisaient du bruit et avaient des gestes comme pour s'envoler. Mais on sentait qu'ils étaient prisonniers dans leur bouche.

Bonbec s'est installé sous les marches comme pour tenir un siège. Il est assis sur son cartable et pioche dans un gros sac de caramels ouvert à côté de lui.

– Pendant que j'attendais, j'ai vu passer une bonne sœur au-dessus.

– Alors, elle en avait une ?

Bonbec dit que les bonnes sœurs ne portent pas de culotte. Et comme celles de la Visitation doivent emprunter la passerelle du chemin de fer pour rejoindre l'hôpital... C'est idiot de dire « emprunter » une passerelle. Faudrait être le Fantastique Homme Colosse que j'ai vu au cinéma du Raincy... Alors, dès qu'on aperçoit une cornette au loin avec Bonbec, on va se cacher sous l'escalier. Moi, je ne vois jamais rien. Bonbec, lui, dit qu'il voit et me raconte avec des détails.

Mais les descriptions, ça ne veut rien dire. Moi, je peux en faire sans avoir jamais vu. « Décrivez votre chambre. » Je n'en ai pas, mais j'ai quand même eu huit sur dix. « Racontez vos vacances. » J'ai décrit le gouffre de Padirac : quatre sur dix, « trop vague ». En rédaction, les vrais souvenirs, ça vaut deux fois moins que les faux.

– Et si elle ne vient pas ?

Bonbec joue à se faire peur. Il se tortille de plus en plus. Il a déjà vidé son sac de caramels et entame une longue guimauve morveuse. Un train passe, le sol tremble. Le ventre de Bonbec bouge. On dirait un petit bouddha. C'est la première fois que je me dis que Bonbec sera gros plus tard, et qu'il mourra de ça.

– Reste là, Bonbec, je vais voir là-haut si elle arrive.

Elle est déjà là, accoudée à la balustrade de la passerelle. Une locomotive à vapeur passe. Sucre d'orge n'a pas peur. Elle ne bouge pas et disparaît dans un joli nuage blanc bien dessiné. J'entre dans le nuage. Elle ne sait pas que je suis à côté d'elle. Je ne vois qu'un morceau de sa jupe écossaise. Je pourrais la toucher. Elle ne le saurait jamais. La passerelle vibre sous mes pieds, le bruit et l'odeur de suie m'emplissent les poumons à suffoquer. La m'am a raison, je vais finir au sanatorium. Sucre d'orge m'écrira en enfermant des brins de vapeur dans l'enveloppe. Sa jupe se gonfle, la locomotive siffle, je sens mon couroucou s'envoler. Je me sauve en courant avant que le nuage ne retombe et que Sucre d'orge ne voit la vilaine bosse de mon short. « Racontez votre première rencontre. » J'inventerai. La note sera meilleure.

– Bonbec, elle t'attend là-haut !

Il s'essuie la bouche avec sa manche, se recoiffe avec les doigts et enfile sa cravate à élastique.

– Je pue encore ?
– Non, tu sens le nuage.
Il ne comprend pas, hausse les épaules et grimpe l'escalier de la passerelle. Moi, j'ai un compte à régler au numéro 23 de la rue de l'école. Tout de suite.

Je passe d'abord plusieurs fois sur le trottoir d'en face pour voir si le chien jaune est dans le jardin. C'est une technique de Mohican, que j'ai déjà utilisée près du Champ de Personne. Un dimanche soir, j'avais repéré une caisse à jouets abandonnée dans une cour déserte, juste derrière un muret. Je tourne, je guette, j'observe : personne ! Je longe le muret comme si de rien n'était et je plonge la main en direction d'une poupée fine et blonde avec des habits. La vitesse du cobra, la souplesse de l'anguille.
– Je t'ai bien eu, vermine !
La voix qui vient de me saisir par les cheveux a l'air satisfaite. J'ai été basculé de l'autre côté du muret et je me retrouve dans la cour.
– J'ai bien vu ton manège, racaille.
La voix est à un petit bonhomme sec, avec deux grandes rides au burin autour de la bouche. Il a dû me guetter derrière sa fenêtre. Ce type pose des collets en ville. Braconnier pour enfants : drôle de métier.
– Raclure, on me la fait pas à moi.
Petit, son maître d'école avait dû lui écrire sur ses rédactions : « Faire attention aux répétitions. Varier les qualificatifs. »
– Tu vas m'emmener chez tes parents, si tu en as, traîne-patins.
J'en ai des parents, et même plein. Mais ils habitent très, très loin. Il s'en fiche, alors je l'ai embarqué dans la direction opposée à celle où j'habite. A la fosse au Berger, il me demande : « C'est encore loin, ganache ? » Près de la gare des Coquetiers, sa poigne faiblit. « C'est pas possible, crevure, t'habites à Tataouine ! » On a atteint la voie ferrée, il fait nuit. « Ma parole, tu me balades, trouduc ! » Le

petit sec commence à regarder sa montre. « Hé, locquedu, tu vas me faire rater " Les cinq dernières minutes " à la télé ! » Moi aussi. « Bon, ça suffit ! Où tu perches, merdeux ? » Je tends vaguement le bras, vers de quoi manquer « Trente-six chandelles » si c'était le jour. Justement, c'est le jour. D'une gifle à la truelle, le petit sec vient de me les faire voir. Et en couleurs ! On dirait un bouquet d'épithètes.

– Ça t'apprendra à voler chez les autres, macaque !

Il agite la poupée blonde. Dommage pour les petites sœurs. Moi qui voulais faire un cadeau ! Il regarde sa montre. « C'est foutu, maintenant, à cause de toi, manouche, je vais pas comprendre l'histoire ! » J'évite la deuxième torgnole. Je veux bien payer pour la poupée, mais pas pour la télé. Il s'en va, son jouet à la main, s'arrête, hésite et se retourne, les yeux un peu perdus.

– C'est par où, pour rentrer ?

– Par là, monsieur !

J'ai bien appuyé sur « monsieur » qui est un synonyme pour « enfoiré-salopard-vicieux-lâche-sadique ». Du doigt, je lui montre la bonne direction, parce que je suis certain qu'il ne me croira pas. « Bon Dieu, mais c'est bien sûr ! » Le petit sec prend à gauche. Il arrivera juste à la fin des émissions pour la mire.

Au 23 de la rue de l'école, le chien jaune semble dormir, allongé derrière les troènes. Mon cœur se met à faire des claquettes molles. Je revois sa gueule puante quand il a surgi ce matin devant moi. Son maître est assis sur un pliant devant le perron. Avec ce chapeau, on croirait un pêcheur qui écoute son Sonotone et surveille sa ligne. Je glisse mon pistolet à bouchon sous ma ceinture. Calmement, je remonte jusqu'au numéro 19, la tête droite, le regard américain à 180 degrés et au moins autant de pulsations cardiaques.

J'arrive au début de la grille du 23. « Sultan ! » J'ai entendu le monsieur au Sonotone amorcer son chien. Le clebs doit déjà avoir les oreilles dressées, prêt à sauter sur moi. Il bondit. Soudain, il entre dans mon champ de vision à main droite. Sa grosse tête jaune, ses yeux injectés de sang, sa gueule gluante entre les barreaux. Est-ce que je vais rester figé sur place et me laisser gober par cette carne ?

Je vois mon bras remonter à l'horizontale et le canon se planter dans l'oreille du clebs. Paoum ! Ça a fait ce bruit-là ! La fumée ressort par la bouche, et les naseaux du chien jaune. Un vrai toro de fuego ! Le clebs pousse des « kaïs » de teckel en secouant la tête comme s'il voulait déchiqueter la pelouse. Le maître saute sur place. La détonation a dû lui faire éclater le Sonotone. « Sultan ! Mon Sultan ! » Je ne m'arrête pas. « Marche calmement ! Ne te retourne pas, et mêle-toi à la foule. » Il n'y a personne dans la rue de l'école. Je m'y mêle quand même.

Au coin de la rue, Lali a fini sa partie de triangle et joue de l'harmonica. Il pourrait faire partie du Trio Raisner. Je l'interroge à propos du peintre en soldat Mokarex. Non, ce n'est ni Courbet ni David. Je rejoins Bonbec à la passerelle pour récupérer mon cartable. Il est accoudé seul à la rambarde, sans Sucre d'orge. Elle a dû trouver qu'il puait. Il a l'air d'un suicidé. Je l'entends déjà avec ses histoires de langue, de poils, de pelotage et de robinet. Son visage est rond comme un « Ô » de poésie.

– Elle a dû repartir à cause de sa mère. C'était bien, on a vu passer sept trains !

Bonbec a encore les escarbilles aux yeux, et des bouts de nuage dans sa coupe en brosse. Ça rend beau, les trains !

– Elle reviendra jeudi. On ira au pont de l'église. Il y a des trains électriques qui passent. On verra peut-être la nouvelle B-B. Tu te rends compte, elle sait ce que c'est qu'une caténaire !

Dans la bouche d'une fille, « caténaire » doit devenir aussi joli que lapis-lazuli ou améthyste... La pierre qui préserve de l'ivresse... Pourtant Bonbec tangue un peu sur la passerelle, l'haleine chargée aux bonbons à l'anis... Le grand Michel m'a souvent dit : « Quand tu as bu, il faut toujours avoir une poignée de grains de café dans la poche. Avant de rentrer chez bobonne, t'en mâches un peu. Et ni vu ni connu, elle sent rien. »

– Ton père faisait pareil ! Il a toujours cru que je ne m'apercevais de rien.

Ce n'est pas facile de choisir une fille pour plus tard. Il faut qu'elle saute bien à la corde, qu'elle aime les trains et qu'elle ne dise rien quand on sent le café mâché.

Bonbec rentre chez lui. Je l'accompagne sur la passerelle. Il a l'air de réfléchir.

– Je suis sûr que c'est la femme de ma vie. Je vais arrêter les bonbons. Je suis trop gros. Sinon, quelqu'un va me la piquer.

Bonbec tend son dernier sac de berlingots au-dessus du vide et le lâche sur un wagon plat au passage d'un train de marchandises. On croirait qu'il jette des lettres d'amour. On se sépare. Je le regarde s'éloigner. Il lui en reste à perdre, des kilos, avant qu'il ne grimpe tout seul sur le mur des filles. J'ai oublié de copier le travail à faire sur son cahier. Tant pis, je demanderai à Lali.

Il est assis contre le mur et maintenant compte ses billes à l'intérieur de sa blouse, entre ses genoux, comme on plume de la volaille.

– Tu as dit quelles dates, pour le soldat Mokarex ?

– 1796–1875.

– Courbet !

Lali donne l'impression de réfléchir, mais je l'ai seulement fait tromper dans son compte. Il recommence. Sa patience est énervante. Il devrait avoir un front qui lui fait tout le tour de la tête, alors qu'il n'y a même pas de quoi passer le peigne entre ses sourcils et la racine de ses cheveux.

– 148 !

Il soupèse son sac de billes avec sa main carrée. On le dirait en train d'évaluer le poids d'un taureau « aux balloches », comme il dit. On marche en silence côte à côte. Je pense à ce soldat Mokarex. « Un peintre, devant son chevalet (1796–1875). » C'est tout ce que Lali peut en dire.

J'essaie de me souvenir du grand tableau chronologique tricolore affiché sur le mur entre deux fenêtres. Je revois les trois tranches horizontales. Bleu pour la musique, blanc, la sculpture, et rouge, la peinture. Une semaine, j'ai été assis à côté du XIXe siècle, à la hauteur de la tranche « Sculpture » et « Architecture ». Je me souviens de Rude, Barye, Carpeaux, Rodin et de Chalgrin. Mais la tranche « Peinture » était en dessous. Si j'avais été plus petit, aujourd'hui je saurais quel peintre a vécu de 1/96 à 1875.

Depuis, à cause de ce tableau chronologique, j'ai la mémoire en tranche napolitaine, et souvent la vanille dégouline sur la fraise.

La mémoire en tranche, c'est aussi à cause des W-C ! J'y lis le journal. Mais comme il est découpé en bandes, pour raisons hygiéniques, je ne sais jamais que des tranches de choses : *La Callas refuse de chanter à... Fidel Castro lance une attaque sur... L'ANC veut... Billie Holiday est condamnée à... Henri Alleg est interdit de... Pierre Mendès France et François Mitterrand défilent... Le docteur Jivago sort...* et *Joliot-Curie meurt.*

Avec une mémoire pareille, pas étonnant que tout se mélange. Quand je ferai 1,80 mètre, je lirai les journaux dans les cabinets, personne ne me dira de sortir et j'aurai les titres en entier. Ça devrait suffire pour tout comprendre. Heureusement qu'il y a la télévision. Là, personne ne peut me voler de pages, même si les petites sœurs font exprès de passer devant moi pour me cacher l'écran.

– Tu vas t'abîmer les yeux à regarder de si près !

– Même que tu peux redevenir aveugle.

La télévision, c'est comme la cécité crépusculaire,

on ne commence à voir que le soir. Un jour, pour éviter mes petites sœurs, j'installerai le poste de télévision en hauteur, comme dans le café de la rue des Limites.

C'est le café où le père s'arrête en revenant de la gare des Coquetiers. C'est là que j'ai vu *King Kong* pour la première fois. Je regarde si mon histoire de grand singe peut intéresser Lali. Mais il marche, toujours silencieux, en taillant un morceau de bois avec son canif. Pas vraiment un canif, plutôt un couteau avec une lame courbe et un manche de corne.

Il l'a sorti, un jour, près du rond-point, devant un grand du certificat qui voulait lui voler son sac de billes. Quand il a vu la lame, le grand est resté figé sur place, comme mes petites sœurs devant le chien noir de l'épicier. « Il est louf, ce gosse ! » Le grand s'est sauvé en montrant le poing de loin.

Dès le soir, je suis allé dans le cabanon derrière la maison. J'ai trouvé un canif en Inox démantibulé que j'ai réparé avec deux rivets au manche, en faisant comme le père m'a montré. Ça va à peu près. Je l'ai rangé dans une des deux poches extérieures de mon cartable, enroulé dans du chiffon.

Le matin, en galopant vers l'école avec Blanco, je me sens comme un Don Quichotte portant sa lance étincelante. Tout le long du chemin, je cherche une veuve ou un orphelin à secourir. « Mêle-toi de tes affaires ! » A la récréation, je vais vers la moindre bousculade. « Y t'embête ! Y t'embête ? » On me tourne le dos en haussant les épaules. Au réfectoire, j'ai eu l'air malin, je n'ai pas réussi à couper ma viande avec. A la sortie de l'école, je suis toujours un chevalier sans cause, avec Bonbec en Sancho Pança.

J'étais près d'abandonner ma carrière de redresseur de torts, quand, ce soir-là encore, la gueule gluante du chien jaune a surgi devant moi. J'ai senti une énorme bouffée gazeuse monter à l'intérieur. J'allais le tuer, ce clebs, le dépecer, lui faire sauter les yeux, lui arracher les crocs, lui couper les testicules, l'empaler sur la grille, le vider, le mettre à sécher et en faire une carpette pour le couloir de l'entrée. La m'am le ferait teindre en mauve. Elle teint tout en mauve.

Je me suis précipité sur mon cartable. J'ai déroulé le linge dans lequel était emmailloté mon couteau. Ma parole, j'en avais mis de quoi habiller à neuf Ramsès II. J'ai tiré. Le couteau est tombé par terre en faisant Tling ! La lame d'un côté. Tlong ! Le manche de l'autre. J'ai honte. Même le chien jaune doit en rigoler encore. Si j'avais mieux su riveter, je l'aurais peut-être tué et son maître au Sonotone avec... Le lendemain, la m'am aurait lu dans *Le Parisien* : *Double meurtre à dix ans. Notre reportage exclusif sur le monstre au couteau en Inox...*

Lali en est à la décoration de son morceau de bois. Mon histoire de *King Kong* au café des Limites ne l'intéressera sûrement pas. Lui c'est *Lassie, chien fidèle*, son film préféré. Moi aussi, j'ai pleuré, et même plus que pour *Crin-Blanc* ou *Le Ballon rouge*. Mais le plus, ça reste pour *Le Dernier des Mohicans*. Pourtant, les larmes, ça ne sait pas toujours ce qui est important.

King Kong aurait pu me faire pleurer bien plus, mais j'ai eu trop peur. Ce soir-là, je suis le nez collé au carreau de la porte du café des Limites. Je cherche mon père, à cause de copains qui sont arrivés à l'improviste. Tout le monde arrive à l'improviste dans cette maison.

C'est une fin d'après-midi d'hiver. Chaque fois que quelqu'un entre ou sort du café, j'entends le « Dililing » de la sonnette, et je sens une bouffée d'air chaud qui vient de l'intérieur. A travers les carreaux, je regarde le poste de télévision installé en hauteur. Soudain, en grosses lettres sur l'écran noir, *King Kong*... « Dililing ! » La porte s'ouvre. Les tam-tams grondent dans la jungle. Je reste pétrifié, le nez au carreau, sans respirer pour ne pas faire de buée, les yeux collés à l'écran. King Kong est là-haut avec la dame blonde presque nue. Elle se lave sous la cascade. Si on avait une cascade comme ça à la maison, je suis sûr que je me laverais plus souvent.

Mais personne ne veut laisser King Kong être heureux. Ils le capturent, l'attachent avec des cordes, il réussit à s'échapper pour retrouver la dame blonde. Alors ils l'attaquent avec des vieux coucous à hélice et le tuent. J'ai des larmes qui coulent à la mort de King Kong, mais ça ne se voit pas sur la vitre. C'est pour ça qu'à la maison je me mets toujours tout près de la télévision. Comme ça, personne ne le sait.

Quand King Kong s'abat au milieu des gratte-ciel de New York, je sens le sol bouger sous moi. Je vais être englouti dans le plus gigantesque tremblement de terre de l'histoire. Villemomble bat San Francisco par un million de morts à zéro !

Il faut que je me sauve. Je regarde autour de moi. L'énorme masse sombre d'un boa constrictor s'abat sur mes épaules. La nuit est tombée ! Elle est tombée d'un coup dans mon dos, sans que je m'en aperçoive. Une nuit noire. Une nuit de jungle, pleine d'ombres hostiles, de cannibales, de serpents dans les arbres et de fauves qui rôdent. Le sol bouge sous moi. King Kong me cherche pour se venger. Mes jambes flageolent devant la porte du café. Je titube. « Quelle honte ! Se saouler à cet âge ! » Je veux bien être pris pour un ivrogne, du moment qu'on me ramène chez moi. Mais la rue est vide ! A peine je trouve quelqu'un à suivre, qu'il tourne dans la mauvaise direction et m'abandonne. Il n'y a donc personne pour venir chez moi à l'improviste ? Ma mère lui fera un clafoutis pour avoir sauvé son fils de King Kong. Parce que c'est sûr, il va surgir, King Kong, là, devant chez le grainetier. Il va m'attraper par la marinière, me lever comme une plume à soixante mètres du sol et me dévorer. Il avait les dents de Picard et un nez de poids lourd ! Tout le film, il m'a fixé. Ce n'est pourtant pas ma faute, pour la dame blonde. Il n'a qu'à prendre une de mes petites sœurs à la place. Les deux même.

Je traverse la rue Montgolfier. Je n'entends pas Rex aboyer. King Kong a dû l'égorger, ce chien de télévision. J'avance en rasant les clôtures. Ça sent le fauve ! Il est tout proche. Non, c'est le mouton de Mme Piponiot qui pue. Encore vingt mètres et j'apercevrai la maison. Je débouche au carrefour de la boulangerie. Le cerisier est planté comme un phare pour naufragés. Au secours ! Le p'pa, la m'am, mes douze frères et sœurs, tonton Florent, Sergio, Capi, Antoinette et les autres. Ils vont sortir dans la cour. Je suis sauvé !

Il n'y a rien de pire que de le croire. Tout à coup, je me sens saisi sous les bras et transporté dans les airs. Pas à soixante mètres, mais assez haut pour savoir que je vais mourir. Je souhaite être enterré avec mes soldats Mokarex.

– Qu'est-ce que tu fais là, toi ?

C'est grand, c'est noir, presque un nez de boxeur, mais les plus belles dents du monde, et un sourire à la barre fixe.

– P'pa !

Ça sent bien le père dans le cou, ça râpe fort au menton. Je suis vraiment sauvé. J'en ai même oublié de dire « Preums ! ».

– Alors, qu'est-ce que tu fais dehors si tard ? Il y avait *King Kong* à la télévision.

– Tu l'as déjà vu, p'pa ?

– Je l'ai vu avec ta mère, à Nevers. A la fin du film, on a décidé de se marier.

Le père me raconte. Arrivé à la maison, je sais pourquoi *King Kong* est la plus belle histoire d'amour entre un homme et une femme. Même si l'homme est un singe. La m'am attend sur le perron, son torchon à la main. Elle regarde le père.

– Il y avait *King Kong*, ce soir.

– Ah bon !

Le père me fait un clin d'œil de complice. Et le p'pa et la m'am se font un baiser à mi-lèvres, un peu plus appuyé que d'habitude.

Lali a terminé de décorer son bâton. Il marche comme un berger. Avec son gros chandail écru, on a toujours l'impression qu'il porte une peau de mouton. Nous sommes arrivés à la route nationale près de la casse de Pontet. Le copain de maquis de mon père, celui qui a voulu faire démarrer une Studebaker à Serge. « Un jour on le baisera à sec, ce profiteur ! » A force d'entendre mon frère dire ça, je me demande toujours quand on le baisera. J'ai hâte.

– Je t'ai déjà dit de ne pas parler comme ça ou ils ne te prendront jamais à Vilgénis. Je ne veux pas non plus que tu ailles traîner si loin.

D'habitude, la nationale est la limite de mes traînasseries. Sauf pour vendre des carnets antituberculeux ou pour aller au tabac du pont chercher des Chesterfield-longues-à-bouts-filtrés pour Serge.

– Ça n'existe pas, ces Chesterfield-là.

Tant pis. Serge a peut-être raison, mais je trouve le nom joli. Je l'ai appris par cœur, et le patron doit savoir traduire puisqu'il me donne les bonnes. En plus, elles ont un prix qui fait de la monnaie que je peux garder. En chemin, quand je respire le paquet, j'ai l'impression qu'en Amérique tout le monde est blond et sent le pain d'épices. Faut se méfier des parfums, ça peut empêcher de voyager.

Avec Lali, on a traversé la nationale à la hauteur de l'arrêt « Cimetière de Villemomble ». Le soir tombe. Un autobus chargé jusqu'à la plate-forme démarre en crachant ses pignons. Un homme à casquette court derrière en agitant ses tickets. On ôte la chaîne, l'homme saute à l'arrière. J'entends le « quiric ! » du moulin à café du receveur.

La m'am ne veut pas que je prenne le bus en marche. Comme on a 100 % de réduction avec notre carte de famille nombreuse, il faut se tenir bien. On doit laisser sa place aux invalides de guerre, aux personnes âgées, aux femmes enceintes, aux gros et aux mal élevés. J'ai lu sur un bout de journal aux cabinets qu'à Birmingham, en Alabama, treize Noirs ont été mis en prison parce qu'ils refusaient de s'asseoir là où le chauffeur leur disait de le faire. Moi, je préfère rester debout sur la plate-forme, plutôt que d'avoir à toujours me relever. Ça rend fier, les cartes de réduction.

– Tu vois, toutes ces terres, c'est à nous.

Dès qu'on a pris le chemin qui longe le cimetière, Lali s'est mis tout à coup à parler.

– Ça, c'est de la betterave ! Ça, c'est de l'orge !

Avec son bâton décoré, on a l'impression qu'il adoube des chevaliers invisibles en leur touchant les épaules. C'est le roi Arthur aux champs. Il connaît le nom de toutes ces choses vertes, qui pour moi sont de la salade.

– Ça, c'est de l'asperge ! Ça, c'est de l'haricot vert ! Ça, c'est le cimetière ! Avant, c'était à nous aussi. Mais la mairie nous a expropriés.

– Nous, ils n'ont pas encore réussi.

– C'est pas grave d'être exproprié. Ça rapporte, même. Maintenant, c'est mon oncle qui creuse les tombes, mon grand frère qui fabrique les cercueils, mon beau-frère qui taille la pierre et ma grande sœur qui vend les fleurs. Tu vois, c'est comme s'ils étaient encore à nous, tous ces morts. Ça rapporte. C'est comme un troupeau.

Il m'épate, Lali. Il a un troupeau de morts à lui ! Je pense à Edmond et Jim, deux copains martiniquais du p'pa qui travaillent au cimetière de Tarbes. Edmond fabrique les cercueils et Jim creuse les fosses. Ils racontent que la nuit, quand tout le monde dort, « les morts en font de belles ».

– Attends-moi au portail. Je vais te chercher ton peintre.

Je me serais arrêté tout seul. Dans la cour, il y a deux molosses pas attachés qui font certainement semblant de dormir. Ils n'ont même pas fait la fête à Lali. Capi, lui, chaque soir quand je rentre, me débarbouille en grand avec sa langue. Lali revient, une main dans le dos.

– C'est ça !

Ça ! Lali ne se rend pas compte. Il vient de me mettre dans la main un des plus beaux soldats Mokarex de ma collection ! Presque aussi gros que Fouquier-Tinville, mais plus fin. C'est bien un peintre devant son chevalet à trépied. « Tu crois qu'il a une grosse bistouquette ? » Je rigole en pensant à ce que Bonbec avait dit en voyant le maître de dessin sur l'estrade.

– 1796-1875. Lali, t'avais raison pour les dates.

– Faut la mémoire des chiffres pour être paysan.

Je lis sur le socle du soldat : « C. Corot. » Claude ? Constantin ? Camille ! Camille Corot. J'aurais pu y penser. Il est tellement beau que je décide d'effacer toutes les dettes de Lali pendant cent ans !

J'emmaillote Corot dans un chiffon comme un Jésus et je le range avec précaution dans mon cartable.

– Tiens, c'est ma mère qui l'a fait !

Lali me met quelque chose de rond et humide dans la main. Un fromage de chèvre à la faisselle ! Ceux que le p'pa préfère. A cause du nom.

– Je sais que vous prenez les vôtres chez le père La Prairie. Mais quand vous aurez goûté celui-là... Je peux te livrer le soir même. Prix d'ami ! Allez, salut. J'y vais. Je dois aider à traire.

Je regarde Lali s'éloigner, les bottes aux pieds. Ça le vieillit. Il ramasse un seau et disparaît dans l'étable. Je me demande si c'est chaud, le pis d'une vache.

En redescendant le long du cimetière, je pense au troupeau de morts de Lali. Je me demande s'ils en font de belles, comme disent les copains fossoyeurs du p'pa. La petite porte qui donne sur le chemin n'est pas fermée. J'entre comme si de rien n'était. Les allées du cimetière ressemblent à ma rue, avec de belles maisons et d'autres comme la nôtre. Des taudis avec une croix. Il y a des photos ovales et des pierres blanches. François, 1948-1949. Il aurait mon âge. C'est facile à conjuguer, un mort.

– Putain de chiotte !

L'homme en maillot de corps bleu marine est dans une fosse jusqu'aux épaules et s'active mollement. Trois pelletées, un gorgeon de rouge. Trois pelletées, un gorgeon. Il a déjà allongé deux cadavres sans étiquette.

– Salut gamin !

Il me regarde en inclinant la tête comme mes grandes sœurs pour un ourlet de jupe.

– Tu vois, toi, par exemple, t'as la bonne taille pour un trou. Un comme le tien, je le torche en deux coups les gros. Fatalement, j'aurais moins le temps de boire. Donc, on peut dire que les enfants, c'est meilleur pour ma santé.

Il est temps qu'il s'en préoccupe. Il est déjà osseux et terreux de partout.

– Tu sais gamin, il me botte, ce trou. Je crois finalement que je vais le garder pour moi. Il est confortable, dans de la bonne terre, et je l'ai taillé propre.

Il me présente la fosse comme une logeuse montre une chambre.

– C'était pour un gros richard qu'aura les moyens de s'en payer un autre. Tu veux pas m'aider ? T'auras une pièce pour boire à ma santé. Je creuse encore un peu pour être à l'aise. Je m'installe et toi tu pousses la terre par-dessus. Pas trop vite, que j'aie le temps de profiter.

L'homme en maillot de corps bleu marine s'est allongé au fond de la fosse, les mains sous la tête. Il n'y a plus qu'à le border.

– Faut d'abord que je fignole. T'as le temps d'aller faire un tour. Ici, c'est comme dans les grands magasins, personne ne te demande rien.

Il se remet à pelleter et à boire. Je vais me promener parmi les tombes. Mais, ce soir, les morts se tiennent tranquilles. Je suis déçu. Quand je pense à toutes les histoires d'Edmond et Jim, au cimetière de Tarbes ! Le père me les raconte en imitant les deux voix, pour que ce soit plus vivant.

– Jo, tu te souviens, une nuit, quand on a voulu

faucher une roue pour remplacer celle du corbillard, et qu'elle a dévalé toute la rue du couvent. Quel chambard !...

– Et toi, Jim, quand tu as emprunté le corbillard pour balader ta nana et sa malle de frusques.

– Jackie-la-belle ! Une sacrée concession !

– Tu parles ! Elle s'est tirée avec le corbillard et les chevaux pendant que le cercueil attendait à l'église...

– Le mieux, Jim, c'était le coup de la lessiveuse à faire des billets de dix mille. Il y avait cru, ce gogo !

– Faut dire qu'on était tombé sur la reine des truffes !

– Dis donc, Roger, ton copain américain qui habitait Paris et qui s'habillait toujours comme un Brummell. Tu sais, celui qui avait un nom de fromage...

– Chester ?

– Oui, c'est ça, Chester. Il aurait pu te le dédicacer, son livre. C'est quand même toi qui lui as donné l'idée de ses deux flics noirs en lui racontant les histoires d'Edmond et Jim.

Le père ne répond pas. Il se balance tranquillement sur une chaise sous le cerisier en lisant un livre policier à couverture noire et jaune, *La Reine des pommes* de Chester Himes. Ce n'était pas mal non plus comme titre : *La Reine des truffes*.

– Tu sais, je comprends ta mère pour Chester. Mais les idées, c'est comme les gosses, il suffit pas de les avoir, il faut les élever.

Il commence à faire sombre dans le cimetière. Il faut que je retourne à la maison. Je passe dire au revoir au fossoyeur en maillot de corps bleu marine. Il a disparu. La fosse est rebouchée, et la terre fraîche forme un monticule. Dessus, il y a une pièce luisante. Je la prends et je la fais tourner en l'air. « Face ! » Je la garde. Pile, c'était pareil. Mais c'est mieux quand c'est la chance qui donne.

En rentrant à la maison, j'irai boire une grenadine au tabac du Pont, à la santé du fossoyeur.

[illegible] une amie pour remplacer celle du [illegible], et qu'elle a dévalé toute la rue [illegible]. Quel chambard !...

— Et toi, Jim, quand tu as [illegible] le [illegible] pour garder ta canne et ta malle de musique.

— Jackie la belle ! Une sacrée concession !

— Tu parles ! Elle [illegible] avec le [illegible] les chevaux pendant que le [illegible] attendait à l'église.

— Le meilleur [illegible], c'est le coup de la [illegible] faire des [illegible] de [illegible] savait [illegible].

— Faut dire qu'on était tombé sur la reine des [illegible] !

— Dis donc, Kora, tu [illegible] quand [illegible] et qui [illegible] comme [illegible]. Tu sais, celui qui avait [illegible] nom de [illegible].

— Chester ?

— [illegible] ça, Chester [illegible] le [illegible] et son [illegible] quand [illegible] qui lui as donné l'idée de ses deux [illegible] en racontant des histoires d'[illegible] et Jim.

Le [illegible] ne répond pas. Il se balance [illegible] sur une chaise sous la [illegible] d'un livre de poche [illegible]. [illegible] des romans de Chester [illegible] comme [illegible] des *[illegible]*.

— Tu sais, je [illegible] Chester. Mais les [illegible], c'est [illegible]. Il [illegible] il faut les [illegible].

Il commence à faire sombre dans le corridor. Il faut que je retourne à la maison. Je [illegible] au [illegible] le [illegible] bien [illegible]. Il [illegible] et la [illegible] d'une [illegible]. [illegible] une [illegible] prendre [illegible]. [illegible] c'est la chance [illegible].

[illegible] la maison [illegible] jusqu'à la [illegible] du [illegible].

CHAPITRE X

Le Champ de Personne

L'arrivée à la maison commence au coin de la rue Montgolfier. Là, je laisse Blanco rentrer tout seul, je pose mon cartable, et je siffle deux coups brefs comme Serge. Chaque frère a sa façon de faire, avec quatre, deux ou un seul doigt. Je sais toutes les imiter, sauf celle du grand Michel avec le pouce. Chaque manière de siffler est bien reconnaissable. De sa cuisine, la m'am décrypte les messages et fait les annonces. Ses chalutiers rentrent au port. « C'est Michel ! Gardez-lui du café chaud ! » « Roland arrive par le rond-point, il a dû manquer Christiane. Il doit pas être à prendre avec des pincettes ! » « Gérard, toujours en retard ! » « Guy nous rapporte des crottes de chocolat. » Siffler, c'est déjà une façon d'être là.

Quand je siffle du coin de la rue, Capi surgit par un trou de la palissade et fonce vers moi, ventre à terre. Lui, c'est vraiment « ventre à terre » parce qu'il commence à être vieux, avec de l'arthrite, des rhumatismes et des coups de pédale plein les yeux. Il a douze multiplié par sept égale quatre-vingt-quatre ans ! Il court encore pas mal pour un vieillard. Je l'ai chronométré en six secondes et des poussières, pour cinquante-quatre pas. Ce qui fait du 46,923 km/h de moyenne. Mieux que le record du monde de l'heure de Rivière. « Un jour, les femmes pédaleront aussi vite ! » Quand je vois la m'am revenir des courses sur son vélo, je la crois.

Pour son exploit, j'ai décoré Capi avec une médaille du Mérite agricole qui me restait. Mais il a refusé de monter sur mon podium en cagettes. Capi n'aime pas les caisses. Il s'en méfie depuis le fameux jour où j'ai voulu l'envoyer dans l'espace, comme Laïka la petite chienne soviétique.

Je lui avais fabriqué un Spoutnik avec un cageot à oranges monté sur une poussette. Le lancement devait avoir lieu au Champ de Personne sur le terrain de cross. J'avais prévu de courir à toute vitesse dans la descente et de faire décoller le Spoutnik sur un tremplin en terre. Pour l'atterrissage, j'avais confectionné un petit parachute en véritable soie naturelle.

– C'est un monde, je n'arrive pas à remettre la main sur mon corsage blanc !

Josette pouvait bien faire un petit sacrifice, pour que notre Capi devienne un héros de l'espace. J'avais déjà assez de mal à l'entraîner à déclencher le parachute. En plus, il ne voulait pas porter le casque de cycliste en cuir qui le faisait pourtant ressembler à la photo de Laïka dans *France-Soir*. Plus grave, Capi a le mal de l'espace. A l'entraînement, quand j'ai balancé son Spoutnik accroché à la grosse branche du cerisier, il s'est mis à gémir comme quand il veut qu'on l'emmène aux têtards, pour courir après les trains. J'aurais même dû le faire tourner à toute vitesse dans une machine à laver. Mais on n'en a pas. Alors, je l'ai emmené en cachette à la fête foraine, faire un tour de chenille infernale. Normalement, on n'avait pas le droit de monter avec son chien. Ça lui a plu, à Capi. Moi, j'ai vomi.

Tant pis, je ne serai pas le premier homme en orbite et Capi ne deviendra jamais « héros de l'espace ». Comme ça, il sera là au retour de l'école pour me débarbouiller avec sa langue. Ce soir, il aimera le goût de la grenadine que j'ai bue au café du Pont, avec la pièce du fossoyeur.

Je siffle, mais Capi ne se montre pas. Je siffle encore. Rien. Pas même un coup de gueule pour dire : « Voilà ! Voilà ! Je finis ma gamelle. On peut même plus goûter tranquille, dans cette baraque ! » S'il avait parlé, il aurait eu la voix du père Quinquina dans *Les Portes de la nuit* avec en plus des gros mots pour faire chien de garde. Je reste planté au coin de la rue. Il va bien finir par la vider, sa gamelle.

Mais c'est la m'am que je vois apparaître devant chez nous. Elle a son torchon des mauvais jours. Je cours, le ventre par terre. Ça se déboyaute à l'intérieur. J'ai un « pressentiment », comme dit la m'am quand elle prévoit une catastrophe qui n'arrive jamais. Mais, parfois, ça arrive.

Comme ce jour de l'été dernier, quand le curé, pendant une partie de ballon, nous annonce :

– Oliveurardi est mort.

Nous, on s'en fiche, on ne le connaît pas. Sûrement un cardinal, puisque ça se termine en « i » et que le curé a l'air d'avoir de la peine. Alors on joue les tristes, pour lui faire plaisir.

– Vous vous rendez compte, on a vu un film de lui ce matin.

Tout à coup, on comprend que c'est de Oliver Hardy, dont parle le curé. Le Hardy de Laurel et Hardy ! C'est vrai, on vient de voir *Les montagnards sont là*. Hardy fait un petit au revoir avec sa cravate et ses yeux tristes. A cet instant j'avais eu un « pressentiment ». Je m'étais dit que Hardy allait mourir. J'ai eu envie qu'on arrête le film et qu'on revienne en arrière. Mais monsieur le curé riait tellement. D'ailleurs, c'est toujours lui qui rit le plus fort. Je pense même qu'il nous passe des Laurel et Hardy parce que ça doit être un péché de les regarder tout seul en riant comme ça.

La m'am attend devant chez nous, comme quand elle guette le payeur des allocations familiales. Moi, je cours sans jambes en fixant ses yeux. Mon père est forcément mort, asphyxié dans un réservoir d'avion, Roland a raté son essai, et Gérard a été arrêté par les gendarmes.

– C'est Capi. On l'a emmené chez le vétérinaire, pour son œil.

Le vétérinaire pour Capi ! C'est bizarre, dans une maison où le docteur n'entre que l'hiver pour nous demander de l'aider à pousser sa voiture.

– Ne t'inquiète pas. Ce n'est pas grave.

La m'am aurait dû me dire : « T'inquiète pas ! C'est pas grave ! » Quand elle met des « ne » et du trombone à coulisse dans ses phrases, c'est signe de mauvaises nouvelles. J'essuie la grenadine de la bouche avec ma manche. Est-ce que la langue de Capi est encore rose, en ce moment ?

– Tu veux goûter ? Tu as du travail ?

Je me tartine un morceau de pain dur au coulommiers sauvage. Pour le travail à faire, je voudrais bien, mais à cause des petites sœurs, c'est impossible. Avec leurs cahiers, livres, plumiers, ardoises, Maryse et Martine occupent toute la table de la grande pièce. On dirait le débarquement.

– Va-t'en avec ton camembert !

– Il sent les pieds.

C'est étrange, un nez de fille. Ça endure des eaux de toilette à s'évanouir et ça ne supporte pas le parfum du quatre-heures. Je reste dans la grande pièce juste pour les voir se pincer le nez. Je tripote les boutons du poste de radio et je me balade sur le cadran... Simferopol, Le Caire, Monte Cereni, Palerme, Riga, Sundsvall... Je me demande où est Hilversum. Ça paraît lointain, enneigé et mystérieux. Je voyage. Mais ce qui me fait aller le plus loin, c'est la voix de Geneviève Tabouis. « Attendez-vous à savoir que le roi Hussein de Jordanie renvoie le gouvernement dirigé par Sulāyman al-Nābulsī, partisan d'une étroite collaboration avec l'Égypte et l'Union soviétique... »

– Vous rigolez parce que c'est une femme. Mais si un homme disait les mêmes choses...

La m'am croit en Geneviève Tabouis presque autant qu'en notre Sainte Vierge lumineuse.

– Tu n'as pas le droit de faire jouer le poste quand on fait nos devoirs.

– Maman l'a dit.

– Tu crois que Capi va mourir ?
– Nous on a dit qu'on voudrait jamais d'autre chien.

Comment font-elles avec leur petit nez délicat pour si bien sentir les choses ? C'est terrible, des petites sœurs. C'est bleu, propre, joli, ça parle toujours, ça fait ses devoirs, ça gagne de vrais prix d'honneur, ça joue à la marelle sans perdre sa barrette, ça va aux têtards, ça saute en premier du toit du garage, et en plus... ça sait que Capi va mourir. Comment font-elles ? Elles doivent tenir ça de la m'am qui aura neuf vies.

Je laisse les petites sœurs à leurs devoirs et je monte dans le cerisier. Là-haut, les branches font comme un hamac. Je range ma poinçonneuse en fer et mon pistolet à bouchon dans mon sac à trésors. Peut-être que c'est parce que j'ai assassiné le chien jaune que Capi va mourir d'un coup de pédale.

Chaque soir, en rentrant de l'école, j'inspecte mes soldats Mokarex. Quand j'ouvre ma boîte marron, je les retrouve pêle-mêle. Je regarde leur disposition et je m'amuse à reconstituer leur journée. Au fond de la boîte, la Pompadour fricote sous la cape d'Haussman, Rouget de Lisle donne l'impression de se noyer, Condorcet d'être encore au cabinet et Mme du Barry et Buffon s'emblent présenter « Art et magie de la cuisine » à la place de Catherine Langeais et Raymond Oliver. Mais ce soir, je n'ai pas le temps de les passer tous en revue. Il faut que je leur présente le nouveau. C'est mon quarante-huitième soldat.

Je remets un peu d'ordre dans la boîte marron. Avant, je les rangeais par siècles, mais ça faisait des histoires. On sentait qu'ils s'étaient assez vus de leur temps. Ça doit être ça, le paradis. Des gens de toutes les époques qui vivent ensemble à l'âge qu'ils veulent. Moi je choisis d'avoir dix-huit ans, pour jouer la finale de la coupe du monde de football au stade de Colombes, avec Serge, Pelé, Kopa, Fontaine et le p'pa.

Mais je ne crois pas au paradis, sinon il faut croire

à l'enfer. C'est un lot. Et si l'enfer existe, j'irai tout droit. Je suis en état de péché mortel, depuis le jour où j'ai mangé comme quatre-heures des hosties à la confiture de fraise.

Le sang sucré du Christ avait beau couler sur mes mains, personne n'a cru au miracle. J'ai été renvoyé du caté à quatre heures une ! Adieu la communion, l'aube blanche, la croix de Lisieux, la pièce montée avec le communiant en haut, le chapelet de la m'am, le missel à lettres dorées, le brassard sur le costume neuf et les images pieuses à vendre. Pour les images, j'aurais battu le record de la paroisse. Mais surtout, adieu à la montre Lip chrono en or dix-huit carats, avec le bracelet en cuir.

L'heure ! Je vais être en retard au match de foot au Champ de Personne. Ils auront déjà composé les équipes. Ils me mettront à l'arrière et peut-être même dans les buts comme un petit gros ! La honte.

Pourtant, avant de partir, il faut que je fasse la présentation du petit nouveau aux autres soldats Mokarex. C'est la tradition. Je prends le dictionnaire.

– Mesdames, messieurs, je vous demande d'accueillir parmi vous Corot Jean-Baptiste, célèbre paysagiste français, né et mort à Paris (1796-1875).

Je laisse un temps pour les applaudissements.

– Il se distingue par la sérénité de ses ciels et par l'idéalisation de la nature vraie.

Quatre lignes, ce n'est pas beaucoup. Mais ce n'est pas le dictionnaire qui compte, c'est la taille du soldat. Ici, Fouquier-Tinville vaut trois fois plus que Napoléon. Je referme la boîte marron et je les laisse entre eux. J'imagine déjà toutes les coquettes qui vont défiler devant sa toile, pour qu'il leur « idéalise la nature vraie ».

Je cache la boîte marron à sa place et je saute du cerisier directement sur Blanco comme dans les westerns.

– Un jour tu vas te casser la margoulette.

– Pas de danger, m'am, tu m'as fait en caoutchouc !

Elle hausse les épaules, comme quand je veux lui porter son sac de commissions. J'aime bien qu'elle dise « margoulette ». J'ai l'impression qu'elle me fait la raie dans les cheveux avec ses doigts.

– Tu prends pas tes affaires de foot ?

– Je les garde pour le match de dimanche.

La mère tourne assez de lessives. Et ça fait bêcheur d'arriver avec l'équipement de son club. Moi, je suis poussin au Stade de l'Est Pavillonnais. Maillot rouge à col et poignets jaunes, short bleu et chaussettes rouges à revers jaune. Le père m'a acheté une vraie paire de chaussures de foot en cuir, à crampons en liège. C'est à moi de les brosser, de suiffer les coutures et de les cirer. Le père ne rigole pas avec l'équipement.

– Si je les retrouve sales, tu iras jouer pieds nus.

J'ai essayé, comme les Brésiliens sur les plages de Copacabana. Mais ça fait trop mal. Surtout que le père m'a offert un ballon en vrai cuir, comme ça, sans raison. Même pas un anniversaire, une fête ou une amélioration microscopique de mes notes, ni non plus un avancement d'échelon ou un « canasson fantôme ».

Le « canasson fantôme », c'est le nom que la m'am a donné à ce troisième cheval du tiercé qui n'arrive jamais. C'est pourtant celui-là qui doit nous emmener en vacances à la mer, nous acheter un Frigidaire ou changer la porte du garage « qui va tuer un gosse, un jour ». Malheureusement, le « canasson fantôme » reste à l'écurie, et le père continue à faire des heures supplémentaires. C'est plus sûr.

La façon qu'a le p'pa de faire des cadeaux qui tombent pile est mystérieuse. Sûrement qu'il doit voir la poupée Bella ou la Caravelle à friction tourner dans nos yeux comme une barbe à papa rose, et enfler, enfler en silence dans notre cœur. Le p'pa ne dit rien. Un soir comme un autre, il rentre et laisse tomber un paquet sur la table de la grande pièce. « Tiens, j'ai trouvé ça ! » Et « ça », c'est exactement la barbe à papa qu'on avait dans le cœur.

Je suis enfin prêt à partir au Champ de Personne pour le match de foot du soir. Je fais un petit signe à la mère dans la cuisine.

– Dis, m'am, est-ce que je peux prendre...

J'ai failli lui demander de me prêter son vélo ! J'avale ma langue illico, et je me fouette la cuisse. Allez, Blanco, ce n'est pas le moment de laisser revenir le cauchemar de cette nuit. Je pars au galop par la rue des Limites et j'arrive tout droit au Champ de Personne.

Le Champ de Personne, c'est le bout du quartier. Un immense terrain vague bordé par la rue des Limites, la rue Montgolfier et une avenue dont je ne connais pas le nom. Trois faces et surtout trois manières d'y entrer. Soit en famille, le dimanche après-midi, pour un pique-nique sur des couvertures. Soit en éraflant les arbres en Juvaquatre, comme la m'am pour sa première et dernière leçon de conduite. Ou en douce, à la manière des gars du coin, le soir, après l'école, le centre d'apprentissage ou l'usine.

Le Champ de Personne est en contrebas de la rue. Pour y descendre, il faut connaître le chemin parmi les mûriers et les noisetiers sauvages. Je fais bien attention de laisser retomber derrière moi les branches et les ronces pour ne pas dénoncer l'entrée. Car ce passage est comme le rideau de bouchons multicolores du *Cochon pendu* : il est magique.

Aux beaux jours, le père nous emmène le dimanche, en traction, *Au cochon pendu*. C'est une guinguette du bord de Marne. Le patron pèse cent vingt kilos. « Comme mon cochon », à ce qu'il dit. Toujours en marinière rayée, il ne bouge pas de derrière une grosse barrique qui sert de comptoir. Il commande à une serveuse qui pourrait être championne du monde de gros mots toutes catégories, et à un accordéoniste qui joue *Perles de cristal* mieux qu'André Verchuren. Pour les ordres, il fait claquer son nerf de bœuf contre sa jambe. Ce qui fait qu'il doit être aussi violet en dessous qu'au-dessus.

Au cochon pendu, il y a surtout un jardin qui descend jusqu'aux barques vertes et rouges sur la Marne. Et au beau milieu, sans raison, suspendu à un chambranle en bois : un rideau de bouchons multicolores ! Tonton est tombé amoureux du rideau, encore plus que de Jacqueline Joubert. Il a voulu en fabriquer un avec 1254 capsules plastique de bouteilles de vin Gévéor, qui ressemblent à des chapeaux de cow-boys. Le motif est décidé. Ce sera une plage de la Martinique, avec sable blanc, palmier vert sur fond de ciel bleu, soleil jaune en haut à droite et encadrement rouge.

Résultat : pendant la période de collecte, les hommes de la maison ont un peu forcé sur la consommation à table. Surtout tonton qui s'est emmêlé dans ses calculs. Maintenant sa plage de la Martinique ressemble à un vomi abstrait à la Picasso. En plus, il s'est trompé dans les dimensions du rideau. La chose est trop large et pas assez haute pour la porte de la cuisine. Alors, on l'a remisée dans le cabanon. Vexé, tonton Florent a décidé d'en fabriquer un autre en capsules de pots de yaourt.

J'ai proposé d'installer la chose près du tas de charbon pour faire peur aux Martiens. Mais on la voit de la rue, paraît-il. On me dit que ça ferait mauvais genre dans le quartier et qu'en plus, à cet endroit, « ça ne coupe rien ».

Le rideau de bouchons du *Cochon pendu* non plus ne coupe rien. Pourtant, quand on le franchit, on est tout de suite ailleurs. J'en ai fait des voyages à travers ce rideau. Il a des pouvoirs magiques. Il suffit de l'écarter en faisant semblant de nager la brasse, et soudain c'est Oxford-Cambridge sur la Marne. On voit glisser deux longs huit-barrés, effilés comme des araignées d'eau, et tout le monde a l'impression de porter un canotier neuf. Rien qu'en laissant les bouchons frôler son visage, on peut aussi voir les étoffes multicolores qu'on étend à sécher au bord du Gange, à Bénarès. D'ailleurs tonton Florent, sans ses dents, ressemble à Gandhi.

Je descends au Champ de Personne en traversant le pan de ronces que je laisse retomber derrière moi comme le rideau de bouchons multicolores. Le passage me propulse d'un coup au stade Maracana de São Paulo. Cent vingt mille spectateurs dans les noisetiers et des orchestres de samba en fleur qui font tricoter les gambettes dans les pissenlits. Sur le grand terrain, le match de foot est déjà commencé. Je suis triste, j'ai manqué le moment que j'aime le plus. Celui où on forme les équipes. « Je prends mon petit frelot avec moi ! » Qu'il gagne ou qu'il perde à pied dessus, pied dessous, Serge me choisit toujours en premier. Il se prive d'un gars plus vieux, plus grand, plus fort. Chaque fois, je suis fier. C'est mieux que le prix d'excellence ou quinze crans en saut en hauteur. Dans un match, je cours, je dribble et je marque, uniquement pour qu'il me dise « C'est bien, mon p'tit frelot ! ». Mais ce soir je reste sur la touche. Je vais être obligé de jouer le speaker dans ma tête comme pour les copains à la cantine... *La balle à Kaelbel, Lerond au centre, qui passe à Penverne, Penverne à Piantoni démarqué qui descend sur l'aile et déborde Nilton Santos, il centre sur Kopa qui dribble un, deux adversaires et donne à Fontaine dans les dix-huit mètres, Fontaine tire en pleine course, Gilmar plonge, mais le ballon entre dans la lucarne. But ! Le public est debout...* Je monte sur le banc, le maître de cantine m'attrape par les petits cheveux. Deux heures de retenue. Fin de la retransmission.

Plus tard, après avoir été champion du monde de football, je deviendrai speaker à la radio. A la télévision, ce n'est pas intéressant, on ne fait que répéter ce qu'on voit sur les images.

Mais ce soir, je n'ai pas le cœur à faire le speaker. Je sens piaffer dans mes jambes toutes les forces du pain dur et du coulommiers sauvage. Surtout que, à l'aile droite de l'équipe de mon frère, il y a à ma place ce rachot de Guillaume, lent comme un train de marchandises et chaussé avec des savonnettes d'aveugle. Même pas fichu de trouver la tête du grand Tatave qui attend les centres, planté tout seul devant les buts comme la tour de contrôle d'Orly un jour de grève. J'en ai les pieds qui sortent des sandalettes.

Serge me voit sur la touche.

– Je prends mon p'tit frelot avec moi !

Mon cœur a cogné la barre transversale.

– C'est pas possible, on est complet.

C'est le Dédé de Bondy qui la ramène. Peut pas encaisser mon frère parce que c'est lui qu'on choisit pour tirer les équipes. Un soir, ils se sont frittés et ça a fini à coups de mollards.

– Mais comment tu parles ! Si c'est comme ça que tu te tiens au Champ de Personne, je vais demander à ton père d'y mettre le holà.

Je veux dire, mère, qu'ils ont eu une légère différence d'appréciation quant à la tactique à employer. Difficile d'expliquer à la m'am qu'au Champ de Personne on ne parle pas la même langue qu'à la maison.

– Picoul' on peut pas faire entrer ton frangin, on est onze contre onze.

Serge a hérité du seul surnom possible, avec ce nom de famille. Résultat : moi je n'en ai pas. Sauf quand j'ai les cheveux trop longs, et que la m'am m'appelle son petit Cagnagnou. Mais ça, c'est un secret.

Serge s'approche de moi, les mains sur les hanches. Il est en sueur. On transpire beaucoup dans la famille. On tient ça du p'pa. Il me fait un clin d'œil.

– T'inquiète pas, mon p'tit frelot, on va le niquer !

– Comme Pontet ?

– Pareil.

Cette nuit-là, je dors mal à cause du cauchemar de la reine d'Angleterre et des faux-monnayeurs : signe de grosse fièvre. « Niquer Pontet ! Niquer Pontet ! » La phrase va et vient dans ma tête comme une planche à billets ! Hier soir, au moment de se coucher, Serge m'a encore dit : « On va le niquer, le casseur ! » J'ai l'habitude. Mais il a ajouté : « Cette nuit ! » C'est ce qui a dû me donner la fièvre.

A force d'en parler, je me demandais si Pontet n'allait pas devenir comme le canasson fantôme : un truc qui n'arrive jamais. Un peu comme le HLM avec une baignoire, le poste de chef d'équipe du p'pa ou le Frigidaire qui fait des glaçons. La maison est pleine de canassons fantômes.

Quand Serge me secoue, je suis empêtré dans mes petites sœurs. L'une me prend pour un oreiller, l'autre pour un édredon. « Chut ! » J'arrive enfin à sortir du lit, et je suis Serge dans l'obscurité jusqu'à la cuisine. Le père est assis à la table. Il est tout habillé et bricole une petite boîte noire avec des fils électriques.

– Je te montre une dernière fois.

Serge écoute, les yeux plissés, comme quand il travaille à un schéma technique sur sa planche à dessins, derrière la porte de la cuisine.

– Tu passes sous le tableau de bord, à gauche de la colonne de direction. Le fil noir sur le plus, et le rouge sur le moins. Tu te trompes pas ou tu fous le feu à la bagnole !

J'écoute en enfilant mes affaires comme je peux. Ça doit être comme ça dans le maquis, quand on va faire sauter la Mercedes 300 du Hauftonggénéralfurher de Nevers.

– Tu ne dois pas raconter ça. Ton père n'est pour rien dans cette histoire.

N'empêche qu'il y a un écusson Mercedes à moitié cramé dans la valise en bois du grenier. Le père continue à expliquer à Serge.

– Ce zinzin, ça ne sert qu'à squeezer son système antivol. Après, pour démarrer, tu te souviens ?

– D'abord, l'interrupteur chromé de gauche, en bas, ensuite la tirette de starter poussée à fond, le bouton nacré enfoncé et un quart de tour de clef sans le lâcher... Et à nous la Studebaker!

– Quand il te l'a proposé, tu risquais pas de la démarrer. C'est un malin, le Pontet. Je me suis souvenu qu'au maquis on avait mis au point un système pour éviter qu'une voiture piégée ne saute au démarrage. C'est ça qu'il a installé sur la voiture de sa femme.

– Le fumier!

Le père n'est pas pour l'insulte, il préfère l'action. On se charge les trois à l'avant de la traction, et on part pour la casse de Pontet. Je suis fier, coincé entre le p'pa et Serge, même si je ne vois pas grand-chose de la route et que je ne comprends pas très bien ce qu'on va faire.

– On passera par l'église, le jardin donne derrière la casse. T'es sûr que tu ne veux pas que j'y aille?

– Non, p'pa. Il m'a fait passer pour un abruti devant tout le monde. C'est à moi de le faire.

Le p'pa gare la voiture dans le chemin creux le long de la voie ferrée, près de Notre-Dame-d'Espérance.

– Je vous accompagne jusqu'au grillage. Ensuite, je serai devant le portail, moteur en marche. Faudra faire fissa!

Le père aurait dû dire « Réglons nos montres! » comme dans les films de guerre. A cause de la communion, je n'en ai pas, mais j'aurais fait semblant.

– Attendez-moi là!

Le père entre dans la chapelle. Je le suis quand même à l'intérieur. L'odeur me rappelle le caté, quand on préparait les fleurs pour l'autel. Le p'pa est immobile devant un grand cierge allumé. Les mains croisées devant lui, il a les yeux levés vers une icône dorée. Je la connais bien. Elle représente une Sainte Vierge à la peau brune qui porte dans ses bras un enfant Jésus de ma couleur. C'est à cause de cette icône que j'ai failli être renvoyé une première fois du caté, quand j'ai dit : « Dieu doit être noir, puisque son fils est café au lait... »

– Tu ne dis pas à ta mère que je suis venu faire brûler un cierge.

Je ne vois pas ce qu'il y aurait à dire à la m'am.

– Sinon, je serais obligé de l'accompagner à la messe au lieu de t'emmener au stade le dimanche matin.

Là, je vois mieux.

– T'as des sous ?

Il me reste la monnaie de la pièce du fossoyeur sur la grenadine. Le père glisse le tout dans la fente. C'est six Carambars, deux boules de coco et cinq gros caramels au lait qui viennent de faire « Clinc-Clinc-Clinc-Tong ! » dans le tronc. Je considère maintenant que j'ai un crédit chez Notre-Dame-d'Espérance. Je reviendrai faire brûler des cierges gratis, avant les matches de foot et les compos de dictée.

Le père nous accompagne jusqu'au grillage de la casse. Je me glisse dessous avec Serge. Ça donne les chocottes, ces piles de carcasses d'autos dans la nuit. Même dans l'obscurité, c'est facile de se repérer dans la casse. On y a joué souvent, et Serge y a même travaillé pour se faire des sous. La Studebaker est à sa place. Les chiens semblent dormir. Le cierge du p'pa fait effet. Je regrette moins mon argent. Serge a ouvert la voiture avec une lime à ongles. « On ne retrouve jamais rien dans cette baraque ! Qui a touché à ma trousse de manucure ? » C'est promis, Lilyne, si ça marche, c'est toi qu'on emmène la première faire un tour.

Je tiens la lampe torche, Serge installe le zinzin sous le tableau de bord.

– Regarde bien ce que je vais te montrer. Il faut absolument que tu t'en souviennes pour demain. On ne peut pas faire d'essai, sinon on va réveiller tout le monde.

J'enregistre les gestes de Serge.

– Avec ça, mon p'tit frelot, demain on va le niquer... à sec et à fond !

Serge a encore compliqué la formule, mais j'ai compris l'essentiel : la Studebaker, c'est pour demain.

On a rejoint le père par le même chemin et on est rentré à la maison, comme d'une partie de pêche. La m'am attend sur le perron.

– Demain, Paulette, on touche le tiercé dans l'ordre !

Le lendemain, c'est la « garden-party » des Pontet, comme dit madame. Une immense table en fer à cheval avec des nappes blanches est plantée au milieu d'un canyon de bagnoles scalpées de partout. Le patron trône, la patronne pigeonne, les invités s'empiffrent. Le p'pa, Serge et moi on se regarde par-dessus les fourchettes pendant tout le repas. Quand le café arrive, le soleil faiblit déjà. J'espère une rechute de la cécité crépusculaire, pour voir tout ce qui va suivre dans des teintes violines. Je me sens un Mohican en embuscade.

– Mes amis ! Mes amis !

Pontet fait tinter son verre avec son couteau. L'assemblée s'essuie la bouche. Le regard de Serge et le mien se sont croisés. On a sûrement pensé la même chose : « Il y va ! Il y va !... »

– Vous savez qu'il y a une tradition à laquelle je tiens...

Murmures autour de la table. Chacun sait de quoi il veut parler. Serge et moi pensons de plus en plus fort : « Il y va ! Il y va !... »

– ... C'est d'offrir une chance au fils de mon ami Roger, à qui je dois de m'en être sorti dans des moments difficiles.

On se tourne vers le p'pa qui fait le modeste.

– Cette année, nous avons pensé que c'était au tour de... enfin, du plus jeune de ses fils de tenter sa chance.

Le casseur ne se souvient plus de mon prénom. Mais nous on n'a pas oublié. « Il y va. Il y va... » Serge et moi, on s'est fixés dans les yeux pour mieux se rappeler la fois où on a failli tuer le facteur.

Ce jour-là, m'am nous a réveillés en pleine nuit. « Il neige ! » C'est toujours elle qui le sait la première. Toute la famille est sortie dans la rue écouter le silence et jouer à la carte postale de Noël. « C'est beau ! Oh que c'est beau ! » Je n'aime pas la neige, ça rend les adjectifs idiots. Comme chaque fois, ça s'est terminé en bagarre générale de boules de neige, et bonhomme géant au milieu du carrefour. Cette nuit-là, on a tous dormi comme des petits Lapons.

Le lendemain, à l'heure du courrier, je suis embusqué avec Serge derrière les lilas. On guette le facteur. L'assassin à pédales vient de déboucher du coin de la rue sur son vélo. La veille, Capi a reçu un coup qui l'a laissé raide sur la glace. Le soir, avant de se coucher, Serge a versé de l'eau chaude devant chez nous. Au matin, il y a une superbe langue gelée qu'on a recouverte de neige fraîche. « Il y va ! Il y va !... » Le tueur de chiens s'en approche tout doucement. Tout à coup, le facteur meurtrier, la sacoche et le vélo exécutent un soleil complet, avec rayons, sacoches, fracas et courrier semé à la volée dans la poudreuse. Le facteur jure de quoi remplir un cahier entier et repart en clopinant, son vélo sur l'épaule.

On se précipite sur les lieux. Dans la chute, la pédale du vélo du facteur a creusé un gros trou dans la glace.

– Merde ! Il nous a bousillé notre glissade, ce con !

– Je t'ai déjà dit de ne pas parler comme ça !

Pontet continue d'essayer de se dépêtrer de son discours et de son cigare.

– C'est donc à... au plus jeune fils de Roger, cette année, de démarrer la Studebaker. Bonne chance !

Le banquet applaudit la générosité du geste. Le casseur grand seigneur m'assoit au volant. Je fais « Brômm-Brômm ! » pour avoir l'air d'avoir dix ans et pour prendre le temps de repéter les boutons du tableau de bord une dernière fois.

– Tu as compris, mon petit. Un seul essai et tu peux aller à l'école avec demain ! Allez, fais faire vroum-vroum à la toto !

A l'évidence, on n'est pas d'accord avec le casseur sur le bruit que fait un moteur et mon âge mental. Je révise la combinaison. Ça y est, ça dérape sous mon crâne ! Je ne sais plus. L'interrupteur chromé, en bas ou en haut ? Et la tirette du starter ? Deux « t » ou un seul à tirette ? Chaque fois que j'hésite entre deux orthographes, je choisis la mauvaise. Je vais vomir. Ce sera joli sur le cuir rouge des sièges.

– Tu peux pas faire vroum-vroum ? Alors ce sera pour l'année prochaine.

L'année prochaine ! ça veut dire 365 jours à attendre et 365 fois à entendre Serge dire « On va le niquer ! ». Ça fera un troupeau de 365 canassons fantômes qui galopera 365 nuits dans mes cauchemars. Pas question ! Serge me regarde. Je ne veux pas le décevoir, sinon, il ne me prendra plus jamais dans son équipe. J'y vais. Tant pis.

Interrupteur chromé : en bas ! Tirette de starter : à fond ! Bouton nacré : enfoncé ! Je saisis la clef de contact. Mon cœur bat à quatre soupapes par piston. Je tourne la clef sans lâcher le bouton nacré...

Raté ! Ça ne fait ni vroum-vroum ! ni Brômm-Brômm ! mais un joli Greûm-Greûm ! qui fait tomber le havane du râtelier du casseur. Sa femme glisse sous la table en emportant la nappe et l'argenterie comme si elle voulait sauver sa dot. La foule applaudit. Je suis soulevé du siège et porté en triomphe par la famille. « On l'a niqué ! » Je savoure les joies de la conjugaison. On va le niquer : « e-r ». On l'a niqué : « é », avec un sourire sur le « e ».

Le soir, c'est le retour avenue Meissonnier. La Studebaker roule au ralenti, la capote baissée, le p'pa au volant en Agha Khān, la m'am en bégum à côté de lui qui agite la main, Maryse, Martine et moi à l'arrière dans le rôle des héritiers et Serge qui joue le garde du corps sur la malle arrière. Klaxon bloqué, les frangins et frangines en cortège, et les voisins aux fenêtres. Ça ressemble au couronnement d'Élisabeth II, à la télévision, sauf que pour nous, c'est en couleurs.

Dès le lendemain, la Studebaker a tout changé. Je suis à l'école une demi-heure en avance. Résultat : personne ne me voit arriver et on me traite de menteur. On fait tout avec elle : chercher le pain, déconsigner les bouteilles, fouiller les poubelles du quartier ou attendre chez le coiffeur. Avec la Studebaker, les vautours accourent : le propriétaire, qui veut bien vendre, mais plus cher, Syracuse, avec son trousseau « tout en Boussac », l'épicier qui nous ouvre des ardoises larges comme des tableaux noirs, les vendeurs de tapis, de savonnette, d'aspirateur, de presse-purée, les copains qu'on n'a pas vus depuis cent ans, et ceux qu'on n'a jamais vus.

Même l'assistante sociale rapplique pour voir si ce n'est pas avec les allocations familiales qu'on entretient notre voiture. C'est pire qu'au manège. La famille en a attrapé le tournis.

On commence à se disputer pour savoir qui ira se promener avec, qui l'aura pour aller au bal ou au cinéma. Le soir, après la télévision, on ne joue plus tous ensemble au nain jaune, aux petits chevaux, au jeu de l'oie ou au casino. Il manque toujours un quatrième pour le tarot. C'est pire que le canasson fantôme du tiercé. En plus, la nuit, les garçons doivent organiser un tour de garde pour la surveiller, de peur qu'on ne nous la vole. Même moi. Le matin, je dors sur le dos de Blanco jusqu'à l'école.

Ça ne pouvait plus durer. Un soir, à la fin du repas, le père ferme la Série Noire qu'il lit en la faisant claquer. Signe de décision.

– C'est fini avec la Studebaker. J'ai décidé de la rendre.

On s'y attendait, mais pas si vite.

– J'ai vu Pontet. Il a perdu trente kilos, il fume des gitanes maïs et sa femme a pété une durite. Elle tourne en rond dans la casse en voiture à pédales. Il a assez payé et nous aussi.

Le père lit la liste des dépenses occasionnées par la voiture en moins d'un mois. Il insiste sur le mot « occasionné ». Même avec sa belle écriture, ça fait salé. Ensuite, il énumère tout ce qu'il faudrait supprimer pour la garder, en la faisant rouler seulement le samedi et le dimanche. C'est simple, il nous reste la Studebaker, la Studebaker, et encore la Studebaker. Point. La restitution est votée à main levée.

– D'accord, mais avant, vous partez tous les deux en week-end à la mer.

La m'am a toujours rêvé de quelque chose comme ça, et du carnaval de Nice avec le p'pa. La famille adopte la proposition d'Évelyne par acclamation.

– A une seule condition, les parents. Vous y allez en amoureux, avec interdiction absolue de nous raconter.

Ce sera leur secret. Les parents rouspétèrent pour la forme. La m'am laissa des dizaines de « p'tits mots » de recommandation épinglés dans toute la maison. Puis ce fut comme dans un conte. Ils partirent et ne nous racontèrent jamais...

– Pourtant, si tu avais vu...

– Non, m'am ! Interdit de dire.

Au retour de Deauville, le père va rendre la Studebaker à Pontet. Personne n'a le cœur à l'accompagner. Il revient avec une Talbot impériale modèle 1938 en ruine, longue comme un pâté de maisons. Le père en a pour des centaines d'heures de travail avant qu'on puisse appeler « ça » une auto. En regardant la Talbot, la famille se demande si, cette fois, ce n'est pas le casseur qui nous a niqués.

– T'inquiète pas, mon p'tit frelot, on va le niquer comme Pontet !

Je retrouve mon frère Serge qui me tient par l'épaule. J'ai l'impression étrange d'avoir fait un long voyage en Studebaker et de me réveiller en sursaut au Champ de Personne, sur le terrain de foot. Pourtant je n'ai dû rêver qu'un quart de seconde, mais le réveil est brutal. Les autres ne veulent pas que mon frère me prenne avec lui.

– Picoul', tu peux pas avoir ton frangin avec toi, on est déjà complet.

– Ça va, j'ai compris !

Même mon frère m'abandonne et donne raison à Dédé de Bondy qui n'est même pas plus fort que lui. C'est vrai qu'ils sont complets, mais entre frères ça ne compte pas. Je vais me faire adopter par une autre famille. Serge me fait un clin d'œil.

– D'accord... C'est normal, on peut pas prendre mon p'tit frelot. C'est normal. Alors c'est moi qui sors. Je lui donne ma place.

Serge me pousse sur le terrain et s'en va les mains sur les hanches. Panique générale. Toute l'équipe l'entoure. « Tu peux pas faire ça ! On va se faire cartonner ! » « J'ai mal au genou, je vous dis ! » Conciliabules, palabres. « Hé ! On joue ou vous êtes forfait ! » C'est réglé à l'amiable. Bébert, le plus mauvais ailier droit de l'univers, est éjecté du terrain. Il rouspète, crache partout et shoote de rage dans les mottes.

Je prends sa place et je jauge mon arrière. C'est une brêle trapue avec un gros derrière. Dès que je touche mon premier ballon, je vais lui sortir tout mon catalogue de feintes. J'en ai quatre pages pleines sur mon cahier de leçons. Contrôle orienté, amorti, intérieur-extérieur, râteau, dribble, passement de jambe, contre-pied... Hop ! Dans le vent !... petit pont, grand pont, aile de pigeon, reprise de volée, ciseau retourné, lobe, louche, boulet de canon et but ! Je vais le faire devenir chèvre, il va brouter les pâquerettes. Je vais débouler le long de la ligne, il ne verra que mes semelles. Rendez-vous sous la douche ! Je vais le dribbler jusqu'aux sourcils, lui faire fondre les crampons, le faire patiner dans la margarine, lui passer tellement de petits ponts qu'il va virer travelo et qu'on l'appellera Venise...

– Mais arrête ! Ils ont déjà recommencé le match.

– Merci, m'am.

Je suis démarqué, Serge me voit. Longue transversale. Le ballon m'arrive comme un soleil. Je décide d'innover et de faire à mon arrière le « coup de la Somme ».

C'est la m'am qui tient ça de son père. Ça date de

1916, pendant la bataille de la Somme. Un vrai carnage. Vingt mille morts en un jour. Les Écossais montent à l'assaut des lignes allemandes, au son des cornemuses. Ils avancent sans courir, en poussant devant eux un ballon de foot. Juste pour savoir quelle section du régiment arrivera la première sur les lignes allemandes.

Le « coup de la Somme », c'est surprendre l'adversaire par la lenteur. Marcher quand il croit qu'on va courir. Le ballon de Serge m'arrive tout droit. Je vois les coutures épluchées comme une mandarine. Ce sera l'amorti de la décennie et le coup du siècle. Je révise la technique dans ma tête. 1 : Le pied de contact monte vers le ballon. 2 : le pied recueille le ballon comme dans un panier. 3 : la jambe de contact redescend et accompagne le ballon au sol. 4 : ça fait « Pffout » ! La balle me frôle le tibia, glisse sous ma chaussure et roule dans les ronces. « Touche à nous ! »

Je viens de toiler mon premier ballon !

La honte sur moi jusqu'à la cinquième génération ! Je m'écroule en me tenant la cheville. « Chiqué ! Je l'ai pas touché ! » Je grimace en me roulant par terre. Serge bouscule mon arrière. Les gars de son équipe rappliquent. Ça commence à se chicorer. On se calme. Je me pronostique une double fracture tibia péroné, avec fissure de la malléole externe, arrachement des ligaments croisés, distension des adducteurs et ablation obligatoire du ménisque. Je préfère sortir une minute pour l'instant. Bébert prend ma place illico en me faisant un bras d'honneur. Je quitte le terrain en boitant. Serge me tape sur l'épaule.

– C'était pas mal ta feinte. Faudra que j'essaie.

Le match a repris sans moi. J'ai tellement honte que je m'en vais patrouiller du côté du souterrain. Au Champ de Personne, le souterrain, c'est le coin réservé aux grands et aux filles. Il est coincé entre une longue butte de terre et les pavillons qui longent le terrain. Pendant toute une semaine, chaque soir, un groupe de grands et de petits mélangés a creusé, comme des poilus, un réseau de tranchées du genre Verdun. Ensuite, on a recouvert ça de planches, de journaux, de linoléum et d'une couche de terre. Pour ne pas étouffer, on a planté des champignons de lessiveuse pour l'aération. A l'intérieur, il y a des couloirs, des chambres et une salle commune en rond où on peut presque se tenir debout. Le souterrain est éclairé à la bougie, comme ça, si elles s'éteignent, on sait qu'il faut sortir en courant pour éviter de mourir asphyxié.

On peut entrer dans le souterrain par deux portes : celle des petits et celle des grands. D'un côté on arrive avec du pain d'épices, du chocolat et de la limonade, et de l'autre, avec des cigarettes, des magazines illustrés avec des filles nues, et des filles en vrai qui « n'ont pas froid aux yeux ». Je ne sais pas très bien ce que ça veut dire, mais je vois à quoi ça ressemble.

C'est impossible de trouver les entrées du souterrain quand on ne les connaît pas. L'herbe a repoussé sur le dessus et on a camouflé les portes avec des branchages. Même si on la trouve par hasard, ou par mouchardage, il y a écrit sur un panneau : « Réservé aux membres. » Quelqu'un a rajouté un gros couroucou en dessous. Il paraît que « membre » est encore un autre nom pour le robinet, le furoncle de teckel, le champignon de Paris, etc. Étonnant qu'un truc si petit ait autant de noms !

Jeannot garde l'entrée des grands. Il a fait l'Indochine et s'habille comme un barbeau, dit Gérard. Ce soir, Jeannot a baissé la toile cirée bleue qui sert le rideau à l'entrée. Ça veut dire qu'il a invité des « connaissances ». Un type attend, assis dans l'herbe. Il a remonté le col de sa canadienne pour pas qu'on le reconnaisse.

– Tu veux un tour de cartes, gamin ?

Jeannot me montre. Il finit toujours par sortir une dame, mais je ne comprends jamais comment. Ça le fait rire. Jeannot m'aime bien. Il a eu le béguin, et même plus, pour une de mes grandes sœurs, mais je ne sais pas laquelle. « Avec lui, tu te retrouves plus vite à Tanger qu'à Joinville ! » C'est ce qu'elles disent. C'est bizarre, la géographie des filles.

– Tu m'avais dit que c'était le dernier !

La tête blonde oxygénée d'une fille passe par le rideau bleu. Sûrement une « connaissance » de Jeannot.

– Exact. C'était ! le dernier... Mais ça ne l'est plus.

En écoutant Jeannot, je suis de plus en plus convaincu par l'intérêt de la conjugaison. L'oxygénée furieuse souffle en gonflant les joues. On dirait un angelot rose sur un ciel de toile cirée. Un type en salopette sort du souterrain, celui en canadienne s'engouffre aussitôt.

– Et ton dabe, il turbine toujours à Air France ?

Je lui raconte les échelons, les déplacements, les heures supplémentaires et la paie.

– Cent mille balles par mois ! Misère ! Quand les filles me font ça par jour, je leur file une danse ! Pourquoi pas le SMIG, pendant qu'on y est ! Cent cinquante balles de l'heure ! Ça m'esquinte de voir ça.

Je compte de tête les revenus de Jeannot : trois millions cent les bons mois, et seulement deux millions huit en mars. Avec des connaissances comme celles de Jeannot, on gardait la Studebaker.

– Tu sais que ton père aurait pu être un caïd. Le cador des cadors ! C'est mon vieux qui m'a raconté.

– Tu m'avais dit que cette fois, c'était le dernier !

La canadienne sort, un blouson à carreaux entre.

– T'as raison, j'ai dit... sept fois.

L'angelot renonce. Si, en plus, il faut jouer avec les mots ! Jeannot continue de m'expliquer.

– Ton dabe avait la meilleure équipe de braqueurs du maquis. Il avait juste à retirer les croix de Lorraine sur la traction. Mais il avait été vacciné à l'honnête. Dommage, avec sa technique du tunnel, y avait de quoi se goinfrer !

C'était donc ça, pendant la guerre, sa combine

pour aller saboter les locomotives et récupérer le cuivre !

– Je te raconte tout ça, mouflet, parce que demain je mets les voiles avec le gros paquet. Et ce sera grâce à ton dabe. Je lui tire mon chapeau. Pourtant, c'est le seul mec qui peut se vanter de m'avoir latté le cul et d'être encore sur ses jambes. Mais il avait raison, ton dabe, j'aurais pas fait un gendre présentable.

Moi, je le vois bien autour de la table. J'aurais peut-être fini par comprendre ses tours de cartes.

– Demain, mouflet, regarde les journaux. Si on parle de tunnel dans le coin, pense à moi et remercie ton père. Tiens, prends ça, en souvenir de Jeannot.

Il me décore avec son épingle à cravate en diamant.

– L'échange pas contre des Carambars. Là-dedans, y a pas loin d'une bonne feuille de paie pour ton dabe.

Je regarde le brillant. Comment un mois entier de travail du père peut-il avoir la taille d'une petite goutte de sueur ?

– Si un jour tu veux du carbure à la place, tu vas voir Lulu, le bijoutier place de la mairie. Tu lui donnes ma carte de visite et tu lui dis que tu viens de ma part. Il t'entubera pas. Allez, mouflet, va faire un petit tour, maintenant. Un gamin, ça culpabilise le micheton.

Je m'éloigne en regardant la carte de visite... M. Jeannot, hommes d'affaires... Il a ajouté au stylo : « Tu peux. C'est un pote. » Je pique l'épingle de cravate à l'intérieur de ma marinière et je vais vers un autre endroit étrange du Champ de Personne : le terrain de cross.

C'est le coin des costauds, des athlètes, des mimiles en maillot, des fiers-à-bras, des forts en gueule : une vraie cour des miracles. C'est là que je viens prendre des notes pour mes rédactions.

C'est Bourel que je rencontre le premier. Il se balade en tenant une enclume de forgeron en laisse comme un chien. Il a le regard fixe depuis qu'il s'est ratatiné le crâne en jonglant avec. De temps en temps, il se frappe le front comme s'il venait soudain de se rappeler de quelque chose. Mais il a tout oublié. Alors, un souvenir de plus ou de moins. « Viens, Médor, on rentre... »

Je me dis que la tête doit se vider comme un aquarium. Un jour, il ne nous reste plus au fond du bocal qu'un petit poisson rouge asphyxié qui gigote sur du gravier multicolore. C'est peut-être ça, la vieillesse.

L'Ursule, lui, a oublié ses pieds à la naissance. Il marche, mange, discute et s'engueule sur les mains. Il s'engueule sévère, l'Ursule, et même les plus costauds se taisent devant ses bras plantés comme des chênes. Un jour l'Ursule prendra racine par les doigts, et ses pieds pourront enfin fleurir. Son grand numéro, c'est d'imiter le Manneken-Pis sur une seule main. J'ai essayé en faisant le cochon pendu à la grosse branche du cerisier. Je me suis douché de bas en haut, et la m'am a failli me ramener à la clinique. « C'est pas possible, on me l'a changé à la naissance ! »

J'aime aussi regarder les kamikazes s'entraîner. Ce sont deux catcheurs de poche jumeaux, masqués et habillés en collant comme les frères Jacques. Ils ont tiré avec Bollet et Delaporte. Ils nous montrent toutes les prises : le double-Nelson, la main blanche, la planchette japonaise, l'écrasement facial, l'écartèlement... et les combines qui vont avec.

Le catch, c'est chiqué et compagnie ! Quand j'ai dit ça à tonton Florent qui a été catcheur, il est devenu rouge comme la cuisinière. Il m'a attrapé, m'a emmené dans la chambre du garage et m'a expédié dans les airs comme un ours en peluche. « Et ça, c'est du chiqué ? Et ça, c'est du chiqué ? » Au bout d'une demi-heure, je suis feuilleté comme une pâte à tarte.

– Alors, qu'est-ce que tu dis maintenant ?

– N'empêche que le catch... c'est du chiqué !

J'ai cru que tonton Florent allait m'achever avec une prise secrète. Mais il a seulement pris sa lippe de bébé boudeur comme quand on dit du mal de Marie-José, sa chanteuse préférée.

– Bon, d'accord, c'est du chiqué. Mais il faut pas le dire aux autres.

Au Champ de Personne, les plus étranges sont peut-être les Pieds Nickelés : La Filoche, Riboule, et Croque. Ils ne pensent qu'à une seule chose : gagner la médaille de sauvetage. Chaque lundi soir, on a droit au récit de leur dimanche passé au bord de la Marne à essayer de repêcher un noyé. Mais il y a toujours quelqu'un qui arrive avant eux. A force, les Pieds Nickelés n'ont plus le moral. Ils se baladent dans le Champ de Personne comme des mendigots.

– Dis, gamin, tu veux pas te noyer, dimanche ? On t'arrange le coup.

Moi, je veux bien être volontaire, mais je sens encore le feu de la fessée au battoir du père quand Maryse m'avait sauvé sans recevoir de médaille.

Mais les Pieds Nickelés ont fini par l'avoir, leur breloque. Tous les trois, à un mois d'intervalle. Filoche a sorti Riboule d'un tourbillon, Riboule a sauvé Croque des roseaux, et Croque a tiré Riboule d'un trou d'eau. Depuis ce jour-là, on les appelle les frères Ripolin du sauvetage.

Ce soir, j'ai assez de notes dans la tête, pour des sujets sur l'amour, l'argent, la vieillesse, la folie, la vérité et le courage. Mais demain en composition de rédaction, le maître risque de nous demander de raconter une aventure avec des amis, ou un repas en famille.

– Tu viens ?

Serge m'attend sur son vélo. Il est en nage.

– Dépêche-toi. On va être en retard à la soupe !

Je le rejoins en boitant un peu pour me faire plaindre. Je m'assois à ma place sur le cadre.

– Alors ?

– Mon p'tit frelot, on leur a mis 3-O ! Et toi, ta cheville ?

– Je crois que je suis perdu pour le football.

CHAPITRE XI

Le trousseau de Syracuse

Rentrer le soir du Champ de Personne avec Serge, c'est sentir son souffle sur mon cou. Il me ramène sur le cadre du vélo, assis en amazone. La route défile sous moi. J'ai l'impression d'être la proue d'un brick pirate de 280 tonneaux qui convoie d'anciens esclaves de la Martinique. Il va les libérer sur la « côte occidentale » de l'Afrique, comme dit le maître. A grands coups de pédales, Serge nous rapproche de Gorée. « L'île à l'odeur âcre de Nègre ». Je la connais par cœur à force de la détailler sur la carte murale quand je suis au piquet. Elle touche presque la côte du Sénégal. Un point minuscule dans le bleu clair de l'océan à moitié rongé par le premier « a » de « Dakar ». On pourrait croire à une simple bavure d'encre.

Un jour que la classe sort en récréation, le maître me retient par la manche de ma blouse. Ça sent le piquet. J'ai certainement dû faire quelque chose.

– Regarde ! Tes arrière-arrière-arrière-grands-parents sont partis de là.

Il me montre ce petit point noir : Gorée. Mais c'est « arrière-arrière-arrière » qui m'intrigue. Ça me fait penser à ces fiches à moitié effacées qui jaunissent au fond des longs tiroirs en bois de la bibliothèque municipale. Josette m'y a emmené une fois pour emprunter un livre sur les Esquimaux : *Anouk*. J'ai vu le film au patronage. Si je n'avais pas été Mohican, j'aurais été esquimau. C'est le même canoë.

Je n'aime pas savoir qu'on a entassé mes arrière-arrière-arrière-grands-parents sur cette tache minuscule au milieu de l'océan. Ça devrait rester un secret de famille. Alors, quand je vais au piquet, j'emporte un crayon et j'agrandis la tache en douce. A chaque séjour au piquet, l'île prend de la surface. Bientôt Gorée sera presque de la taille de Madagascar. Le maître doit sûrement considérer qu'il y a maintenant assez de place sur l'île pour rapatrier tous mes ancêtres. Il ne m'envoie plus au piquet et a fini par ranger l'Afrique dans le porte-cartes. Il ne m'a jamais demandé de gommer mon île. Je me souviens quand même qu'elle ressemble à un tourbillon.

Un matin à la pêche, je parle au p'pa de Gorée et de nos arrière-arrière-arrière-grands-parents. Il ne dit rien jusqu'au moment où il sort un gardon rachitique.

– Gorée ! L'île à l'odeur âcre de Nègre... C'est ce qu'on sent, paraît-il, en y arrivant.

Cette évocation donne au p'pa une de ses « idées fumantes » qui fait si peur à la mère : rejoindre la Martinique en bateau pneumatique. Il veut refaire la route des esclaves dans les mêmes conditions qu'eux : sans eau et sans nourriture. Du mouron en perspective pour la m'am.

J'ai faim et on va être en retard pour le repas. Serge hisse la grand-voile et pique un sprint. Il y a comme de l'écume dans le phare du vélo. Le frère saute les trottoirs, et j'entends la dynamo râler à chaque attaque de vague. Mon coccyx rouspéterait aussi, s'il le pouvait. Je serre dans ma main l'épingle à cravate en brillant que Jeannot m'a donnée. J'ai l'impression de tenir le génie de la lampe d'Aladin.

On cingle vers la maison. J'aime bien le verbe « cingler », mais j'ai parfois du mal à le caser dans les rédactions.

Serge est silencieux. Il doit penser à sa dernière maquette d'avion de l'ancien temps. Il la terminera ce soir, à la fraîche, dans le garage. C'est le meilleur moment pour passer le vernis. On ira la faire voler après-demain. Il faudra tout prévoir : de la colle à froid, du papier du Japon, une épingle, une perle métallique et du fil à coudre au cas où il y aurait de la casse. « On prend rien, ça va nous porter la poisse ! » C'est bizarre, le malheur, il ne faut pas le prévoir, sinon il arrive. Le contraire du tiercé.

Pour l'instant, il faut essayer de rentrer à la maison avant la fin du repas. Les places autour de la table ne s'agrandissent pas aussi facilement que l'île de Gorée. Je vais encore avoir droit à la planche à laver entre mes deux petites sœurs. Elles vont en plus me chanter leur petite serinette.

– Pour le dernier arrivé : la planche à laver !

– Et un savon, par-dessus le marché !

C'est joli, « serinette », on entend bien le petit oiseau à l'intérieur. Ça me fait penser à « sœurette » et « socquette ». Et je vois le bleu des yeux de Maryse et de Martine.

Pendant que je rêve, Serge mouline comme un écureuil. Je sens son haleine à la Chesterfield-longues-à-bouts-filtrés et son menton sur ma joue. Ça pique ! Je vérifie en tournant un peu la tête. Il pique vraiment ! Pas comme le p'pa, ni les grands frères, mais ça pique. C'est la première fois que je m'en aperçois. Je l'ai bien vu, un matin, emprunter le Gillette mécanique du père et se raser sans savon.

– Tu crois pas qu'une gomme à crayon suffirait, pour tes trois poils ?

Roland rigole. Lui a déjà le menton plus bleu que le père. Moi, plus tard, je ne veux pas avoir un menton pareil. Il suffit de ne pas commencer à se raser. Gérard m'a prévenu.

– Les poils, c'est comme le gazon : plus tu tonds, plus il faut tondre.

Pas question de devenir comme le mouton de Mme Piponiot ou la pelouse du terrain du Stade de l'Est.

– Alors, t'auras pas de femme ! Les femmes n'aiment pas les hommes sans poils. Ça fait mauviette !

Bon alors, j'aurai des poils, puisque Évelyne dit qu'il en faut. Mais Josette est d'un autre avis, et Monique ne pense pas pareil. La m'am ne dit rien, et les petites sœurs ajoutent leur grain de sel. Comment savoir ce qu'elles veulent ? Je comprends pourquoi on vend des fausses barbes à la Boutique bleue : c'est parce que les filles n'arrivent pas à se décider. Ça va être simple d'être grand, un jour !

On arrive à la maison. Comme chaque fois, Serge saute en marche et lâche le vélo. J'aime ce bref instant où je reste à rouler seul en suspension le long des lilas. Pourtant, je me dis qu'un jour il laissera le vélo dévaler la rue comme un train fou sans conducteur. J'ai vu ça à la décharge sur une couverture de *Détective*. Les gens hurlent aux fenêtres avec des visages où on ne voit que la peur, les yeux et les dents.

Mais Serge me récupère toujours après un petit temps de roue libre. « Et hop ! » comme à « La piste aux étoiles ». Il salue. Personne pour applaudir. Pourtant il y a du monde dans la cour. Trop pour cette heure du soir. C'est mauvais signe.

J'ai remarqué cette autre bizarrerie de la maison : non seulement les mètres carrés du matin sont plus petits que ceux du soir, mais en plus elle est capable de contenir beaucoup plus de joies que de peines. Ça veut certainement dire que même les petites peines prennent plus de place que les grandes joies.

– C'est une question de cubage !

C'est ce que Cageot et Cagette disent à ma mère quand ils viennent livrer le bois de chauffage. Cageot le gros et Cagette sa femme : deux filous. Ils déchargent dans la cour une montagne de caisses qu'il faut réduire en petits bois pour faire démarrer le poêle et la cuisinière. Un véritable cauchemar ! Ça rebondit, ça griffe, ça coince, ça ripe. Un jour, j'ai mis un coup de hachette sur le pied de Serge. J'ai cru que je lui avais tranché les orteils et qu'il allait me fracasser le crâne comme le vase de Soissons. Il n'a même pas bronché et m'a regardé avec l'air de dire : « C'est pas encore demain que tu vas être un Mohican ! » Ce jour-là, je me suis senti tout petit.

– C'est une question de cubage, madame !

Les filous radotent comme des compères. Ils savent que la mère finira par payer. Sur le feu, il y a au moins une lessive prête à déborder, un ragoût à laisser attacher, un clafoutis à brûler et un fer en train de roussir la pattemouille.

– Mais aujourd'hui, vous m'avez mis que de la cagette. C'est quand même pas pareil pour le feu !

– Peut-être pour le feu, mais pas pour le cubage.

– Ça va pour cette fois. Tachez d'équilibrer la prochaine livraison, sinon j'irai voir ailleurs !

La m'am oubliera. Je note ce que c'est que deux filous. Et je glisse dans le réservoir de leur camion un peu de sucre en poudre pour corriger le cubage.

Tout ce monde dans la cour à cette heure me fait craindre pour Capi, ses quatre-vingt-quatre ans, ses coups de pédale dans l'œil et la visite au vétérinaire. Serge aussi y pense. Dès qu'il m'a récupéré sur le cadre... « Et hop ! » Il va tout droit voir dans le garage. Capi n'est toujours pas sur sa couverture.

– Le p'pa est pas encore revenu du vétérinaire... Tu sais, il était vieux. Son œil était pas beau à voir...

Évelyne console Serge qui reste tout raide, la tête baissée, comme s'il avait manqué un penalty en finale de la Coupe de France. Évelyne fait la grande sœur. Son 1,49 mètre et demi peut accueillir les chagrins les plus gros du monde. En la regardant, je pense aux énormes transatlantiques qui traversent des tempêtes formidables et viennent reposer leur masse le long d'un quai tranquille. Ma sœur Évelyne, c'est un joli petit quai de bois, d'où on peut partir pour très loin.

– Dis, Lyline, ça s'arrête quand, les nombres ?

Évelyne est allée me chercher à l'école. Je dois être encore petit, je tombe tout le temps, j'ai des graviers dans les genoux et sous la paume des mains. Ça me brûle. On marche dans la rue Montgolfier, juste là où j'ai vu la Frégate ce matin en allant à l'école. Elle me fait réciter mes chiffres.

– Ça s'arrête quand, alors ?

– Jamais ! On peut toujours rajouter « un ».

Elle n'a rien dit de plus. « On peut toujours rajouter " un ". » Une toute petite phrase, et je me suis senti propulsé dans l'univers, comme un Spoutnik. Je sais aujourd'hui que, les soirs d'été, il est inutile d'essayer de compter les étoiles dans le ciel, ni les bulles dans le Vichy de la m'am... Puisqu'on peut toujours rajouter « un »... J'ai maintenant la preuve indiscutable de l'existence des Martiens.

Serge s'est déraidi. Lyline lui a touché un peu la joue. Il sourit presque, reprend son vélo et s'en va rouler dans la nuit en fumant. Ce soir, il ne m'emmènera pas sur le cadre. Il est triste. Ça fait plus joli quand on est triste de fumer une cigarette blonde.

La famille a l'air un peu perdue. Le père n'est pas encore rentré de chez le vétérinaire. Il a peut-être fait son petit crochet par le café des Limites. Où est la m'am ? Je n'ai pas le temps d'aller ranger l'épingle en brillant de Jeannot dans mon trésor. Ça ne sent pas la soupe dans le couloir. La table n'est pas mise. Il n'y a personne dans la grande pièce, sauf tonton Florent, les bras croisés devant la télévision éteinte. Il trouve quand même le moyen de ronchonner. Ça doit être comme ça, quand quelqu'un est mort : personne ne regarde la télévision et tonton rochonne tout seul.

La porte de la cuisine est fermée. Je sens que la m'am est là avec les filles, mais que ce n'est pas pour apprendre à conduire avec le couvercle du faitout, ni pour faire un ange dans une bassine d'eau bouillante. Et mes petites sœurs ? J'espère qu'elles n'ont pas déjà le droit d'être avec les grands quand il se passe quelque chose de grave ! « Les filles, c'est plus vite mature que les garçons. » Peut-être, mais ce n'est pas une raison.

J'essaie d'écouter à la porte. J'entends des voix et peut-être des sanglots. Des petits, dans un mouchoir ou dans la main. J'ai honte. On n'a pas le droit d'écouter en cachette quelqu'un pleurer.

Je retourne dans la cour. Serge passe et repasse devant la maison en pédalant lentement. Cette soirée est étrange. Les hommes se sont réunis derrière la maison. Je fais le Mohican pour écouter Gérard, Guy, Roland, Michel et Jacques. Ils parlent de Syracuse.

– Y a pas à tortiller. On charge la voiture et on va le trouver, cet enfoiré !

– J'ai vu sa carte de visite. Il est aux Mureaux. On en a pour deux heures aller-retour.

– On lui refile sa camelote.

– Y en a pour combien ?

– Plus de cent sacs !

– Cent vingt-huit mille cinq cents ! J'ai vu la facture.

– Il va hurler, le Roger !

– Mais qu'est-ce qui lui a pris, à la mère ?

– Tu parles, l'autre l'a embobinée. Ce gominé, avec ses bacchantes à la Vittorio de Sica et ses mains de gonzesse.

– N'empêche qu'il faut casquer pour demain, sinon c'est l'huissier.

– C'est de l'arnaque. On pourrait porter plainte !

– Tu parles, c'est complètement légal. Tu as vu ce qui est arrivé à la mère Gelmic.

Mme Gelmic, c'est la couturière à domicile de notre rue. Celle qui a fait mon duffle-coat bleu marine, avec le premier bouton qui ne siffle même pas. Elle a deux jumeaux de mon âge qui ne se ressemblent pas du tout. Faux jumeaux et faux culs : deux vraies teignes coupées en brosse qui tirent les oiseaux à la sarbacane.

Un jour, la buanderie au fond du jardin de Mme Gelmic a explosé. C'est là qu'elle fait bouillir ses lessives. On dit qu'elle a pris des médicaments et qu'elle a mis sa tête dans le four pour mourir. Elle avait acheté des draps, des rideaux, de la soie et de la dentelle à Syracuse. Elle n'avait plus d'argent pour payer, et l'huissier allait venir avec le commissaire de police. On mettrait ses meubles sur le trottoir et les gens du quartier viendraient voir pour acheter.

Mais quand son four a explosé, Mme Gelmic n'est pas morte. On ne la voit plus faire ses courses, c'est tout. On dit qu'elle a le visage brûlé, que c'est horrible à voir et qu'elle ne sort que la nuit.

Un soir que je traîne tard dehors, devant chez le grainetier, je bute sur elle. Je reste figé sur place, comme pour *King Kong*. Elle porte un grand châle sur la tête et des gants noirs. Je tremble. J'essaie de voir un morceau de son visage, mais elle se dissimule, comme les femmes qui attendent devant le confessionnal à l'église.

– Il ne siffle toujours pas, ton bouton de duffle-coat ? Il faudra que tu passes me voir. Je t'arrangerai ça.

Sa voix est restée toujours aussi douce, et quand elle parlait je voyais son visage d'avant. Mais je ne suis pas retourné chez elle. De toute façon, ce duffle-coat commence à devenir trop petit pour moi.

Après l'accident de Mme Gelmic, on n'a plus revu la Coccinelle pourrie de Syracuse dans le quartier pendant plusieurs mois. Puis elle a fini par pointer son nez dans notre rue. Je continue à écouter les frères comploter.

– On devrait y aller et lui faire flamber sa caisse, à cet amphibie !

– Il n'y a pas que la mère Gelmic qu'il a roulée.

– C'est un chacal. Il passe dans les maisons quand les hommes sont au boulot. Faut le griller !

– C'est pas ça qui va donner cent vingt-huit mille cinq cents francs pour demain à la m'am.

Cent vingt-huit mille cinq cents ! C'était plus que le poste de télévision. Ce qu'on avait de plus cher dans la maison !

– Si elle nous l'avait dit plus tôt, j'aurais pu prendre une avance chez Foulon !

– Moi, tu sais, avec la Jeanine qu'est peut-être enceinte et qui veut le garder... Mais vous dites rien à la m'am pour l'instant.

Mon frère va avoir un enfant ! Je vais devenir tonton, comme Florent. J'espère ne pas perdre mes dents comme lui.

– Si j'étais embauché à Air France, je pourrais emprunter. Mais j'ai foiré l'essai ce matin. Je sais pas ce que j'ai foutu !

– Moi c'est réglé, avec ma solde de bidasse...

Les frères font le tour de la question comme on retourne ses poches à la messe pour dire que le bon Dieu attendra encore un peu. J'aurais pu surgir à ce moment-là et dire : « Moi je les ai, les cent vingt-huit mille cinq cents francs ! » et montrer l'épingle à cravate de Jeannot qui brillerait dans la nuit comme l'étoile du Berger. Les frères auraient ouvert des quinquets comme des soucoupes volantes, et on serait allés en procession à la cuisine la déposer dans le tablier de la m'am. Ça lui aurait fait des yeux comme devant un nouveau plat en Inox du père. Ce serait beau, mais je ne pouvais pas : et si l'épingle de Jeannot était en toc ?

Les frangins continuent à s'échauffer et à préparer un sale quart d'heure à Syracuse. Il faut trouver une voiture. Pas question de prendre la traction du père et encore moins la Talbot familiale. En ce moment, elle est sur cale dans le garage. Interdit d'entrer. Le père y travaille tous ses samedis et dimanches. Encore une « idée fumante ». Un projet révolutionnaire : le prototype d'un véhicule familial à monoespace intérieur. C'est comme ça qu'il faut dire. Un soir, il nous a montré les plans sur la table de la grande pièce. « Ça ressemble plutôt à un suppositoire !... Y a plus qu'à lui mettre des ailes et elle s'envole ! » Les filles ne comprennent rien à « l'adaptation de la technique aéronautique dans un nouveau concept automobile ». Le père parle comme ça de son projet qu'il a baptisé « Famili 13 ».

– Tu comprends, tu ne peux pas dire les choses

n'importe comment quand tu vas voir les huiles de chez Renault, Citroën ou Panhard...

Le p'pa a dit qu'il ne vendrait jamais son idée de monoespace à l'étranger.

– A des pontes, tu peux pas dire comme ta mère et tes sœurs : c'est chouette les bagages sous le plancher, et les sièges qui se tournent dans tous les sens ! Comme ça, quand on partira en vacances, on pourra bouquiner, tricoter, faire la causette entre nous, casser la croûte et empêcher les gosses de brailler en même temps qu'on roule.

La mère et les sœurs ne voient pas ce qu'il y a à redire à ça.

– D'accord, mais pour des huiles, tu prépares un joli dossier sans fautes d'orthographe, tu mets ton costume des dimanches et tu dis : Messieurs ! Ne parlons plus de banquette avant, de banquette arrière, de quatre, cinq, ou six places, ni de coffre à bagages. Tout cela est dépassé ! Parlons aujourd'hui... d'espace à vivre ! Et crac ! C'est là que tu dévoiles ton plan ! Messieurs, je vous présente la « Famili 13 ».

– C'est pareil, sauf que tu rajoutes des chichis. C'est bien les hommes, ça !

La mère et les sœurs boudent. Surtout qu'elles considèrent qu'elles sont à l'origine de la « Famili 13 ». C'est vrai que c'est en les regardant faire à la cuisine que le père avait eu l'idée. Cette façon qu'ont les filles de transformer l'espace entre l'évier et la porte en living, salle de bains, boudoir, salon de coiffure, atelier de couture, clinique, bureau, crèche ou auto-école, c'est magique. Et tout ça, simplement en modifiant la place des chaises.

Pour la « Famili 13 », le père a également été inspiré par le cataclysme de nos départs en vacances. La m'am appelle ça l'exode ou la débâcle, ça dépend. Pour les voisins, c'est Barnum en direct sous leurs fenêtres. Comment faire entrer dans une Talbot, même impériale, une brassée d'adultes, une tripotée de gosses, une avalanche de bagages, matériel de camping, tentes, piquets, lits de camp, matelas pneumatiques, table pliante, réchaud, vache à eau, nécessaire de pêche, gaules, épuisettes, bourriches, asticots et vers de terre du jardin?

Quand tout est casé, bourré, sanglé, bâché du porte-bagages arrière au sommet de la galerie, on peut maintenant apporter le Zodiaque à voile du père : 4,65 mètres, et neuf places-en-se-tassant : le clou du spectacle. Roulement de tambour. Toute la rue retient son souffle.

– Ah non ! tu ne vas pas te mettre à raconter le bateau de ton père ! Sinon on en a pour jusqu'à ce soir.

– T'as raison, m'am.

Surtout qu'il reste encore tout ce qu'il y a de vivant à faire entrer dans la Talbot. Quatre grands assis devant, un petit au pied. La plus petite dans le filet pendu façon SNCF, et deux tête-bêche sur la plage arrière. Le reste sur la banquette, et les strapontins. Le chat dans les bras.

– Personne sur les marchepieds, c'est interdit. Et vous vous baissez quand vous voyez les gendarmes.

Dernière consigne du père, et on peut enfin partir sous les acclamations du quartier. Destination, le gouffre de Padirac, Arcy-sur-Cure, La Chaise-Dieu, le lac de Vassivière, ou La Bourboule. C'est généralement au rond-point que la famille s'aperçoit qu'on a oublié Capi, qui court derrière en tirant la langue.

Pourtant, ce soir, personne n'oublie Capi. En ce moment, il doit être les pattes en l'air sur la table du vétérinaire en train de faire le mort, comme Rintintin à la télévision, son feuilleton favori. « Youhou ! Capi. » « Attaque, Rex ! » S'il ne peut plus courir comme avant, on le promènera dans la vieille poussette, comme un pensionné, avec une couverture écossaise sur le ventre. Capi ! Le premier chien retraité des postes. Ils lui doivent bien ça, aux PTT, avec tous leurs facteurs assassins.

De leur côté, les frères viennent de trouver la voiture pour rendre visite à Syracuse. Ce sera la 4 CV de Sergio, le fiancé de Josette.

– Ils étaient déjà mariés à cette époque !

– Peut-être, m'am, mais moi, je préfère le mot « fiancé ». Et je n'ai pas encore raconté leur rencontre.

– C'est ta faute ! Tout est en désordre dans ton histoire. On dirait tes affaires d'école dans ton cartable. Ne compte pas sur moi pour ranger.

– Alors, laisse-moi faire, m'am ! C'est malin, tu m'as fait manquer Évelyne, elle est entrée dans la cuisine. Je voulais lui demander comment on fait pour savoir si un brillant est en toc ou non.

– Tu peux me demander, moi je le sais.

– Comment on fait ?

– Tu le frottes sur une vitre : si ça la raie, c'est un vrai. Sinon, tu t'es fait rouler. Pourquoi, est-ce que tu veux savoir ça ? Tu as encore fait un échange ?

– Tu verras, m'am. C'est une surprise.

C'est pas du toc, le diamant de Jeannot, le roi des barbeaux ! J'ai découpé la vitre de la chambre du garage en un seul passage. Le crissement du diamant qui mord dans le carreau m'a rappelé le bruit des billets neufs. Ceux que l'encaisseur des allocations familiales compte sur la table de la grande pièce, le 4 du mois. « Sept mille, huit mille, et cinq cents qui font cent vingt-huit mille cinq cents ! » Ce soir, pour moi, tout vaut cent vingt-huit mille cinq cents francs. La télévision, le trousseau de la m'am et les allocations familiales.

– C'est du souci, les gosses, mais ça rapporte !

C'est la formule traditionnelle de l'encaisseur, au moment de partir de chez nous, après un dernier verre de vin rouge.

– Nous, on n'en a que deux, avec ma femme. Ça fait pas gras chaque mois. Moi, j'en aurais voulu comme vous. Mais c'est bobonne... Elle peut pas. Elle a un trop petit bassin...

L'encaisseur me donne l'impression de parler de sa femme comme de la piscine du Raincy : « petit bassin », « grand bassin », avec une tripotée de gosses qui barbotent à la surface. Lui sur le plongeoir, avec sa sacoche, compte et recompte sa marmaille. « Ça fait pas assez gras, bobonne. Il faut replonger ! »

C'est étrange, le 4 du mois, tout le monde envie notre famille nombreuse. Mais seulement le 4.

– T'es sûr que c'est pas du toc ?

– J'ai découpé la vitre de la chambre pour vérifier.

– C'est malin, on va se geler, cette nuit !

Les frères ont l'air sceptique devant l'épingle à cravate de Jeannot. Ils appellent les sœurs pour l'expertise.

– Plus de cent mille, c'est sûr !

– Peut-être même cent cinquante.

– Moi, je la veux bien comme cadeau de rupture.

Elles rigolent, les sœurs. Elles finissent toujours par rigoler de tout. Ça doit tenir à leurs yeux bleus. Les frères, ce n'est pas la même teinte.

– On va quand même pas accepter l'argent de ce maquereau de Jeannot !

– Maquereau ! Maquereau ! Qu'est-ce que tu le connais, toi, Jeannot !

Une grande sœur a répondu à Gérard avec assez de rose aux joues pour que je sois certain que c'est elle qui a « fréquenté et même un peu plus » Jeannot. C'est donc pour elle que le père s'est dérangé « latter le cul » au Jeannot, comme il me l'a raconté tout à l'heure.

– C'était qui ? Ton père n'a jamais voulu me dire.

– Non, m'am ! Ça, c'est mon secret.

– Tu en as pour ta mère, maintenant ?

– Seulement ceux qui salissent les maisons en papier.

– Je ne comprends pas ce que tu me dis.

Je parle de ces maisons en papier, dont on ouvre et referme les volets sur le joli visage de la m'am dessiné aux crayons de couleur. Mais tout à coup, quand on déplie sa maison, on y découvre en dessous un gros couroucou poilu. C'est ce que Vinteuil a fait un jour. J'ai voulu lui crever les yeux à coups de porte-plume. Quatre heures de retenue et un mot sur le carnet de correspondance. Le prochain qui touche à ma maison, je le tue. Mais cette fois le secret que je viens de découvrir a le joli dessin rose des joues de ma grande sœur.

– Alors, c'était qui ?

– Je t'ai dit que c'était mon secret, m'am.

– Regarde le résultat : tes frères et sœurs se disputent.

La discussion au sujet de Jeannot est devenue vive et les mots volent comme des assiettes. « Maquereau », « pain de fesse », « gigolo », « gagneuse », « trottoir », « guillotine »...

– Jaloux !

Le mot jure comme une tasse en porcelaine de Limoges dans un service en Pyrex. C'est « Cherchez l'intrus » dans le jeu du *Parisien*. « Jaloux » fait piquer du nez les frères, et le ton redescend en vol plané. Ils décident d'étudier la situation plus calmement et de mieux jauger les mots. Après réflexion, question cubage : « maquereau » fait rachitique à côté de « huissier ».

– Il faut prendre cet argent sinon, demain, il y aura nos affaires devant la maison.

– Tu vois, ta justice, c'est aux meubles qu'elle fait faire le trottoir. Tu trouves ça mieux ?

Évelyne remet de l'huile, mais comme d'habitude Guy calme le jeu. C'est bien rodé, les engueulades en famille.

– On les a pas encore, les sous. Qui dit que ce Lulu, le copain de Jeannot, va cracher ?

Trop tard. Sergio arrive dans sa 4 CV avec Roland.

Il n'y a plus à discuter. On charge la voiture et on part. Je suis coincé à l'arrière entre Michel et Gérard. Devant la maison, Serge continue à attendre le père sur son vélo, en tournant en rond doucement, les épaules toujours aussi lourdes.

– Passe la carte de visite sous la porte.

On est arrivés jusqu'à ce palier du dernier étage d'un immeuble déglingué de la Grand-Rue, près de la mairie. C'était au numéro 30 que la famille habitait, jusqu'au jour où Roland a mis le feu à la maison pour ne pas aller à l'école.

– Je t'ai déjà répété de ne pas dire ça à cause du monsieur de l'assurance. C'était un court-circuit ! Tu sais bien : un court-circuit !

– Oui, m'am, c'est vrai, tu me l'as déjà dit.

La porte s'entrebâille sur une odeur de pourri et un petit vieux qui va avec.

– Un seul ! Le gamin.

Les frères bombent un peu le torse, mais le vieux dit que c'est comme ça et pas autrement. Les frères laissent. J'entre, pas trop rassuré. Je jette un coup d'œil de repérage. Il n'y en a même pas pour cent vingt-huit mille cinq cents francs dans tout l'appartement. C'est foutu pour le trousseau de la m'am.

– Montre !

Je lui donne l'épingle au brillant de Jeannot qui s'est incrustée dans ma main à force de la serrer. Il la regarde avec une espèce de loupe.

– T'en veux combien ?

J'ai failli lui répondre : « On donne ce qu'on peut, monsieur ! » comme quand je vais vendre des timbres antituberculeux dans une maison comme la nôtre. Dans un pavillon en meulière, je dis : « On donne ce qu'on veut ! » et chez les riches avec des allées de gravier : « Y a pas de limite, madame ! »

– Alors, t'en veux combien ?

– Cent vingt-huit mille cinq cents francs !

J'ai l'impression d'avoir dit un gros mot et d'essayer de faire les poches à un pauvre vieux qui attend son tour pour aller au sanatorium.

– Au moins, tu sais ce que tu veux, toi. Attends-moi là.

Il disparaît dans un endroit encore plus sombre que le reste. C'est sûr, il va prévenir la police ou chercher un couteau de boucher pour m'égorger. Je regarde autour de moi, pour voir s'il n'y a quand même pas quelque chose à récupérer, pour au moins payer le déplacement. Je pense à la m'am, à son chagrin, à l'huissier, au père qui doit être rentré de chez le vétérinaire. J'essaie d'oublier les frères sur le palier qui vont me mettre une raclée au tarif de nuit, pour les avoir entraînés dans ce coup tordu.

– Tiens !

C'est tout ! C'est ça, cent vingt-huit mille cinq cents francs ! Une enveloppe marron, même pas propre, même pas épaisse. C'était plus gros quand j'ai gagné mille huit cent cinquante francs à mon père en pariant sur la France à la Coupe du Monde. Pour ce prix-là, j'ai eu la plus belle boîte de peinture de la Boutique bleue. En bois vernis, avec une serrure pour la fermer, des pinceaux, des brosses, vingt-quatre tubes de gouaches, un gobelet à eau qui s'accroche, des pastels, des fusains et une vraie palette en bois où on peut passer son pouce.

Je glisse l'enveloppe dans mon short sous ma marinière.

– Dis-moi, gamin, qu'est-ce qu'il devient, Jeannot ?

– Il m'a dit de vous dire de regarder dans le *France-Soir* de demain pour une histoire de tunnel.

Lulu soulève ses lunettes comme pour laisser son sourire monter jusque dans ses yeux. En parlant, on s'habitue vitc à l'odeur de pourriture. Maintenant, je ne sens plus que celle du camphre sur les mains déformées du vieux. Les mains de ma mère ne seront jamais comme ça. Elle se met de la Nivéa chaque jour. Ça protège de tout. Le vieux me montre la carte de visite que je lui ai donnée.

– Tu vois, je vais t'apprendre un truc. Si Jeannot avait écrit « C'est un ami » au lieu de « C'est un pote », t'aurais pas eu un sou et je te cravatais. Tu te rappelleras, gamin : le mot qu'on voit n'est pas toujours celui qu'on croit.

Je note la leçon. C'est bizarre comme on rencontre encore plus de maîtres d'école en dehors qu'à l'école.

Sur le palier, les frères m'attendent en fumant comme dans le couloir de la clinique. Pas peu fier, je leur montre mon ventre et l'enveloppe de prématuré. Ils n'y croient pas. Il faut qu'ils touchent. Ils vont finir par effacer les numéros à force de tripoter les billets.

Je me souviens de Théo, un copain de classe un peu spécial de la rue Montgolfier. On mangeait des pommes à cidre dans son jardin. Il me dit : viens ! Il prend une boîte en fer dans une armoire et se met à brûler les billets de banque qu'il y a à l'intérieur. Des liasses entières sur le réchaud à gaz. Les économies de sa grand-mère. Elle n'a pas voulu lui acheter un avion en balsa pour remplacer celui qu'il a perché chez le voisin. J'ai récupéré un ou deux billets de cinq cents francs. « Il y a encore les numéros. Ils sont obligés de les prendre à la banque. » C'est ce que le père a dit.

– Au fait, m'am, qu'est-ce qu'ils sont devenus, mes sous brûlés ?

– Je ne me souviens pas de cette histoire.

En tout cas, on n'a jamais revu Théo à l'école.

Les frères m'ont presque porté en triomphe de chez Lulu à la 4 CV de Sergio. Presque seulement.

– Et si l'on s'achetait un joli petit bidon d'essence ?

Gérard a tiré un billet de l'enveloppe et le tient entre l'index et le majeur. Comme quand il joue au poker au café de la mairie.

– Je t'avais dit de me prévenir si ton frère jouait encore au poker.

– J'invente, m'am. Ça fait plus joli, un frère un peu gangster.

Gérard agite le billet avec son joli sourire de filou.

– J'ai toujours rêvé de voir flamber une Coccinelle. Ça porte bonheur, paraît-il. Qu'est-ce que vous en dites ?

Acclamations générales dans la 4 CV. Roland se met à chanter... *J'aimerais tant voir Syracuse...* en imitant Jean Sablon quand il suce son micro. Les grands frères reprennent en chœur. Ça ressemble à la chorale de Villemomble Sport un jour de victoire. Sergio, au volant, reste calme. Il conduit comme un convoyeur de fonds de la Banque de France.

– Ce n'est pas le moment de se faire alpaguer par les perdreaux ! On dirait quoi pour le pognon ?

– Qu'on a gagné à la Loterie nationale !

– Un dixième au tirage de la tranche des Gueules cassées !

– Et que c'est Syracuse, le vendeur de trousseaux qu'a tiré le gros lot !

– En pleine poire !

Les frères rigolent en se passant l'enveloppe de billets comme une gourde de rosé bien frais. Ça saoule vite, l'argent à la régalade.

– On prendra de l'essence au Shell du bout de la rue. J'ai une nourrice de cinq litres dans le coffre. Roland, tu iras comme si t'étais en panne. Comme ça, ils pourront pas repérer la tire.

Roland est le plus rond, le plus rassurant. Sergio commande la manœuvre. J'ai l'impression de faire partie du gang des 4 CV. Nous allons réaliser le premier braquage dont on a récolté la recette avant ! Je suis fier, mais inquiet. Pendant ce temps-là, la m'am attend, recroquevillée sur la chaise de la cuisine. Et s'il lui venait l'idée de mettre sa tête dans le four comme Mme Gelmic ? Ce n'est pas possible, on n'a pas le gaz, et au charbon, il faudrait un coup de grisou. Mais il y a d'autres moyens de se mettre la tête dans le four.

Marinette les connaît tous. Marinette qui a coiffé Catherinette, c'est une copine des grandes sœurs qui veut toujours « mettre fin à ses jours », comme elle dit. Elle a déjà essayé de le faire en s'empêchant de respirer, en serrant sa ceinture d'imperméable au dernier cran ou en se plongeant le visage dans une bassine d'eau. « Je n'ai pas de chance, ça ne marche jamais, mes morts ! » Mais on peut y arriver, avec les pilules bleues au père qui m'ont fait dormir quatre-vingt-seize heures.

– Quarante-huit heures ! Tu exagères. C'est déjà pas mal.

– Tu as raison, m'am.

Marinette qui a coiffé Catherinette a toujours des idées nouvelles. J'aime bien l'entendre raconter comment elle rate ses morts.

– Il faudra que j'essaie de me pendre, mais je suis sûre que je suis trop légère. Je remonterais.

La m'am la surveille parce qu'il y a tout ce qu'il faut à la maison pour essayer. Des dizaines de mètres de cordage de soie qui viennent du Zodiac à voile du père.

– Dis-moi, mon petit. Ça doit être drôlement doux pour se pendre, avec de si jolies cordes blanches.

Il fait chaud ce dimanche après-midi, pourtant l'homme que je ne connais pas porte un gros pardessus sombre avec le col relevé. Je suis en train de tenter la première estivale de la face ouest de mon cerisier. J'ai déjà établi mon camp de base sur la grosse branche coudée.

– Tu m'en donnerais pas une ?

– C'est pour vous pendre en vrai ?

– Non ! Juste comme toi, pour regarder le monde de plus haut.

C'est vrai que je vois tout le jardin de Mme Larget, et jusqu'aux cages à lapins de Mme Piponiot, rue des Limites.

– Je ne peux pas, c'est au bateau de mon père.

Ce n'est pas vraiment vrai. Le p'pa n'utilise plus son Zodiac depuis son naufrage...

– C'était pas un naufrage ! Il faut pas dire ça. Il a été ramené par les CRS sauveteurs, mais il avait pas coulé. Il avait dérivé. C'est pas pareil.

– C'est toi, m'am, qui m'as dit de ne pas raconter cette histoire.
– D'accord, mais si tu la racontes, tu la racontes bien !

Ce naufrage, qui n'en est pas un, est une des « idées fumantes » du père. Une « idée fumante », ça commence souvent, le soir après manger, par un plan déplié sur la table de la grande pièce. « Projet survie ». Cette fois, c'est une carte marine. Il y a un gros trait au crayon rouge qui la parcourt. Il part d'Alger, passe par Tanger, les Canaries, les îles du Cap-Vert, Gorée et traverse l'Atlantique pour arriver à la Martinique.
– Mais, m'am, comment il avait eu cette idée, le père ?
– C'est son copain Frantz, le médecin de Blida, qui lui avait mis ce projet dans la tête : rallier l'Algérie et la Martinique à la voile. C'était symbolique, paraît-il.
– Il ne savait rien en navigation, le p'pa.
– Tu le connais. Il a lu des livres. Tu l'aurais vu monter sur le toit avec son sextant pour mesurer les étoiles ou répéter les manœuvres dans la cour. Les voisins croyaient qu'il était devenu fou.

Je me souviens de l'immense Zodiac qu'il faut gonfler avec des pompes à pied. L'air qui résonne dans les boudins et donne l'impression qu'un gigantesque éléphant de mer se réveille lentement par à-coups. Il remplit presque toute la cour et sa voile en trapèze monte jusqu'au-dessus des branches du cerisier.

Certains dimanches, il y a « escapade ». Le père charge tous les gosses dans le bateau pour une sortie en mer. Du haut du perron, la m'am nous dit au revoir avec son torchon, et nous partons pour une croisière immobile pleine de tangage, de roulis et de rires. Une fois sortis du port, le père nous laisse maîtres à bord et retourne dans le garage se glisser sous une voiture à réparer. Les bruits de marteau sur la tôle font gronder le tonnerre et le chalumeau allume des éclairs bleus dans la cour. C'est l'orage et la tempête à l'abri des lilas.

Je me souviens de la seule consigne de navigation donnée par le p'pa : ne jamais prononcer le mot « lapin ». Ça porte malheur et c'est le naufrage assuré. Alors on jouait aux synonymes.

A quatre heures, la m'am nous ravitaille en eau fraîche et chocolat Menier. Quand la nuit tombe, le père reprend la barre et nous pilote dans le chenal, entre les lumières de la fenêtre de la chambre et celles de la cuisine. Debout sur la proue, Maryse, Martine et moi rentrons comme des cap-horniers, pour une bonne soupe chaude trempée au pain dur.

– J'aurais préféré que ton père reste à naviguer dans la cour. Au moins, je pouvais le surveiller. Mais il s'est mis dans la tête de refaire la « route des esclaves », comme il disait. Sans eau ni nourriture ! C'est pour ça qu'il a commencé à étudier les techniques de survie avec Frantz.

– C'est vrai qu'il buvait de l'eau de mer, le p'pa ?

– Si c'était que ça encore : six jours d'eau de mer, trois jours d'eau douce, et ainsi de suite. L'eau de mer, par petites gorgées et pas plus d'un litre par vingt-quatre heures. C'était pratique à table.

– Et comment tu trouvais de l'eau de mer ?

– Le poissonnier. Il pouvait bien me faire ça, avec la quantité de maquereaux, de harengs, de sardines, de thons et de crevettes que je lui achetais. Ton père ne mangeait plus que ça. J'ai cru qu'il allait lui pousser des écailles. Un jour je lui ai dit : c'est une sirène que t'aurais dû épouser ! Lui, ça le faisait rire. Qu'est-ce que tu voulais que je fasse ?

C'est vrai que quand le père sourit...

– Le pire, c'est quand il devait boire l'eau des poissons pour son entraînement. Il entaillait le dos et il aspirait comme des huîtres. Ça me donnait des frissons dans le cou ! Dis donc, qu'est-ce qu'il est devenu, le type en pardessus qui t'a demandé une corde ?

Je lui en ai donné un bout.

– Faut jamais offrir de la corde. Ça porte malheur.

Ça veut dire que « corde », c'est comme « lapin ». Je me demande si on peut se pendre avec un synonyme.

– M'am, comment c'est arrivé, son naufrage, au p'pa ? Je veux dire quand il a... dérivé et que les CRS l'ont ramené.

– C'est pas clair, cette histoire. Un soir qu'il avait préparé tout son équipement, le bateau, les cannes à pêche et le reste du fourbi, des huiles d'Air France sont venues le chercher. Il m'avait dit que son expérience les intéressait pour étudier l'équipement d'un canot de sauvetage en cas d'accident en mer. Mais il ne fallait pas en parler. Encore un truc secret. Ces gars-là aiment bien faire des secrets. Ça leur donne de l'importance. Je sais que ton père est allé à Dakar. Je suis resté près de deux mois sans nouvelle directe. On venait me dire que ça allait. Cette fois, il n'a pas rapporté de souvenirs de là-bas, sauf du rhum et une noix de coco à planter dans le jardin. Il a rangé la bouteille sans la déboucher. « On ne boit pas les souvenirs ! » qu'il a dit.

– Et la noix de coco ?

– Elle n'a jamais fleuri.

J'ai retrouvé la bouteille de rhum dans le grenier. Elle est encore dans sa boîte en bois. *Clément Rhum agricole de la Martinique depuis 1765. Mis en bouteille à la distillerie des Mornes.* Il y a une lettre avec la paille. Elle est adressée au p'pa et postée de Monaco...

« *Monsieur,*

Les renseignements que vous m'avez transmis confirment en tout point les observations de mes propres études. Je vous suis très reconnaissant pour l'aide que vous apportez ainsi à mon projet. Ainsi que vous me l'avez demandé, comme gracieuse contrepartie à votre contribution, je vous promets d'essayer de réaliser mon entreprise, non pas en cent jours comme je me le proposais, mais en cent treize jours, puisque le chiffre 13, me dites-vous, est la marque de votre famille. Très cordialement. » C'était signé *A.B.*

Le 22 décembre 1952, Alain Bombard, sur son Zodiac *L'Hérétique,* accostait à l'île de la Barbade, près de la Martinique, après un périple de cent treize jours en naufragé volontaire depuis son départ de Monaco.

– M'am, c'est quoi, cette histoire de CRS ?

– A cette époque, ton père a fait une sortie avec son Zodiac sur le lac de Vassivière. Il a dérivé, la nuit est tombée, les CRS ont dû aller le chercher. Le lendemain, le journal du coin écrivait : *Un Bombard aux petits pieds prend le lac de Vassivière pour l'Atlantique !* Autant te dire que ton père n'avait pas digéré. Ça l'avait rendu triste. Il m'avait dit : « Comment veux-tu que je raconte mon histoire après ça ? Personne ne me croirait. »

Moi aussi, personne ne me croira quand je raconterai mon expédition chez Syracuse avec Sergio, Roland, Gérard et Michel. Arrivée aux Mureaux, la 4 CV a arrêté de chanter. On a fini par trouver la bonne rue sans demander.

– S'emmerde pas, le Syracuse. C'est pas des clapiers, dans le coin.

Sergio a raison, ça respire le cossu dans le voisinage. J'aime bien le mot « cossu » parce que ça fait vraiment cossu. La vieille Coccinelle grise pourrie de Syracuse est affalée devant le numéro 27. On passe lentement pour un tour de reconnaissance.

– Vise le pavillon ! Dire que c'est avec les sous de la m'am et des autres qu'il s'est payé ça, cet amphibie !

Sergio tourne le coin et se gare. Gérard descend avec le bidon de cinq litres. Michel va se poster sur le trottoir d'en face. Il prend la rue en enfilade. Roland entortille un chiffon pour en faire une mèche et l'imbibe d'essence. Il reste silencieux. Il doit penser à son essai loupé à Air France.

– T'avais fait comment pour cramer la Grand-Rue, mon salaud ?

– C'était un court-circuit. Demande à la m'am.

– Ouais... un court-circuit à la térébenthine !

Les frères rigolent. Gérard teste son Zippo. Il sourit en regardant la flamme. Moi, je prends des notes dans ma tête. Je me suis promis d'écrire un jour un livre policier au père, pour qu'il puisse le lire à table, comme il le fait de temps en temps. C'est ça, être grand : pouvoir lire à table une Série Noire.

– Gérard, je te fais un appel de phare si on a de la visite. Fais gaffe au clebs ! On te dit merde !

« Merde », c'est le mot magique de la m'am. Il sert pour les compositions, les matches, les rendez-vous ou n'importe quoi qui peut se manquer. Ça vaut mieux que la protection de la Vierge, de saint Christophe, de saint Antoine ou de sainte Zita... Allez, m'am, dis-moi « merde » ! La mère le dit, et on se sent protégé par une armure en Inox.

Gérard longe les clôtures, son bidon à la main façon commando parachutiste. Sergio a manœuvré la 4 CV. On peut suivre l'ombre de Gérard à travers le pare-brise. La Coccinelle est posée le long du trottoir, comme une balle de ping-pong à la fête foraine. Gérard disparaît. Il doit être accroupi derrière la voiture en train d'enfiler la mèche dans le réservoir. Ça dure. Un chien, puis un autre commencent à aboyer.

– Mais qu'est-ce qu'il fout ? On va se faire repérer !

Sergio tape sur le volant. Roland tire sur sa moustache.

– J'y vais !

Roland sort de la voiture. Michel sur le trottoir d'en face lui fait un signe. Il lui montre Gérard qui arrive en courant, accroupi comme si on lui tirait dessus. La Coccinelle pourrie est toujours là et semble se payer notre tête avec son sourire de taupe. Ça a foiré ! Roland, Michel et Gérard s'engouffrent dans la 4 CV. Ils manquent m'étouffer.

– Mais qu'est-ce que t'as foutu ?

– J'ai mis une mèche retard ! Je voulais voir ça en famille !

Pas si retard que ça, la mèche. A peine les portes de la voiture claquées, qu'une grosse flamme goulue orangée éclabousse le pare-brise. Je n'entends pas le bruit tellement j'ai les yeux pris.

L'image est belle, pourtant quelque chose ne va pas dans le tableau. Il y a bien une immense flamme qui monte dans le ciel, mais la Coccinelle de Syracuse reste posée, intacte et rigolarde, sur le trottoir.

– Mais Gérard, qu'est-ce que t'as foutu, bordel ?

– Démarre, Sergio ! C'est pas le moment de rester pour l'inventaire.

Déjà le voisinage se pointe à la fenêtre. La 4 CV se dégage au pas de promenade pour ne pas attirer l'attention. A l'intérieur, chacun est déçu. Gérard, l'air satisfait, fait durer le silence.

– Alors, tu racontes !

– Figurez-vous que j'allais torcher la Coccinelle de Syracuse, quand j'ai jeté un coup d'œil à sa casbah, histoire de savoir comment ça rapporte, le chiffon de maison. Je peux déjà vous dire qu'on a peut-être tort de rester dans le salissant.

– Parce que tu trouves pas ça salissant, toi, d'aller faisander des bobonnes pendant que le julot est à l'usine ? Moi, je préfère continuer à me coltiner mes poubelles, c'est plus propre !

– D'accord, Sergio, mais admets que le cambouis sous les doigts, quand tu vas guincher, ça en arrête.

– Les frangines qu'aiment pas le cambouis, quand tu leur fais le coup de la panne, c'est les premières à vouloir que tu répares. Alors moi, je lui dis : ben quoi, la môme, faudrait savoir, tu veux que je les mette, ou pas, les pognes !

– C'est comme ça que tu as fait avec la sœur ?

Sergio freine un coup sec. Il a les yeux noirs dès qu'on parle de Josette. Ils lui viennent tout droit de son Italie. Faut pas rigoler.

– Minute ! Quand j'ai vu la Josette, j'ai tout de suite su que c'était mon dernier tour de piste. Pourtant, j'en ai valsé, des frangines, à l'envers, à l'endroit, musette ou pas musette. Mais quand je l'ai invitée et qu'elle a dit oui, je me suis dit, Sergio, celle-là, ne la lâche plus. Je l'ai pas lâché de tout le bal. On a vitrifié le parquet. C'est con à dire, mais je croyais guincher dans une église.

Je revois la photo de communion de Josette sur le buffet. Je me demandais toujours d'où venait la lumière qui l'éclairait. Maintenant, je sais.

– Gérard, arrête de me faire parler de ta sœur ! Raconte-nous ce que tu as maquillé avec la bagnole de Syracuse.

– Justement, c'est pas sa bagnole, cette Coccinelle pourrie. C'est seulement sa jambe de bois pour aller se faire plaindre, à l'heure du café. Quand j'ai regardé de l'autre côté de la grille, je l'ai vue, sa vraie bagnole. Une Chambord bleue toute neuve, 8 cylindres en « V »...

Gérard fait le signe de la victoire avec ses doigts.

– ... avec plus de chrome que tous les plats en Inox de la mère réunis.

– Et alors ?

– C'est ça que vous avez vu flamber, mes seigneurs !

Tout le monde hurle et se congratule comme pour le but de Fontaine contre le Brésil. Moi, je viens soudain de comprendre l'expression « flambant neuf ».

Arrivé au tournant de la rue Montgolfier, je me demande encore si c'est une Chambord luxe ou une Chambord royale, avec toit vinyle, que Gérard a fait flamber. Un million trois cent vingt mille francs sans option. Pour cent vingt-huit mille cinq cents francs de gain, Syracuse vient de rafler dix fois la mise.

Dans la 4 CV, tout le long du chemin, les frangins et Sergio ont chanté *Syracuse*, en changeant les paroles.

– *J'aimerais tant voir Syracuse ! Quand il va trouver sa chiotte cramée. Et le feu en prime dans sa cambuse-eu... Plus toutes les traites encore à payer !...*

Ils ont inventé d'autres couplets, avec des rimes embrassées et même plus, qu'il vaut mieux que j'oublie.

– J'espère bien ! Dis donc, tes frères parlent toujours comme ça, quand je ne suis pas là ?

– Mais non, m'am ! C'est moi qui enjolive.

– T'appelles ça enjoliver, toi ?

J'aime quand les frères chantent en gardant l'air et en changeant les paroles. Ça ressemble à « La boîte à sel », à la télévision, avec Jacques Grélot et Robert Rocca. Ça me laisse tout baba, leur façon de faire défiler les mots comme des petits pioupious à la parade. J'essaie de les imiter avec mes soldats Mokarex et des airs d'opérette. « *Poussez, poussez-vous La Fayette !...* » ou « *De-ci, de-là, monsieur Marat* », ou encore : « *C'est le bou-illant Axel, Bouillant Axel, bou-illant Axel de Fer-sen...* » Mais je ne vais pas plus loin.

– Hé, les gars ! Attention aux paroles, il y a le gosse !

– Quoi, le gosse ! C'est un grand, maintenant. Ce soir, il s'est conduit comme un chef. Y a plus qu'à l'emmener aux filles.

Du calme. Je ne suis pas pressé d'aller aux filles. Surtout que, quand on y va, on arrête le football juste après. J'ai vu une photo de mes frères en maillot bleu avec le « V » blanc de Villemomble Sport. Ça s'appelle un scapulaire. Jacques, Guy, Michel, Gérard, Roland et Serge : une équipe qui remportait tous les tournois de sixte de la région. Enfin, presque. Ils gagnaient, simplement pour le plaisir de rapporter la coupe à la m'am, et de la voir la tenir dans ses bras.

C'est curieux, elle, à qui rien n'échappe des mains, ni un gosse qui gigote ni un plat brûlant, ne sait jamais comment tenir un cadeau. Ce qui fait chez nous de la fête des Mères, le jour de la Casse.

– Maintenant, les frangins, vous arrêtez de brailler vos cochonneries, on arrive à la maison.

– Bien, frère Michel...

– Hé, les gars, vous ne savez pas la meilleure pour Syracuse. Regardez !

Gérard montre un bâton de craie dans sa main.

– J'ai signé notre geste.

– T'es louf ou quoi ?

– J'ai écrit en gros sur son portail « Organisation Anti-Syracuse » : OAS ! Comme ça, les flics croiront que c'est politique.

– Mais ça n'existe pas, OAS !

– Maintenant, ça existe...

Devant la maison, Serge tourne toujours sur son vélo. Le père n'est pas encore revenu de chez le vétérinaire. A peine garée, la 4 CV est entourée par les sœurs comme si on venait de gagner le rallye de Monte-Carlo.

– Alors ?

Les frères font les mystérieux jusque dans la cour. Sergio arrive même à résister à Josette.

– Alors !

Quand le cercle est formé, Gérard sort tout à coup de son blouson la liasse de billets en éventail.

– Et voilà le travail !

C'est beau comme une fleur de crépon. Il y a des « oh », des « ah », des cris, des battements de mains, des embrassades. J'ai plus que mon compte de débarbouillages. On dirait que les grandes sœurs ont toutes mis du Rouge Baiser. Tout à coup, c'est le 14 juillet, le jour de l'an et tous les anniversaires à la fois.

– Qu'est-ce qu'on va dire à la m'am, pour les sous ?

– La vérité !

– Que c'est du pain de fesse de Jeannot le Barbeau ?

Une grande sœur persifle, comme dit Michel.

– Je peux dire que je l'ai gagné au poker.

– Elle va t'envoyer le rendre illico ! Faut imaginer autre chose.

Chacun y va de sa proposition. C'est un cadeau... un héritage, des économies... Un comble : on a les cent vingt-huit mille cinq cents francs, mais personne n'est capable de trouver d'où ils viennent. « Dans la vie, l'argent, c'est comme la bicyclette, ça s'apprend et ça ne se perd pas. » Mme Piponiot a peut-être raison, mais ça ne nous aide pas.

– Pourquoi pas le tiercé ?

Sergio a raison. Pour une fois, le canasson fantôme du p'pa va servir à quelque chose. Bien sûr, les frères et sœurs se chamaillent sur la combinaison gagnante : 2-3-5, le numéro des trois premières filles de la famille, ou 1-4-6, celui des garçons.

– Il suffit de prendre le résultat dans le journal.

C'est « l'œuf de Colomb », comme on dit, sans que je sache pourquoi. 17-14-21, Petit Écureuil, Royal Bay et Prince des Pins pour 476 834,50 francs de rapport. C'est trop. Qu'est-ce qu'on a bien pu faire du reste ? Gérard taille le scénario.

– Michel a joué cette semaine avec des potes de l'usine. A quatre, ils ont touché le tiercé dans l'ordre. Pourquoi il ne l'a pas dit hier ? Parce que ce n'est pas lui qui avait le ticket, et qu'il n'était pas sûr des numéros. Il l'a appris ce matin à l'atelier et on est allés toucher sa part, ce soir, chez un de ses copains aux Mureaux.

– Un vrai flambeur, ce type ! Je dirai même mieux : un vrai flambé !

Le jeu de mots de Michel ne fait rire que les garçons.

– Maintenant, il faut vite aller dire tout ça à la mère. Elle essaie de ne rien montrer, mais elle a la trouille de la réaction du p'pa quand il va rentrer. C'est au moins le dixième clafoutis qu'elle crame. Je ne l'ai pas quittée une seconde tellement elle m'inquiète.

C'est sûrement de ce jour-là qu'Évelyne ressemble tant à la m'am.

– V'là le p'pa !

Serge vient de siffler pour prévenir. On aurait dit qu'il s'attendait à voir surgir Capi du garage. Le visage de Roland devient tout blanc. Le père rapporte le résultat de son essai à Air France. Il a foiré. C'est sûr. Il allume une cigarette et se glisse derrière la maison pour être seul. Les grands frères et les grandes sœurs se sont engouffrés dans l'entrée. Guy me prend par les épaules.

– Faut que tu retiennes un peu le père. Alors, des mamours. Plein !

Josette est allée chercher Maryse et Martine chez les instituteurs. Elles puent le chocolat.

– Nous, on a eu une grosse poule chacune !

– Et des œufs à la liqueur !

Les petites sœurs sentent l'alcool. A leur âge ! Je leur signale que, pendant qu'elles s'empiffraient en cachette, moi, je sauvais la famille.

– Même pas vrai.

– T'as encore inventé !

Je décide de bouder sous le cerisier, pour stigmatiser leur ingratitude. Le curé nous a appris ce que sont les stigmates. Des genres de scarifications de la peau qui vous font devenir saint sur le calendrier.

Maryse et Martine me surprennent au démarrage en pleine bouderie. Quand je vois le père dans la trouée des lilas, c'est trop tard. J'ai à peine le temps de retrouver mes marques, qu'elles s'élancent déjà vers son cou.

– Preums !

– Deuze !

Je me console : « Les premiers seront les derniers ! » Il y a des soirs où je regrette de ne pas avoir continué le caté. J'aurais une phrase pour chaque chagrin.

CHAPITRE XII

Le F5

Ce soir, le père ressemble à un grand cocotier soucieux. Maryse, Martine et moi sommes grimpés sur ses épaules et suspendus à son cou, comme des petits ouistitis. Il nous balance en faisant la grosse voix d'éléphant, et en laissant aller tout son sourire en ivoire. Mais je vois bien ces trois rides profondes sur son front. Celles des gros soucis. Celles qui le font parfois s'enfermer le soir dans la cuisine, seul avec la m'am, ou le laissent soucieux, le gruyère à la main, devant l'assiette de soupe qui refroidit. Tout le monde à la maison connaît ces trois rides. « Mes marques de sorcier nègre ! » comme il dit en faisant mine d'entailler son front avec l'ongle de son pouce. Quand elles apparaissent, chacun sait qu'il faut simplement se taire et laisser le père s'asseoir un instant, les coudes sur la table, et reposer sa tête dans ses mains. Elle y repose vraiment. Je me suis souvent demandé ce qui se passe pendant ces quelques secondes où le père est parmi nous, mais semble partir si loin, comme « en déplacement ».

Ses trois ouistitis sur le dos, le p'pa s'arrête devant la porte de la cour. Il regarde Serge assis en tailleur sur le trottoir d'en face, devant son vélo retourné. Mon frère fixe les rayons de la roue qui tourne. On dirait qu'il veut se laisser hypnotiser et s'endormir dans la lumière du réverbère. Le père décroche ses trois ouistitis. C'est la première fois qu'il ne nous emmène pas jusque dans le couloir de l'entrée.

– Il faut que je parle à Serge. Allez emporter le ploum à votre mère.

Je réussis à l'arracher. Maryse et Martine hurlent à l'injustice. Le père leur donne son cache-col et son porte-monnaie pour qu'elles aient quelque chose à porter. Elles sont toutes fières. Mais le ploum, c'est ce qui vaut le plus.

– Vous direz à votre mère que j'ai de grandes nouvelles. Mais... Chut ! C'est un secret.

Aussitôt les sœurs se mettent à détaler dans la cour en braillant sur le perron.

– Papa a de grandes nouvelles !

– Papa a de grandes nouvelles !

A cause du poids du ploum, je ne peux pas les suivre. Je reste sur le pas de la porte près du rosier-tout-en-bois. Je regarde le p'pa traverser la rue. Il va vers Serge qui fixe toujours les rayons de la roue qui tourne, comme quelqu'un qui a encore perdu à la loterie. Le p'pa s'accroupit près de Serge et lui entoure les épaules avec son bras. Ils restent comme ça, de dos, sous la lumière du réverbère. On dirait des petits sujets de terre cuite devant un Jésus.

Le p'pa et Serge me rappellent la crèche en papier journal que le père fait à Noël.

– On ne peut pas mettre un bœuf lisse avec un âne en velours !

Nous sommes le 24 décembre. L'odeur de dinde rôtie emplit déjà toute la maison. La table est mise et les huîtres ouvertes prennent le frais sur le rebord de la fenêtre, sous un linge blanc. Tout à coup, le père s'aperçoit qu'il manque le bœuf dans la crèche.

– Où est mon bœuf ?

La question fait le tour de la maison et revient à son point de départ. Impossible de me dénoncer. Le p'pa est trop fier de son âne et de son bœuf recouverts d'une espèce de velours ras qui imite le pelage. J'en ai jamais vu de semblable dans une autre crèche. C'est un copain pilote qui le lui a rapporté d'Amérique. Je l'ai échangé à Lali contre deux crottins de chèvre frais à la faisselle. Il est bizarre, Lali. Il habite une vraie ferme et pourtant il en fabrique une miniature dans son étable. C'est comme si je me construisais une famille en modèle réduit dans le garage, avec des petites sœurs minuscules qu'on peut échanger contre des soldats Mokarex.

– Attention, pas de bœuf, pas de crèche. Pas de crèche, pas de Noël. Et pas de Noël... pas de cadeaux !

Le p'pa ne fera jamais ça. La m'am essaie de le raisonner.

– Prends le bœuf de rechange.

– On ne met pas un bœuf lisse avec un âne en velours !

– Tant pis, ce sera une année sans bœuf. Au prix où est le bifteck en ce moment...

Ça ne fait pas rire le p'pa. Il enfile sa canadienne, monte dans la traction, claque la portière et part à la recherche du bœuf en velours.

Ce Noël-là a failli ne pas exister. Le père est rentré juste avant minuit. A cinq minutes près on ne sortait pas le Jésus de sa boîte. Le p'pa a dû aller jusqu'à Paris pour trouver le même bœuf en velours, dans la crèche d'une boulangerie. La dame avait bien voulu lu vendre s'il lui achetait sa dernière bûche. Ça avait rendu le bœuf plus cher que Marie, Joseph et les Rois mages réunis. Même si je l'ai promis à Lali, je ne lui donnerai pas l'âne en velours. Je ne veux pas risquer au prochain Noël de manger une autre bûche à la pistache. Je n'aime pas le mot « pistache ».

Je regarde le p'pa, de l'autre côté de la rue. Il est toujours accroupi auprès de Serge, le bras autour des épaules de mon frère. Ils sont tout proches. Le p'pa lui parle à l'oreille. Entre eux, c'est comme de la feutrine. Pourtant, la lumière jaune du réverbère me dit que Capi est mort. Un jour, moi aussi j'aurai un chien. Il mourra un soir et mon père passera son bras autour de mes épaules.

Je rentre à la maison en portant le ploum sur

l'épaule. Il est lourd. A la cuisine, c'est le branle-bas de combat. La mère a les yeux rougis. Mais pas plus que pour les oignons de la « mamelle façon soubise » : une de ses mille manières d'accommoder le pis de vache. J'adore la mamelle, ça se mâche encore moins que le jambon et ça a un joli nom.

Les frères ont eu le temps de raconter à la m'am la « merveilleuse, incroyable et cependant veridique histoire des cent vingt-huit mille cinq cents francs ». 17-14-21. Dans l'ordre : Petit Écureuil, Royal Bay et Prince des Pins. Ces trois chevaux magiques sont déjà devenus des héros dans la famille. Heureusement qu'il n'y a pas d'enfant à naître dans les prochains jours, sinon ils risqueraient d'avoir des prénoms handicapants.

– « Petit Écureuil », ça peut être joli pour un garçon.

– Michel, tu devrais en parler à Jeanine.

– De quoi votre frère devrait parler à Jeanine ?

– Rien, m'am. C'est Évelyne et Josette qui rêvent de queues d'écureuil.

– Michel ! Ne parle pas comme ça de tes sœurs !

Je suis rassuré, les conversations ronflent déjà fort. J'aime bien quand la maison commence à ressembler à la grosse cuisinière en fonte. On tisonne en famille pour entretenir le feu. Ça fait les mots comme de jolies braises. « Va falloir aller chercher un seau de boulets. » Ça, j'aime moins. Je m'éclipse en douce. C'est l'heure à laquelle les Martiens prennent leur service près du tas de charbon.

– C'est pas possible, mais qu'est-ce que je vais donner à manger à votre père ?

Comme au sortir d'un cauchemar, la mère découvre tout à coup la farandole de clafoutis à la cerise qu'elle a fabriqués en somnambule. Tout un dégradé de cuisson : du à peine brûlé au cramé charbonneux. Les teintes font penser à la famille.

Je me souviens des *Cent une façons de créer le monde* qu'Évelyne m'a lues. Ma préférée est celle qui montre un Dieu-cuisinier maladroit qui n'arrive pas à cuire correctement son bonhomme d'argile. Ça donne des blancs, des noirs, des rouges et des jaunes. Je trouve ça moins dégoûtant que la côte d'Adam pour créer Ève. J'ai bien regardé un os de côtelette à la cantine, ça ne ressemble à aucune de mes sœurs. En cuisant ses clafoutis, la m'am a peut-être essayé de refaire le monde, en plus plat.

– Mais qu'est-ce que je vais donner à manger à votre père ?

– M'am, quand il n'y a rien dans les assiettes, il faut mettre une jolie nappe en dessous. C'est le moment de sortir celle de ton trousseau à cent vingt-huit mille cinq cents francs.

La proposition de Josette est votée à l'unanimité. Ultime répétition de la dernière version de « L'argent magique » avant l'arrivée du père. C'est toujours à base de tiercé. Mais celui-là a été gagné il y a deux mois, avec un ticket joué par tous les enfants, pour offrir un trousseau à la m'am et qu'elle n'ait plus honte d'étendre son linge aux fenêtres. Par commodité, on a gardé 17-14-21, Petit Écureuil, Royal Bay et Prince des Pins. Des chevaux increvables. Le père et la mère auront eu chacun une version fausse du miracle : ça finira bien par fabriquer du vrai.

Dès la décision prise, les grandes sœurs vont s'enfermer dans la chambre des parents pour reconstituer le trousseau que la mère a dispersé un peu partout, pour que le père ne s'aperçoive de rien. Il y en a dans la cheminée, sous le lit, derrière l'armoire, sous les lattes du plancher, dans le vide sanitaire. Pire que pour les œufs de Pâques.

– Ça ne me dit toujours pas ce qu'on va manger ?

– Du café au lait avec des tartines, m'am !

Le café au lait, c'est le repas des soirs sans repas.

– Pourquoi tu racontes ça ? Tu vas nous faire honte.

– Ça sent tellement bon, m'am.

C'est comme s'offrir un petit matin de plus, juste avant de se coucher, le ventre chaud, pour une nuit qui ressemble à une grasse matinée. Le café au lait du soir, c'est le mélange étrange du jour et de la nuit dans un grand bol. Ça, c'est ce que je dirais dans une rédaction. Mais en vrai, j'aime ce moment, parce que j'ai l'impression de nourrir un petit ours brun dans mon ventre. Je l'écoute grogner de plaisir à l'intérieur et je m'endors.

– Qu'est-ce qui se passe dans cette baraque !

Le père aime faire des entrées d'ogre, avec des mots fracassés comme du bois de cageots. Il ajoute : « C'est la famille à Dubout ! ou c'est la tournée Bourbaki ! » Mais son sourire dit que c'est pour rire. La mère essuie ses mains à son torchon et lui fait un baiser à mi-lèvres, peut-être plus appuyé. On dirait qu'elle remercie le p'pa pour une raison qu'elle seule connaît.

Un soir, au retour du bal, une sœur m'a embrassé comme ça. Je ne dirai pas laquelle, mais il y avait un secret dans ses yeux.

Le p'pa n'a pas le temps de retirer sa canadienne.

– Et Capi ?

Le père raconte à la m'am que le vétérinaire a dû le piquer à cause de son âge et de l'état de son œil. Il n'a pas souffert. Serge a bien compris. Tout le monde s'y attendait. Les petites sœurs pleurent quand même, en serrant leurs baigneurs dans leurs bras. On est tristes, chacun à sa manière. On mettra dans un cadre la photo de Capi prise devant chez Gnobel. Le père n'aime pas qu'on « fasse musée » à la maison. Mais pour cette fois, il veut bien. Je me dis que j'ai de la chance : Blanco ne mourra jamais. C'est mieux, ce qui vit dans sa tête.

– Et pour Roland, tu as le résultat ?

– T'as pas vu dans mon ploum ?

– Je n'ai pas eu le temps de le vider. J'ai été un peu bousculée, ce soir.

– Je vois.

Le père donne un coup d'œil panoramique amusé sur la dégringolade de clafoutis dans la cuisine.

– C'est pour la fête des écoles ?

– J'avais des cerises de Mme Kétié, alors je me suis dit que ce serait bête de perdre.

– Et ça, c'est quoi ?

Il montre à la m'am le drap qui recouvre cette espèce de grosse caisse qui m'intrigue moi aussi depuis que je suis rentré.

– Chut ! C'est une surprise... Tu sais bien, on l'attendait depuis longtemps.

– Dis-moi au lieu de faire des mystères.

– Je peux pas... il y a les petits.

La m'am nous montre, à mes petites sœurs et à moi, le bec levé vers les parents qui jouent au mime. Elle essaie de faire comprendre le mot qui est caché sous le drap, en articulant comme une speakerine. Moi, je préfère « L'objet mystérieux » à la radio.

Le père n'arrive pas à reconnaître le mot que la m'am lui mime. Trois syllabes qui tirent les lèvres en cascade vers l'arrière. Nous, les petits, on a une idée. On se la dit à l'oreille. C'est la même. Ce sera bien si c'est vrai. Je jauge la forme sous le drap. Je voyais ça plus haut. Maryse et Martine trépignent déjà.

– Nous on sait !

– Nous on sait !

La m'am lève les yeux au ciel. Même les petites ont trouvé ! Elle finit par dire le mot au p'pa en se cachant derrière son torchon. A voir le regard du père, ça doit bien être ce qu'on croit. On se regarde avec les sœurs. On est d'accord.

Se comprendre sans rien se dire, c'est un des jeux favoris de la famille. Sauf qu'on ne sait pas qu'on y joue. Dans la vie, parler, ça devrait seulement être pour rire. Quand c'est sérieux, ça devient grave et, à force d'être grave, on meurt. Mme Piponiot exagère.

La m'am regarde le p'pa dans les yeux.

– Il faut que tu dises à Roland pour Air France. Le pauvre gosse attend depuis qu'il est rentré de son essai. Il m'a dit qu'il avait raté sa pièce. Il en a gros sur le cœur. Tant pis, je lui ai dit, c'est pas un drame. Le livreur des vins du Postillon m'a parlé d'une place de mécanicien au garage de Bondy...

Le père grogne en regardant par terre.

– T'as pas vidé mon ploum ?

D'habitude, la mère se jette dessus comme sur une surprise géante. Mais ce soir, elle a eu son compte de surprises. Le ploum est encore là où je l'ai posé, sur la table, entre deux clafoutis. La m'am l'attrape comme on tord le cou à un canard. Elle dénoue le lacet et plonge sa main à l'intérieur. Elle paraît surprise et remonte un cube d'acier écorché sur une arête. C'est donc ça qui pesait si lourd dans le ploum du père.

– C'est la pièce de Roland ? Alors il a raté...

Le père fait le mystérieux et regarde ailleurs.

– Tu lui as changé la pièce ?

– Comment veux-tu ? Le chef me surveillait.

– Toi, tu essaies de me faire tourner en bourrique.

Le père ne résiste jamais longtemps au regard de la m'am. Il devient tout petit. Sûrement comme quand elle l'a regardé pour la première fois, quand il jouait encore aux billes.

– Il se croit malin, le chef, mais il n'y a vu que du bleu.

On dit du « bleu » ou du « feu » ? La m'am s'en fiche, elle se jette au cou du p'pa et l'embrasse partout partout... Plus exactement, elle lui frôle le dos de la main avec son torchon.

– Attention, ça veut pas dire qu'il a réussi l'autre.

– Toi, tu veux m'y faire tourner ! Les petits, allez chercher Roland. Dites-lui que votre père veut lui parler.

Maryse et Martine démarrent plus vite que moi ce soir. J'ai laissé filé et je me suis fait oublié, assis en tailleur sous le compteur électrique. « Tu vas te faire électrocuter, un jour ! » J'essaie de comprendre comment les parents arrivent à bloquer la roue du compteur. Avec une pièce de cent sous, dit la m'am. Je crois plutôt au fil de fer passé par un trou d'un millimètre percé sous le disjoncteur, avec un foret au tungstène. Un jour, le type de l'électricité a dit : « Madame, votre famille consomme vraiment pas beaucoup. » Il a un peu fouiné. La m'am lui a payé un coup. Mais je crois qu'il faudra faire attention à consommer un peu plus, le mois prochain...

– Tu vas nous faire mettre en prison, à raconter ces choses-là.

– Mais, m'am, tu m'as dit toi-même que tout le monde faisait pareil dans le quartier. Même les riches !

La mère tourne entre ses doigts le cube d'acier de Roland à peine écorché.

– Pourtant, il avait travaillé. Jusqu'à des deux heures, dans le garage, à la baladeuse. Il est trop émotif. Il devait penser à sa Christiane. S'il a raté, elle va encore lui rendre sa bague de fiançailles. Il aurait mieux fait de lui donner avec un élastique.

– Continue à fouiller dans le ploum.

La mère sort la gamelle, la serviette à carreaux. « Continue ! Continue ! » Le *France-Soir* roulé à la page des courses, et... une espèce de petit livret qui paraît bleu, mais dont la couverture est faite de photos en noir et blanc. La m'am le feuillette sans avoir l'air de comprendre. Elle lit ce qu'il y a écrit sur la première page.

– La Compagnie nationale Air France... Votre entreprise...

Soudain on entend un grand bruit dans notre dos... Boum ! Roland vient de se cogner dans la porte de la cuisine, en arrivant en courant derrière les petites sœurs. Ça n'a pas vraiment fait « boum », mais quelque chose de plus mou, du genre « flom ». Roland regarde le livret-qui-paraît-bleu dans les mains de la m'am, qui regarde le père en se demandant si elle a bien compris, tandis que le p'pa regarde Roland qui n'ose pas comprendre.

C'est difficile à raconter, un triangle de regards. En plus, mes petites sœurs me fixent, mais je fais semblant de ne pas les voir. C'est déjà assez compliqué comme ça.

– Bienvenue à la Compagnie Air France !

Le père tend la main à Roland. Pas une simple main, mais une vraie paluche entre chaudronniers.

– Mais comment c'est possible ? J'ai foiré la première pièce.

– Peut-être qu'ils l'ont jamais vue.

Le p'pa lui montre le cube d'acier écorché que la m'am tient encore. Roland reprend la main du père et l'agite comme une pompe à main chez le garagiste. Il bredouille des borborygmes incompréhensibles en volapük ou en espéranto. Son visage passe du blanc au rouge cramoisi. La mère le sauve de l'explosion en le serrant dans ses bras.

– Ils m'ont pris, m'am ? Ils m'ont pris, m'am !

Maryse et Martine partent claironner la nouvelle dans la maison et le voisinage.

– Roland rentre à Air France !

– Roland rentre à Air France !

Je suis fier de mon frère. On pourra aller visiter encore plus d'avions à Orly et avoir d'autres cartes géantes du monde en couleurs. Moi aussi, plus tard, je rentrerai à Air France et le p'pa me serrera la main.

– Ça, c'est à peu près ce que tu gagneras.

Le p'pa a déplié un bulletin de paie sur la table de la cuisine. La m'am débarrasse les clafoutis. Le père explique du doigt.

– C'est un copain du syndicat qui m'a passé la sienne. Il a embauché il y a quatre ans. Tu vois « Emploi », lui est électricien P2. Toi, ce sera mécanicien. Il est à l'échelle 6, échelon 3. Toi, tu commenceras échelle 5 au 2e. Tu vois, « Heures supplémentaires », M 25, M 50, ce sont les majorations. T'as pas à t'en faire, si t'en veux, des heures, t'en auras !

Le doigt de la m'am descend plus bas.

– « Salaire ou traitement brut » : 62 799 !

Roland siffle, admiratif. Je me demande si, en ce moment, il n'est pas en train de penser au prix du trousseau de la m'am.

– Attention, mon grand, c'est ce chiffre-là qui compte : « Salaire ou traitement imposable » : 59 171.

– Ils me prennent six cent vingt-huit francs pour les « œuvres sociales » et trois mille pour la Sécurité sociale !

– Tu sais, ça paraît beaucoup, mais, quand ton père est parti au sanatorium pour son opération, si on avait dû payer...

Il n'y a pas à payer pour une griffe de tigre.

– P'pa, qu'est-ce que ça veut dire, quatre mille deux cents dans « Indemnités » ?

– Si tu ne comprends pas quelque chose, tu demandes à ta mère. Elle connaît ça mieux que moi.

– Qui c'est ce Claude Mesplede, qui t'a prêté sa feuille de paie ?

Il y a quand même des choses que la mère ne sait pas.

– C'est un jeune que le syndicat nous a envoyé pour remettre un peu d'ordre chez les chaudraques. Lui il dit « choumaques ». Il doit être de Toulouse.

– Tu vas plus pouvoir sortir de plats en Inox ?

– T'inquiète, on l'a mis au carré. On a commencé par l'emmener dans le grand hangar pour lui montrer notre planque à pastis. Dix ans que les contremaîtres la cherchent. Il a vu qu'on était organisé. Ça va déjà mieux.

Roland se rend compte que tout n'est pas écrit dans le petit livret-qui-paraît-bleu. Pourtant, il le feuillette comme un catalogue de jouets des grands magasins. Mes sœurs et moi regardons défiler tout ce qu'un grand peut commander quand il travaille à Air France. Mieux qu'un Meccano n° 8 ou une dînette en porcelaine.

Roland est rapidement passé sur le chapitre « Air France, son histoire, son organisation, son réseau, son effectif ». Il a remis à plus tard l'étude de « Votre situation, votre avenir » pour aller tout de suite à la page 26 : « Facilités de transport sous nos lignes. »

– J'aurai droit au GP 2, p'pa ?

Le GP 2 d'Air France, c'est un système magique réservé au personnel qui rend à la famille l'avion moins cher que n'importe quel autre moyen de transport. Sauf l'autobus, grâce à notre carte de réduction de famille nombreuse à 100 %. Mais le bus, ce n'est pas pratique pour aller à Alger.

– Christiane va être contente, elle qui rêve de partir à Ajaccio en Caravelle.

– Ça ne marche que pour les couples. Faudra qu'elle se marie avec toi pour aller en Corse.

Roland devient soudain songeur. L'idée lui plaît. Il se rend compte que le plus court chemin pour aller d'un point à l'autre passe par la mairie. Je m'y retrouve de moins en moins en géométrie.

– Une place chez Air France, ça s'arrose !

La m'am sort du ploum une bouteille de mousseux comme un lapin doré pris par les oreilles. Je comprends encore mieux pourquoi les petites sœurs m'ont laissé sur place au démarrage.

– Du vrai champagne !

– C'est un copain de l'entretien qui l'a trouvé sous un siège de première classe, dans un Super-Constellation.

Je suis étonné de la quantité de choses qu'on peut trouver dans un avion, surtout quand il vient de New York : briquets, montres, gourmettes, boucles d'oreilles, dollars, disques de jazz et de rock and roll. Du trop beau. Parfois, il faut vendre un étui en argent pour acheter les cigarettes qui vont dedans. On trouve même des sous-vêtements de femme « Ligne italienne ». Il faut les faire bouillir, mais c'est toujours à la taille de quelqu'un. Plus tard, je ne serai pas pilote ni steward, mais « personnel d'entretien » des premières classes pour New York.

Le père brandit la bouteille de champagne.

– Il faudrait la mettre au frais !

– Oui, mais on n'a pas de glace.

– Ah, si on avait un Frigidaire !

– Ah, si on avait un Frigidaire !

Devant la chose recouverte d'un drap blanc, les parents nous jouent un duo d'opérette du Châtelet. Lui, encore en canadienne de contrebandier, elle, en torchon de vivandière. Toute la famille a rappliqué à la cuisine pour fêter Roland. Ils arrivent au moment où la m'am, la bouteille de champagne à la main, et l'autre sur un pan du drap, s'apprête à dévoiler la chose. Elle ressemble à une marraine de guerre au lancement d'un sous-marin de poche. Elle tire sur le drap d'un coup sec. Une pile de clafoutis valdingue, la famille a un hoquet. « Ho ! » La chose blanche apparaît : le Frigidaire de Mme Jacquet ! On finissait par ne plus y croire. Il est exactement comme on l'avait imaginé. Peut-être un peu plus petit, plus rond et plutôt ivoire que blanc. En plus, Mme Jacquet se vantait. Ce n'est pas un Frigidaire, « le vrai », mais un Frigéavia.

– On ne dit pas « Frigidaire », mais « réfrigérateur ».

Tout le monde s'en moque et veut voir s'il fait vraiment des glaçons. La mère sort une espèce de ravier rectangulaire avec des casiers à l'intérieur remplis de glace et recouvert de givre. Tout le monde fait des yeux comme s'il venait de neiger dehors.

– Il faut le démouler à l'eau tiède. On le fera tout à l'heure. Sinon il faut attendre demain pour en avoir d'autres.

Le père examine le ravier à casiers comme une aile enfoncée et dessine tout de suite un crobar sur son carnet à élastique qu'il montre à la m'am.

– Je vaix te faire un bac à glaçons avec un système de démoulage mécanique, à levier.

– En Inox ?

– Faut voir.

Une meute assiège le Frigidaire. On dirait que la famille veut battre le record du nombre de personnes pouvant entrer à l'intérieur. A la télévision, on voit des concours comme ça, en Amérique, avec des cabines téléphoniques ou des Volkswagen. Je pense à Syracuse, l'escroc marchand de trousseaux. Ce soir, il doit coucher dans sa Coccinelle avec toute sa famille. Et ce n'est pas pour battre un record.

– T'as vu, on peut mettre les œufs.

– Et là, c'est pour le beurre.

Les sœurs font l'inventaire des astuces, et les frères se demandent comment on fabrique du froid avec du chaud. « Touche le moteur ! » Roland dans son coin continue à voyager dans son livret. Il en est page 40 au chapitre « Aide au logement ».

– « *... De plus, la Compagnie Air France met dans la métropole un nombre limité de logements à la disposition d'agents...* » Tu crois qu'on pourrait avoir un logement avec Christiane ? Parce que ici...

C'est sûr, la maison est trop petite. Il n'y a même plus assez de place pour finir ses phrases. Ça rend la m'am triste. Souvent elle rêve à voix haute.

– Avec deux chambres de plus, on pourrait loger tout le monde. C'est possible d'agrandir un peu derrière, à l'emplacement du cabanon. On peut surélever et aménager le grenier. Tout le monde s'y mettrait. Mais le propriétaire ne veut pas vendre moins d'un million. Et tu sais comment ton père est têtu ! Neuf cent cinquante mille ! Pas un sou de plus. Question de principe. Il ne veut pas en démordre.

Pour cinquante mille francs on ne sera jamais propriétaire. Deux fois moins qu'une épingle à cravate.

– Roland, je crois qu'il faudra attendre encore un peu avec Christiane. Mais c'est plus facile de caser un couple qu'une famille nombreuse. Regarde ton frère Guy.

Guy a obtenu une HLM à Villemomble, près de chez Pontet le casseur, grâce au piston d'un responsable du handball qui a le bras long à la mairie. La vie, c'est comme la boxe, pour obtenir quelque chose, il faut avoir le bras long et le direct en piston.

L'appartement de Guy et Monique est un F3, avec salle de bains et baignoire où on peut s'allonger, un balcon, des radiateurs, un chauffe-eau à gaz, une pelouse avec des massifs de fleurs jaunes et une place de parking réservée à mon frère. Monique nous a proposé de venir prendre des bains, si on veut. Ce n'est pas loin, on aurait pu. « Ça ne se fait pas », a dit la m'am. J'y suis allé quand même, en douce, pour sentir flotter mon couroucou dans l'eau bleue et jouer avec un petit canot à moteur qui se remonte avec une clef. Mais avant de rentrer à la maison, je fais attention à bien me rouler par terre pour me ressalir. La m'am a du nez pour le propre.

Le Salon des arts ménagers continue à la cuisine. A part les cabinets, c'est la pièce la plus petite de la maison. Pourtant, c'est là que la famille se retrouve tout au long de la journée. Pas seulement à cause de la chaleur, des odeurs, de la cafetière léopard toujours sur le feu ou du morceau de pain dur à chiper, mais parce qu'on est certain que la m'am sera là avec son torchon.

Je m'extirpe de la cuisine avant qu'on ne me demande d'aller chercher du charbon chez les Martiens. Dans le couloir, je croise les sœurs qui s'engouffrent dans la grande pièce pour « finir de préparer ». Elles n'en disent pas plus et n'acceptent que tonton Florentin qui continue à engueuler le poste de télévision qui parle de la Constitution française. « Et pourquoi pas un roi pendant qu'ils y sont ! » C'est presque l'heure du journal télévisé et personne ne s'étonne qu'on n'ait pas encore mangé. C'est étrange, ce soir, la maison ressemble à un interlude.

Je me glisse dans l'ombre de la cour et, de derrière le cerisier, je promène mes yeux de Mohican. Les parents ont ouvert la fenêtre de la cuisine et se sont accoudés à l'appui pour être un peu seuls. De quoi peuvent-ils discuter ? Serge s'est isolé dans un coin du garage sous la baladeuse. Son visage est comme un cierge, sous l'abat-jour en tôle. Il vernit avec des gestes lents l'aile de sa maquette. C'est la réplique de l'aéroplane de Penaud, avec moteur en caoutchouc. On pourrait croire que Capi est allongé à ses pieds, en train de se chauffer sous l'ampoule électrique comme un petit vieux. Mais son visage n'aurait pas ce blanc triste de cire. « Triste cire ! » J'avais fait la faute dans une dictée.

Derrière les lilas, sur le trottoir, Michel et Gérard

discutent en fumant, adossés à la 4 CV. A l'intérieur, Sergio bricole sous le tableau de bord avec une torche électrique.

– Michel, elle doit passer quand, Jeanine ?

– Dès qu'elle aura la confirmation pour le gosse.

– Et pour l'armée, qu'est-ce que tu vas faire ?

– Ils ont bien envoyé Elvis Presley en Allemagne. Alors moi, tu parles, je suis bon pour vingt-sept mois de djebel. J'enregistrerai un disque avec un chameau.

Michel rigole de tout, mais pour la m'am, ça en fera, des tournées de facteur à guetter. Sans Capi pour franger l'ourlet de pantalon du préposé. Je me déplace vers un trou dans les lilas. A cette heure, d'habitude, Évelyne et Josette surveillent le coucher des Gnobel, les charcutiers du pavillon d'en face. Parfois, elles nous miment monsieur et madame, debout sur leur lit en chemise et bonnet de nuit, qui se laissent tomber assis d'un bloc.

– On dirait des parachutes !

– Ou deux gros bébés en barboteuse !

– Elle, ça a l'air de lui faire de l'effet, par en dessous.

– Lui, tu as l'impression qu'il essaie de réveiller un mort !

Elles rient de plus belle et se mettent à imaginer avec plein de détails les nuits d'amour des Gnobel en montgolfière. « Rire de plus belle », c'est une jolie expression. Ça leur va bien, à mes grandes sœurs.

En bon Mohican, je réussis à me glisser sous la fenêtre de la cuisine. De là, j'entends la conversation des parents au-dessus de ma tête.

– Alors, c'est sûr pour le logement ?

– J'ai le papier.

– Pour la Butte aux Cailles on avait le papier, et pour la Butte rouge aussi. Chaque fois, y a un chef qui nous l'a raflé sous le nez, au dernier moment.

J'ai l'impression qu'on veut absolument faire habiter notre famille sur une butte, pour mieux la surveiller. Mais un jour, un chef arrive et dit : « C'est joli ici, on a une belle vue ! C'est trop bien pour eux ! Allez ouste ! » Et on nous expulse avant qu'on ait emménagé. Plus tard, je serai chef et j'habiterai dans un moulin à vent sur une butte inexpulsable.

– C'est celui que tu m'as emmené visiter ?

– Tu ne l'aimais pas.

– C'est pas ça, mais à côté des deux autres... Surtout à la Butte aux Cailles. C'était animé, il y avait des commerces... C'était Paris !

Habiter Paris, c'est comme devenir plus riche sans rien faire.

– Mais toi, celui-là, ça te ferait beaucoup moins loin pour aller au travail. T'aurais plus à te lever à cinq heures un quart... Et puis, l'école est juste à côté pour les gosses. On a la cour de récréation sous la fenêtre...

Quoi ! Un appartement où ma mère peut me voir quand je me roule par terre en jouant aux gendarmes et aux voleurs, quand je grimpe au mur des filles ou quand je suis au piquet entre les arbres ! Je préfère la pension ou même l'orphelinat ! J'espère qu'un chef viendra nous le rafler sous le nez, cet appartement, même s'il n'est pas sur une butte.

– Il y a quand même des avantages. Il est grand et, avec les aides, le loyer ne sera pas cher. Dix-sept mille quatre cents francs, c'est raisonnable. Le petit m'avait demandé de regarder, mais je n'ai pas vu de terrain pour son foot.

Une ville sans terrain de football ! C'est impossible. La m'am a mal regardé. Même à Pontault-Combault, il y en a un ! Dans la base de Scott en Antarctique, aussi. Je l'ai vu à la télévision. Là-bas, il faut tracer les terrains à la suie et le ballon gèle en l'air sur les corners.

– T'as pas le droit d'écouter papa et maman !

– C'est pas poli !

Maryse et Martine viennent de me surprendre dans l'obscurité, sous la fenêtre de la cuisine. J'ai encore des progrès à faire, comme Mohican.

– Tu dois nous raconter notre histoire.

– Tu as promis ce matin !

– Sinon on tousse.
– Et papa et maman sauront que tu écoutais.
Je me demande si on peut perdre des sœurs dans l'Antarctique et si les pingouins en mangeraient. Elles m'ont coincé. Tant pis, je vais leur servir une histoire à trois pattes, sans queue ni tête, et je serai débarrassé. Je leur ai dit de me suivre, sans se faire voir, jusqu'au mur de Mme Larget. Je suis monté dans le cerisier par-derrière, et j'ai redescendu ma boîte de soldats Mokarex.
– Allez-y, choisissez-en trois, l'époque et le pays que vous préférez.
– Nous, on veut pas une nouvelle histoire.
– On veut celle de ce matin.
Elles trichent. Ce n'est pas du tout ça, notre jeu de l'histoire au hasard. Je rappelle la règle.
– On sait, mais on ne veut pas une nouvelle histoire.
– On veut celle de ce matin.
– On la trouve jolie...
– Même très jolie.
A y réfléchir, je ne donnerai pas mes petites sœurs, leurs yeux bleus et leurs petites socquettes blanches à manger aux pingouins d'Antarctique. D'ailleurs, il n'y a pas de pingouins dans l'Antarctique.
Mais je vous dis que je ne m'en souviens pas, de l'histoire de ce matin.
– Cherche dans ta tête !
– Elle doit bien y être encore.
Combien de fois il faut que je leur dise qu'il n'y a pas assez de place dans ma tête. La mémoire pour la classe prend presque tout, et il ne reste rien pour les histoires. Il faut en oublier, sinon le crâne explose.
– Alors tu n'as qu'à les écrire.
– Comme ça tu pourras nous les lire plein de fois.
Les écrire ! C'est bien une idée de filles, ça ! Et qu'est-ce que mes soldats Mokarex vont devenir, si je ne joue plus aux histoires, avec eux ?
– Allez, les enfants, il faut rentrer à la maison maintenant ! Il est tard.

La m'am vient de taper dans ses mains. On s'est tous retrouvés à faire la queue en se pressant dans le couloir. Devant la porte fermée de la grande pièce, Monique joue les ouvreuses en faisant des chichis comme dans le grand monde.

– Papa et maman d'abord.

Je me faufile. Josette ouvre la porte. Il fait sombre. Mais quand on entre à l'intérieur, c'est Versailles, le Camp du Drap d'or, et les grottes de Lascaux en moins de 20 m^2 ! La table est dressée dans le sens de la longueur comme au jour de l'an et recouverte d'une grande nappe blanche en fin coutil brodé. Les deux chandeliers andalous en fer forgé de Serge éclairent comme au banquet des mille flambeaux du Roi-Soleil. Les sœurs ont certainement raflé toutes les bougies de secours. Celles qu'on ne trouve jamais quand les plombs sautent. « C'est pourtant pas difficile de les laisser à leur place ! »

Les bols dépareillés forment une couronne autour de la table. Au milieu, il y a un bouquet de lilas dans le grand pot bleu en porcelaine chinoise de la fête des Mères. On l'appelle le « pot orphelin » parce que le deuxième a été cassé en l'offrant. Ça me pince le cœur chaque fois que j'y pense. Le pot orphelin est posé sur une espèce de napperon tout en longueur.

– Ce n'est pas un napperon, c'est un chemin de table ! Tout à l'heure, tu as parlé de « coutil » pour la nappe. Le coutil, ça sert pour la toile à matelas.

– Dommage, m'am, je trouvais ça joli, « fin coutil ». C'est quoi, alors ?

– De la batiste.

Cette nappe blanche donne une impression de calme. Je comprends mieux pourquoi on dit « tranquille comme batiste ».

Je m'agrippe à la jupe d'Évelyne pour qu'elle me dise le vrai nom des choses, et que je puisse bien les décrire dans mes rédactions. « Racontez un repas qui vous a marqué. » Je peux avoir une bonne note, avec un sujet comme ça. Mais il faut que je sache les noms. Sinon, je ne vois que les bougies qui éclairent la table et laissent le reste de la grande pièce comme une caverne. La lueur dessine les mains douces et chaudes et promène comme un voile timide sur les visages émerveillés. On dirait qu'on a mis au milieu de la table le petit Jésus sur un grand plat en Inox. Pourtant, ce n'est que le pain dur de la semaine.

En entrant, le père est resté saisi sur place. Tout le monde guette sa réaction. Avant qu'il ait le temps de demander d'où vient tout ça, et comment on va faire pour le payer, Petit Écureuil, Royal Bay et Prince des Pins arrivent au poteau dans l'ordre. Avec cette pénombre, il est difficile de savoir si le père est surpris, incrédule ou simplement vexé.

– En trois chevaux ! Ça me coupe la chique !

Je n'ai jamais compris cette expression, mais ça a l'air de lui couper, au père. Ses sourcils ne défroncent pas, même devant l'enveloppe de billets.

– Mais c'est le tiercé de la semaine dernière ! Il faisait près de cinq cent mille !

Michel, Gérard et Roland improvisent du plus vrai que nature, en virevoltant comme un trio de pickpockets. Mais le p'pa ne se laisse pas tirer le portefeuille comme à la courte paille.

– Comment tu parles de ton père !

– C'est juste une image, m'am.

– Des comme ça, t'es pas près d'en gagner en classe !

– Tu vois, m'am, je fais juste que copier sur toi.

Ça commence à sentir le roussi. Le père a sa tête des mauvais jours. Tout le monde s'attend à ce que tout à coup il tape sur la table. « Ma parole ! vous me prenez pour un... »

Heureusement qu'il existe les points de suspension, sinon, on en entendrait de belles.

On en voit de belles aussi. Alors que les trois grosses rides du père lui entrent dans le front, je surprends la m'am qui doucement lui effleure le dos de la main, du bout de l'index.

Je l'ai vue !

Ils se regardent avec cette demi-tête de différence qu'ils ont quand ils valsent à la fin des mariages. La lueur de la bougie n'éclaire pas jusque là-haut, et je ne sais pas ce qu'ils se sont dit des yeux, dans l'obscurité. Mais quand le père se tourne vers nous, il a son sourire de soleil à la barre fixe. Qui tourne. Qui tourne.

– Je crois que c'est le bon moment pour déboucher la bouteille de champagne de Roland !

Le soupir de soulagement de la famille manque souffler les bougies comme à un anniversaire. Les verres en Pyrex jaillissent du buffet, avec un paquet de langues-de-chat oublié dans une boîte en fer. « Par la fenêtre ! » C'est la tradition. On fait sauter les bouchons à la fenêtre de la grande pièce. Ils doivent tomber le plus loin possible dans le jardin du voisin. A cet instant on se tait, pour entendre le bruit de sa chute dans la nuit... Tcheuc ! Un petit son qui dit qu'on existe quelque part tous ensemble.

– Un jour, il poussera un arbre à champagne devant la fenêtre, qui fleurira pour qu'on se souvienne de toutes nos joies.

Quelqu'un a dit ça. On dose dans les verres, on trinque, on trempe un doigt dans la mousse pour s'humecter les lèvres. Le baiser amer de l'ange... Moët et Chandon brut impérial. Je préfère le mousseux. La mère se signe. Chacun félicite Roland. La maison chante faux pour cacher ses petites larmes. On démoule les premiers glaçons.

– Installez-vous. Votre père a des choses à vous dire.

On a fini par réussir à tous s'asseoir autour de la table, chacun devant un bol.

– Moi aussi, j'en veux un. Y a pas de raison.

Le p'pa est le seul à avoir son couvert de mis. Dans la débâcle de clafoutis, la m'am a certainement réussi à lui mettre de côté quelques asperges vertes, un fromage blanc frais et un ramequin de fraises au sucre. Le père se lève trop tôt, et c'est la première fois, à part le dimanche, qu'on le voit derrière son grand bol en Pyrex. Il le fait tinter avec son couteau pour avoir le silence. Il annonce la fameuse nouvelle.

– Nous allons déménager.

Cette fois, c'est sûr. On applaudit, mais ce n'est pas vraiment une surprise. Cette maison transpire, et tout se sait sans se dire. Le père raconte ce que j'ai déjà entendu sous la fenêtre. Maintenant, je connais le nom de la ville où nous allons habiter : Orly !

Michel sort une carte Michelin. Ce n'est pas si loin pour les copains, les copines, le travail. « En voiture, une demi-heure, même pas. » Chacun calcule, combine, penché sur la carte. Josette pense à Sergio, Roland à Christiane, Michel à Jeanine, Maryse et Martine à leurs maîtresses et Serge à son centre d'apprentissage. Quant à moi, je sais le principal : Orly a un club de football, le FCO, qui joue en rouge et blanc sur un terrain en stabilisé, dans le parc de la mairie. Je suis rassuré, je pourrai quand même devenir champion du monde.

Pourtant, un soir, autour de la table, j'ai failli perdre la vocation. Les grands frères et le père sont réunis pour le grand jeu de *L'Équipe* : Sélectionnez le « 11 » idéal de la Coupe du Monde 1958. J'ai gagné ma place parmi les hommes, grâce au concours de pronostic familial. Facile. Je parie toujours sur la France. Personne n'y croit, mais elle gagne. « Aux innocents les mains pleines. » J'ai compris le sens de la formule quand j'ai raflé la cagnotte : mille huit cent cinquante francs en pièces. Ça remplit les mains.

Ce fameux soir, on compose donc le 11 idéal. On s'est vite mis d'accord pour les joueurs de champs : Kopa avant-centre, Pelé intérieur droit. Même si Fontaine a marqué treize buts. « Un pour chaque enfant de la m'am. » Moi je suis le onzième, celui contre l'Allemagne à la trente-sixième minute.

Pour le goal, ça discute. Pourtant, pour moi, un nom s'impose : Gilmar du Brésil. C'est la cohue. Je crie en levant le doigt. « Garincha ! » D'un seul coup, mes jambes s'effondrent sous moi. Ça doit être de la poliomyélite foudroyante. Comment ai-je pu dire « Garincha » au lieu de « Gilmar » ? J'ai honte. Je croise les yeux de Guy qui me regarde comme si je n'étais plus son petit frère. Je me sauve dans la cour. Serge ne me prendra plus jamais avec lui. Je vais brûler mon équipement et crever mon ballon en vrai cuir. Je monte me cacher dans mon cerisier. Je ne redescendrai que pour la Coupe du Monde en France en 1966. J'aurai dix-huit ans. Ils auront oublié.

Pour me racheter, je décide de composer le « 11 de tous les temps », avec mes soldats Mokarex. Je lis à la presse la composition de l'équipe. Fouquier-Tinville dans les buts, Condé et Vauban à l'arrière, demi droit Mazarin, demi gauche Richelieu, demi centre Turenne, ailier gauche Robespierre, ailier droit Danton, inter gauche Desmoulins, inter droit Rouget de Lisle, avant-centre Bonaparte. Remplaçant : Lavoisier. Malgré les pressions, je ne sélectionne pas Colbert, responsable de la traite des Noirs.

J'organise mon match d'adieu au stade de Wembley, avec Saint-Just comme arbitre. Le « 11 de tous les temps » bat une « sélection d'artistes et d'écrivains de toujours », avec Corot, Voltaire, Mme de Sévigné, Lamartine et les autres, par 13 à 0 ! malgré Musset sur son mur dans les buts. Une piquette.

Tandis que les soixante mille spectateurs m'acclament et que je pleure d'émotion, mon père vient sous le cerisier.

– En définitive, tes frères et moi, on l'a trouvée pas bête, ton idée. On a mis Gilmar dans les buts.

C'est comme ça, un père, ça n'entend seulement que ce qu'on veut dire. Reste que je suis le premier joueur de dix ans au monde à avoir déjà fêté son jubilé à Wembley.

Ce soir de café au lait, autour de la table, j'ai l'impression qu'on n'a jamais été aussi mélangé. C'est peut-être à cause de la nappe blanche et de la lueur des bougies. Elles me font penser à une des histoires qu'André raconte quand il vient manger la soupe. Celle de Capharnaüm, la ville de Galilée qui ressemble beaucoup à notre maison, paraît-il. On y trouve n'importe quoi à n'importe quel moment. Capharnaüm a donné une « idée fumante » au père. Celle d'un lieu, il ne faut pas dire « magasin », où on pourra acheter de tout à toute heure : journaux, boissons, cigarettes, pharmacie. On y trouvera restaurants, cinémas, boutiques comme à l'aérogare d'Orly... Comme d'habitude, le père a fait un plan, et comme d'habitude il a parlé de son « idée fumante » à un de ses copains : Marcel, celui qui travaille dans la réclame et qui pilotait un bombardier pendant la guerre. Ça n'a rien donné. Le père a rangé le plan de son capharnaüm au grenier.

Un soir, la famille regarde un reportage d'actualité à la télévision. « Le 12 avril 1958, en présence de nombreuses célébrités, s'ouvrait sur les Champs-Élysées le premier drugstore. Autour de M. Marcel Bleustein-Blanchet, l'heureux promoteur, vous reconnaîtrez Juliette Gréco, Jean Marais... »

Tout le monde tombe d'accord pour dire que « drugstore » sonne mieux que « capharnaüm ». Décidément, le père ne sait pas donner de nom à ses « idées fumantes ».

Un soir sans repas, André est resté avec nous pour partager le café au lait et tremper le pain dur. Quand le Westminster a sonné ses onze coups, il s'est mis à nous raconter la parabole des ouvriers de la onzième heure. L'histoire est compliquée. Les frères et les sœurs ne sont pas tous d'accord. Autour de la table, ça tourne à la corrida, comme dit le p'pa. Gérard est toujours le plus teigneux.

– Tu trouves ça normal, toi, qu'un type qui bosse une heure touche pareil qu'un gars qui a trimé toute la journée ? Vient dire ça sur le chantier. Tu vas te faire recevoir !

Mais la voix d'André et son visage restent plus graves que d'habitude. Alors tout le monde l'écoute et s'apaise. A minuit au carillon, il se lève, tout raide et triste, et nous bénit. C'est la première fois qu'André joue au curé. Son geste donne l'impression de faire une croix sur nous.

André embrasse la m'am qui pleure et sert longuement la main du p'pa qui se tourne pour qu'on ne voit pas que lui aussi a des larmes. André est monté sur son vélo. Il est parti. On ne l'a jamais revu.

Il paraît que ses chefs l'ont obligé à quitter l'usine et à retourner dans son diocèse. Il y a aussi des chefs à l'église.

Le dimanche suivant, la m'am revient de la messe, ôte son chapeau et ses gants et dit simplement : « C'était la dernière fois que j'y allais. »

Le père, lui, a écrit une lettre au pape. Carrément. Monsieur Pie XII, Palais du Vatican, Rome et un timbre à vingt-cinq centimes pour qu'il paie la surtaxe. La m'am lui a prédit la damnation éternelle. Le père a haussé les épaules.

Josette a rencontré Sergio et n'est pas devenue bonne sœur. André disait qu'il était « semeur de paroles ». Alors, depuis qu'il est parti, à la fin de chaque repas, je ramasse un peu de miettes sur la nappe et je les mange en fermant les yeux. C'est ma parabole à moi.

Le père n'a jamais eu de réponse à sa lettre au pape.

André est mort des suites d'une pneumonie dans un petit village de Lozère. « Pas beau joueur, le bon Dieu », a dit le père. C'est ce jour-là que j'ai appris le sens de « épitaphe ». C'est le mot qui reste après nous.

La famille est penchée au-dessus du plan de l'appartement d'Orly que le père a tracé au réglet sur une grande feuille. Ça paraît immense. « On va se perdre, là-dedans ! » On se perd déjà... Mais non, ça, c'est pas une chambre, c'est le « living ». Un mot de plus à noter. Dans la salle de bains, la baignoire est sabot comme celle de Marat. Au sol, ce n'est pas du parquet. Finis la paille de fer et l'encaustique. Ce sont des dalles plastique, « impression marbre ». On siffle. « Mazette ! » Chacun essaie de trouver sa place sur le plan. Il n'y a pas de garage et le père explique qu'il devra abandonner son projet de « Famili 13 ». Pas non plus de balcon pour les roses de la m'am... « J'accrocherai des pots de géraniums et on mettra une plante verte. » Il y aura une cave à nous.

– Tu verras, une cave, c'est un peu comme un cerisier.

La m'am me dit ça avec un petit sourire triste et la tête sur le côté. Je ne comprends pas, mais je la crois.

Pour y voir plus clair sur le plan, Serge découpe dans du buvard des meubles à l'échelle.

– T'es sûr que c'est si grand, un lit !

– J'ai vérifié, Lilyne.

– Et ta table ? C'est pour faire noces et banquets !

– Je te dis que je suis sûr des cotes !

– Alors c'est moins grand qu'il y paraît !

Le buvard a absorbé tout l'espace.

La m'am tape dans ses mains comme pour chasser les mauvais esprits. « Allez, on mange ! » Le père replie notre future maison. Elle tient tout entière dans sa poche. Évelyne et Josette apportent sur la table les brocs de lait brûlant et la grosse cafetière léopard en émail. Chacun déroule sa serviette blanche et la lisse avec application. Ça ne dure pas. Bientôt, on se jette joyeusement sur le pain dur et les mélanges bouillants périlleux. La nappe reçoit ses premières taches. Michel découpe les clafoutis, comme d'habitude, en parts inégales. « Pas de chance, j'ai encore la plus grosse ! » « Grosse part : petit zizi ! » « Ma parole, Michel, tu manges pour deux ! Faut laisser ça à Jeanine. » Serge garde une part pour Capi. On rigole, on joue, on se chipe. C'est comme si la table se couvrait au fur et à mesure de rires et de victuailles.

La famille a vite retrouvé ses marques sur la nappe blanche. Comme si on était né emmailloté dans la batiste. Tout à coup, je vois la m'am sortir en laissant son torchon sur sa chaise. Le père reste derrière son bol de café noir. Je veux la suivre, mais je suis coincé entre mes deux petites sœurs sur la planche à laver.

– Tu sais comment tu vas l'écrire, notre histoire ?

– Faut qu'elle commence en faisant peur.

– Mais qu'elle finisse bien.

– En faisant pleurer quand même un peu.

Rien que ça ! Et il faut l'écrire, en plus ! Elles ne se rendent pas compte. Quand on parle, ça ne se voit pas les fautes d'orthographe, mais quand on écrit... Le plus difficile, ce sera de trouver la première phrase. Avec uniquement des mots que je sais écrire.

– Pour le poêle de cette nuit, il faut...

– Un saut de boulets, des briquettes et... pas de poussier ! Je sais, Lyline.

C'est la première fois que je suis si content d'aller chercher du charbon. Je me faufile sous la table. Au passage, je prends en douce le torchon de la m'am que je cache sous ma marinière. Elle n'est pas dans la cuisine. Je sors dans la cour. Il fait complètement nuit. La rue est déserte. Il n'y a que la lumière du réverbère. Je vois la m'am immobile près du rosier-tout-en-bois. Elle est de dos. On pourrait croire qu'elle guette l'arrivée du facteur. Je m'approche sans essayer de faire le Mohican. La m'am sursaute comme une biche qui entend le craquement d'une branche... *Quand à l'automne une feuille tombe, l'ours la sent, l'aigle la voit et la biche l'entend...* C'est dans un livre de la bibliothèque. La m'am se retourne.

Elle pleure.

La m'am ne pleure jamais plus loin que ses yeux. Aucune larme ne coule. Mais elle pleure. La m'am a coupé la dernière rose du rosier-tout-en-bois.

– Tiens, m'am je te rapportais ton torchon !

Elle me regarde avec un sourire tout épluché.

– On échange ? C'est pour toi... mon Petit Écureuil, mon Royal Bay et mon Prince des Pins.

Comment la m'am peut-elle savoir ?

– Les mamans, ça sait tout.

Elle l'a dit en me caressant le bout du nez avec la

dernière rose du rosier. La m'am me la donne. Les pétales sont déjà un peu froissés. Son parfum est presque aussi triste que celui des lilas. Il me fait penser au vin qu'on mélange à l'eau. Mais la dernière rose du rosier pique encore. Je saigne un peu. La m'am se penche sur moi.

– Tu te rappelleras qu'un petit garçon n'a jamais vu sa maman pleurer. Ça n'existe pas.

Elle embrasse mon doigt, me fait un baiser frotté sur la joue et met ses yeux bleus dans les miens.

– Demain l'automne...

La m'am ne dit rien d'autre et rentre à la maison, son torchon à carreaux serré dans son poing. Il ne faut pas que je pleure. La m'am l'a dit. Je n'ai rien vu. Je vais jusqu'au tas de charbon, et je hurle vers la lune.

– Vous pouvez venir, les Martiens ! Je n'ai plus peur ! J'ai la rose de ma mère !

Je la brandis comme une lance de guerrier et je reste planté. Je suis le seul à vouloir rester. Mes jambes et mon cœur préféreraient se sauver. Les Martiens ne se montrent pas. J'attends une éternité de deux secondes au moins. « Bande de trouillards ! » Je remplis le seau de boulets et de briquettes en prenant le temps d'éliminer le poussier. Je le porte dans la cuisine. Il est plus léger, ce soir. Je prends de l'eau dans un verre pour ma rose et je remonte dans mon cerisier. J'ai des choses importantes à faire.

La m'am a certainement raison, la nuit, un cerisier ressemble à une cave. Mais je sens que je vais mettre encore beaucoup de temps pour comprendre. Je trempe la fleur dans l'eau et je coince le verre entre deux branches. Il y a une rose dans le cerisier. Je prends mon cahier de collection de mots et une pointe Bic noire qu'on n'a pas le droit d'utiliser en classe. Je les enferme dans ma boîte de soldats Mokarex et je descends du cerisier avec.

Il ne faut pas qu'on me voie. Je sors dans la rue et je cravache Blanco jusqu'au coin de la rue. A peine au carrefour de la boulangerie, je vois arriver une grosse limousine noire qui se gare tous feux éteints devant la maison, 93, avenue Meissonnier. Je reste en planque quelques minutes. « Calme ! Blanco. » Le père sort avec la m'am. Il porte sa canadienne sans son ploum. Ils s'embrassent en ombres chinoises devant les lilas. Certainement à mi-lèvres. Le père monte dans la grosse limousine noire. Elle démarre et disparaît.

Jeanine attend toute menue sous le réverbère. La m'am traverse la rue, la prend par les épaules et la fait rentrer à la maison. Je crois que je vais être tonton.

En voyant disparaître la limousine noire, je comprends que cette HLM d'Orly, sans garage, sans cour, sans lilas, sans balcon ni cerisier, cache une nouvelle mission de Chaudrake. F-5 ! C'est son nom de code. On rapproche le père de sa base. J'en suis sûr. Sinon pourquoi faire pleurer la m'am ?

Blanco galope comme jamais jusqu'au Champ de Personne. Je me glisse par le passage des noisetiers sauvages. Je ramasse une grosse pierre plate et une branche morte, et je vais tout droit au centre du terrain de foot. Là où on donne l'engagement. La lune a décidé d'être ronde et de rôder. Avec la pierre plate, je découpe un rectangle d'herbe. Je creuse un trou de fossoyeur, net et lisse. J'ouvre ma boîte et je pose mes soldats Mokarex un par un, debout au fond du trou. Je le fais sans les regarder, sans les embrasser, sans même les soupeser dans ma main. Depuis que j'ai vu ma mère pleurer...

– Je t'ai dit que les mamans ne pleuraient jamais.

– D'accord, m'am.

Alors, depuis que la m'am m'a donné la dernière rose du rosier, j'ai décidé de faire ce que je devais faire, sans réfléchir, sans penser, sans pleurer. Sans savoir où je suis. Comme quand je me réveille en pleine nuit, au milieu d'un cauchemar. Mais mon cœur ne veut pas. Il va me déchirer la poitrine, m'arracher le ventre et me vider par la bouche et par les yeux. Je renifle fort. Je prends de la terre dans mes mains et je la laisse glisser doucement sur mes soldats Mokarex. C'est comme une pluie d'honneurs qui les ensevelit. Une armée engloutie. Quand la terre atteint leurs épaules, j'ai l'impression qu'ils se mettent soudain à crier et à m'implorer.

– Je ne peux pas vous emmener avec moi !

Je pense à André et à la parabole « du trésor et de la perle ».

– Tu me la racontes maintenant ?

– Si tu veux, m'am.

Les soldats Mokarex et toutes leurs histoires sont mon trésor, je les ai trouvés dans le grain et je les recache dans la terre. Comme ça, je serai obligé de revenir un jour et d'acheter le Champ de Personne. Il paraît encore plus grand cette nuit, avec cette lune d'arpenteur. Même si je ne peux pas l'acheter, je pourrai y revenir dans ma mémoire. La mémoire, c'est le champ de personne. On ne pourra jamais me la prendre.

Je continue à verser la terre sur eux. Il ne reste plus que la tête d'une femme qui dépasse. Je ne sais pas à qui elle appartient. Elle sourit. Pourtant, la femme sent la terre lui entrer dans la bouche. Je comprends que c'est un peu comme pleurer devant un rosier.

Tout à coup, j'entends un bruit dans mon dos ! Une roue de bicyclette se met à tourner dans ma tête. Je deviens fou, à dix ans, à cause d'un vélo perdu. Ça finit tôt, la vie, cette année.

– Tiens, môme, heureusement que je l'ai mis de côté.

C'est le grand Jeannot qui tient le vélo de la m'am par la potence. Le vrai vélo de la m'am : parme avec ses sacoches en cuir de facteur et la plaque en Inox gravée par le p'pa, où il y a écrit « Paulette ». C'est comme ça, les mots d'amour, on les retrouve toujours.

Au lieu de fabriquer des rimes pour Bonbec, je ferais mieux de remercier le grand Jeannot. Mais il a déjà disparu dans la nuit avec son sac sur le dos. J'imagine le titre du *France-Soir* de demain : « Fric-frac new-look à Villemomble. Les cambrioleurs utilisent un tunnel. »

Je couche doucement le vélo de la m'am dans l'herbe. Il me vaudra au moins mille baisers.

Je retourne à mon trou. La bouche de la femme ensevelie semble appeler sans bruit. Je peux encore la sauver et sortir tous mes soldats de terre, mais je laisse glisser une dernière poignée. Tout disparaît. Je recouvre le sol avec le rectangle d'herbe. Je tasse du talon. On ne voit plus rien. Maintenant, je peux laisser aller tout ce qui me reste de grosses larmes chaudes, de hoquets et de morve. J'aurais aimé que ce soit un joli chagrin de rédaction avec une belle grosse lune argentée qui me console. Mais putain, ce que j'ai mal !

La m'am n'a pas relevé mon gros mot. A partir de maintenant, je sens qu'il va falloir que je me débrouille tout seul. Je m'assois en tailleur, ma boîte en bois entre les genoux, en écritoire. Je pense à l'histoire à raconter à mes petites sœurs. Celle qui doit commencer par faire peur et se terminer bien, mais où on doit quand même pleurer un peu. Peut-être une histoire de vélo perdu au Champ de Personne.

J'ouvre mon cahier à la première page blanche. Je la lisse avec la main. Je respire fort. Une longue inspiration avec le ventre. Et je vois ma main écrire...

CHAPITRE XIII

... Demain l'automne.

TABLE

Cet ouvrage a été réalisé par la
SOCIÉTÉ NOUVELLE FIRMIN-DIDOT
Mesnil-sur-l'Estrée
pour le compte des Éditions Flammarion
en octobre 1995

Imprimé en France
Dépôt légal : août 1995
N° d'édition : 16543 - N° d'impression : 32496